LILIANE SKALECKI / BIGGI RIST

# Ausgerottet

**ARTGESCHÜTZT** Im Schmetterlingshaus auf der Insel Mainau findet die Deutsch-Thailänderin Malie Abendroth ein exotisches Tier. Spontan entschließt sie sich, das Pangolin mitzunehmen und herauszufinden, wie es nach Deutschland gelangt ist. Kurz darauf wird die Leiche eines chinesischen Arztes gefunden, bei dem Malie in Behandlung war, und ein Unbekannter versucht, in ihre Villa einzubrechen. Bei ihren Nachforschungen lernt sie die Tierschützerin Lioba Hanfstängl kennen, die schon länger zwei Männer verdächtigt, in den illegalen Tierhandel verstrickt zu sein. Die beiden ungleichen Frauen tun sich zusammen und ermitteln gemeinsam. Auf einem Foto, das ein Freund von Malie in Vietnam gemacht hat, entdecken sie einen Mann, der Malie sehr nahe steht. Mehr und mehr verdichten sich die Hinweise, dass dieser vom Aussterben bedrohte Tiere von Vietnam nach Europa schmuggelt. Ein lebensgefährliches Spiel beginnt …

*Biggi Rist, geboren 1964 in Reutlingen, arbeitete nach der Ausbildung zur PTA an der Naturwissenschaftlich-Technischen Akademie in Isny/ Allgäu lange Zeit in der Infektionsdiagnostik – sowie zwei Jahre in der Forschung. Als 7-jährige schrieb sie sich selbst Geschichten und ist Co-Autorin wissenschaftlicher Publikationen. Zwei Jahre lebte sie in Melbourne/Australien, 2005 zog sie mit ihrem Mann nach Lilienthal am Rande Bremens.*

*Dr. Liliane Skalecki, geboren 1958 in Saarlouis, studierte nach einer Banklehre Kunstgeschichte, Klassische Archäologie und Vorderasiatische Archäologie an der Universität des Saarlandes. Seit 2001 lebt sie mit ihrer Familie in Bremen. Sie schreibt für die Zeitschrift ›Pferdesport –Bremen‹ und veröffentlichte bisher Fachartikel, Sachbücher sowie Chroniken und Unternehmerdarstellungen.*

*http://www.krimi-bremen.de*

Bisherige Veröffentlichungen im Gmeiner-Verlag:
Rabenfraß (2016)
Mordsgrimm (2014)
Rotglut (2013)
Schwanensterben (2012)

LILIANE SKALECKI / BIGGI RIST

# Ausgerottet

*Der. 1. Fall für Malie Abendroth und Lioba Hanfstängl*

GMEINER SPANNUNG

*Personen und Handlung sind frei erfunden.*
*Ähnlichkeiten mit lebenden oder toten Personen sind*
*rein zufällig und nicht beabsichtigt.*
*Aus dramaturgischen Gründen haben wir eine Außenstelle des Referats 55 – Abteilung 5 – des Regierungspräsidiums Karlsruhe für Natur- und Umweltschutz in Konstanz erschaffen, das im Roman auch noch für Bauvorhaben zuständig ist.*

Besuchen Sie uns im Internet:
www.gmeiner-verlag.de


Im Ehnried 5, 88605 Meßkirch
Telefon 07575/2095-0
info@gmeiner-verlag.de

1. Auflage 2017

Lektorat: Claudia Senghaas, Kirchardt
Herstellung: Mirjam Hecht
Umschlaggestaltung: U.O.R.G. Lutz Eberle, Stuttgart
unter Verwendung eines Fotos von: © Galyna Andrushko / shutterstock.com
Druck: CPI books GmbH, Leck
Printed in Germany
ISBN 978-3-8392-2052-8

*Für Ralf, wie wunderbar, dass es dich gibt. Biggi.*
*Für Georg, Marian, Arlena und Marcel. Liliane.*
*Für Paul – stellvertretend für die bedrohten Tierarten dieser Welt.*

*»Der Einzige, der einen Ozelotpelz wirklich braucht, ist der Ozelot.«*
Bernhard Grzimek

*»Eine der blamabelsten Angelegenheiten ist es, dass das Wort ›Tierschutz‹ überhaupt geschaffen werden musste.«*
Theodor Heuss

*»Wenn der Mensch den Tiger umbringen will, nennt man das Sport. Wenn der Tiger den Menschen umbringen will, nennt man das Bestialität.«*
Georg Bernhard Shaw

*»Die Natur braucht sich nicht anzustrengen, bedeutend zu sein. Sie ist es.«*
Robert Walser

# PERSONEN

| | |
|---|---|
| Malie Abendroth | Begeisterte Gärtnerin auf der Insel Mainau |
| Alicha Kurz | Malies Zwillingsschwester, Tierärztin im Leipziger Zoo |
| Jonas – Jo – Rosenfeld | Bruder der Zwillinge |
| Pranee Rosenfeld | Mutter von Malie, Alicha und Jo |
| Markus Rosenfeld | Pranees Schwager und Inhaber von Rosenfeld ImpEx |
| Patrizia Rosenfeld | seine Ehefrau |
| Falk Andresen | Malies Jugendfreund, Fotograf |
| Neo Schwarz | Freund und Kompagnon von Jonas Rosenfeld |
| Max Losens | Referatsleiter im Amt für Bau, Natur- und Umweltschutz Konstanz |
| Huang Cai | Heilpraktiker in Litzelstetten |
| Rufus Trenkwitz | Zoohändler in Konstanz |
| Lioba Hanfstängl | Tierschützerin und Angestellte beim Amt für Bau, Natur- und Umweltschutz Konstanz |

| | |
|---|---|
| Kemal Demir | Journalist und Freund von Falk Andresen |
| Elin Demir | seine Frau |
| Lisa Röhrig | Medizinische Fachangestellte bei Huang Cai |
| Wim Röhrig | Lisas Bruder und Mitstreiter von Lioba Hanfstängl |

*Tiere*

| | |
|---|---|
| Paul | Ohrenschuppentier aus Vietnam |
| Rajah | Sibirischer Tiger/Amurtiger |

# PROLOG

Über die Jahre des Wartens auf die ganz große Story war er zumindest reich an Erfahrungen geworden. Die Erfahrung, dass andere ihm zuvorgekommen waren, die Erfahrung, dass sich die ganz große Geschichte als ganz kleiner Furz erwiesen hatte, oder schlichtweg die Erfahrung, dass sich kein Mensch für seine Berichte großartig interessierte.

Doch dieses Jahr sollte definitiv die Wende in seiner journalistischen Karriere bringen, gleich zwei öffentlichkeitswirksame Artikel würden ihm dazu verhelfen. Für den zweiten standen die Recherchen kurz vor ihrem Abschluss. Ein letztes aufklärendes Gespräch heute, und der mit Abstand brisanteste seiner Berichte würde voraussichtlich in 14 Tagen erscheinen. Er hoffte, dadurch endlich die Grenzen seiner regionalen Tätigkeit zu durchbrechen und bundesweit Aufsehen zu erregen. Vielleicht würde eines der großen Magazine wie »Geo« die Story ebenfalls abdrucken, so sein Traum. Als freier Mitarbeiter war er seit drei Jahren für den Südkurier tätig – in dieser Zeit hatte er es noch nicht zu einer festen Anstellung gebracht. Kemal Demir wurde manchmal angst und bange, wenn er an seine Familie dachte, doch jetzt waren ihm zwei heiße Stories quasi direkt in den Schoß gefallen.

Mehrere Monate Recherche, und zur Belohnung würde morgen sein Artikel zur Brandserie, die Konstanz in Atem gehalten hatte, erscheinen. Auf Seite eins. Ein Versicherungsagent war der Erste gewesen, der ihm brisantes Material hatte zukommen lassen. Mehrere Großbauten waren in den letzten drei Jahren ein Opfer der Flammen geworden. Anfangs waren die Geschäftsinhaber oder Eigentümer in Verdacht geraten, große Versicherungssummen einkassieren zu wollen. Doch wie ein Jagdhund hatte Kemal Demir die echte Fährte aufgenommen. Hinter den Bränden steckte ein windiger Bauunternehmer, der hoffte, sich mit neuen Bauaufträgen eine goldene Nase zu verdienen. Doch er hatte die Rechnung ohne den Journalisten gemacht.

Kemals Vater war in den 60ern nach Deutschland gekommen, heute war er Besitzer mehrerer Gemüseläden in und um Leverkusen und stolz darauf, dass sein Sohn in Deutschland Abitur gemacht hatte. Und das mit einem sehr guten Abschluss. Doch statt BWL zu studieren und aus den Läden seines Vaters ein kleines oder größeres Obst- und Gemüseimperium zu erschaffen, hatte Kemal es vorgezogen, Journalistik in Dortmund zu studieren. Nach mehreren Volontariaten war er dann schließlich beim Südkurier gelandet. Sehr zu seinem Verdruss hatte man ihn seitdem hauptsächlich immer dann losgeschickt, wenn es zu Auseinandersetzungen zwischen jungen Türken kam, ein türkischer Laden überfallen worden oder das Kopftuchverbot mal wieder Gesprächsthema Nummer eins war, und er die Anschauungen türkischstämmiger Lehrerinnen zu Papier bringen sollte. Am spektakulärsten und ergiebigsten waren ihm noch seine Recherchen zu den in die Türkei verschleppten jungen Frauen erschienen, die dort einen Cousin oder sonstigen Verwandten oder auch Freund der Familie heiraten sollten. Allerdings war in Konstanz nur ein Fall bekannt geworden, sodass die von ihm geplante Serie ein abruptes Ende gefunden hatte.

Das heiße Eisen, das er im Moment am Schmieden war, hatte ihn zwar wieder, zumindest in Gedanken, ins Ausland befördert, aber dieses Mal hatte er Istanbul und Anatolien weit hinter sich gelassen. Seine Recherchen konzentrierten sich auf Südostasien und den von dort ausgehenden illegalen Handel mit geschützten Tieren nach Deutschland. Und Konstanz war einer der Dreh- und Angelpunkte des widerlichen Geschäfts. Davon war Kemal Demir immer mehr überzeugt.

Mehr durch Zufall war er auf dieses brisante Thema gestoßen. Als er an einem der letzten schönen Herbsttage des vergangenen Jahres durchs Krebsbachtal joggte, war ihm fast das Herz stehen geblieben, als er am Wegesrand eine Schlange entdeckt hatte. Groß, gelblich mit braunen Flecken, vollkommen regungslos. Zuerst dachte er, sie wäre tot, doch als er sie vorsichtig mit einem langen Stock antippte, bewegte sich das Tier träge in der goldenen Herbstsonne. Einer der Polizisten, die er über seinen Fund benachrichtigt hatte, war ein Schlangenkenner, der das Tier sofort als einen jungen Python identifiziert hatte. Die Nachfrage im Reptilienhaus in Unteruhldingen hatte ergeben, dass dort kein Tier vermisst wurde. Die Schlange war offensichtlich von jemandem ausgesetzt worden. Ein paar Tage später besuchte Kemal seinen Fund im Reptilienhaus. Die Betreiber der Auffangstation hatten den Python aufgenommen. Kemal erfuhr, dass hier immer wieder ausgesetzte Exoten eine neue Heimat fanden. Auf welchem Weg die Schlangen, Echsen und Schildkröten, die hier beherbergt wurden, in die deutschen Haushalte gekommen waren, war nur in den wenigsten Fällen nachvollziehbar. Ob legal oder illegal, man sah es den Tieren nicht an. Viele waren vermutlich ins Land geschmuggelt worden. Warum sich beispielsweise jemand eine Diamantklapperschlange freiwillig ins Haus holte, erschloss sich dem Journalisten nicht.

Und so betrat Kemal Demir die Welt des Tierschmuggels, ein milliardenschweres Geschäft des organisierten Verbrechens. Wie kamen die Tiere ins Land? Welche Helfershelfer standen bereit, um sie weiterzuvermitteln? Wer, außer den Schmugglern, verdiente daran? Auf diese letzten Fragen erhoffte er sich heute eine Antwort.

Sie hatten sich für den Abend in einem Restaurant an den Rheinterrassen verabredet. Sein Auto hatte Kemal am Parkplatz P+R am Seerhein in Konstanz stehen lassen und war zu Fuß die Promenade entlanggegangen. Über die seit Kurzem nach einer aufwendigen Sanierung wiedereröffneten Fußgänger- und Fahrradbrücke war er dann zu seinem Verabredungsort gelangt. Nun wartete er bereits seit mehr als 20 Minuten auf seinen Gesprächspartner. Immer öfter schaute er ungeduldig auf seine Armbanduhr. Sie hatten halb neun vereinbart, und jetzt war es schon kurz vor neun. Kemal, der zwar muslimischen Glaubens war, aber alles nicht so eng sah, hatte sich ein Bier bestellt. Er spielte mit dem Filzdeckel, malte mit seinem Kugelschreiber kleine Spiralen darauf. In dem Lokal herrschte reger Betrieb, Hartgesottene saßen sogar draußen. Als ein unangenehmer Sprühregen einsetzte, flüchteten die Gäste mit eingezogenem Kopf in die Gaststube. Jedes Mal, wenn die Tür geöffnet wurde, fuhr ein kalter Windstoß herein. Auch wenn die Tagestemperatur für einen Apriltag recht angenehm gewesen war, war es nicht wegzudiskutieren, dass der Frühling es noch schwer hatte, sich durchzusetzen.

Um kurz nach neun saß Kemal bei seinem zweiten Bier. Für das Treffen mit seinem Informanten hatte er einen Tisch im hintersten Winkel der Gaststube ausgewählt, um ungestört zu sein. Auf dem Holztisch lag sein Notizblock, und nachdem der Bierfilz vollgekritzelt war, begann er die erste Seite des Blocks zu verzieren. Dabei klickte er in rhythmischen Abständen auf den Knopf des Kugelschreibers, und die Mine erschien und verschwand im Wechsel. Wo blieb der Typ denn nur? Eigentlich hätte der die Fragen auch am Telefon beantworten können, doch der Kerl hatte auf ein persönliches Treffen bestanden. Genauso gut hätte Kemal auch bei ihm vorbeischauen können, aber das war dem Mann ebenso wenig recht gewesen. Wenn Kemal so darüber nachdachte, eigentlich merkwürdig. Was wäre denn dabei gewesen? Hatte der Mann etwas zu verbergen oder waren die Informationen so brisant, dass er um sein Wohlbefinden fürchten musste? Egal, es gab eben seltsame Menschen auf dieser Welt.

Die Bedienung schaute fragend zu ihm herüber, doch er schüttelte den Kopf. Ein drittes Bier würde es nicht geben, und zudem hatte er so allmählich die Nase voll.

Schon viertel nach neun, und immer noch saß er alleine am Tisch. Wieso hatte er sich nicht die Handynummer geben lassen? Jetzt konnte er ihn noch nicht einmal erreichen, um zu fragen, was denn los sei. Kemal seufzte tief, es war ja nicht das erste Mal, dass man ihn versetzte. Als die Kellnerin am Nebentisch die Bestellung aufnahm, raunte er ihr ein »Zahlen, bitte« zu. Sie nickte lächelnd. Wahrscheinlich dachte sie, wenn der Typ schon nichts mehr trank, dann machte er wenigstens den Tisch für die nächsten Gäste frei.

Der Sprühregen war mittlerweile zu einem stetigen Nieselregen geworden, wie er im Schein der Straßenlaternen erkennen konnte, als er aus dem Fenster sah. Zu Fuß brauchte er etwa 20 Minuten bis zum Parkplatz, was ausreichen würde, um bis auf die Knochen nass zu werden. Und wie immer hatte er den Schirm im Auto liegen lassen. Na, super, das hatte ihm jetzt gerade noch gefehlt. Er bezahlte, gab ein kleines Trinkgeld, packte Block und Stift in seine Umhängetasche.

Schon wenige Meter nach Verlassen des Lokals rann ihm der kalte Regen trotz des hochgeschlagenen Jackenkragens unangenehm den Nacken hinunter, und er zog die Schultern noch ein klein wenig höher. Nun hatte sich auch noch durch die milden Tagestemperaturen ein üppiger Nebel über dem Rhein und damit auch über der Brücke zusammengebraut, man konnte kaum die Hand vor Augen sehen. Vereinzelt kamen ihm Radler entgegen oder rauschten an ihm vorbei, der Großteil von ihnen mit schlechter oder gar keiner Beleuchtung, und er fragte sich nicht zum ersten Mal, ob Radfahrer wie die Fledermäuse über ein Radarsystem verfügten.

Diffuses Licht, das von einer Taschenlampe zu kommen schien, bewegte sich auf ihn zu.

»Herr Demir?«

Hinter dem Taschenlampenlicht schälte sich eine Gestalt aus dem Nebel. Die Stimme kam ihm vage bekannt vor. Ahh, sein vermisster Gesprächspartner. Hatte sich dann doch noch entschlossen zu kommen. Der Mann lehnte nun trotz des grässlichen Wetters entspannt am Brückengeländer.

»Tut mir leid, mir kam noch was dazwischen«, es war eine reine Floskel, wie Kemal am Klang der Stimme erkennen konnte. Das Licht der großen, schweren Taschenlampe erlosch.

Der Journalist nahm die dargebotene Hand, schüttelte sie kurz.

»Schon gut, ich habe geglaubt, Sie kämen gar nicht mehr.«

Er würde seine Fragen stellen, hoffte auf kurze, präzise Antworten, und dann, ab nach Hause.

»Los kommen Sie, wir gehen zurück ins Lokal, das ist ja ein Sauwetter heute. Ich muss mir Notizen machen, dafür ist hier nicht unbedingt der geeignete Ort. Es geht mir hauptsächlich um das Prozedere. Wie gehen diese Leute vor und so weiter«, stellte er seine einleitende Frage und machte die ersten Schritte in die Richtung, aus der er soeben gekommen war.

»Ja, das Prozedere. Wo fang ich da am besten an?«

Der Mann ging neben ihm her, blieb plötzlich stehen, beugte sich über das Geländer und knipste die Lampe wieder an.

»Haben Sie das eben auch gehört? Mein Gott, ich glaube, da unten schreit jemand um Hilfe!«

Kemal hielt abrupt, stellte sich direkt neben den Mann, beugte sich ebenfalls über das Geländer und lauschte angestrengt in die Dunkelheit, die auch das Licht der Taschenlampe nicht zu durchdringen vermochte.

»Ich kann nichts hören. Und erkennen kann man gar nichts bei dieser Suppe!«

Statt einer Antwort erhielt Kemal einen gewaltigen Schlag mit der Taschenlampe an die linke Schläfe. Sofort wurde ihm schwindelig, goldene Punkte tanzten vor seinen Augen, für einige Sekunden war er völlig benommen. Noch bevor er seinem Erstaunen und seinem Schmerz Ausdruck verleihen konnte, packten ihn zwei Arme an Kragen und Gürtel, um ihn über das Geländer zu hieven. Kemal Demir stürzte kopfüber in die eiskalten Fluten des Rheins, und die große Story versank mit seiner Leiche.

# KAPITEL 1

Das in hellen Farben gestaltete Wartezimmer war voll, wie immer am Montagvormittag. Bequeme Stühle erleichterten den zumeist geduldigen Patienten das Warten, diverse Zeitschriften lagen bereit, um darin zu stöbern, oder man überließ sich dem beruhigenden Anblick der Goldfische, die in ihrem Aquarium, das in der Ecke einen Platz gefunden hatte, langsam ihre Bahnen zogen. Natürlich gab es auch genügend Patienten, die nur Augen für ihr Handy hatten und mit affenartiger Geschwindigkeit ihre Daumen über das Display huschen ließen.

»Frau Röder, bitte«, erklang die Stimme der jungen medizinischen Fachangestellten durch die geöffnete Glastür des Wartezimmers.

Ächzend stemmte sich eine schwer übergewichtige Frau aus dem Freischwingerstuhl und schlurfte zur Rezeption, hinter der die Sprechstundenhilfe saß. An ihrem lilafarbenen Kasak prangte ein Namensschildchen oberhalb der linken Brust und ließ die Patienten wissen, dass sie es mit Lisa Röhrig zu tun hatten.

»Zimmer eins, Frau Röder. Nehmen Sie bitte schon mal Platz, Herr Doktor kommt gleich«, lächelnd wies sie nach rechts den Gang entlang.

»Herr Doktor«. Huang Cai besaß überhaupt keinen Doktortitel, wünschte jedoch, dass man ihn so ansprach. Das wäre für die Patienten einfacher, hatte er Lisa erklärt, als er sie eingestellt hatte. Ja, klar doch, hatte sie gedacht, aber wenn der gute Huang es so haben wollte, ihr war es egal. Schließlich bezahlte er deutlich über Tarif, und ein 13. Monatsgehalt gab es auch. Für ihre kleinen Extradienste, die er ihr ab und an nach Praxisschluss auftrug, bezahlte er sie jedes Mal mit barer Münze. Er nannte es immer den Tag des Fisches, wenn sie abends länger bleiben sollte. Beim allerersten Mal hatte er ihr erklärt, der Fisch sei in China auch ein Symbol für Fülle und Wohlstand.

Die Patientin nickte nur, schleppte sich schwer atmend in das Behandlungszimmer. Wenige Minuten später erschien ein kleiner, schmächtiger Mann, der sie mit einem mitleidsvollen Lächeln und einem sanften Händedruck begrüßte.

Huang Cai stammte aus China und betrieb seit knapp zehn Jahren seine Praxis in der Nähe von Konstanz. Am Anfang war es schwer für den chinesischen Arzt gewesen, in der Provinz Fuß zu fassen, doch das war lange her. Heute kamen die Patienten zum Teil sogar aus Stuttgart, um sich von ihm behandeln zu lassen. Traditionelle chinesische Medizin und Akupunktur lagen seit Jahren voll im Trend, obwohl die Behandlungen von den Patienten selbst bezahlt werden mussten. Zwar übernahmen die meisten Krankenkassen auch die Kosten für die Akupunktursitzungen, aber nur, wenn man zu einem speziell dafür ausgebildeten Mediziner ging. Fand die Akupunktur bei einem Heilpraktiker statt, gab es keinen Cent.

Die Praxis lief mittlerweile sehr gut. Noch vor ein paar Jahren hatte sie nicht genug abgeworfen, um Huangs luxuriösen Lebensstil zu finanzieren. Er selbst glaubte an die Heilkraft des Horns der Nashörner oder der Bärengalle und hatte eine Möglichkeit gefunden, sich diese Bestandteile der chinesischen Medizin zu beschaffen. Dies war kostspielig, aber Huang gab die Kosten an seine Patienten weiter. Zum fünffachen Preis. Mindestens. Und die Nachfrage war groß.

Ilse Röder kam seit etwa einem Jahr zu Huang Cai, fühlte sich bei dem Chinesen besser aufgehoben und betreut als bei ihrem bisherigen Hautarzt Dr. Möller, der sie seit Jahren wegen ihrer Schuppenflechte behandelte. Eigentlich war sie schon mit ihm zufrieden gewesen, doch die Krankheitsschübe kamen nun häufiger. Eine systemische Therapie, die Möller vorgeschlagen hatte, lehnte sie ab, sie wolle keine Chemie in sich hineinpumpen, hatte sie Möller mitgeteilt. Die UV-Therapie hatte sie nach wenigen Sitzungen eingestellt, obwohl sie ihr gutgetan hatte. Der Weg zu Möllers Praxis war ihr einfach zu beschwerlich gewesen. Nach dem letzten schweren Schub hatte Dr. Möller ihr einen langen Vortrag gehalten. Wenn sie schon die Therapien ablehne oder nicht durchhalte, solle sie bitte endlich wenigstens ihre Lebensgewohnheiten umstellen, er predige es ihr doch nun schon seit Jahren, und nichts würde sich ändern. Keine Zigaretten mehr, keinen Alkohol, bessere Hautpflege. Durch ihre schlechte Ernährungsweise hätte sie ja nun auch noch

Diabetes und Bluthochdruck. Von ihren gut und gerne 30 Kilogramm Übergewicht mal ganz abgesehen. Ob sie denn glauben würde, mit einer stärkeren Kortisoncreme wäre alles getan?

Was weiß der denn schon, hatte sich Ilse Röder gedacht. So einfach war das nicht. Wie viele Diäten hatte sie schon probiert? Hatte alles nichts gebracht. Eine Zeit lang hatte sie sich gezwungen, dreimal in der Woche einen Spaziergang zu unternehmen, damit sie wenigstens etwas Bewegung bekam, denn die meiste Zeit saß die Buchhalterin auf ihrem Bürostuhl. Doch auch das hatte sie wieder eingestellt, nachdem der Winter und damit das Schmuddelwetter Einzug gehalten hatten. Und was war denn bitte an zwei Gläsern Wein am Abend auszusetzen, oder auch des Öfteren drei, um die Einsamkeit etwas erträglicher zu machen? Eine weitere Kur, wie sie sie vor fünf Jahren erhalten hatte, war von ihrer Krankenkasse abgelehnt worden.

Dann hatte eine Bekannte ihr von dem chinesischen Heiler erzählt, und seither kam sie regelmäßig hierher. Die Akupunktur linderte ihre Beschwerden, und vor allem war Huang Cai immer sehr nett. Zumindest zu ihr. Sie hatte auch schon des Öfteren mitbekommen, wie er zu anderen Patienten ziemlich unfreundlich war. Aber das konnte ihr ja egal sein. Er hielt ihr keine Predigten, die sie nicht hören wollte. Die Kortisoncreme ließ sie sich weiterhin von Dr. Möller verschreiben, ging aber sparsamer damit um, damit sie nicht ständig nach einem Rezept fragen musste.

»Frau Röder, wie geht es Ihnen denn heute?«, fragte Huang Cai.

»Was soll ich sagen, Herr Doktor«, schnaufte Ilse Röder, »heute ist es wieder ganz schlimm.«

Sie öffnete ihre Bluse über dem mehr als üppigen Dekolleté, um Huang einen Blick auf ihre Haut werfen zu lassen. Mehrere, schuppige, gerötete, zum Teil kreisrunde Plaques waren zu sehen.

»Am Rücken habe ich auch solche Stellen, und an den Armen und Beinen«, klagte Ilse Röder.

»Lassen Sie mich das mal bitte sehen«, forderte Huang Cai die Frau auf.

Schwerfällig entkleidete sich die Patientin, ein unangenehmer Geruch ging von ihrem Körper aus und stieg dem Chinesen in die Nase. Körperhygiene stand bei Ilse Röder nicht sehr hoch im Kurs. Zwischen den schweren Brüsten hatte sich ein Hautpilz entwickelt. Unter dem Busen sah es bestimmt auch so aus, ebenso in den Hautfalten am Bauch und in der Leistengegend, mutmaßte Huang, was sich bei genauerer Untersuchung als richtig erwies.

»Das ist ein Hautpilz, Frau Röder. Ich gebe Ihnen Kräuter zur Herstellung von Bädern mit, ebenso eine chinesische Heilsalbe zum Eincremen und einen Tee, den Sie dreimal täglich trinken müssen. Achten Sie darauf, die Hautfalten sauber und trocken zu halten. Am besten, Sie legen sich ein Tuch zwischen Ihre Brüste. Bitte kommen Sie nächste Woche wieder, lassen Sie sich einen Termin geben. Ich denke, zumindest die Sache mit dem Pilz wird sich dann deutlich gebessert haben. Was das andere Problem angeht: Ich erwarte jeden Tag die Lieferung eines seltenen Naturstoffes, den ich gerne bei Ihnen zur Behandlung der Schuppenflechte einsetzen möchte. Allerdings ist das Mittel nicht gerade billig.«

»Was soll es denn kosten?«

»Ich hoffe, Sie bekommen jetzt keinen Schock. Pro Behandlung kostet das 350 Euro.«

Der Chinese zog wie zu einer Entschuldigung die Schultern hoch.

Ilse Röder schluckte. Das war eine Menge Geld.

»Und wie viele Behandlungen sind nötig?«

»Ich denke mit drei bis vier würden wir auskommen. Schwer vorherzusagen. Vielleicht reichen auch schon zwei. Jeder Patient spricht anders darauf an.«

Drei bis vier. Ilse Röder überlegte. Wirklich leisten konnte sie sich das nicht. Bei vier Behandlungen wäre sie 1.400 Euro los. Nun, sie musste wohl in den sauren Apfel beißen. War nicht in zwei Monaten der kleine Sparvertrag fällig? Das Geld wäre dann zumindest sinnvoll eingesetzt.

»Und die Schuppenflechte wird dann wirklich besser?«, fragte sie voller Hoffnung.

»Versprechen kann ich nichts. Aber in Ihrem speziellen Fall, schätze ich, dass Sie zu 90 Prozent beschwerdefrei sein und dauerhaft bleiben werden, wenn die Behandlung zu Anfang in regelmäßigen Abständen durchgeführt wird. Also nach der Erstbehandlung über drei bis vier Wochen, brauchen Sie nur noch alle sechs Monate behandelt werden.«

90 Prozent! Wow.

»Ach, Herr Doktor, das wäre so schön. Ich möchte das auf jeden Fall versuchen.«

Glücklich und dankbar lächelte die dicke Frau den schmächtigen Chinesen an.

»Das ist eine gute Entscheidung, Frau Röder. So, und jetzt setze ich Ihnen noch ein paar Nadeln.«

Huang Cai rieb sich im Geiste die Hände, während Ilse Röder ihren massigen Körper auf die Behandlungsliege wuchtete, die bedrohlich quietschte. Tapfer ertrug sie die kleinen Nadelstiche.

Huang Cai war verärgert.

Warum meldet sich mein Kontaktmann nicht?, fragte er sich, nachdem er Frau Röder die Nadeln entfernt und die Patientin verabschiedet hatte.

Die verdammten getrockneten Seepferdchen, die er zur Herstellung des Pulvers benötigte, das er seinem schwerreichen Patienten Rudolph Seiffert versprochen hatte, sollten längst eingetroffen sein. Seiffert hatte ihm mit Schamesröte im Gesicht anvertraut, dass seine deutlich jüngere Frau nicht genug bekommen konnte.

»Sie wissen schon, was ich meine, Herr Doktor«, hatte er heiser geflüstert. Er brauche irgendwas, um sie bei Laune zu halten. Es sollten aber nicht diese blauen Pillen sein, deswegen wäre er zu ihm, Huang Cai, gekommen. Er wäre nun nicht mehr der Jüngste, und man wisse ja nicht, ob das, was man so im Internet bestellen könne, nicht vielleicht doch irgendwann Nebenwirkungen zeigen würde. Huang Cai hatte wissend genickt und ihm das gewünschte Potenzmittel versprochen. Exklusiv für Herrn Seiffert und ganz auf seine Bedürfnisse abgestimmt. Und nun wartete er schon seit Tagen auf diese getrockneten Meeresbewohner.

In der Mittagspause schickte der Chinese eine SMS mit dem vereinbarten Code, um sich mit seinem Lieferanten zu treffen. Sie benutzten mehrere Codes, die verschiedene Treffpunkte repräsentierten. Huang Cai hatte diese Sicherheitsmaßnahme vorgeschlagen. Seinem Lieferanten war die Idee zunächst albern erschienen, wie aus einem schlechten Spionagefilm. Doch Huang hatte darauf bestanden. Niemand würde mit den Codezahlen etwas anfangen können, falls das Handy einmal in falsche Hände geraten sollte. Heute hatte sich Huang für Code sieben entschieden, was bedeutete, dass sie sich abends um acht in einer Weinstube in Allensbach treffen wollten. Huang Cai hatte in all den Jahren, die er mittlerweile in diesem Teil der Welt lebte, die regionalen Weine schätzen gelernt. Sein Handy vibrierte. Die Nachricht seines Geschäftspartners klang vielversprechend und zauberte ihm ein Lächeln auf sein Gesicht.

Er sah auf seine teure Schweizer Uhr. Die Mittagspause war vorbei, und die Patienten warteten auf ihren Heiler. Huang Cais ganz persönliche Allheilmittel jedoch waren ein guter Wein und vor allem qián – Geld.

»Frau Hanfstängl, noch so ein Ding, und …«

»Was, und …, Sie können mir gar nichts verbieten. Wie ich meine Freizeit gestalte, geht *Sie* überhaupt nichts an, Herr Losens«, antwortete die kräftig gebaute Frau ruhig, aber bestimmt.

»Frau Hanfstängl, so nehmen Sie doch Vernunft an. Sie zerren unsere Behörde in den Fokus der Öffentlichkeit, und das können wir uns nach dem Skandal mit der KMVA* nun wahrlich nicht leisten.«

Max Losens stand mit gerötetem Gesicht und Schweißperlen auf der Stirn vor ihrem Schreibtisch. Wieder einmal

* Konstanzer Müllverbrennungsanlage (fiktiv)

dachte Lioba, dass dieser Mann eine mehr als unglückliche Figur hatte. Sie selbst sah auch nicht aus wie eine Gazelle, aber zumindest stimmten bei ihr die Proportionen. Bei Losens hingegen war die Körpermitte sehr prominent, die Extremitäten im Verhältnis viel zu dünn, nichts passte irgendwie zusammen.

»Hätten Sie und die anderen Herren Ihre Hausaufgaben gemacht, wäre es gar nicht so weit gekommen. Dass das ganze Ding in die Luft geflogen ist, und dabei noch ein Arbeiter ums Leben kam, ist doch ein Versäumnis der *Behörde*. Haben Sie kontrolliert? Nein. Dass dort illegal giftiger Müll verbrannt worden ist, hat man doch gerochen. Bis zum Himmel hat's gestunken. Aber nein, keine Gefahr für die Umwelt, keine Gefahr für Mensch und Tier«, höhnte sie.

»Sie können von Glück sagen, dass drei Jahre später kein Hahn mehr danach kräht«, fuhr sie fort, »und ein Bauernopfer war doch gleich gefunden. Frau Stückelberg wurde in Frühpension geschickt. Und Sie? Fein haben Sie sich aus der Affäre gezogen und den Unschuldigen gespielt. Aber mich hier frech anmachen, mir vorwerfen, ich würde mit meinen Aktionen, die ich – ich betone es noch einmal – in meiner *Freizeit* mache, unsere *Behörde* verunglimpfe. Dass ich nicht lache.«

»Frau Hanfstängl«, Max Losens war bei der Erinnerung an das damalige Unglück zusammengezuckt – und wie knapp er mit sauberer Weste rausgekommen war – und verlegte sich nun aufs Flehen.

»Ich bitte Sie inständig, Sie können von mir aus schützen und retten wen, was und wie Sie wollen, aber doch bitte hinter den Kulissen. So etwas geht einfach nicht.«

Mit der Rechten fuhr er sich durch sein schütteres Haar, das leicht fettig glänzte. Auf seiner dunkelblauen Krawatte entdeckte Lioba einen kleinen Fleck, Eigelb, wie die passionierte Tierschützerin erkannte. Wahrscheinlich ein Ei von einem dieser geschundenen Hühner aus Käfighaltung!

Max Losens tippte mit dem rechten Zeigefinger energisch auf die Zeitung in seiner Linken und warf dann der Büroangestellten im selben Ressort, Frau Lioba Hanfstängl, den heutigen Südkurier quasi vor die Nase. Lioba kannte die Schlagzeile »Ich opfere mich auch für Bäume« bereits.

Sie hatte es nicht ganz auf das Titelblatt geschafft, aber Seite drei war ihr sicher gewesen. Auf einem riesigen Foto erkannte man die Umweltaktivistin Lioba Hanfstängl eindeutig. In eine Art sackleinenes Gewand gehüllt – zusammengenäht aus drei uralten Kartoffelsäcken, zusammengehalten durch eine blutrote Kordel – hatte sie sich mit Handschellen und einer langen Kette an einen Baum gefesselt. Die Handschellen aus dem Internet waren von bester Qualität, saßen eng um ihre kräftigen Handgelenke. Den Schlüssel hatte Wim Röhrig, ihr getreuer Helfer, nachdem die Handschellen zugeschnappt waren, demonstrativ verschluckt. Und in diesem Büßergewand umarmte Lioba Hanfstängl den Baum wie eine liebende Mutter, lehnte die Wange an seinen rauen Stamm und blickte wie ein waidwundes Reh in die Kamera. Nichtsdestotrotz sah sie sich in der Lage, ein Interview geben zu können. Die Presse war bereits im Vorfeld über ihre Aktion informiert worden.

»Frau Hanfstängl, warum gerade dieser Baum? Blutbuchen sind doch nun nicht so selten, und dies ist zudem ein nicht geschütztes Exemplar«, so die Einschätzung der angehenden Reporterin, die als Volontärin ihren ersten großen Einsatz hatte.

»Wehret den Anfängen, wehret den Anfängen …«, doch weiter war Lioba mit bebender Stimme nicht gekommen. Kaum waren die Töne des Martinshorns an ihre Ohren gedrungen, hatte die Polizei die kleine Versammlung bereits aufgelöst, die Reporterin verscheucht und die Handschellen in Nullkommanix geknackt. Der arme Wim hatte den Schlüssel wohl umsonst geschluckt. Lioba hatte allerdings nichts verbrochen, und so hatte man sie lediglich verwarnt und einen Platzverweis ausgesprochen.

Doch eins musste man der Reporterin lassen. Sie hatte diese etwas verunglückte Aktion wunderbar aufgebauscht, hatte offensichtlich zur Person Lioba Hanfstängl recherchiert. In ihrem Artikel nahm die junge Frau Bezug auf das »Attentat« auf den Hühnerbaron Waldemar von Mäuselen, den Lioba vor fünf Jahren mit in rote Farbe getränkten Tennisbällen traktiert hatte. Von Mäuselen hatte kein Aufsehen erregen wollen und auf eine Anzeige verzichtet. Die Umweltschützerin war mit einer Zahlung von 500 Euro an eine soziale Einrichtung davongekommen.

»Frau Hanfstängl, überlassen Sie solche Aktionen doch der Jugend, dem NABU, dem WWF oder was weiß ich wem. Aber um Himmels willen, hören Sie damit auf. Ihr Vater ist seit Langem CDU-Mitglied, das muss Sie doch irgendwie beeinflusst haben«, redete Max Losens, kurzatmig vor lauter Aufregung, weiter auf Lioba ein. Sein dicker Bierbauch bebte geradezu.

»Herr Losens, Sie sollten sich mal hören. Vielleicht habe ich gerade deswegen einen so intensiven Zugang zum Natur- und Tierschutz. Aus den Kindern der Nazis sind doch auch zum Teil Radikale geworden. Und was ich mache, ist doch noch harmlos. Also kein Grund zur Aufregung. Was soll unserem Amt schon an Schaden zugefügt werden? Warten Sie mal die Leserbriefe in den nächsten Tagen ab. Die stehen *alle* hinter mir. Klopfen Sie mir also ruhig auf die Schulter, vielleicht fällt dann auch ein wenig von der positiven Resonanz auf Sie oder die *Behörde* ab. Schließlich ist der Umweltschutz ja unsere Aufgabe.«

»Warum betonen Sie das Wort ›Behörde‹ immerzu? So langsam frage ich mich, ob Sie einen bestimmten Zweck verfolgen. Aber ich warne Sie, Frau Hanfstängl, sägen Sie nur nicht an dem Ast auf dem Sie sitzen. Ich bin immer noch in einer Position, in der ich Sie ganz schnell hier raus habe. Ein Wort über …, tja, über Pflichtverletzungen, derer Sie sich schuldig gemacht haben, und Sie können sich einen neuen Job als Tippse suchen.« Geringschätzig sah er auf sie herunter.

Nachdem das Betteln nichts gebracht hatte, drohte er ihr nun also. Lioba schob ihren Schreibtischstuhl zurück, stand auf, die Hände vor sich auf den Artikel gestützt, und sah ihn mit giftigem Blick an.

»Tippse, ich hör wohl nicht recht. Wollen Sie sich wirklich mit mir anlegen, Herr Losens? Vorsichtig! Passen Sie mal lieber auf, dass ich nicht Ihnen irgendwas ans Bein binde. Wie gesagt, den Giftmüll haben Sie mit Bravour überstanden. Aber wie sagt man so schön, wo Rauch ist, ist auch Feuer.«

Lioba Hanfstängl nahm den Südkurier, knüllte ihn zusammen, warf ihn in den Papierkorb.

»Und jetzt entschuldigen Sie mich, *ich* hab zu tun.«

Ein konsternierter und ratloser Max Losens verließ ohne ein weiteres Wort nach diesem Rausschmiss das Büro. Vor Frauen, die ihm Paroli boten, hatte er schon immer Respekt gehabt. Was zum Teufel hatte diese dämliche Kuh denn jetzt schon wieder vor?

Malie Abendroth trat fleißig in die Pedale ihres Rennrades auf dem Weg zu ihrer Arbeit auf der Insel Mainau. Sie fuhr konzentriert, doch gleichzeitig nahm sie den beginnenden Frühling in all seinen Facetten um sich herum wahr. Von Weitem hörte sie das Gebrumme der Fahrzeuge auf der L219. Da hatte es wohl jemand besonders eilig. Das Aufheulen eines Motors beim Schalten drang an ihr Ohr, und sie hätte jeden Cent darauf verwettet, dass es sich um einen Ferrari handelte. Sie kannte den Sound nur zu gut, fuhr doch ihr jüngerer Bruder Jonas – Jo – seit geraumer Zeit einen dieser italienischen Luxusschlitten. Malie hatte über diese Extravaganz nur den Kopf geschüttelt. Aber so war Jo nun einmal. Wie ein kleiner Junge hatte er sich stolz in dem noblen Autosalon, der ausschließlich Edelmarken wie Jaguar, Maserati oder eben Ferrari vertrieb, dieses knallrote Geschoss zugelegt. War Jo etwa in der Gegend? Nein, er hätte sich bestimmt gemeldet. Und außerdem fuhren in dieser Region einige dieser Karossen herum. Man war schließlich nicht arm, wenn man direkt am Bodensee lebte.

Noch vor drei Wochen hatten sich Malie und ihr jüngerer Bruder in einem Biergarten am See zum Essen getroffen, und Jo hatte erzählt, dieses Wochenende wäre er in Zürich, sei dort zeitlich ziemlich eingespannt und würde es wohl nicht schaffen, an den Bodensee zu kommen. Schade. Malie freute sich immer, ihren Bruder zu sehen, auch, wenn es manchmal nur für eine Stunde war. Jo war witzig und ein toller Unterhalter, immer mit Neuigkeiten aus der alten Heimat im Gepäck und so für Malie eine wichtige Verbindung zur Familie in Bremen, da Jo in regelmäßigen Abständen zwischen der Hansestadt und dem Bodensee pendelte.

Auf dem Mitarbeiterparkplatz standen bereits mehrere Autos, und bei der extra für Motorradfahrer eingerichteten Umkleidekabine war die Yamaha des Azubis Lukas abgestellt, der sein ganzes Geld in die Maschine steckte. Hotel Mama machte es möglich. Malie Abendroth fuhr weiter über die Brücke, passierte das Schwedenkreuz, das seinen Namen den Schweden verdankte, die nach Ende des 30-jährigen Krieges das wertvolle Bronzekreuz als Beute hatten mitnehmen wollen. War wohl doch zu schwer gewesen. Malie winkte Karl, einem der Gärtner, zu, der schon auf seinem Aufsitzmäher saß und die Grünflächen mähte. Ihr Weg führte sie in Richtung Palmenhaus. Wie immer schenkte sie dem riesigen, aus knallbunten Blumen bestehenden Pfau einen Blick, passierte den Weinberg und den angrenzenden Schwedenturm und schließlich die italienische Wassertreppe. Sie lenkte ihr Fahrrad am Rosengarten vorbei und erreichte das Palmenhaus. Das große Gewächshaus mit mehr als 20 verschiedenen Palmenarten gehörte zu den Attraktionen der Insel. Nicht nur die Palmen, auch die Architektur des hochtransparenten Acrylglasbaus machten das Gebäude zu etwas Besonderem. Bis vor einigen Wochen waren gut und gerne 3.000 Orchideen hier arrangiert worden. Die Orchideenschau gehörte zu den Highlights des Jahres und hatte jede Menge Arbeit für Malie und ihre Kollegen bedeutet.

Als sie den filigranen Glaskörper betrat, tauchte zwischen den Gewächsen der Azubi Lukas auf. Der junge Mann war der Sohn einer Mitarbeiterin, und alle kannten ihn mehr oder weniger von Kindesbeinen an. Die meisten, so wie auch Malie, duzten sich mit Lukas, ihn zu siezen wäre allen vollkommen albern vorgekommen, nur weil er mittlerweile 18 Jahre alt war. Lukas war das nur recht.

»Alles klar hier, Lukas?«, erkundigte sich Malie. »Das sieht ja schon klasse aus!«, lobte sie den jungen Mann.

Acht große runde Tische standen geschickt zwischen den Palmen platziert und waren bereits festlich eingedeckt für eine Hochzeitsgesellschaft. Lediglich der Blumenschmuck fehlte noch.

Lukas grinste, er freute sich über das Lob, besonders, da es von Malie kam.

»Ich geb's auch an die andern weiter, hab das ja nicht allein gemacht«, gab er dann bescheiden zurück.

Malie klopfte Lukas anerkennend auf die Schulter und machte sich auf den Weg zum Schmetterlingshaus. Der Anblick des Gärtnerturms, dessen Untergeschosse noch aus dem Mittelalter stammten, beeindruckte sie immer wieder aufs Neue. Der Turm beherbergte in seinem achteckigen Aufbau und unter seinem Helmdach wechselnde Ausstellungen vom Frühjahr bis in den Herbst. An einer

Seite rankte eine riesige weiß blühende Kletterrose empor, rechts und links der Eingangstreppe blühten noch große Rhododendron-Hybride, ein Traum in Purpurrot. Diese Züchtung, »Olin. O. Dobbs«, war eine von Malies Lieblingssorten. Rhododendren in allen Farben und Formen mochte sie von Kindesbeinen an, und wenn sie zur Blütezeit in ihrer Heimatstadt Bremen war, stattete sie dem Rhododendronpark mit seinen mehr als 3.000 Arten immer einen Besuch ab.

Im Schmetterlingshaus angekommen, begann sie mit ihrer Arbeit. Gedankenverloren zupfte sie an dem riesigen Farn herum, der seine gefiederten Arme einem der kleinen Teiche entgegenreckte. Daneben trug die Heliconia rostrata ihren bizarr anmutenden rotgelben Blütenstand zur Schau. Schmetterlinge in allen Größen taumelten trunken vom Blütennektar von Pflanze zu Pflanze – bunte, schillernde Farbtupfer in der 30 Grad warmen Feuchte des Gebäudes.

Was war das denn? Wer hatte hier einen Leinensack hingeschmissen? Und zerrissen war er auch noch! Schlamperei!

Plötzlich stach Malie ein seltsamer Geruch in die Nase, den sie nicht einordnen konnte. Irgendwie erdig. Ungewöhnlich. Vorsichtig teilte sie die dichten Blätter, versuchte zu erkennen, ob dahinter der Urheber dieses Geruchs versteckt war. Sie zuckte zurück, als ein Wesen vor ihren Augen auftauchte, das sie für eine Sekunde glauben ließ, sie halluziniere.

Etwa einen halben Meter entfernt, direkt vor ihrem Gesicht, hatte sich ein Tier eine Kuhle gegraben. Nur ein Teil des seltsamen Bewohners war zu sehen, der über und über mit harten, großen, dunkelolivfarbenen Schuppen bedeckt war und einem überdimensionalen lebenden Tannenzapfen glich. Das Tier schien sie nicht bemerkt zu haben, und Malie ließ den Blättervorhang sanft zurückgleiten, um es nicht zu stören.

Aus der Hosentasche ihrer pinkfarbenen Shorts fummelte sie ihr Handy hervor, wählte die Kamera an und schaltete den Blitz aus. Wieder schob sie die Blätter mit einer Hand zur Seite und machte mehrere Aufnahmen von dem seltsamen Geschöpf. Malie hatte so etwas bisher nur im Zoo gesehen. Die erste grundlegende Frage schoss ihr durch den Kopf. Wie war das Tier überhaupt in das Schmetterlingshaus gelangt? Hatte es jemand absichtlich hierher gebracht? Malie beschloss, dem neuen Bewohner erst mal seine Ruhe zu gönnen und ihren Fund für sich zu behalten. Niemand brauchte vorerst zu erfahren, was sich hinter dem Farn eingenistet hatte.

Während sie ihren Rundgang durch das Schmetterlingshaus machte, Blüten für die Futterstationen der bunten Falter pflückte, die Wasserschildkröten und Fische im Teich fütterte, versuchte sie eine Antwort auf ihre Frage zu finden, wie um alles in der Welt dieses merkwürdig aussehende Tier hier hereingekommen war. Das Schmetterlingshaus war videoüberwacht. Wenn etwas Ungewöhnliches auf dem Video zu erkennen wäre, würde sie es von Bastian, der sich um die Technik kümmerte, erfahren.

Sie verließ das Schmetterlingshaus und ging zum in der Nähe liegenden Café »Vergissmeinnicht«, um sich eine Kaffeepause zu gönnen und weiter über ihren Fund nachzudenken. Vor dem Café befand sich ein großes Rondell, in dem sich diverse Kakteenarten den Platz mit Sukkulenten teilten, einige blühten gerade in verschiedensten Rottönen, ein wunderschöner Anblick.

»Hallo, was darf ich Ihnen bringen?«, wurde sie freundlich von einer jungen Frau begrüßt, als sie auf der Terrasse an einem der Holztische Platz genommen hatte. Sie gehörte zu einer Gruppe Jugendlicher, die entweder einen schwierigen sozialen Hintergrund hatten oder einen besonderen Förderbedarf verlangten. Die jungen Leute, Deutsche und Migranten, nahmen an einer berufsvorbereitenden Bildungsmaßnahme teil, die vom Fachpersonal des Bereichs »Pro Integration« vom Verein »Gärtnern für alle« unterstützt wurde, deren Vorsitzende die Hausherrin der Mainau, Sandra Gräfin Bernadotte af Wisborg, war. Malie hielt das für eine hervorragende Sache, und sie freute sich für alle, die hier auf der Insel in der Gastronomie oder auch im Gartenbau die Möglichkeit bekamen, sich besser in der Gesellschaft zurechtzufinden. Eine solche Initiative war nicht unbemerkt geblieben, und vor einigen Jahren hatte das Café Vergissmeinnicht dafür den Kultur-Initiativ-Preis der europäischen Kulturstiftung »Pro Europa« erhalten.

Malie bestellte einen Milchkaffee und eine Butterbrezel. Während sie darauf wartete, betrachtete sie die Fotos, die sie von dem Gast im Schmetterlingshaus gemacht hatte. Es war eindeutig ein Schuppentier, ein Pangolin. Wie der Zufall es wollte, war sie bei ihrem letzten Besuch in Leipzig mit ihrer Zwillingsschwester Alicha, die dort als Tierärztin arbeitete, bei diesen eigenartigen Geschöpfen gelandet. Ihre Schwester war stolz darauf, in einem der führenden Zoos Europas zu arbeiten. Leipzig war bekannt für seine Artenschutzprojekte und seine erfolgreichen Nachzuchten.

Die Erinnerung an ihren Besuch in diesem wunderschönen Zoo und an die putzig aussehenden Tiere, tauchte vor Malies innerem Auge auf.

»Pangoline sind vom Aussterben bedroht«, hatte ihre Schwester ihr erklärt. »Ihrer Schuppen und ihres Fleisches wegen werden sie gnadenlos gejagt. Und die Schuppentiere sind hilflos. Alles, was sie machen, wenn sie angegriffen werden, ist, sich zu einer Kugel zusammenzurollen. Die Wilderer brauchen sie nur vom Baum zu pflücken oder vom Boden aufzuheben. Schrecklich ist das. Und mittlerweile sind sie in Südostasien rar geworden, deshalb fangen diese geldgeilen Menschen nun auch Pangoline in Afrika und schmuggeln sie nach China.«

Die junge Frau, die dem Aussehen nach pakistanischen oder indischen Ursprungs war, brachte die Bestellung und wünschte einen guten Appetit. Malie biss ein Stück von der Brezel ab, kaute genüsslich, trank einen Schluck Kaffee. Um sicherzugehen, schaltete sie erneut ihr Handy an und befragte das Internet. Sie verglich die Bilder und klassifizierte dann ihren Fund als Ohrenschuppentier. Wie zum Teufel war es auf die Insel Mainau gekommen? Hatte es jemand ausgesetzt, der mit dem Tier nicht mehr klarkam? Aber, woher hätte diese Person das Schuppentier gehabt? Man konnte es nicht einfach wie einen Hund vom Züchter oder einen Kanarienvogel im Zoohandel kaufen. Das Tier besaß einen hohen Wert, schließlich war der Handel mit Schuppentieren lukrativ. Doch nicht nur das. Er war vor allem illegal. Besonders in China war die Nachfrage nach den begehrten Schuppen groß, glaubte man doch dort, sie könnten, zu einem »medizinischen« Pulver verarbeitet, bestimmte Krankheiten heilen. Und auch das Fleisch wurde gerne verwertet, es galt als besondere Delikatesse. Malie schüttelte den Kopf. So ein Humbug, medizinisches Pulver aus Pangolinschuppen. Da die Schuppen aus nichts anderem als Keratin bestanden, konnte man genauso gut Fingernägel kauen und hoffen, dass man dadurch geheilt wurde.

Malie recherchierte weiter, und ihr wurde beinahe übel, als sie verschiedene Zeitungsartikel zum Thema »Pangoline und die Jagd auf sie« las. So waren 22.000 Schuppentiere innerhalb von 14 Monaten getötet worden, und dies nur innerhalb eines Teils der Insel Borneo. Und je weniger Tiere es freilebend gab, desto höher war logischerweise der Profit der Schmuggler. Sie informierte sich weiter über die Lebensgewohnheiten des Tieres und seine bevorzugte Nahrung. Ameisen und Termiten sowie deren Eier waren sein Leibgericht. Viel mehr stand nicht auf dem Speiseplan, ab und an mussten auch Käfer oder Würmer dran glauben. Aber das war es dann auch schon.

Wie machen die das im Zoo?, fragte sie sich stumm. Ameisen züchten? Wohl kaum. Hier auf der Insel konnte das Pangolin jedenfalls nicht bleiben, das war klar. Womöglich kam es noch auf die verzweifelte Idee, die Schmetterlinge oder ihre Puppen in seinen Menüplan aufzunehmen. Vielleicht sollte sie ihre Schwester befragen, sie war schließlich die Fachfrau. Malie versendete eine Nachricht an Alicha mit der Frage nach dem Futter für Pangoline. Anrufen war meist zwecklos, Alicha hatte immer alle Hände voll zu tun und nahm meist gar nicht erst ab. Als Malie den letzten Schluck Kaffee getrunken und die Butterbrezel verzehrt hatte, pfiff ihr Handy und vermeldete eine Nachricht. So schnell hatte sie tatsächlich nicht mit einer Antwort gerechnet. Ausgezeichnet.

»Mit einem Spezialbrei aus Mehlwürmern, Kokospulver, Eigelb, Vitaminen, Heilerde und auch Bienenlarven. Und noch einiges mehr. Wieso interessiert dich das?«

»Nur so«, schrieb Malie zurück, »habe gerade einen Artikel über die Tiere gelesen, und dass Leipzig der einzige Zoo in Europa ist, wo man sich Pangoline anschauen kann.«

Zurück kam ein Smiley und der Kommentar, sie sollte doch mal wieder zu Besuch kommen.

Möglichweise komme ich früher, als dir lieb ist, Schwesterherz, und bring dir noch einen vierbeinigen Freund mit, dachte Malie und schämte sich dafür, Alicha nur die halbe Wahrheit gesagt zu haben.

Doch sie hatte einen Entschluss gefasst. Sie würde das Pangolin mit nach Hause nehmen, und sobald ihre Zeit es erlaubte, nach Leipzig in den Zoo bringen. Dass sie sich damit auch auf illegalem Terrain bewegen würde, war ihr klar, doch was hätte sie anderes tun sollen? Die naheliegende Lösung, die Polizei einzuschalten oder den Tierschutz anzurufen, verwarf Malie sofort. Bei ihrer Schwester in Leipzig wäre das Tier am besten aufgehoben, und bis dahin würde es bei ihr ein geborgenes Plätzchen haben. In ihrem Wintergarten war es warm und feucht, und den Futterbrei würde sie wohl irgendwie zusammenmischen können. Hoffte sie.

Malie hatte vor fünf Jahren eine alte Villa im Konstanzer Vorort Litzelstetten für ein kleines Vermögen gekauft und sich dabei in den Immobilienmakler verliebt. Nach drei Jahren war die Beziehung in die Brüche gegangen, seither war sie Single und genoss ihre Freiheit. Sie hatte noch einiges an Geld zusätzlich hineingesteckt und die Villa liebevoll eingerichtet. Seitlich des auf einer kleinen Anhöhe stehenden Hauses hatte sie einen großen Wintergarten anbauen lassen, der mittlerweile viele üppige tropische Pflanzen beherbergte, sodass der runde niedrige Tisch und die beiden großen Bambussessel mit ihren farbenfrohen dicken Kissen beinahe eingewachsen erschienen. Lediglich der Ausblick von den Sesseln auf den Bodensee war pflanzenfrei. Hier war es immer sehr warm, tropisch eben, wie die Pflanzen und Malie es liebten. Beheizt wurde der Wintergarten durch Solarzellen, um Heizkosten zu sparen. Zwischen einer Bananenstaude, einer Palme und zwei riesigen Alocasien, landläufig bekannt als Elefantenohr, plätscherte ein kleiner Brunnen, der einen Auslauf in einen Teich hatte. Im Augenblick blühte eine Frangipani und verströmte ihren schweren süßen Duft.

Nun brauchte das Tierchen noch einen Namen. Ich taufe es Paul. Wenn es sich später herausstellt, dass es ein Mädchen ist, kann ich es immer noch Paula nennen.

Max Losens fragte sich nicht zum ersten Mal, wie er, der doch eigentlich ein echter Hosenscheißer war, sich auf eine so gefährliche Sache hatte einlassen können. Aber irgendwie war alles zusammengekommen.

In der Schule war er immer der Letzte gewesen, der in eine Sportmannschaft gewählt worden war. Damals war er noch schlank und drahtig gewesen. Trotzdem. Man hatte ihn ungerne ins Team geholt. War ein Handball auf ihn zugeflogen, war er lieber ausgewichen, statt den Ball aufzufangen, denn es hatten ihm die Hände wehgetan. Oft glaubte er, seine Mitspieler legten absichtlich alle Kraft in den Wurf, nur um ihn doof dastehen zu lassen, weil sie genau wussten, dass er zur Seite sprang. Ähnlich war es beim Fußball, beim Volleyball, immer hatte er Angst, sich wehzutun, oder schlimmer noch, sich zu verletzen. Er war weder wagemutig noch abenteuerlustig. Max bevorzugte die Theater AG, setzte sich auch lieber in einen Schauspielsaal statt in ein Fußballstadion.

Auf einer Reise nach Sankt Petersburg – Kultur pur – war er Jarmilla begegnet. Klein, hübsch, auf der Suche nach einem Mann, der ihr ein sorgloses Leben bescheren würde. Ihre Wahl war auf Max Losens gefallen. Damals war er gerade ein knappes Jahr geschieden gewesen, er war Valerie zu langweilig geworden. Genau das hatte sie zu ihm gesagt. Zu langweilig. Während der Jahre mit Valerie hatte er aus seinem Desinteresse gegenüber allen Sportarten, Wandern, Reisen in exotische Länder keinen Hehl gemacht. Doch urplötzlich war es seiner Gattin wie Schuppen von den Augen gefallen, dass sie einen *echten* Mann haben wollte, nicht so einen Waschlappen, dessen größte körperliche Anstrengung darin bestand, täglich einen Kugelschreiber zu halten. Valeries Worte hatten ihn tief verletzt, und sie war mit den beiden gemeinsamen Söhnen Knall auf Fall ausgezogen.

Bei Jarmilla sollte ihm dies nicht passieren. Sogar ein Jahresabo für ein Fitnessstudio hatte er sich zugelegt, an seinem allmählich zur Fülle neigenden Körper gearbeitet. Doch das war Jarmilla egal gewesen, es hatte sie nicht beeindruckt. Die sportliche Betätigung gehörte der Vergangenheit an. Wozu sich schinden, wenn seine Frau noch nicht einmal Wert darauf legte. Was seine zweite Frau allerdings liebte, war ein Hauch von Luxus. Nicht zu viel, denn sie wusste, das konnte sich Max nicht so einfach leisten. So war es zumindest anfangs gewesen. Hier ein Designerkleid, da ein teures Parfüm. Nach der Geburt seiner Ältesten, Maximiliane, war er so voller Stolz und Glück, dass er einen Halbkaräter an Jarmillas Finger gesteckt hatte. 999er Gold, und das zu einem Zeitpunkt, als der Goldpreis seinen Höchststand erreicht hatte.

Jarmilla hatte geschnurrt wie ein Kätzchen. Max hatte mit dem Ring den Appetit nach mehr bei Jarmilla angeregt, und aus dem Kätzchen war ein gefräßiger Tiger geworden. Nicht, dass Losens den sich mehr und mehr anhäufenden Luxus nicht auch genossen hätte. Ein neues Badezimmer – eine wahre Wellnessoase – wurde eingerichtet, neue Möbel, ein riesiger Flachbildschirm, der Kleiderschrank seiner Frau platzte bald aus allen Nähten. Die Reisen wurden kostspieliger, ebenso die Abendessen bei »Rudolfo« oder »Chez Guillaume« begleitet von teuren Weinen und gekrönt von prickelndem Champagner. Der Tod seiner Mutter, wie sich Max mit einem schlechten Gewissen eingestand, kam gerade richtig. Die alte Frau hatte schon lange ein unwürdiges Dasein gefristet, war jahrelang mehr dahinvegetiert und endlich gestorben, was Max ein kleines, aber feines Erbe bescherte. Doch wie gewonnen, so zerronnen. Allein die Reise auf diesem Luxusliner hatte ihn ein halbes Vermögen gekostet.

Den Einkaräter hatte er dann nach Nadines Geburt an Jarmillas Finger gesteckt. Während Maximiliane ein echtes Mamakind war, hing Max Losens mit einer wahren Affenliebe an seiner Jüngsten, eine Liebe, die Nadine zu 100 Prozent zurückgab.

Nadine war fünf Jahre alt gewesen, als sich in ihr der Wunsch nach einem Haustier geregt hatte. Jarmilla hatte zugestimmt, aber bitte weder Hund noch Katze, die waren, im Gegensatz zu den Kindern, während einer Kreuzfahrt nur schwer unterzubringen. Ein Kaninchen würde Frau Stolzenfels, die Nachbarin, übernehmen. Also hatte sich Max Losens mit Nadine an der Hand zur Zoohandlung von Rufus Trenkwitz aufgemacht. Mümmel, ein schwarz-weiß geflecktes Zwergkaninchen, lebte seither in der Familie Losens, von Nadine liebevoll gehegt und gepflegt.

Max Losens hatte anfangs Bedenken, einer Fünfjährigen ein Kaninchen anzuvertrauen. Aber die Kleine machte ihre Sache bestens, zeigte sich verantwortungsvoll und diszipliniert, natürlich mit kleiner Hilfe ihrer Mutter. Der Käfig wurde regelmäßig gereinigt, mit frischem Stroh ausgestreut, Mümmel fehlte es an nichts. Und so war es Losens zur Angewohnheit geworden, alle 14 Tage mit Nadine die Zoohandlung aufzusuchen, um neues Stroh, Heu, Knabbermüsli, und was das Tier sonst noch so brauchte, einzukaufen. Meist musste er einige Meter entfernt parken, da die Parkplätze direkt vor Trenkwitz' Geschäft belegt waren. Doch an einem Frühlingstag vor drei Jahren hatte er Glück gehabt. Oder auch nicht. Der neue silberfarbene Audi glänzte im Sonnenlicht, das Leder roch erdig und neu, die Fußmatten entbehrten jeden Dreckkrümels. Den Audi hatte er quasi jungfräulich am Tag zuvor vom Autohaus Weller übernommen.

»Schicker Wagen.«

Trenkwitz stand an der Eingangstür und begutachtete seinen Neuerwerb, während Nadine die bunten Wellensittiche, die in den großen Käfigen herumflatterten, beobachtete.

»Für den muss man ja ein nettes Sümmchen hinblättern. Oder ist der gebraucht?«

Im Nachhinein fragte sich Max Losens, warum er nicht schon bei dieser Frage stutzig geworden war.

»Nein, krachneu«, unverhohlener Stolz schwang in seiner Stimme mit.

Trenkwitz kratzte sich seinen roten Schopf.

»Ein Diesel. Nicht schlecht. Und Platz für die ganze Familie. Was kostet der denn so, wenn ich fragen darf?«

»Na ja, Sie könnten es auch bei Weller erfragen. Aber mit allem Drum und Dran, so an die 70.000.«

Trenkwitz pfiff durch die Zähne, dann lachte er dröhnend.

»Hätte ich das geahnt, hätte ich die Beamtenlaufbahn eingeschlagen. Sie sitzen doch in der Verwaltung, wenn ich mich nicht irre, oder? Natur- und Umweltschutz, nicht wahr? Ja, ja, Trenkwitz, und du haust hier zwischen all deinen Tierchen und Futtertüten.«

Max Losens war das Gespräch schon etwas unangenehm gewesen. Musste er sich wegen seines Gehalts oder seiner Ausgaben rechtfertigen? Wohl kaum. Was dachte sich dieser Mensch eigentlich?

»Herr Trenkwitz, gibt es die auch in größer?«

Nadine hatte auf einen Wellensittich gezeigt, dessen Gefieder in einem besonders kräftigen Blau schillerte.

»Nein, meine Kleine, einen Wellensittich gibt es nicht größer. Es gibt natürlich größere Vögel, die genauso farbig sind, noch bunter, noch schillernder. Vögel, so farbenfroh, wie du es dir gar nicht vorstellen kannst. Aber die gibt es hier nicht zu kaufen.«

Auch das wissende Lächeln, das sich Rufus Trenkwitz erlaubte, als er Tage später per Zufall Max und Jarmilla traf, die gerade von einem exorbitant teuren Abendessen bei »Rudolfo« kamen, hatte Max Losens nicht ahnen lassen, was auf ihn zukam.

Kein Vierteljahr später stand er wieder einmal mit Nadine in der Zoohandlung. Trenkwitz hatte einen prächtigen Bildband über exotische Vögel vor dem Kind ausgebreitet.

»Das Buch schenk ich dir. Dann kannst du mal schauen, welch prächtige Vögel es auf der Erde gibt. Und, wenn du groß bist und so viel Geld verdienst wie dein Papa, kannst du dir vielleicht einmal einen dieser Vögel kaufen.«

Nadine hatte sich sofort in das Buch vertieft und blätterte fasziniert darin herum.

»Das können wir doch nicht annehmen. Das ist doch viel zu teuer.«

Max Losens fühlte sich nicht wohl in seiner Haut. Das Gefühl, Trenkwitz wolle irgendwas von ihm, wollte nicht weichen. Und es trog ihn nicht, denn schon kam der Zoohändler zur Sache. Er zog Losens ein Stück zur Seite und raunte ihm mit gesenkter Stimme zu: »Herr Losens, so ab und zu beantrage ich ja auch eine Genehmigung bei

Ihrer Verwaltung. Sie wissen schon, was ich meine, diese Formulare, die benötigt werden, wenn eines der seltenen Tiere«, an dieser Stelle machte Trenkwitz eine bedeutsame Pause, »von mir aus einer legalen Zucht übernommen und weitervermittelt wird.«

Max Losens schwieg und wartete ab, was da wohl noch kam. Allerdings hatte er bereits einen vagen Verdacht.

»Ich weiß, dass uns Händlern bei solchen Transaktionen immer besonders aufmerksam auf die Finger geschaut wird. Und das ist auch richtig so. Eigentlich sollte ich mich auf diese Geschäfte gar nicht mehr einlassen. Der ganze Papierkram, immer nur Scherereien, und am Ende bleibt kaum noch was für mich übrig. Wenn ich den Zeitaufwand berücksichtige …«

»Und was wollen Sie mir damit sagen?«

Trenkwitz zog Losens noch ein wenig mehr zur Seite, zupfte am Ärmel von dessen Hugo-Boss-Sakko. Wenn Losens etwas nicht leiden konnte, dann ein solches Gehabe und Gezupfe. Er rückte von dem Zoohändler ab. Trenkwitz' Stimme hatte sich zu einem Flüstern gesenkt, und er warf einen schnellen Seitenblick auf Losens Tochter. Doch Nadine blätterte in sich selbst versunken und voller Staunen in dem Bildband herum.

»Ich würde so etwas natürlich *nie* machen, aber wissen Sie, was der Handel unter der Theke mit einer seltenen oder gar geschützten Art bringt?« Trenkwitz nickte vielsagend mit dem Kopf in Richtung Tür, vor der Losens Audi stand. »Ich sag mal, sieben Papageien passen mal locker in einen neuen Audi.«

»Wie meinen Sie das?« Losens wich weitere Zentimeter zurück.

Trenkwitz hob eine seiner roten buschigen Augenbrauen. »Wie ich es sage. Ich bin sauber. Aber es gibt Leute, die zahlen so viel für ein paar Papageien, wie Sie für Ihren Audi hingeblättert haben.«

Max Losens schluckte. Natürlich wusste er, dass man mit geschmuggelten Tieren, ihren Eiern oder Teilen von ihnen sehr gute Geschäfte machen konnte, dass es eine Tierschmuggelmafia gab, die Millionen, oder eher wohl Milliarden, im Jahr umsetzte. Und wenn er die Worte von Trenkwitz richtig interpretierte, machte der ihm gerade das Angebot, mit ihm gemeinsam in dieses Geschäft einzusteigen. Sollte er sich darüber entsetzt zeigen, würde Trenkwitz' Antwort in etwa so lauten: »Ja, schlimm so etwas, die armen Tiere«, oder so ähnlich, und dieses Gespräch wäre beendet.

Max Losens zögerte einen Moment, um sich dann aber mit Rufus Trenkwitz auf ein Glas Wein noch am selben Abend zu verabreden.

Das war vor drei Jahren gewesen, und seither hatte sich sein Leben verändert. Vielleicht ein bisschen nervenaufreibend das Ganze, aber für seine Finanzen auf jeden Fall positiv. Allerdings begleitete ihn nahezu täglich die Angst, irgendwann einmal doch aufzufliegen.

Am Nachmittag radelte Malie, so schnell sie konnte, nach Hause, stellte ihr Fahrrad in die Garage und holte den Autoschlüssel zu ihrem Karmann-Ghia Cabrio. Sie liebte den Oldtimer mit seinem dunkelgrünen Lack und dem weißen Stoffverdeck, den ihr Onkel ihr zum 18. Geburtstag geschenkt hatte, nachdem sie schon als Mädchen von diesem Auto fasziniert gewesen war. Doch heute fuhr sie meist mit dem Rad, und der Karmann blieb in der Garage stehen. Auf den Beifahrersitz stellte sie einen großen Karton, in der Hoffnung, Paul würde darin Platz finden. Nun musste sie sich nur noch eine Ausrede überlegen, falls jemand nach dem Inhalt des Kartons fragen würde. Aber wahrscheinlich war das gar nicht notwendig, da es nicht unüblich war, Futter, Werkzeuge oder sonstiges Zeug in Kisten oder Kartons durch die Gegend zu schleppen. Viel größer war ihre Sorge, wie sie Paul aus diesem Blätterwald in die Kiste befördern konnte, ohne dass jemand sie dabei beobachtete. Und vor allem: Würde Paul sich so ohne Weiteres anfassen lassen? Nach dem, was sie über die Tiere wusste, wohl schon.

Sie hatte Glück. Keiner der Besucher beachtete sie, als sie mit dem Karton durch einen der Notausgänge das Schmetterlingshaus betrat. Die Menschen waren viel zu beschäftigt, Fotos von den schillernden Insekten zu schießen und mit lautem »Aaah« und »Ohhh, wie schön« ihre Begeisterung kundzutun. Malie schlängelte sich auf einem den Besuchern verbotenen, kleinen Durchgang zwischen Glasscheibe und Pflanzen zum Wasserfall. Das Pangolin saß noch immer an derselben Stelle. Als sie es vorsichtig berührte, rollte es sich zu einer großen schuppigen Kugel zusammen und ergab sich seinem Schicksal. Mit beiden Händen umfasste sie das Tier, dessen große bräunlicholivfarbene Schuppen sich glatt und warm anfühlten, und setzte es in den Karton, breitete ein Tuch darüber, verschloss den Deckel und verschwand auf demselben Weg, den sie gekommen war, aus dem Schmetterlingshaus.

Als sie das Cabrio wieder in die Garage fuhr und den Motor abstellte, stieß sie einen inbrünstigen Seufzer aus. Für einen Moment schloss sie die Augen, ging mit sich selbst ins Gericht, ob sie wirklich das Richtige tat. Dann stieg sie aus, öffnete die Beifahrertür und hob den Karton vorsichtig heraus. Durch eine Tür in der Garage gelangte sie direkt ins Haus. Sie trug die Schachtel in den Wintergarten, setzte sie auf den Boden und machte den Deckel auf.

»Paul, du riechst etwas komisch«, beschwerte sie sich leise, nahm die schuppige Kugel und legte sie neben den kleinen Teich. Paul rührte sich nicht, blieb eng zusammengerollt liegen. Mehr hatte sie auch nicht erwartet. Malie ging in die Küche und suchte alles zusammen, was sie für Pauls Brei brauchte. Hmm, Kokospulver hatte sie nicht, aber Kokosmilch. Vielleicht ging das ja auch. Mit Bienenlarven und Mehlwürmern konnte sie im Moment nicht dienen. Okay, Eier hatte sie, und ein paar Äpfel lagen auch in der Obstschale. In ihrer Küchenmaschine rührte sie pürierte Äpfel und Kokosmilch zusammen und kochte das Ganze auf. Nach dem Abkühlen käme dann noch Eigelb hinzu. Sie hoffte, dass Paul damit erst mal über die Runden kam.

In der Zwischenzeit würde sie ihren Akupunkturtermin wegen ihrer starken Periodenschmerzen bei Huang Cai wahrnehmen, dessen Praxis nicht weit von ihrem Zuhause war. Und in weniger als einer Stunde wäre sie wieder zurück. Perfekt.

»Sie können gleich durchgehen, Frau Abendroth«, lächelte Lisa Röhrig Malie an, als diese die Praxis betrat.

»Prima, danke.«

Malie ging ins Sprechzimmer und nahm auf dem Besucherstuhl Platz. Einen Augenblick später erschien Huang Cai, der einen zufriedenen Gesichtsausdruck zur Schau trug und sie geradezu anstrahlte.

Hat wohl einen sehr guten Tag heute, dachte Malie und schüttelte die dargebotene Hand des Chinesen, der sonst oft eher missmutig wirkte.

»Dann wollen wir mal loslegen«, meinte er und wies einladend auf die Behandlungsliege.

Malie zog ihre flachen Sandalen aus, legte sich auf den Rücken und schob ihr kunterbuntes T-Shirt ein Stück nach oben. Huang Cai setzte mehrere Nadeln in Bauchnabelnähe, in die Füße und Hände. Mit jeder Nadel breitete sich ein angenehmes Wärmegefühl aus, und Malie verspürte ein feines Kribbeln.

»Kann ich Sie mal etwas fragen?«, Malie drehte den Kopf in Richtung des Heilpraktikers.

»Sicher, sicher. Wenn ich die Frage beantworten kann, versteht sich«, scherzte er.

»Was halten Sie von der Behandlung einiger Ihrer Kollegen der chinesischen Medizin mit Tierprodukten, vor allem, wenn es sich um Mittel handelt, die von artgeschützten Tieren gewonnen werden? Zum Beispiel von Schuppentieren«, platzte es aus ihr heraus.

»Au!«, entfuhr es ihr, Huang hatte ihr in den rechten Ohrmuschelrand gestochen.

»Entschuldigen Sie, das passiert mir äußerst selten«, er entfernte die Nadel, setzte erneut an. Dieses Mal spürte sie nur einen kleinen Piekser.

»Nun, es ist in China nicht verboten, mit solchen Produkten zu behandeln«, meinte er dann und setzte eine weitere Nadel in ihre linke Helix.

Malie hatte wohl bemerkt, dass der gute Huang ihrer Frage ausgewichen war.

»Das ist keine Antwort auf meine Frage«, sagte sie dann forsch.

»Nein, ich halte nichts davon«, bekannte Huang Cai. »Warum fragen Sie?«

»Ach, ich bin nur interessiert. Kürzlich habe ich einen Artikel darüber gelesen, was so alles gefangen wird, um irgendwelche dubiosen Heilmittel herzustellen. Schuppentiere zum Beispiel sind deshalb vom Aussterben bedroht.«

»Tja, Frau Abendroth, jahrtausendalte Traditionen sind schwer zu durchbrechen. Und es ist viel Geld mit dem illegalen Handel zu machen. Wie gesagt, in China ist es legal, zumindest für bestimmte Krankenhäuser. Aber natürlich gibt es auch dort, wie überall auf dieser Welt, Schwarzmärkte.«

Hilflos zuckte er mit den Schultern, doch so ganz überzeugend wirkte seine ablehnende Haltung nicht auf Malie.

»Haben Sie früher damit behandelt? Ich meine, als Sie noch in China praktizierten?«

»Ja«, war die knappe Antwort.

Bevor Malie weiter nachbohren konnte, begann Huang Cai die Nadeln zu entfernen, die zehn Minuten waren um. Er warf die benutzten Nadeln in ein mit reinem Alkohol gefülltes Becherglas, ging hinüber zum Waschbecken und wusch sich die Hände.

»Lassen Sie sich einen Termin für übermorgen geben, Frau Abendroth.«

»Aber, ich wollte noch wissen …«

»Tut mir leid, sparen Sie sich Ihre Fragen fürs nächste Mal auf, ich habe noch einen Termin außer Haus, den ich nicht versäumen darf.« Und weg war er.

Malie schlüpfte in ihre Sandalen. Es war Huang anzumerken gewesen, dass er ihre Fragen als unangenehm empfand. Vielleicht will er nicht an seine Zeit in China erinnert werden, wer weiß, was er dort durchgemacht hat, überlegte sie, als sie sich auf den Nachhauseweg machte.

# KAPITEL 2

Während zwei Stockwerke über ihm sich die Nerven von Lioba Hanfstängl bei einer Tasse Ostfriesenmischung allmählich beruhigten, erfasste Max Losens eine noch nie gekannte Panik. Noch waren es Hühner und Bäume, auf die sich diese dämliche Kuh stürzte. Was würde als Nächstes folgen? Ein erneuter Überfall auf das Labor von NobbePharma, aus dem sie Ratten und Kaninchen befreite, eine Straßenblockade, um für Schweine eine Klimaanlage in den LKW zu erkämpfen, ein Luxus, den nicht einmal Bahnkunden regelmäßig genießen konnten? Von solchen Aktionen war es nicht mehr weit bis zu …, ja, bis zu was? Bis sie dahinterkommen würde, was zwei Etagen unter ihr passierte. Er musste diese Frau endlich aufhalten. Vielleicht konnte er Dr. Nobbe doch noch davon überzeugen, Lioba anzuzeigen oder dafür sorgen, ihr das Handwerk zu legen.

Noch eine halbe Stunde bis Dienstschluss. Er griff nach dem Telefonhörer und wählte die Nummer von Dr. Richard Nobbe, alleiniger Inhaber der Nobbe-Pharma, einem mittelständischen Pharmaunternehmen, dessen Forschungsschwerpunkt in der Entwicklung von Produkten für die Dermatologie lag. Schon öfter hatte er mit der Firma zu tun gehabt, die ständig expandierte und aktuell ein Neubauvorhaben in Radolfzell betrieb. Die alte Adresse wollte man erhalten, doch neue Gebäude zur Fertigung und Abfüllung mussten her. Am jetzigen Standort war vor einem Jahr der Nachtwächter von NobbePharma samt Hund in einen tiefen Schlaf gefallen, und drei Täter – davon ging die Polizei aus – hatten ein hochkompliziertes Sicherheitssystem überwunden und sich Zutritt verschafft. Ihr Ziel waren die Käfige mit den Versuchshunden gewesen. Dummerweise hatte Richard Nobbe im Vorfeld auf Nachfragen immer wieder bestritten, dass er seine Cremes und Tinkturen auch an Hunden testete. Als dann publik wurde, dass hier tatsächlich fünf Beagles ihr trauriges Dasein fristeten, war die Empörung in der Bevölkerung riesig gewesen.

Als moderne Robin Hoods wurden die Befreier gefeiert, und NobbePharma verzichtete auf eine Anzeige, um nicht noch mehr in die Schlagzeilen zu geraten. Die Staatsanwaltschaft hatte zwar ermitteln lassen, doch nach einiger Zeit stellte man das Verfahren ein. Von den Hunden fehlte seitdem jede Spur. Wahrscheinlich waren bereits vor dem Überfall die neuen Besitzer aus Tierschutzkreisen rekrutiert worden, so die Vermutung von Max Losens. Auch wenn er sich die dicke Lioba Hanfstängl bei einer solchen Aktion kaum vorstellen konnte, glaubte er doch, dass sie im wahrsten Sinne des Wortes eine gewichtige Rolle dabei gespielt hatte. Bestimmt steckte sie hinter dieser Aktion. Soweit Losens wusste, hatte Lioba damals vier oder fünf Katzen zu Hause, doch hatte er sie nicht im Supermarkt grübelnd vor den Hundefuttertüten stehen sehen?

Er hatte Nobbe gegenüber seinen Verdacht umgehend geäußert, doch dieser wollte nichts davon wissen. Lieber keine schlafenden Hunde wecken, er hatte bei diesem Wortspiel meckernd gelacht, sonst würden ihm die Leute womöglich noch die Tests an den Karnickeln und Ratten verbieten wollen. Nobbe musste unbedingt davon überzeugt werden, dass genau diese Gefahr von Lioba Hanfstängl und ihren Genossen drohte. Vielleicht konnte Max sich Lioba so vom Hals halten.

Mist, besetzt. Er würde es in ein paar Minuten noch einmal probieren.

Losens nahm sein Handy und wählte eine andere Nummer. Über seine Befürchtungen, was Lioba Hanfstängl anging, würde er sich seinem Handygesprächspartner gegenüber im Moment noch nicht äußern. Auch er wollte keine schlafenden Hunde wecken. Aber ihm war bewusst geworden, wie gefährlich für ihn die ganze Geschichte werden würde, sollte die Planschkuh – so nannte Losens die Tierschützerin insgeheim – ihre Tier- und Pflanzenschutzpalette erweitern. Eine Bedrohung, die nach einer Gefahrenzulage förmlich schrie.

»Ja?«

Knapper ging's wohl nicht. Und wie immer, wenn er die Stimme vernahm, brach Losens der Schweiß aus. Innerhalb von Sekunden lief ihm die Brühe hinunter, durchnässte sein Hemd in den Achseln, bildete einen nassen Streifen entlang der Wirbelsäule, um dann am Unterhosenbund aufgefangen zu werden.

»Wir müssen uns treffen. Nein, nichts, was ich am Telefon besprechen möchte. Die Sache ist zu kompliziert. Aber stell dich darauf ein, dass für mich mehr herausspringen muss.«

So, jetzt war es heraus.

Langes Schweigen am anderen Ende. Losens befürchtete, sein Gesprächspartner habe einfach aufgelegt. Doch er konnte hören, wie der andere atmete. Schon wollte er fragen, ob er ihn überhaupt verstanden habe, als dessen knappe Antwort ihn erreichte.

Es war ein Lachen, das die Hölle zufrieren lassen könnte.

Klick. Der Kerl hatte einfach aufgelegt. Sollte er noch mal anrufen? Nein, dazu hatte er nicht den Mumm.

Losens seufzte und wählte erneut Nobbes Nummer. Es klingelte fünfmal, dann war die Vorzimmerdame am Apparat. Noch ehe die Sekretärin ihren Spruch herunterleiern konnte, »Hier ist die NobbePharma …«, wurde sie von Losens unterbrochen, der verlangte, umgehend mit dem Firmeneigentümer verbunden zu werden. Es gehe um das Bauprojekt, es sei dringend. Seine Stimme hatte wohl schroffer geklungen, als er beabsichtigt hatte, denn die Sekretärin quittierte sein Anliegen mit einem pikierten »Ich werde nachhören, ob Dr. Nobbe für Sie zu sprechen ist.«

Doch keine zehn Sekunden später näselte sie in den Hörer: »Einen Moment, ich verbinde.«

»Losens, was liegt denn an? Ich dachte, es sei alles in trockenen Tüchern. Jetzt erzählen Sie mir bloß nicht, es gäbe irgendwelche Probleme.« Nobbe bellte förmlich ins Telefon.

»Nein, nein, Dr. Nobbe, natürlich nicht. Es lag alles bei mir auf dem Schreibtisch, und ist heute Morgen mit der Post raus. Der gesamte Bauantrag wurde vorgestern genehmigt. Ich muss allerdings gestehen, Ihr Bauprojekt ist auch nicht der wirkliche Grund, warum ich Sie sprechen wollte.«

Losens hörte, wie Nobbe den Atem zischend ausstieß.

»Hören Sie, Losens. Ich war gerade dabei, einzupacken. Mein Boot wartet auf mich, haben Sie mal aus dem Fenster geschaut? Perfektes Segelwetter. Also, machen Sie flott. Um was geht's?«

»Dr. Nobbe, Sie erinnern sich an den Überfall, die verschwundenen Hunde …«

Erneutes Zischen. »Natürlich, was glauben Sie denn! Ist Ihnen einer der Hunde zugelaufen, oder was wollen Sie?«

Nobbe war hörbar genervt.

»Ich hatte Ihnen damals gesagt, dass ich zu wissen glaube, wer dahintersteckt«, versuchte Losens den Mann neugierig zu machen.

»Und ich habe Ihnen gesagt, dass mich das nicht interessiert. Was glauben Sie, was es mich gekostet hat, damit die ganze Sache mit den Hunden nicht an die große Glocke gehängt worden ist. Das Thema ist für mich erledigt.«

»Und wenn ich Ihnen sage, dass zu befürchten ist, dass genau diese Person spätestens in 16 Monaten, wenn Ihr Bauprojekt beendet ist, und die Kaninchen, Mäuse und Ratten ihre Käfige bezogen haben, Ihr neues Labor verwüsten wird? Womöglich Forschungsergebnisse zerstört, vielleicht sogar nach der Befreiung der Tiere Feuer legt?«, sprudelte Losens hervor, bevor Nobbe das Gespräch für beendet erklärte.

Natürlich waren das nur wilde Spekulationen, aber so hoffte Losens, Richard Nobbe aus der Reserve zu locken.

»Momentchen, Losens, Sie wollen doch nicht ernsthaft behaupten, diese fette Wachtel plant einen erneuten Anschlag auf meine Firma zu verüben?«

Losens grinste. Nobbe wusste also ganz genau, von wem Max gesprochen hatte.

»Hören Sie, Losens«, redete der Unternehmer weiter, »auch wenn dem so wäre, Sie können versichert sein, NobbePharma begnügt sich nicht mehr mit einem alten Nachtwächter samt Hund. Das komplette Gelände und alle darauf befindlichen Gebäude, jedes Büro, jedes Labor, sogar jede Toilette wird einen Sicherheitsstandard besitzen, der in ganz Radolfzell, was sage ich, am *gesamten* Bodensee einzigartig ist.«

»Das mag ja sein, Herr Dr. Nobbe«, erwiderte Losens, »aber, wie Sie wissen, hat unsere Freundin ja nicht von ungefähr nichts über den Einbruch ihrer Genossen verlautbaren lassen. Da wär sie auch schön blöd gewesen. Normalerweise plant sie ihre Aktionen äußerst medienwirksam. Aber diese Geschichte hätte sie ihren Job gekostet. Ihr ging es damals nur darum, die Hunde zu befreien. Sie wusste genau, dass Sie zu dem Thema Versuchshunde und deren Befreiung schweigen werden. Auch ihr ging es, wie Ihnen, darum, die Sache nicht an die große Glocke zu hängen. Aber ich warne Sie, diese Hanfstängl hat Ihre Firma weiterhin auf dem Kieker, mit der Frau ist nicht zu spaßen. Und noch eins muss Ihnen klar sein: Wenn *die* an die Unterlagen will, kommt sie auch dran! Sie wissen doch, dass die Frau in unserem Hause beschäftigt ist. Also, was sagen Sie jetzt dazu?«

Losens hatte das Gefühl, zwischen all den Sätzen nicht geatmet zu haben, holte tief Luft und wartete auf Nobbes Reaktion.

Das Zischen, das nun an Losens Ohr drang, hatte plötzlich eine ganz neue Qualität.

Huang Cai saß mit Neo Schwarz in der Weinstube bei einem Glas Grauburgunder.

»Ist was schiefgelaufen? Und wieso haben Sie sich nicht gemeldet? Das kommt nicht wieder vor. Ist das klar?«, knurrte der Chinese sein Gegenüber an. Obwohl er freudig gespannt war, was der Mann ihm dieses Mal mitgebracht hatte – die SMS war vielversprechend gewesen –, wollte er sein Gesicht wahren und ihn erst mal zur Ordnung rufen.

»Nichts ist schiefgelaufen, beruhigen Sie sich. Es hat nur eine ziemliche Verzögerung am Flughafen in Saigon gegeben. Hatte aber nichts mit Ihrer Lieferung zu tun, keine Sorge.«

Schwarz lehnte sich nach vorne und senkte seine Stimme.

»Dieses Mal habe ich Ihnen, wie schon angedeutet, etwas Besonderes mitgebracht. Und das Beste daran ist, ich kann Ihnen auch einen guten Preis machen.«

Huang zog skeptisch die Augenbrauen hoch und wartete, dass der andere weitersprach.

»Ein Pangolin. Lebend. Na, ist das nicht was für Sie?«

»Kein Interesse«, gab der Chinese kurz angebunden zurück. Natürlich war er interessiert, aber das musste er ja nicht gleich offenbaren. Vielleicht konnte er so den Preis drücken.

»Überlegen Sie doch mal«, versuchte Neo Schwarz den Heiler zu überzeugen, »Sie könnten selbst Pulver davon herstellen, das käme Sie am Ende billiger.«

Was Schwarz da sagte, stimmte natürlich, und obendrein würde das Fleisch noch für ein, zwei Mahlzeiten reichen. Plötzlich kamen ihm seine Patientin Malie Abendroth und ihre neugierigen Fragen in den Sinn, und das ließ ihn seine Meinung ändern.

»War ich nicht deutlich genug? Nein. Ich will nur Pulver.«

»Verstehe ich nicht. Sie lehnen doch sonst kein gutes Geschäft ab.«

»Eine Patientin hat mir heute Fragen genau zu diesen Tieren gestellt. Und zu der Verarbeitung der Viecher in der chinesischen Medizin. Finden Sie das nicht seltsam? Ich schon. Deshalb bleibe ich bei einem *Nein*.«

Huang hob die rechte Hand, rieb Daumen und Zeigefinger gegeneinander, um der Bedienung zu bedeuten, er wolle zahlen.

»Ach ja? Verraten Sie mir, wer danach gefragt hat. Eine Reporterin oder ein harmloses Schulmädchen, das einen Aufsatz über die gequälte Kreatur schreiben will? Das würde nämlich einen ziemlichen Unterschied machen.«

»Sind Sie bescheuert? Ich unterliege der Schweigepflicht.«

Ach, auf einmal machte das Schlitzauge einen auf korrekt, dachte Neo und zuckte mit den Achseln. »Dann eben nicht.«

Die Männer verließen die Weinstube, schlenderten nebeneinander her wie zwei Freunde, die sich gut kennen. Doch Huang grübelte über die Begegnung mit seiner Patientin Malie Abendroth nach. War das wirklich nur ein Zufall, dass sie ausgerechnet heute nach Schuppentieren gefragt hatte? Natürlich bestellte er auch Pangolinpulver bei Neo, ebenso wie Schlangen- oder Schildkrötenpulver. Manchmal waren die Reptilien und Amphibien auch in Alkohol eingelegt.

»Wo steht Ihr Wagen?«, fragte Huang Cai und hob den Kopf, um die dunklen Wolken, die sich über ihnen zusammenbrauten, skeptisch zu betrachten. Es donnerte, erste Blitze waren in der Ferne zu sehen, der Wind frischte auf. Lange würde es nicht mehr dauern, bevor das Unwetter losbrach.

»In der Nähe des Bootsanlegers«, antwortete Neo, der sich überlegte, wie er den Chinesen überzeugen konnte, das Pangolin doch noch zu kaufen. Es saß in einem dunklen Leinensack, versteckt an einem sicheren Ort.

Die ersten Tropfen begannen zu fallen, und das Gewitter kam immer näher.

»Mein Auto steht auch dort. Los, beeilen wir uns, ich habe keine Lust, völlig durchnässt zu werden«, drängte Huang Cai den anderen zur Eile.

»Schon gut, es ist ja nicht mehr weit.«

In einiger Entfernung konnten sie den Bootsanleger ausmachen und Menschen, die hektisch noch die Segel verschnürten, ihre Sachen zusammenpackten und die Boote verließen.

Die beiden Männer beschleunigten ihre Schritte, erreichten schließlich Neos Lieferwagen, der unter einem großen

Baum stand. Niemand war zu sehen. Gut. Ein gewaltiges Donnern ließ sie zusammenfahren, als Neo die hintere Tür öffnete. Er stieg in den Laderaum, gefolgt von Huang, der froh war, genau in dem Moment im Trockenen zu sein, als der Himmel seine Schleusen öffnete. Keine Sekunde später prasselte der Regen auf das Dach des Wagens.

Neo zog schnell die Tür zu, knipste eine Taschenlampe an und ließ den Lichtstrahl umhergleiten, bis er an einer Kiste innehielt.

»Wollen Sie es sich nicht noch mal überlegen?«

»Was denn?«, fragte Huang unwirsch, der in Gedanken schon ausrechnete, wie viel Geld er an Frau Röder und dem Patienten Seiffert verdienen würde.

»Na, ob Sie nicht doch das Schuppentier haben wollen, ein wahres Prachtexemplar.«

»Lassen Sie mich zufrieden. Geben Sie mir meine Seepferdchen und die pulverisierten Schuppen!«, forderte Huang.

»Na gut. Doch leider sind die Pferdchen just im Moment im Preis gestiegen. 7.000. Und das ist noch ein Freundschaftspreis.«

Huang konnte Neos fieses Grinsen in dem schwachen Lichtschein erkennen, der Rest seines Gesichtes blieb nahezu im Dunkeln.

»Nichts da. 5.000 waren vereinbart. Los jetzt, geben Sie mir das Zeug. Ich kann nicht ewig hier rumstehen.«

»7.000. Ich muss ja irgendwie die Kosten für das Pangolin wieder reinholen. Wenigstens ansatzweise.«

»Vergessen Sie's. Sie bekommen die 5.000 und ich die Seepferdchen. Ihr Problem, wenn Sie ein Schuppentier mitbringen, und es dann nicht loswerden.«

Neo sah auf den kleineren Mann hinab, der ihn böse anfunkelte. »7.000.«

»Wissen Sie was, Schwarz? Qùsǐ!«

Huang machte auf dem Absatz kehrt und wollte die Hecktür öffnen. Er hatte genug von dem unverschämten Kerl.

»Ich soll Sie also am Arsch lecken?« Neo, der nicht nur die landläufigen Flüche der chinesischen Sprache recht gut verstand, war mit einem Satz bei der Tür und schlug Huangs Hand vom Türgriff. Im nächsten Augenblick drückte er den körperlich deutlich unterlegenen Chinesen gegen die Seitenwand, drückte ihm mit der rechten Hand die Kehle zu.

»Geben Sie mir das Geld!«

Huang nickte schwach. Schwarz lockerte den Griff, gab Huang, der röchelnd nach Atem rang, die Möglichkeit, langsam mit seiner rechten Hand in die linke Innentasche seines Leinenjackets zu fassen und eine Brieftasche hervorzuziehen.

Neo schnappte sich die kleine Ledermappe, ließ Huang los, blockierte aber mit seinem Körper den Ausstieg aus dem Fahrzeug. In der Briefmappe befand sich ein Geldbündel, Neo blätterte die Scheine durch. 5.000 Euro. Er stopfte das Geld in die Brusttasche seines Hemds. »Los, Hosentaschen ausräumen!«, herrschte er den Chinesen an.

Huang schüttelte den Kopf.

»Nein. Das war die ausgemachte Summe, mehr habe ich nicht bei mir.«

»Wollen Sie mich verarschen? Ich habe vorhin genau gesehen, dass in Ihrem Geldbeutel einiges an großen Scheinen drin war, als Sie im Lokal bezahlt haben. Her damit!«

Er packte den kleineren Mann am Arm, drehte diesen auf den Rücken. Huang ächzte, als der Schmerz durch seine rechte Schulter schoss. Mit der linken Hand fasste er in seine Gesäßtasche, zog eine flache Geldbörse hervor, die Neo ihm entriss. Er stieß den Chinesen von sich, öffnete die Geldbörse. Na also, Huang hatte offensichtlich gelogen. In der Börse steckten gut und gerne mehrere Hundert Euro. Neo zerrte die Scheine heraus, schob sie in seine Hosentasche, warf Huang den edlen Ledergeldbeutel zu.

»Verschwinden Sie, Huang.«

»Nicht ohne meine Ware.« Huang blieb hartnäckig, obwohl er am ganzen Körper zitterte. Neo hatte ihm eine Heidenangst eingejagt.

»Vergessen Sie's, Sie elender Quacksalber. Es fehlen immer noch 2.000«, gab Neo herablassend zurück und drehte dem anderen den Rücken zu. »Das Kleingeld hier«, er klopfte auf seine Hosentasche, behalte ich zum Ausgleich für den ganzen Ärger, den ich heute mit Ihnen habe.«

Im diesem Moment sah Huang rot, er nahm all seine Kraft zusammen, packte Neo blitzschnell mit seiner Linken am Arm und mit seiner Rechten am Kragen und knallte Schwarz mit dem Kopf gegen die Tür. Neo taumelte kurz benommen, Blut lief aus seiner Nase, doch er fing sich schnell. Mit einem Wutschrei stürzte er sich auf Huang, bekam dessen Hals mit beiden Händen zu fassen und drückte unerbittlich zu. Ein Röcheln entwich aus dem aufgerissenen Mund des Heilers, die Augen quollen aus den Höhlen. Neo konnte seinen Zorn nicht bändigen, drückte hasserfüllt weiter mit aller Macht zu, bis Huangs

Körper plötzlich erschlaffte und zusammensackte. Langsam löste Neo seine Hände von Huang Cais Hals, ließ die Leiche zu Boden gleiten.

Scheiße, dachte Neo schwer atmend.

Nun, es war nicht mehr zu ändern, der Chinese war mausetot, jetzt musste er zusehen, wie er die Leiche loswurde. Es war ja nicht die erste, die er entsorgen musste. Kurz dachte er an den Schwarzen, den er vor Jahren in Südafrika getötet hatte. Der Kerl hatte ihn erpressen wollen, was ihm nicht gut bekommen war.

Gut, dass draußen immer noch Weltuntergangsstimmung herrschte, der Regen trommelte unvermindert und laut auf das Autodach. Sicherlich war kein Mensch jetzt irgendwo in der Nähe, der ihn beobachten könnte. Neo sprang aus dem Wagen, rannte zur Fahrertür, startete den Motor und fuhr Richtung Dingelsdorf. Dort gab es einen Naturparkplatz, von wo aus man zum Dingelsdorfer Ried wandern konnte. Um diese Uhrzeit und bei diesem Regen war dort sicherlich keine Menschenseele unterwegs, und Neo konnte sich in aller Ruhe Huangs Leiche entledigen. Morgen würde er bei einem nächsten potenziellen Käufer anfragen, ob er Interesse an einem Schuppentier hatte. Und die Liste der Mediziner, die ihm die Pülverchen abnehmen würden, war ebenfalls lang. Das Vieh war ja erst mal gut aufgehoben.

*Ich befürchte, ihr werdet mir nie wirklich verzeihen, aber trotzdem will ich versuchen zu erklären, wie es überhaupt so weit kommen konnte. Ihr werdet euch wahr-*

*scheinlich fragen: Wie konnte er nur so tief sinken? Doch das ist Ansichtssache. Nein, halt, ich muss mich korrigieren. Es ist keine Ansichtssache, denn ihr habt wahrscheinlich vollkommen recht. Die Freunde der Familie werden sagen: Wie kann man nur ein solcher Idiot sein, er hatte doch alles.*

*Es war schlicht und ergreifend die reine Abenteuerlust, die mich getrieben hat. Stopp, auch hier muss ich mich wieder korrigieren. Nicht nur die Abenteuerlust. Dann hätte es wahrscheinlich – eurer Meinung nach – ausgereicht, den Himalaya ohne Sauerstoffmaske bezwingen zu wollen, oder sonst eine spektakuläre, waghalsige Aktion zu starten. Jetzt werdet ihr euch fragen: War es wegen des Geldes? Ich befürchte, da liegt ihr gar nicht so verkehrt. Ich sehe euch vor mir, wie ihr ungläubig den Kopf schüttelt, eure Münder offen stehen, weil euch die Worte fehlen. Nun denn, ich werde versuchen, euch alles zu erklären.*

*Die Tiere, die Jagd, ja, alles Exotische – jahrelang habe ich mich selbst für einen Exoten gehalten, ja, da staunt ihr, ich habe sie doch herausbekommen, die Wahrheit, die ihr so lange vor mir zu verbergen versucht habt – hat schon immer einen ganz besonderen Reiz auf mich ausgeübt. Mit den Hunden fing es an. Erinnert ihr euch? Immer habt ihr geschmunzelt, wenn ich behauptete, ich unterhalte mich mit den Hunden. Nur so als Beispiel: Wisst ihr noch, das Foto auf dem Schreibtisch im Kontor, wo ich mit George auf der Hollywoodschaukel sitze? Wenn ihr genau hinschaut, erkennt ihr, wie er die Ohren spitzt und mir zuhört. Und was habe ich dir, mein Lieber, immer wieder Löcher in den Bauch gefragt. Wo kommt der Wildschweinkopf mit den riesigen Hauern über der Tür zur*

*Bibliothek her? Wann hast du den Siebzehnender geschossen? Warum hat der Löwe Augen aus Glas?*

*Deine Jagdgeschichten haben mich immer fasziniert, im Traum bin ich, lass mich überlegen, schon mit vier Jahren auf die Jagd gegangen, habe so Nächte im Wald verbracht, bis ich morgens aufwachte und voller Enttäuschung feststellen musste, dass der in meiner Fantasie erlegte Fuchs nicht ausgestopft auf der kleinen blauen Kommode stand. Das Versprechen, sobald ich alt genug wäre, mit auf die Jagd zu dürfen, hast du gehalten. Dir, meine liebe Mama, war es gar nicht recht gewesen. Wie auch, du bist die Sanftmut in Person.*

*Doch es war nie die Freude am Töten, es war der Nervenkitzel, der mich angeregt und angespornt hatte. Eine Fährte aufnehmen, verfolgen, verharren, Geduld aufbringen und den richtigen Moment abpassen, um keinen Fehler zu machen und das Tier nicht unnötig zu verletzen, sondern mit einem gezielten Schuss zu töten. All das mit zum Zerreißen angespannten Nerven. Ruhig, mein Junge, ruhig, höre ich deine tiefe Stimme noch sagen, wenn mir dann doch vor Aufregung anfangs die Hände zitterten.*

*Ich erzähle dies nur, um euch verständlich zu machen, dass durch die Jagd die Lust in mir geweckt wurde, mich zu messen, mich auch schwierigen Aufgaben zu stellen. Der Abenteuergeist – ein Erbe? – ist in mir in dieser Zeit gewachsen. Und wer nicht wagt, der nicht gewinnt. Heißt es nicht so? Könnt ihr euch erinnern, als ich mir aus Brettern und Seilen ein Floß baute und es über das Fleet am Ende des Gartens bis zur Wümme, von dort in die Weser und bis zum Meer schaffen wollte? Wie alt war ich damals? Sechs, sieben? Durch einen tief eingedrunge-*

*nen Holzsplitter hatte ich mir eine ziemlich böse Entzündung an der Hand eingefangen, und aus der Reise wurde nichts. Wer von euch tröstete mich damals noch mit den Worten, ein echter Abenteurer müsse mit so was rechnen, das gehöre dazu? Egal.*

*Das schönste Geschenk war auf jeden Fall die erste Jagdsafari nach meinem Studienabschluss. Ich weiß, dass es ein sündhaft teures Geschenk war. Was hatten die Mädchen bekommen? Ich weiß es nicht. Ein Auto? Hat Malie überhaupt etwas bekommen, die Studienabbrecherin? ☺ Apropos Studium. Es war zum Gähnen langweilig, ich habe es gehasst. Nicht nur das Studium an sich, sondern auch die Zukunftsaussichten, die damit verbunden waren. Durch jedes Semester quälte ich mich, gefühlt wiederholte ich jede zweite Prüfung. Ich muss schon sagen: Hut ab vor eurer Hartnäckigkeit. Wie leicht lässt man sich in diesem Alter noch beeinflussen. Damals hing die Drohung, mir den Geldhahn zuzudrehen, bereits ein erstes Mal wie ein Damoklesschwert über mir. Also, Augen zu und durch schien damals die einzige Möglichkeit, um den Geldsegen zu erhalten. Geisttötende Statistiken, langweilige Vorlesungen, fade Partys mit noch langweiligeren Kommilitonen begleiteten mich über Jahre. Der Weg ist das Ziel – auch so ein blöder Spruch. Aber vielleicht ist ja was dran.*

*Der Abschluss war … so lala. Ihr wisst es ja. Kein Vorwurf damals von eurer Seite. Was ich euch heute noch hoch anrechne. Der Einstieg in die Firma war – egal ob mit oder ohne Studienabschluss – sowieso – wie sagt unsere Kanzlerin so schön? – alternativlos für mich. Doch die dröge Studienzeit war vergessen, als ich den Umschlag öffnete.*

*Diese wundervolle Reise nach Afrika, vier Wochen Safari. Abschüsse vorgebucht an fünf verschiedenen Plätzen. Ein Traum. Wobei ich auf dieses Vorbuchen gerne verzichtet hätte. Es hat in meinen Augen mit der Jagd, ich würde sagen, im archaischen Sinne, nichts zu tun. Wo bleibt die Suche, das Spurenlesen, die Auswahl, welches Tier infrage kommt? Doch ich möchte nicht undankbar erscheinen. Es war bis dahin die schönste Reise in meinem Leben. Namibia, Kenia, Tansania, Kamerun. Wobei, »schön« trifft es nicht einmal annähernd. Beeindruckend, ergreifend, atemberaubend, überwältigend, sind nur einige der Bezeichnungen, die mir für dieses Erlebnis viel passender erscheinen.*

*All die Jahre danach habe ich mich immer wie ein Kind auf diese Zeit des Jahres gefreut – auch wenn es manchmal nur zehn Tage waren. Kein anderer Urlaub hat mich so entspannt. Nicht, dass die früheren Jagdausflüge hier in Deutschland mir nichts gebracht oder nicht gefallen hätten, aber die Weite, die Stille, die Unberührtheit regen die Sinne auf eine ganz andere Art und Weise an. Und nichts ist vergleichbar mit der Jagd mit Pfeil und Bogen. Ein Kampf auf Augenhöhe – Mensch gegen Tier. Der Adrenalinrausch ist unbeschreiblich. Auf einer der Safaris, es war 2009 in Kenia, traf ich das erste Mal auf Neo Schwarz, ein Safarileiter wie aus dem Bilderbuch. Der erste Witz, den ich gerissen hatte, war, als ich ihn auf seinen Namen ansprach. Er konnte nicht darüber lachen, als ich meinte, seine Eltern wären ihrer Zeit voraus gewesen.*

*Der alte Matrix-Witz, meinte er gelangweilt. Ich war etwas verblüfft, denn das hatte ich überhaupt nicht gemeint.*

*Neo Schwarz, das neue Schwarz, nämlich weiß! Der neuschwarze Weiße im Land der Schwarzen.*

*Neo starrte mich an, brach in lautes Gelächter aus. Deine Gehirnwindungen sind auch nicht grade durchschnittlich, waren seine Worte. Oder so ähnlich zumindest. Ein Typ, mit dem ich mich direkt verstand.*

Malie zupfte ihre schwarzen kurzen Haare zurecht, rieb Wachs in die Haarspitzen. Ein letzter Blick in den Spiegel. Perfekt. Die neue Frisur stand ihr super und ließ sich immer wieder umstylen. Meist trug sie die Haare aber so wie heute, wie kleine Stacheln standen sie in alle Richtungen. Bis vor einigen Monaten hatte sie die Haare noch mehr als schulterlang getragen. Doch dann hatte sie ein Wochenende mit ihrer Zwillingsschwester Alicha verbracht, und sie hatten spontan beschlossen, sich gemeinsam die Haare abschneiden zu lassen. Malie und Alicha wollten zunächst einen Bob, doch die Friseurin hatte ihnen zu diesem superflotten Schnitt geraten, ihnen Fotos gezeigt, was man damit alles anstellen konnte. Also hatten sie sich darauf eingelassen, erst skeptisch, dann aber restlos vom Ergebnis begeistert. Falk, Malies bester Freund, hatte sie kaum wiedererkannt, als sie sich eine Woche später per Zufall beim Einkaufen getroffen hatten.

»Wow, Malie, ungewohnt, aber sieht klasse aus! Zehn Jahre jünger. Mindestens.«

Das hatte natürlich gutgetan, wenn man gerade kurz zuvor den 40. Geburtstag gefeiert hatte. Abgesehen davon, dass die Frisur ihr Aussehen zum Positiven verändert hatte, war sie auch noch äußerst praktisch. Früher hatte sie ewig gebraucht, um die dichten schwarzen Haare trocken zu föhnen.

Heute hatte sie sich für einen pinkfarbenen Minirock, flache Sandalen mit kleinen Glitzersteinen und ein Top mit floralem Design entschieden. Dank ihrer knabenhaften Figur konnte sie alles tragen, nur manchmal musste sie Hosen kürzen lassen. Das war der Nachteil, wenn man nur knapp 1,60 groß war. Ein schwarzer Kajalstift betonte ihre dunklen, leicht schräg stehenden Augen unter den schwarzen geschwungenen Brauen – ein Erbe ihrer thailändischen Mutter. Zufrieden mit ihrem Spiegelbild, sprühte sie noch einen frischen Duft an Hals und Dekolleté und verließ die Villa.

Bevor sie auf die Insel Mainau fuhr, wollte sie noch bei einem Zoohändler vorbeischauen. Rufus Trenkwitz hatte bestimmt Mehlwürmer, und wenn er wahrscheinlich auch keine Bienenlarven hatte, so konnte er ihr bestimmt sagen, wo sie welche bekommen würde. Den Brei hatte Paul gestern Nacht gefressen. Gesehen hatte sie das exotische Tier nicht, aber die Schüssel war leer gewesen. Nun wollte sie wenigstens versuchen, die meisten Zutaten zu bekommen, damit es dem Tier auch wirklich gut ging.

Das Zoogeschäft befand sich im Industriegebiet, ganz in der Nähe des Konstanzer Flugplatzes. Sie parkte ihren Wagen, stieg aus und genoss die warme Morgensonne. Heute würde es heiß werden, denn schon jetzt, um 20 vor acht zeigte das Thermometer knapp 18 Grad. Das gestrige Gewitter hatte kaum Abkühlung gebracht. Trenkwitz öffnete sein Geschäft schon um acht Uhr im Gegensatz zu vielen anderen. Trotzdem war sie zu früh und würde noch warten müssen.

Malie umrundete das Gebäude, vielleicht hatte sie Glück, und Rufus ließ sie schon herein, denn er war bestimmt da. Sie kannte den Zoohändler ganz gut, schließlich lieferte er Futter für die Tiere auf der Insel Mainau, ebenso wie Schmetterlingspuppen, die er wöchentlich brachte. Ein Großteil der Puppen kam direkt aus ihren Heimatländern, wo sie auf Farmen gezüchtet wurden, der andere Teil vermehrte sich im Schmetterlingshaus selbst.

Auf der Rückseite des Gebäudes stand ein großer Lieferwagen, hinter welchem offenbar der Zoohändler mit jemandem stritt, wie sie trotz der gedämpften Stimmen erkennen konnte. Um auf sich aufmerksam zu machen, rief sie: »Herr Trenkwitz? Hallo!«

Mit vor Ärger gerötetem Gesicht tauchte der Gerufene hinter dem Lieferwagen auf. Als er Malie sah, verzog er seinen Mund zu einem freundlichen Lächeln.

»Ah, Frau Abendroth, Sie sind's. So früh schon hier? Ist irgendwas mit den Schmetterlingspuppen schiefgelaufen?«

»Nein, nein«, wehrte sie ab. »Ich brauche Mehlwürmer, haben Sie welche?«

»Ja, natürlich, kein Problem. Gehen Sie schon mal vor, ich komme gleich nach. Die Ladentür ist offen.«

Er unterstrich seine Antwort, indem er mit der rechten Hand wedelte, als wolle er sie verscheuchen.

Sie drehte sich um, ging langsam zurück zum Laden. Wieder ertönten die Stimmen, leise, aber auf jeden Fall aggressiv. Ihre Neugierde war geweckt. Mit wem stritt sich der Zoohändler wohl so vehement?

»Wenn du neue Formulare brauchst, ist das nicht mein Problem, geh zu Max. Übrigens schuldest du mir die 2.000 von neulich, die Lieferung hast du ja jetzt bekommen«, hörte sie eine Stimme sagen. Sie klang tief und dumpf, als hätte ihr Besitzer einen Schal oder Ähnliches vor dem Mund. »Plus 3.000 von heute. Morgen hast du das Geld, sonst …«

Malie hörte ein metallisches Geräusch, das sie nicht einordnen konnte. Da hielt sie sich mal lieber raus. Nahezu geräuschlos kehrte sie um. Beim nächsten Schritt war ein Knacken zu hören, sie sah nach unten. Unter ihrer leichten Sandale lugte ein morscher Zweig hervor. Mist.

Trenkwitz stürmte hinter dem Fahrzeug hervor, seine Gesichtsfarbe nun eher als kalkweiß zu bezeichnen, in seinen Augen flackerte die Angst.

»Ich sagte doch, Sie sollen im Laden warten«, herrschte er sie an, bemühte sich, das Zittern seiner Stimme zu unterdrücken.

»Ja, aber ich hab's ein bisschen eilig, daher dachte ich …«

»Ich bin in einer Minute bei Ihnen«, unterbrach er sie, »los, gehen Sie!«

Malie bedachte den Zoohändler mit einem letzten forschenden Blick, trat dann aber doch achselzuckend den Rückzug an. Dass der andere Mann, mit dem sich Trenkwitz stritt, hinter dem Auto hervorkam und ihr nachsah, bemerkte sie nicht.

Wenige Minuten nachdem sie den Laden betreten hatte, rauschte der Lieferwagen mit aufheulendem Motor davon. Sekunden später kam der Zoohändler herein. Seine roten Haare klebten am Kopf, unter seinen Achseln hatten sich dunkle Schweißflecke auf seinem hellblauen Hemd ausgebreitet, und er verströmte den Geruch der Angst.

»Mehlwürmer, sagten Sie? Wie viel?«

»So viel Sie haben. Züchten Sie die eigentlich selbst?«

Rufus Trenkwitz nickte und ging durch eine an den Verkaufsraum angrenzende Tür. »Bin gleich wieder da.«

Als er zurückkam, hielt er ein großes, mit einem Deckel verschlossenes Plastikgefäß in Händen. »Reicht das?«

»Oh ja, ganz bestimmt. Erst mal. Ist bei Ihnen alles in Ordnung? Ich hatte den Eindruck …«, erkundigte sie sich.

»Ja, alles okay, nur ein schwieriger Lieferant. Wozu brauchen Sie die Würmer denn?«, unterbrach er sie und wechselte damit schnell das Thema.

»Äh, ich, äh, habe einem Freund versprochen, mich um sein Aquarium zu kümmern, solange er weg ist. Und habe versäumt, die Würmer zu besorgen, er selbst hatte es nicht mehr geschafft«, log sie.

»Bewahren Sie die Würmer in einem Gefäß mit kleinen Luftlöchern auf, zu futtern geben Sie ihnen Haferflocken. Und stellen Sie die Viecher in den Kühlschrank, so halten sie am längsten«, empfahl Rufus, der nun wieder ganz ruhig wirkte.

Malie Abendroth verzog angewidert das Gesicht. »Im Kühlschrank? Ganz schön eklig, finden Sie nicht?«

Rufus grinste. »So schlimm ist das nicht, solange Sie darauf achten, dass die Löcher nicht zu groß sind.« Das Grinsen wurde breiter.

»Sagen Sie mal, Herr Trenkwitz, haben Sie zufällig auch Bienenlarven?«

Rufus Trenkwitz zog seine buschigen, rötlichen Augenbrauen hoch. »Bienenlarven? Nein. Da müssen Sie mal bei einem Imker nachfragen. Sie bekommen allerdings nur Drohnen, denn die sind für die Imker nicht von Nutzen, mal abgesehen davon, dass die Drohnenlarven länger brauchen, um sich zu entwickeln. Die Bienenzüchter entfernen die Drohnenbrut auch, um die Milbe zu bekämpfen, die sich vom Blut der Larven ernährt. Meist kaufen Angler die Larven«, erläuterte der Zoohändler umfassend und sah Malie dann neugierig an. »Was haben Sie denn damit vor?«

Malie hatte sich bereits eine Antwort zurechtgelegt, denn ihr war klar gewesen, dass Trenkwitz mit Sicherheit nachhaken würde. »Essen.«

»Bitte?« Angewidert verzog Trenkwitz das Gesicht.

»Ernsthaft. In Thailand isst man gesalzene Bienenlarven, und ich habe ein paar Freunde zu einem echten thailändischen Abend eingeladen. Und dazu gehört einfach Falang.«

Rufus schluckte trocken. »Na ja, für mich wär das nichts.«

Sie schmunzelte. »Danke für den Tipp. Was bekommen Sie für die Würmer?«

»20 Euro.«

Nachdem sie bezahlt hatte, fuhr sie zurück nach Hause, bohrte winzige Löcher in das Plastikgefäß und verstaute die Würmer im Kühlschrank. Nun musste sie noch einen Imker ausfindig machen. Doch zunächst würde sie auf der Insel Bescheid geben, dass sie heute etwas später erscheinen würde, wahrscheinlich erst gegen Mittag.

Das Internet war eine hilfreiche Erfindung, denn es bot ihr gleich mehrere Imkereien im Umkreis an. Gleich der erste Imker, den sie anrief, sagte ihr, sie könne Drohnenlarven bei ihm bekommen, das wäre kein Problem. Es wäre gut, wenn sie eine Tiefkühltasche mitbrächte, da die Larven eingefroren waren.

Malie ließ das Verdeck ihres Cabrios hinunter und warf eine Tiefkühltasche auf den Rücksitz. Wenn der Verkehr nicht zu dicht wäre, würde sie in einer halben Stunde die Larven bei dem Imker einpacken können. Während der Fahrt hörte sie die Radionachrichten. Die Stimme der Sprecherin ertönte.

»Heute Morgen wurde eine männliche Leiche im Dingelsdorfer Ried entdeckt.« Malie drehte das Radio lauter. »Die Polizei vermutet ein Gewaltverbrechen. Weitere Informationen gibt es bisher nicht. Sobald Näheres bekannt wird, erfahren Sie es hier bei uns auf SWR3.«

Es folgten Nachrichten aus der Region, Deutschland und über das, was sonst noch in der Welt passiert war.

Malie war für einen Moment betroffen. Hier am friedlichen Bodensee passierte so etwas selten. Vor einigen Jahren hatte es den Taxi-Mörder gegeben, eine Frau war brutal vergewaltigt und lebensgefährlich verletzt worden, eine andere hatte der Mann getötet. Er war gefasst und in der Psychiatrie untergebracht worden, von wo er wenige Monate später floh und die ganze Region für 36 Stunden bis zu seiner erneuten Festnahme in Angst und Schrecken versetzt hatte.

Nachdem sie die Drohnenlarven abgeholt und sicher verpackt hatte, fuhr sie weiter zur Insel Mainau. Die Larven würde sie ins Gefrierfach des Kühlschranks im Wirtschaftsgebäude packen, und sie hoffte, dass sie nicht vergaß, sie wieder mitzunehmen.

Malie schaute auf ihre Armbanduhr. Sie hatte noch genügend Zeit, das Seminar für morgen vorzubereiten. Trotzdem musste sie sich sputen. Dieses Seminar – das Orchideenpraktikum – würde am nächsten Tag in der Gärtnerei stattfinden. Den Teilnehmern würde anschaulich alles Wichtige zu diversen Orchideenarten erklärt werden, beispielsweise die richtige Standortwahl, die Düngung und Bewässerung. Auch ein praktischer Teil gehörte dazu, in dem die Orchideenliebhaber lernten, wie man die schönen Pflanzen umtopfte und teilte. Manch einer brachte seinen traurigen Wohnzimmerproblemfall mit und erhoffte sich, dass die Orchideenexperten ihm wieder zu einem besseren Leben verhelfen würden.

Malie war eben dabei, das Informationsmaterial, das die Teilnehmer am Ende des Seminars mitnehmen konnten, zusammenzustellen, als Lukas hereinschneite.

»Hast du das schon mitbekommen?«, fragte Lukas Malie mit vor Aufregung gerötetem Gesicht. Er kam wohl gerade aus seiner Mittagspause, denn in seinem Mundwinkel hingen eindeutig noch Brotkrümel. Wer nicht außerhalb aß, konnte seine Pausen in einem Mitarbeiterraum im Wirtschaftsgebäude verbringen, wo auch die Schränke standen, in denen man seine persönlichen Sachen unterbringen konnte.

»Was denn?«

»Die haben ne Leiche gefunden. Ermordet im Dingelsdorfer Ried. Das ist ja nicht so weit von Litzelstetten, wo du wohnst. Ist das nicht gruselig? Hast du jetzt Schiss?«

»Luuukas, du Kindskopf, nein, hab ich nicht. Außerdem, wieso ermordet? Davon war im Radio nicht die Rede.«

»Gewaltverbrechen, haben sie gesagt. Ist doch Mord, oder?«

»Soweit ich weiß, macht die Polizei, oder vielmehr die Staatsanwaltschaft, da feine Unterschiede. Mord, Totschlag, Körperverletzung mit Todesfolge, was weiß ich. Den Unterschied zwischen den letzten beiden kann ich dir nicht erklären. Ich hab nicht Jura studiert, sondern nur einige Semester Bio.«

»Also, wenn ich, so wie du, allein leben würde und ein Mörder in der Gegend rumrennt, wär's mir nicht ganz wohl.«

Sie klopfte Lukas auf die Schulter. »Ist ja eine müßige Überlegung, oder nicht? Ich jedenfalls hab keine Angst, wieso auch. Und wisch dir mal die Krümel aus dem Gesicht.«

Das Gespräch wurde durch einen Lieferwagen unterbrochen, der vor das Wirtschaftsgebäude fuhr. Neugierig schaute Malie aus dem Fenster. Der Mann, der ausstieg, kam ihr vage bekannt vor. War das nicht der Typ, den ihr Bruder Jo ihr einmal vorgestellt hatte? Ein Firmenmitarbeiter. Sie runzelte die Stirn und fragte sich, was der wohl hier wollte. Ihre Frage wurde zwei Minuten später beantwortet, als der Mann hereinkam.

»Hallo, ich wollte fragen …«, jetzt erst erkannte der Mann Malie, »oh hallo, sind Sie nicht Jos Schwester?«

Seine Augen wanderten bewundernd über ihr Gesicht und weiter an ihrem Körper hinunter bis zu ihren dunkelviolett lackierten Fußnägeln.

»Ganz genau. Was führt Sie denn auf die Insel?«

Malie reichte ihm die Hand, die der Mann nahm und fest drückte. Beim Loslassen fuhr er zart mit dem Mittelfinger über ihre Handfläche. Widerlich. Die Rolex am linken Handgelenk fiel ihr auf, ebenso wie das Löwenkopf-Tattoo auf dem rechten Unterarm. Wie konnte der Typ sich so eine teure Uhr leisten? War bestimmt eine Fälschung aus der Türkei. So ein Angeber.

»Ach, wir haben neues Verpackungsmaterial für die Souvenirshops, und das wollte ich mal vorstellen. Frisch aus Südostasien. Jo hat Kontakt zu einer Firma in Vietnam aufgenommen, die das Zeug aus Bambus herstellt.«

»Waren Sie nicht vor ein paar Tagen schon mal hier?«, quakte Lukas dazwischen.

Neo Schwarz schüttelte den Kopf. »Nein, da irren Sie sich, junger Mann.«

»Komisch, dann habe ich Sie wohl verwechselt.«

»Hört sich interessant an. Bambus ist ja ein tolles Zeug. Da kann man irgendwie alles draus machen. Und essen kann man's auch noch«, erwiderte Malie, nur um irgendwas zu sagen. Sie hoffte, Schwarz würde augenblicklich verschwinden, denn die Blicke, die er ihr schenkte, waren ihr zuwider. Ein Typ, der die Frauen mit den Augen auszog. Dass sich Jo mit so jemandem abgab.

»Wo finde ich denn Herrn Vögele? Er wollte sich mit mir treffen und sich das Material anschauen.«

»Der Vögele ist noch in der Mittagspause, kommt erst in einer halben Stunde wieder«, ließ Lukas vernehmen.

»Mist. Ich weiß, ich bin etwas zu spät dran, aber …«

»Dann gehen Sie doch was essen oder solange spazieren«, schlug Malie vor, die ihn nun dringend loswerden wollte.

»Hätten Sie nicht Lust, mich zu begleiten? Ich spendiere Ihnen einen Kaffee. In einer so angenehmen Gesellschaft vergeht die Wartezeit schneller.«

Bloß nicht, dachte Malie und lehnte höflich ab. »Tut mir leid, vielleicht ein anderes Mal, ich habe viel zu tun.«

Hatte sie eben etwa »ein anderes Mal« gesagt? Nie im Leben würde sie mit dem Kerl einen Kaffee trinken. In dem Moment, als sie Schwarz hinauskomplimentieren wollte, fiel ihr siedendheiß ein, dass sie die Bienenlarven im Auto gelassen hatte. Was war sie denn heute so schusselig? Zu Hause war ihr schon die Kaffeetasse runtergefallen, und im Flur war sie über ein paar Schuhe gestolpert. Nur gut, dass sie in die Tasche noch ein paar Kühlakkus gesteckt hatte. Sonst wären die Larven jetzt wahrscheinlich futsch.

»Lukas, tu mir einen Gefallen, geh zum Parkplatz. Dort steht mein Auto, im Kofferraum ist eine Kühltasche. Bring die bitte her und pack den Inhalt ins Gefrierfach. Ich muss jetzt echt in die Gärtnerei.«

Sie nickte Neo zu, der immer noch wie angewachsen dastand, und war schon fast aus der Tür, als Lukas ihr nachrief.

»Den Autoschlüssel solltest du mir schon hierlassen.«

Malie fasste sich an die Stirn, zog den Autoschlüssel aus der Seitentasche ihres Minirocks und warf ihn Lukas zu, der ihn geschickt auffing.

»Ist in deiner Kühltasche wenigstens ein Eis für mich drin?«, flachste er.

Malie lachte und rief im Rausgehen über die Schulter zurück: »Nein, nur Bienenlarven.« Und weg war sie.

Neo Schwarz sah ihr mit finsterem Blick nach, er wurde nicht gerne abgewiesen. Und schon gar nicht von einer Frau. Er ging zu seinem Lieferwagen und überlegte, wie er den Sack mit seiner heißen Ware aus dem Schmetterlingshaus herausschaffen konnte. Während er noch grübelte, sah er den Jungen von eben am Wagen von Jos Schwester. Dieser Junge hatte ihn vorhin tatsächlich für eine Sekunde aus der Fassung gebracht, als er meinte, sie wären sich vor einigen Tagen schon begegnet.

Malie Abendroth hatte ihren Freund Falk Andresen zum Abendessen eingeladen und wuselte nun in ihrer großen offenen Küche herum, nachdem sie einen weiteren Brei für Paul zusammengerührt und gekocht hatte, der nun im Kühlschrank auf die richtige Temperatur gebracht wurde. Sie war stolz auf ihre Küche, neben dem Wintergarten ihr liebster Aufenthaltsort. Die Küchenmöbel im toskanischen Landhausstil waren in einem hellen Grauton gehalten, die Fronten waren auf alt getrimmt, die Schubladen- und Türgriffe mattsilbern. Eine große Theke mit vier Barhockern trennte die Küche vom Wohn-Essbereich, über dem sechsflammigen Gasherd mit angrenzendem Induktions-Teppanyaki hing eine riesige Esse, der Elektrobackofen war auf Arbeitshöhe neben der großen altmodischen Steinspüle angebracht. Als Falk diese Gourmetstation das erste Mal gesehen hatte, war sein einziger Kommentar gewesen: »Diese Küche hat ja mindestens so viel gekostet wie mein Auto, oder?«

Damals hatte er sich gerade einen neuen 3er-BMW gekauft.

»Kommt auf die Ausstattung und die Extras deines Schlittens an«, hatte Malie mit einem Grinsen erwidert.

Sie liebte Kochen und Backen und bewirtete gerne Gäste, die sie mit ihren Kreationen begeistern konnte. Meist kochte sie vegetarisch, doch ab und an gab es auch Fisch – so wie heute – oder Fleisch, welches sie dann nur beim Biobauern kaufte, oder, wenn sie Glück hatte, von ihrem Bruder direkt ins Haus geliefert bekam, wenn dieser seinem Lieblingshobby, der Jagd, gefrönt hatte.

Während sie Gemüse schnippelte und den Fisch vorbereitete, hörte sie laut Musik, wiegte sich in den Hüften, trällerte einen Teil des Textes mit, sodass sie gar nicht hörte, als es mehrfach klingelte. Das plötzliche Klopfen am Küchenfenster ließ sie vor Schreck so zusammenfahren, dass sie sich mit dem Gemüsemesser in die linke Daumenkuppe schnitt. Schon quoll Blut aus der kleinen Schnittwunde hervor. Schnell steckte sie den Finger in den Mund und sah Falk am Fenster stehen, der fröhlich mit einer Weißweinflasche winkte. Sie zog den Daumen aus dem Mund und bedeutete ihm wild gestikulierend, dass er schuld an ihrem kleinen Unfall war. Falk machte einen bedauernden Gesichtsausdruck, streute sich imaginäre Asche auf sein Haupt und verschwand. Malie lief zur Haustür und ließ Falk Andresen herein, der sich hinunterbeugen musste, um die kleine Frau zu umarmen und auf die Wangen zu küssen.

»Hi, Malie, tut mir leid, dass ich dich erschreckt habe. Aber sonst würde ich jetzt noch vor der Tür stehen und warten. Es ist aber auch laut bei dir.«

»Jaja, ich mach gleich leiser, aber den alten Joe Cocker muss man einfach aufdrehen. Grüß dich, Großer. Komm rein, das Essen dauert noch ein bisschen. Danke für den Wein«, freute sie sich, »stell ihn in den Kühlschrank, ich habe schon eine Flasche Grauburgunder geöffnet. Möchtest du auch ein Glas, oder lieber erst mal was anderes? Allerdings muss ich zuerst diese grässliche Wunde versorgen, wo hab ich denn die Pflaster?«, plapperte sie, während sie schon wieder auf dem Weg in die Küche war, dann kehrtmachte, um nach rechts in Richtung Badezimmer abzubiegen, wo sie sich verarztete.

Andresen sah ihr schmunzelnd hinterher und ging ins Wohnzimmer, um die Musik leiser zu machen. Es war einfach schön, Malie in der Nähe zu haben, und er hatte sich sehr gefreut, dass seine Freundin aus Bremer Kindertagen vor gut acht Jahren an den Bodensee gezogen war. Falk selbst wohnte schon seit ewigen Zeiten in der Region. Seine Eltern hatten Bremen den Rücken gekehrt, als Falk zehn Jahre alt gewesen war und sein Vater eine Stelle als Gefäßchirurg im schweizerischen Münsterlingen angetreten hatte. Malie und Falk hatten sich trotz der Distanz nie aus den Augen verloren. Sie hatten sich geschrieben, telefoniert und in den Ferien, wenn möglich, besucht.

Falk hatte seiner Freundin beigestanden, als sie die Scheidung von Franco eingereicht hatte. Warum Malie diesen Vollpfosten überhaupt geheiratet hatte, war ihm bis heute ein Rätsel geblieben. Malie war gerade mal 21 Jahre alt gewesen, steckte im vierten Semester eines Biologiestudiums und niemand konnte sie davon abbringen, Franco Abendroth zu ehelichen. Franco studierte ebenfalls Biologie, war aber schon im zehnten Semester und hatte es nicht eilig mit dem Abschluss. Immerhin hatte Malie auf den Rat ihres Onkels Markus Rosenfeld gehört und einen Ehevertrag geschlossen. Während ihrer

Ehe war der Kontakt zu Falk deutlich weniger geworden. Malie hatte sich zurückgezogen, und wenn das Gespräch in einem der seltenen Telefonate auf Franco kam, reagierte sie mit heftigem Widerstand auf Kritik an ihrem doch so wunderbaren, liebenswerten und einfühlsamen Ehemann. Für Malie schien es keinen anderen Menschen auf dieser Welt mehr zu geben, selbst ihre Zwillingsschwester Alicha fand kaum mehr Zugang zu ihr.

Nach knapp zwei Jahren Ehe war die »Heiligsprechung« Franco Abendroths abrupt geendet, nachdem Malie von der Uni nach einem anstrengenden Biochemiepraktikum nach Hause kam und ihn mit der drallen Nachbarin in der Küche in eindeutiger Position erwischte. Die thailändische Linsensuppe, die sie morgens, bevor sie zur Uni gefahren war, noch gekocht und auf dem Herd stehen gelassen hatte, flog einmal quer durch die Küche, der Großteil ergoss sich über das mehr als üppige Dekolleté von Francos Eroberung. Der Topf verpasste Franco nur um Haaresbreite. Der untreue Gatte konnte gerade noch zur Seite springen, stolperte dabei aber über seine heruntergelassenen Hosen und klatschte der Länge nach auf den Fliesenboden. Ein Geräusch, das Malie später immer wieder als ungemein wohltuend beschrieb. Sie hatte ein paar Klamotten in eine Tasche geworfen, war aus der Wohnung gerannt und hatte heulend und zähnefletschend bei Falk angerufen. Seither war alles wieder wie früher. Nur thailändische Linsensuppe hatte Malie nie wieder gekocht.

»Kann ich erst ein alkoholfreies Bier haben?«, fragte er, als er die Musik auf eine angenehme Lautstärke heruntergeregelt hatte.

»Ja, klar. Steht im Kühlschrank, bedien dich ruhig«, hörte er Malie aus dem Badezimmer rufen.

Falk Andresen öffnete den riesigen Kühlschrank nach amerikanischem Vorbild mit Eiswürfelmaschine und Weinkühlfach, legte den mitgebrachten Weißwein hinein und griff sich ein Bier. Er wollte die Tür gerade schließen, als sein Blick auf das Gefäß mit den Löchern fiel.

»Malie, Püppchen, was ist da drin?«

»Wo denn?«

Sie kam gerade aus dem Bad zurück, den linken Daumen zugepflastert.

»Da in diesem Plastikteil mit den Löchern im Deckel.«

»Frag besser nicht«, entgegnete sie und widmete sich wieder ihren Vorbereitungen, wohl wissend, dass Falks Neugierde genauso stark ausgeprägt war wie ihre, und er mit Sicherheit hineinschauen würde.

»Pfui Teufel!«, hörte sie dann zwei Sekunden später, ein zufriedenes Schmunzeln umspielte ihre Lippen. Hundert Punkte.

»Das ist hoffentlich nicht die Vorspeise, oder?« Angeekelt starrte Falk auf die Würmer, verschloss den Deckel und schob das Gefäß wieder in den Kühlschrank.

»Nur, wenn du möchtest«, lachte Malie.

»Wozu brauchst du denn Würmer? Hast du jetzt ein Aquarium, oder was?«

Falk öffnete die Bierflasche, trank einen Schluck und wischte sich den Mund mit dem Handrücken ab.

Malie hatte keine Geheimnisse vor Falk, und nichts lag näher, als ihren besten Freund einzuweihen und ihm ihren neuen Mitbewohner vorzustellen, wenn der sich denn überhaupt sehen ließ. Vielleicht hatte Paul sich ja in dem großen dunklen Karton verkrochen. Sie hatte einen Durchschlupf hineingeschnitten, durch den Paul passen würde, und die Behausung zwischen die Pflanzen gestellt, damit das Tier sich zurückziehen konnte, wenn es wollte. Sie nahm Falk an der Hand, schob die Tür zum Wintergarten auf. »Ich muss dir was zeigen.«

Falk Andresen hob gespannt die dunkelblonden Augenbrauen, sah sie schelmisch mit seinen stahlblauen Augen an. »Hast du dir etwa ein exotisches Haustier angeschafft? Dachte immer, du magst es nicht, wenn Leute sich Tiere aus fernen Ländern halten.«

»Ist ja auch so. Aber exotisch ist Paul trotzdem.«

»Paul. Hört sich voll exotisch an«, spöttelte Andresen.

Malie schnitt ihm eine Grimasse, ließ dann seine Hand los und bewegte sich behutsam zwischen den großen Gewächsen, hob vorsichtig den Karton. Tatsächlich, da hockte das Pangolin und rollte sich sofort zusammen.

»Komm her, da ist er. Aber pass auf, dass du mir keine Zweige abbrichst«, ermahnte sie ihren Freund.

Ungläubig starrte Falk Andresen auf die Schuppenkugel, traute seinen Augen nicht.

»Was, wieso …, sag mal, geht's noch?«, stotterte er, fuhr sich mit der rechten Hand über seinen kurz gestutzten Vollbart, um sich anschließend mit beiden Händen in die kinnlangen, dunkelblonden Locken zu greifen.

»Darf ich vorstellen, Paul, das Pangolin. Ein Schuppentier«, fügte sie erklärend hinzu.

»Ich weiß, was ein Schuppentier ist und wie es aussieht. Es wurde mir sogar schon angeboten. Zum Essen, versteht sich. Letztes Jahr bei der Fotosafari in Westafrika. Gruselig.«

Er packte Malie bei den Schultern und drehte sie zu sich.

»Wieso sitzt ein Pangolin in deinem Wintergarten? Meines Wissens nach sind diese Tiere weltweit geschützt!«

Malie seufzte. »Komm, wir lassen Paul in Ruhe«, sie stülpte den Karton wieder über die Kugel und ging mit Falk zurück in die Küche.

Malie schob den Red Snapper in den vorgeheizten Backofen, setzte sich zu Falk an die Theke und erzählte ihm, was er wissen wollte. Schweigend hörte er zu, schüttelte nur hin und wieder den Kopf. Als sie geendet hatte, lautete sein Kommentar: »Du spinnst echt. Das musst du der Polizei melden.«

Malie rieb sich mit einem Finger im Augeninnenwinkel und fluchte laut. »Au verdammt! Immer wieder passiert mir das!«

»Was denn?«

»Ich hab vorhin frische Chilis geschnippelt, oh, ich sag dir, das brennt vielleicht!«

»Wieso wäscht du dir nicht gleich danach die Hände?«

»Weil's nix bringt. Egal, jetzt ist es eben so. Ich will selbst herausfinden, wie dieses Tier auf die Mainau gekommen ist, und werde auf keinen Fall zur Polizei gehen.«

Falk schob eine Haarsträhne hinter das rechte Ohr, er gehörte zu den wenigen Männern, denen längeres Haar gut zu Gesicht stand. »Und wie willst du das anstellen? Werd doch endlich erwachsen, Püppchen, für so was gibt's ausgebildete Leute. Übrigens, ich hab Hunger, dauert's noch lange?«

Malie zuckte mit ihren schmalen Schultern. »Keine Ahnung. Also, ich meine, keine Ahnung, wie ich das herauskriege. Das Essen ist bald fertig, ich mach mal eben den Basmatireis und das Gemüse. Bis dahin ist der Fisch auch so weit.«

Sie nippte an ihrem Weißwein, hüpfte von ihrem Hocker und machte sich am Herd zu schaffen. Falk packte die leere Bierflasche zur Seite, holte sich ein Weinglas und schenkte sich von dem Grauburgunder ein.

»Ich war gestern bei meinem Akupunkteur«, erzählte Malie nebenbei, »hab da mal nachgefragt, was er davon hält, solche Tiere in der Medizin zu verwenden. Er war etwas, wie soll ich sagen, verhalten mit seinen Antworten. Jedenfalls war ihm das Thema unangenehm. Irgendwie hatte ich den Eindruck, er fühlte sich persönlich angesprochen. Hat sogar zugegeben, dass er in China Patienten mit den Schuppen behandelt hat. Aber ich muss sowieso noch mal hin, und dann kann ich ja ein bisschen nachhaken. Gibst du mir mal bitte mein Glas?«

Falk Andresen reichte seiner Freundin das Weinglas. Ihm wurde klar, dass Malie offenbar keine Ahnung hatte, was passiert war.

»Ähm, du weißt es also nicht, oder?«

Sie drehte sich zu ihm um, krauste die Stirn.

»Neiiiin, was denn?«

»Hast du nicht mitbekommen, dass ein Mann tot in der Nähe des Naturparkplatzes Dingelsdorfer Ried aufgefunden wurde?«

»Doch, ja. Kam heute Morgen im Radio. Und was hat das jetzt mit meiner Akupunkturgeschichte zu tun?«

Sie nahm einen Schluck Weißwein, widmete sich wieder ihrem Gemüse, das sanft im Wok vor sich hin garte.

»Der Tote ist dein Doc.«

Malie erstarrte inmitten ihrer Bewegung, dann wandte sie sich erneut zu Falk um.

»Was? Das ist jetzt nicht dein Ernst?«, rief sie entsetzt. Natürlich machte Falk damit keinen Spaß, das war ihr klar.

»Kam vorhin in den Nachrichten. Mehr weiß ich nicht. Auf jeden Fall wurde er umgebracht, die Polizei hat noch keine heiße Spur.«

Malie war fassungslos. Wie konnte Huang tot sein? Noch gestern hatte sie ihn gesprochen. Eigentlich mochte sie Huang Cai ganz gerne, obwohl er oft etwas muffig wirkte. Gewirkt hatte. Und die Akupunktur tat ihr gut. Hatte ihr gutgetan. Tränen füllten ihre Augen, und Falk rutschte von seinem Hocker, nahm sie in die Arme, drückte sie tröstend an sich.

»Danke, es geht schon. Ich kann's nicht glauben«, sagte Malie tonlos und löste sich von Falk. Mit dem Handrücken wischte sie sich über die Augen, blinzelte kurz und rang sich ein Lächeln ab. »Das Essen ist fertig.«

Andresen ging ihr zur Hand. Den Reis gab er in eine vorgewärmte knallrote Schüssel und stellte sie auf den Esstisch, den Malie schon zuvor gedeckt hatte. Er zündete die kleinen Teelichter in ihren roten Glasbecherchen an, ging zurück und holte den Wok, den er auf einem Edelstahluntersetzer platzierte. Malie nahm in der Zwischenzeit den Fisch aus dem Backofen, legte ihn auf eine mit Salatblättern und dünnen Karottenstreifen garnierte Platte und brachte sie zum Tisch.

»Nimm dir. Ich weiß gar nicht, ob ich grade was essen mag.«

Ihre Gedanken kreisten um den toten Chinesen und um das Pangolin in ihrem Wintergarten.

»Ich mag nicht alleine essen, und ehrlich gesagt, es lohnt sich«, schmeichelte Falk, »es schmeckt mal wieder klasse.«

Seine Worte ließen Malies traurigen Gesichtsausdruck verschwinden, zauberten ein amüsiertes Schmunzeln hervor.

»Dir kann man auch alles servieren, Hauptsache, du musst nicht selbst kochen«, neckte sie ihren Freund.

»Kannst du nicht einmal ein Kompliment von mir annehmen, ohne es gleich zunichtezumachen?«

»Na gut. Danke, Großer.«

Schließlich schöpfte sie sich auch Reis, Gemüse und Fisch auf ihren Teller und begann, langsam zu essen.

»Zu wenig Chili«, kritisierte sie ihre Kochkünste.

»Für dich vielleicht.«

Falk stand auf, holte die Weingläser, die sie auf der Theke vergessen hatten. Während des Essens versuchte er, Malie von der düsteren Nachricht abzulenken und berichtete von seiner jüngsten Reise nach Kambodscha und Vietnam, wo er Hunderte von Fotos für einen Bildband geschossen hatte, der im Frühjahr des kommenden Jahres erscheinen sollte.

»Ich muss die Bilder erst mal sichten«, brachte er zwischen zwei Bissen Red Snapper hervor, »das wird noch eine Heidenarbeit.«

»Du musst mir die Fotos mal zeigen, wenn du Zeit hast. Das müssen ja echt zwei aufregende Länder sein.«

»Auf jeden Fall. Allein die Tempelanlage Angkor Wat ist der Hammer. Ich weiß gar nicht, wie viele Bilder ich davon gemacht habe.« Falk legte sich nach und verschlang eine weitere Portion Fisch.

»Sag mal, hast du was von Elin gehört?«, wechselte Malie das Thema. Elin war die Frau eines gemeinsamen Freundes, der sich im April des Jahres das Leben genommen hatte.

»Na ja, es geht ihr nicht gut. Aber sie muss funktionieren mit den zwei Kindern. Was bleibt ihr anderes übrig? Ich kann das einfach immer noch nicht glauben, dass Kemal von der Brücke gesprungen sein soll. Es ging ihm gut. Er hat mir zwei Wochen vorher noch erzählt, dass er an irgendeiner heißen Sache dran wäre, die ihm endlich mal zu einer richtig guten Story verhelfen würde.«

Malie legte das Besteck zur Seite, trank einen Schluck Wein. »Aber Kemal hatte auch schon mal Depressionen. Vielleicht ging es ihm doch nicht so gut, wie er alle glauben ließ«, sinnierte sie.

Falk schüttelte den Kopf. »Nee, du kanntest ihn nicht ganz so gut wie ich. Kemal war wieder ganz der Alte, glaub mir. Außerdem ist das einige Jahre her, als er in Behandlung war. Nein, Kemal hat sich nicht umgebracht, ich weigere mich nach wie vor, das zu glauben.«

»Und Elin? Was meint sie?«

»Sie sagt, sie weiß nicht, was sie glauben soll. Aber eigentlich hält sie an der Selbstmordtheorie der Polizei fest. Ist wahrscheinlich wenigstens ein bisschen einfacher, als zu glauben, jemand hätte ihren Mann von der Brücke gestoßen.«

Auch Falk beendete seine Mahlzeit, schob den Teller von sich. »Du solltest ein Lokal aufmachen«, lobte er.

»Vielleicht. Immerhin habe ich mich bei einer Agentur angemeldet, die private Dinner vermittelt.«

»Hast du nicht schon genug zu tun mit deinen Schmetterlingen, Pflanzen, und was weiß ich noch alles?«

»Wer pausiert, der oxidiert, hat mein Prof an der Uni immer gesagt. Die Dinner-Idee ist doch schon mal ein Anfang. Ich liebe Kochen, lerne gerne Leute kennen, also warum nicht?«

# KAPITEL 3

Lioba zog den Südkurier wieder aus dem Papierkorb, den sie gestern dort hineingeschmissen hatte, strich ihn glatt und riss die Seite mit dem Bericht über ihre Aktion heraus. Der gehörte zu Hause in ihre Sammelmappe. Sie begann sich wieder massiv über Losens zu ärgern. Tippse, hatte er gesagt! Tippse! Der Ärger ließ ihren Blutdruck steigen, und sie musste sich setzen. Mit beiden Händen fasste sie sich an den Hals, fühlte die Pulsschläge mehr als deutlich unter ihren Handflächen. Auf der Stirn hatte sich ein kleiner Schweißfilm gebildet, ebenso auf ihrem üppigen Dekolleté. Was bildete sich dieser Losens eigentlich ein? Saß der aufgeblasene Kerl auf seinem Hintern, stellte nach Gutdünken Bescheinigungen aus und ließ den lieben Gott einen guten Mann sein. Manchmal mussten die Leute Wochen auf eine von seiner Gnaden ausgestellte Bescheinigung oder Genehmigung warten. Losens war Referatsleiter im Amt für Bau, Natur- und Umweltschutz, dem es auch oblag, Bauvorhaben zu begutachten. Insbesondere ging es dabei um den Gewässer- und Bodenschutz.

Was glaubte der eigentlich, wer er war! Jämmerliches Würstchen, wahrscheinlich hatte er zu Hause nullkommanull zu melden, und seine russische Matrone hielt den Daumen drauf!

Vor Wut und Ärger schwoll Lioba Hanfstängls Hals, sie bekam kaum noch Luft, dazu gesellten sich hämmernde Kopfschmerzen. Nicht ganz unschuldig an diesen Symptomen war außer Losens allerdings auch ein zu hoher Blutdruck, dieser geschuldet ihrem Übergewicht. Knappe 70 Kilogramm bei nur 1,60 Meter Körpergröße. Aber es scherte sie nicht. Kleidergröße 42 war in Ordnung für Lioba Hanfstängl, die sich sowieso am liebsten in weite Kleidung gewandete.

Aus einem alten Kaffeebecher, der nun einem neuen Verwendungszweck diente und Schreibutensilien beinhaltete, griff sie nach einem Bleistift und brach ihn – knacks – in der Mitte entzwei. Stellte sich vor, den dürren Hals Losens, diesem Fass auf Stelzen, zwischen ihren Fingern zu haben. Ganz allmählich beruhigte sie sich, die Kopfschmerzen reduzierten sich auf ein dumpfes Pochen. Sie musste tatsächlich etwas zurückrudern, denn es war ein schmaler Grat, auf dem sie sich bewegte. Als Angestellte in der öffentlichen Verwaltung musste sie sich zwar einiges zuschulden kommen lassen, um entlassen zu werden, aber sie wollte es auch nicht unbedingt auf eine Abmahnung ankommen lassen.

Eigentlich fühlte sie sich nämlich ziemlich wohl in ihrem kleinen Büro. Nur ganz selten verirrte sich jemand hierher. Lioba Hanfstängl verwaltete das Bauarchiv der Stadt, wo sämtliche Bauakten seit 1870 lagerten, die älteren Archivalien waren allesamt zum Stadtarchiv gewandert. Ab und zu kamen Bauforscher oder Architekturstudenten vorbei, ließen sich eine der Akten aushändigen oder Kopien daraus anfertigen. Seit zwei Jahren war sie damit beschäftigt, die Akten zu digitalisieren, um den Zugriff darauf für alle Interessierten zu erleichtern. Anschließend wanderten die Ordner erst mal in den Keller des Gebäudes. Eigentlich könnte man sie ihrer Meinung auch gleich schreddern, aber das war nicht Liobas Aufgabe.

Hier oben störte sie niemand, und sie fand, neben ihrer hauptberuflichen Arbeit, immer wieder Zeit für ihre eigentliche Passion: die Arbeit für den Tier- und Naturschutz. Dafür nutzte sie natürlich nicht ihren offiziellen Computer, das Risiko wollte sie nicht eingehen. Also hatte sie sich einen Laptop gekauft, der ihr gleichzeitig für Recherchen diente, auf dem sie Fotomaterial sammelte und Artikel für diverse Zeitschriften schrieb – allen voran für die vierteljährlich erscheinende Zeitschrift des UAB, der Umweltaktivisten Bodensee, deren zweite Vorsitzende sie war.

Nach der Schule hatte Lioba Hanfstängl eine Ausbildung zur Tierpflegerin begonnen, in der Hoffnung, einen Platz zum Studium der Tiermedizin zu erhalten. Doch bereits während ihrer Lehre musste sie sich von den Träumen einer eigenen Kleintierpraxis verabschieden, als ihr Hausarzt ihr eine Desinfektionsmittelallergie bescheinigte. Mit Desinfektionsmitteln hatte sie in der Praxis täglich zu tun, und die Stoffe wären auch später ihre ständigen Begleiter während des Studiums geworden. So hatte sie schweren Herzens umsatteln müssen. Ein Beruf, der sauber und frei von Giften war, hatte es sein sollen. Nach einer Zeit der Ungewissheit, hatte sie eine neue Ausbildung zur Bauzeichnerin angefangen, auch in diesem Fall mit der Option, irgendwann ein Architekturstudium zu beginnen. Doch Lioba war erstaunlich glücklich mit ihrer Entscheidung geworden, und ihr damaliger Chef hatte sie nach der Lehre auf Zeit übernommen. Nur leider hatte das Ingenieurbüro sie während eines Engpasses entlassen müssen, durch diverse Krisenherde im Ausland waren die Aufträge weggebrochen.

Die Stellenanzeige im Südkurier als Mitarbeiterin im Amt für Bau, Natur- und Umweltschutz von Konstanz kam gerade richtig, und so bewarb sie sich in ihrer Heimatstadt Konstanz. Obwohl sie keine ausgebildete Verwaltungsfachangestellte war, bekam sie die Zusage. Anfangs ärgerte sie sich, dass man sie, kaum dass sie ein paar Wochen in der Bauabteilung verbracht hatte, ins Archiv abschob, doch an der Bezahlung änderte sich nichts. Und eine Jobalternative gab es so oder so nicht. Also Augen zu und durch, war ihre Devise gewesen, und mit der Zeit hatte Lioba ihren abgeschiedenen Arbeitsplatz schätzen gelernt. Das war mittlerweile auch schon zehn Jahre her.

Lioba Hanfstängl war mit äußerlichen Reizen nicht gerade gesegnet. Den Kampf gegen die überschüssigen Pfunde hatte sie aufgegeben, zu oft war dieser von Misserfolgen gekrönt gewesen. Frühe Kurzsichtigkeit hatte ihr eine starke Brille beschert, die Lioba tragen musste, da sie auch auf die Kontaktlinsenreinigungsmittel allergisch reagierte. Ihr mausgraues Haar trug sie kurz, praktisch und pflegeleicht. Diverse Beziehungen hatten nie zu dem Ergebnis geführt, das sich Lioba als junges Mädchen erträumt hatte – Hochzeit und eine frohe Kinderschar. Mittlerweile hatte sie sich damit abgefunden, mit Mitte 40 wohl auf Eheglück und Nachwuchs verzichten zu müssen.

Doch Lioba hatte einen fast gleichwertigen Ersatz gefunden. Ihre Kinder waren seit vielen Jahren Sträucher und Bäume, Blumen und Kräuter, sie liebte, was kreuchte und fleuchte, und ihre ganz große Leidenschaft gehörte dem Tierschutz. Wenige Jahre nach dem Beitritt zum UAB hatte sie sich zur zweiten Vorsitzenden emporgearbeitet. Ihrem unermüdlichen Einsatz war es zu verdanken, dass sich innerhalb von neun Jahren die Zahl der Mitglieder von knapp 30 Mitstreitern auf mehr als 70 erhöht hatte. Bei Wind und Wetter stand sie auf den Marktplätzen der Bodenseestädte und Städtchen, verteilte ihre Handzettel, ermahnte ihre Mitmenschen, genauer hinzuschauen, einen Blick auf die Höfe zu werfen, ob nicht ein Hund an der Kette gehalten oder dem Vieh in heißen Sommern zu wenig Wasser zum Saufen angeboten wurde. Sie wetterte gegen Tiertransporte in nicht klimatisierten LKW, gegen Hühnerhaltung auf engstem Raum, das Aussetzen von Haustieren vor den Ferien oder nach Weihnachten. Freie Tage verbrachte sie damit, mit den Insassen der überbevölkerten Tierheime spazieren zu gehen.

Vor einem halben Jahr war ihr dann ein besonderer Coup gelungen. Sie hatte die Macher von Regio TV davon überzeugt, eine Sendung zu starten, die Hunde, Katzen, Kaninchen und anderes Getier, das in den Tierheimen saß, vorstellte und vermittelte. Die Sendung würde im Spätsommer zum ersten Mal ausgestrahlt werden. Natürlich gab es schon solch eine Sendung beim WDR, aber sie war richtig stolz darauf, dass nun auch Tieren aus der Bodenseeregion ein neues Zuhause angeboten werden konnte. Was Lioba Hanfstängl anpackte, machte sie mit Herzblut. Und, obwohl sie ab und zu ein paar Minütchen ihrer Arbeitszeit für den Schutz der geschundenen Kreaturen abzwackte, erledigte sie auch ihre Arbeit im Archiv mit Engagement und Freude.

Und dieser Typ nannte sie *Tippse*! Idiot!

Jetzt brauchte sie unbedingt einen Tee und ein wenig Ablenkung. Die Teezubereitung hatte Lioba zu einer Art Zeremonie entwickelt und fand dadurch immer wieder zu einer inneren Ruhe, die im Moment besonders notwendig geworden war. Seit ihrer Zeit im ostfriesischen Emden im Ingenieurbüro Evert hatte sie sich dem Ostfriesentee verschrieben. Mit diesem Tee konnte kein anderer mithalten – so ihre Ansicht –, schon gar nicht diese verrückten Mischungen, die heute im Handel erhältlich waren.

Lioba füllte den Wasserkocher und drückte den »An«-Knopf. Während der Kocher seine Arbeit tat, beförderte sie mit einer kleinen Zange einen dicken Kandisbrocken in ihren überdimensionalen Teebecher mit Marienkäfermuster und häufelte losen Tee in eine kleine Kanne, auf der grüne Gingkoblätter prangten. Es klickte hörbar, das Wasser war nun kochend heiß, und mit halb geschlossenen Augen – auch dies diente der Entspannung – goss sie die dampfende Flüssigkeit langsam über die Ostfriesenmischung. Fünf Minuten ziehen lassen, Augen ganz schließen. Schließlich war der Tee fertig, und auf einem zur Tasse passenden Tellerchen legte sie zwei Kekse zurecht – Schokolade in der Mitte, außen knuspriger

Keks. Sie schenkte den Tee in die Marienkäfertasse und lauschte dem Knacken des Kandiszuckers. Obendrauf gehörte ein kleiner Schuss dicke Sahne, die sie in einem Minikühlschrank, der im Archivraum stand, aufbewahrte. Der erste vorsichtige Schluck, das heiße Gebräu leicht gekühlt durch die kalte Sahne. Ein Genuss – fürwahr göttlich. Augenblicklich entspannte sich Lioba. Der Losens konnte sie mal kreuzweise!

Die große Wanduhr, die hinter ihr über der Aktenablage und dem Kopierer hing, ließ sie wissen, dass in einer halben Stunde Dienstschluss war. Lohnt sich ja kaum, einen neuen Ordner anzufangen, dachte sie und langte nach ihrem Laptop, klappte ihn auf, schlürfte einen weiteren Schluck Tee. In der letzten Woche hatte man eine Schnappschildkröte am Ufer des Bodensees bei Uhldingen gesichtet. Wahrscheinlich ausgesetzt. Lioba war seither dabei, einen kritischen Artikel zur Haltung von Schildkröten aller Art in heimischen Haushalten zu verfassen. Eine ganze Reihe Artikel sollte so entstehen, in denen sie darauf aufmerksam machen wollte, dass in einigen Haushalten immer wieder Exoten gehalten wurden. Teils sogar illegal eingeführte Tiere. Und irgendwann, wenn Schlangen, Schildkröten oder was auch immer diese Leute sich hielten, zu groß, zu teuer, zu gefährlich oder zu lästig wurden, fanden sie eine neue Heimat in Parks oder in Gewässern, weil ihre Besitzer sie einfach aussetzten und ihrem Schicksal überließen.

Lioba scrollte durch die Ergebnisliste auf der Suche nach Zoohandlungen, die auch Exoten im Sortiment hatten. Natürlich war das legal. Aber hier, die Zoohandlung von Rufus Trenkwitz, Nummer zwei ihrer Liste, war ihr schon lange ein Dorn im Auge. Schon öfter hatte sie versucht, bei dem ein Haar in der Suppe zu finden, hatte ein paar junge Leute angeheuert, die bei Trenkwitz nach Tieren gefragt hatten, die auf der roten Liste standen. Doch bis jetzt war ihr der Händler noch nicht ins Netz gegangen, alles hatte auf den ersten Blick seine Ordnung. Aber Lioba Hanfstängl würde nicht lockerlassen. Sie hatte ein Gespür entwickelt, und dieses sagte ihr deutlich, der rothaarige Zoohändler handelte ganz sicher nicht nur legal mit Tieren.

Malie war zufrieden, Paul hatte den Brei, den sie ihm gestern Abend, als Falk gegangen war, hingestellt hatte, brav aufgefressen und getrunken hatte er auch, denn das Wasserschälchen war nahezu leer. Sie beschloss, eine größere Menge zu kochen und portionsweise einzufrieren, es war sonst doch zu aufwendig.

Über den Mord an dem chinesischen Arzt war heute Morgen auf Seite drei des Südkuriers nicht viel zu lesen gewesen. Noch war man am Anfang der Ermittlungen, nach Zeugen wurde gesucht. Malie lief es kalt den Rücken herunter, schrecklich, jemanden gekannt zu haben, der tatsächlich umgebracht worden war. So was las man sonst nur in irgendwelchen Büchern, sah es in Krimis im Fernsehen oder im Kino. Sie hoffte, die Polizei fand den Mörder bald, und er erhielt seine gerechte Strafe.

In ihrer Mittagspause suchte sie Bastian auf, der unter anderem für die Videoüberwachung auf der Insel zuständig war. Sie war sicher, dass Paul in dem Leinensack transportiert worden war und sich in die Freiheit gefressen hatte.

»Kannst du mir einen Gefallen tun und mich mal die letzten Tage durchschauen lassen, was im Schmetterlingshaus los war?«

Stirnrunzelnd sah der junge Mann sie an. »Äh ja, schon. Suchst du was Bestimmtes?«

»Sagen wir mal so, ein paar Bromelien sind nicht so, wie ich sie mir vorstelle, also dachte ich, wenn ich genau die Lichtverhältnisse über den Tag verteilt verfolgen kann, finde ich einen besseren Platz für sie«, schwafelte sie los. Nur gut, dass Bastian von Pflanzen keinen Schimmer hatte, dafür aber von sämtlichen technischen Spielereien.

»Ja, kein Ding. Welche Kamera soll's denn sein?«

»Die am Wasserfall mit den Farnen und den kleinen Wasserschildkröten.«

»Kamera drei, also.«

Bastian tippte wild auf seinem Computer herum.

»Setz dich.«

Er überließ ihr seinen Stuhl und zeigte ihr, wie sie vorgehen sollte.

»Du kommst klar, oder? Dann mach ich nämlich mal Mittag. Lass dir ruhig Zeit, ich muss sowieso anschließend noch an der Homepage arbeiten. Das mach ich von meinem Laptop aus.«

»Danke.«

Sie warf ihm ein Luftküsschen zu und begann mit dem ersten Video. Die Besucherströme wälzten sich durch das Schmetterlingshaus, hielten ihre Kameras hoch. Gebannt konzentrierte sich Malie auf den Bildschirm, irgendwann und irgendwie musste doch das Pangolin ins Schmetterlingshaus gelangt sein.

»Hier, eine kleine Stärkung für dich. Du machst doch sonst keine Pause.«

Malie drehte sich um. Da stand Bastian mit einer kleinen Papiertüte und einem Becher Kaffee.

»Laugenbrezel und Kaffee. Ich hoffe, das passt.« Schon war er wieder weg.

Eine Frau mit kleinem Rucksack, der gerade noch so als Handtaschenersatz durchging, fiel ihr auf. Nein, doch nicht. Was ihr aber tatsächlich entgangen war, als Bastian ihr den Snack brachte, war ein scheinbar sehr dicker Besucher in einer viel zu großen dunkelblauen Regenjacke, obwohl es an diesem Tag keinen Tropfen geregnet hatte. Der Dicke bückte sich und verschwand aus dem Bereich des künstlichen Auges. Beim Verlassen des Schmetterlingshauses war der Mann deutlich schlanker, die Jacke hing lässig über seinem Arm. Doch das hätte Kamera drei so oder so nicht gezeigt. Nur die Eingangskamera.

An der vor ihr aufgeschlagen liegenden Bauakte hatte Lioba sich förmlich festgefressen. Meist machte sie sich keine Gedanken über den Akteninhalt, den es zu bearbeiten galt, und digitalisierte die Vorgänge zügig. Nur bei älteren, dickeren, besonders staubigen Exemplaren siegte die Neugierde. Dann nahm sich Lioba Zeit und blätterte darin herum. Für außergewöhnliche Architektur hatte sie schon immer eine Schwäche besessen. Und, wenn sie etwas Besonderes zwischen den Pappdeckeln entdeckte, konnte es durchaus passieren, dass sie ewig darin schmökerte, sich gar auf die Suche nach dem Architekten machte. Meist war die Unterschrift der Architekten unleserlich auf dem Bauplan verewigt, doch manchmal hatte sie Glück, und es gab einen Stempel des Architekturbüros. Oder sie machte sich Gedanken über die Bauherren. Wer sie waren, und ob es sich um bekannte Konstanzer Familien handelte. Die für sie interessanten Bauakten hatten meistens Anträge, Pläne und Risse von herrschaftlichen Villen zum Inhalt. Dann schwelgte Lioba Hanfstängl in Fantasien, belebt durch Bezeichnungen wie Herrenzimmer, Damensalon, Mädchenkammer oder Köchinnenzimmer, in einigen Fällen sogar Ballsaal. Dies bedeutete, dass eine solche Villa riesig sein musste. Nicht selten waren die Bauherren Juden gewesen, was sie an den Namen der Auftraggeber ablesen konnte. Abraham, Levi oder Goldbaum. Lioba führte sogar eine Liste über solche Villen, da ihr irgendwann aufgefallen war, dass diese Bauten während der Nazizeit für einen Spottpreis den Besitzer gewechselt hatten. Wahrscheinlich war den Juden nichts anderes übrig geblieben, als zu verkaufen, um ihre Haut zu retten oder weil sie dazu gezwungen worden waren.

Aus den Bauakten gingen auch die Käufer hervor, die später Umbauten oder Ähnliches vorgenommen hatten. Namen, die noch heute in Konstanz eine Rolle spielten. Wenn man die Namen dieser Familien publik machen würde, wenn bekannt werden würde, dass sie Profiteure aus der Not der Juden geworden waren. Nicht auszudenken, ein echt heißes Eisen. Lioba hielt die Liste unter Verschluss, auf ihrem Laptop war sie in Sicherheit. Reines Privatvergnügen. Es hämmerte an der Tür, ein Geräusch, das sie zusammenschrecken ließ. Wer störte sie denn jetzt? Schließlich war gleich Mittagspause.

»Ja«, rief sie ungeduldig.

Max Losens steckte den Kopf herein. »Frau Hanfstängl, kann ich Sie kurz sprechen?«

»Wenn's sein muss. Ich wollte eigentlich gleich Mittag machen.«

Etwas verwundert über den Besuch, denn meist rief Losens an und beorderte sie in sein Büro, klappte sie den Pappordner, dessen Inhalt sie eben noch studiert hatte, zu und packte ihn auf den Haufen mit den bearbeiteten Bauakten.

Losens schnaufte nach dem Treppensteigen wie ein Walross. Es war anstrengend, bis ins oberste Geschoss zu stapfen, aber er hatte bewusst auf den Aufzug verzichtet, um was für seine Gesundheit zu tun. Sein beachtlicher Bauch sollte auf gar keinen Fall mehr werden, weniger wäre erheblich besser.

Hinter seinem Rücken zog er eine hübsch aufgemachte Präsentschachtel eines renommierten Delikatessengeschäfts hervor und platzierte sie mitten auf Liobas Schreibtisch.

»Ich will mich bei Ihnen entschuldigen, weil ich es die Tage wohl etwas übertrieben habe. Das tut mir ehrlich leid. Natürlich gehört Ihre Freizeit Ihnen, Sie können tun und lassen, was Sie wollen.«

Lioba wartete gespannt auf das »Aber«. Und da war es auch schon.

»Aber ein ganz klein wenig müssen Sie mich auch verstehen«, hob er an, »ich halte für die ganze Abteilung als Leiter den Kopf hin. Das ist nicht immer einfach, glauben

Sie mir. Ich möchte Sie daher bitten, sich genau zu überlegen, wie Sie an die Öffentlichkeit herantreten. Gegen Unterschriftenaktionen ist nichts einzuwenden, doch Ihre Inszenierungen gehen einfach zu weit. Also, um es kurz zu machen: Ich bitte Sie inständig, darauf zu verzichten. Und wenn Sie doch einmal medienwirksam mit Ihrer Gruppe auftreten wollen, dann lassen Sie die anderen ran, halten Sie sich bitte im Hintergrund. Am besten, bleiben Sie zu Hause. Und, bitte entschuldigen Sie auch die ›Tippse‹.«

Losens schob die in Zellophan verpackte und mit lindgrüner Schleife dekorierte Konfektschachtel, als solche hatte Lioba sie bereits identifiziert, noch ein Stückchen näher zu ihr.

»Bitte, nehmen Sie das und meine Entschuldigung an.«

Lioba hatte bis jetzt kein Wort gesagt, hatte nur mit hochgezogenen Brauen dagesessen. Argwöhnisch betrachtete sie die Pralinenschachtel. Sie hegte Zweifel an Losens Abbitte, wollte der sich einen blöden Scherz mit ihr erlauben?

»Herr Losens, eigentlich war ich geneigt, Ihre Entschuldigung anzunehmen. Aber so ganz ernst können Sie es ja kaum gemeint haben, wenn Sie mir mit so was kommen.« Sie wies mit dem Kinn auf das Präsent und schob die Schachtel zurück.

Losens machte ein verdutztes und ratloses Gesicht.

Hat er es doch ernst gemeint?, fragte sie sich peinlich berührt. Hat er das Konfekt vielleicht doch ohne Hintergedanken herausgesucht?

»Also, Frau Hanfstängl. Jetzt weiß ich wirklich nicht weiter. Das Konfekt ist handgemacht, es ist *die* Spezialität von Delikatessen-Wirtz, mehrfach prämiert. Variationen von gelierten Früchten«, er schien ehrlich enttäuscht zu sein.

»Das mag ja sein, Herr Losens. Aber es wird sich ja wohl schon bis zu Ihnen herumgesprochen haben, dass ich Vegetarierin bin. Ich arbeite schon lange genug hier, Sie als aufmerksamer Chef sollten das wissen. Und in diesen Früchten ist Geliermittel. Und was steckt in diesem Geliermittel? Dreimal dürfen Sie raten. Zu 70 Prozent besteht das Zeug aus Schweineschwarten. Ich habe vor nicht allzu langer Zeit vorsichtig einmal bei Kunibert Wirtz nachgefragt, ob er nicht bereit wäre, auf pflanzliche Geliermittel wie Pektin oder Agar-Agar umzusteigen. Konfekt aus Schweineschwarten, da überkommt doch jeden klar denkenden Menschen der reinste Ekel.«

Lioba Hanfstängl wurde jetzt noch heiß und kalt, als sie an die Auseinandersetzung mit Kunibert Wirtz dachte. Achtkantig hatte er sie aus seinem Laden geworfen. Sie konnte es aber auch nicht lassen. Lioba war auf der Suche nach ihrem Lieblingstee im Delikatessenhaus gewesen. Zufällig war ihr Blick auf die pyramidenförmig aufgetürmte Präsentation der preisgekrönten gelierten Fruchtwürfel gefallen. Ganz freundlich und harmlos hatte sie nach dem Geliermittel gefragt, weil sie die klein gedruckten Angaben trotz Brille nicht hatte entziffern können. Die Antwort einer Angestellten hatte ihr Blut zum Köcheln gebracht. Auf Nachfrage, warum tierische und nicht pflanzliche Produkte zum Einsatz gekommen waren, hatte die Frau sie an den Chef verwiesen. Wirtz war gleich auf 180 gewesen. Lioba wusste überhaupt nicht, warum. Sie war doch ganz höflich gewesen. Vielleicht ein wenig laut, ja. Zu laut.

Wirtz flippte völlig aus, stand kurz vor einem Herzinfarkt, und sie hatte nichts Besseres zu tun, als weiteres Salz in Kuniberts Wunde zu streuen, indem sie heftig Kontra gab. Die Kunden, darunter eine Gruppe japanischer Touristen, hatten entweder so getan, als bekämen sie nichts mit, oder hatten eilig den Laden verlassen. Was Wirtz noch mehr aufgebracht hatte. Was sie sagte, hatten die Touris sicher nicht verstanden, aber das war auch egal. Der Streit war derart eskaliert, dass Lioba von Wirtz Hausverbot bekommen hatte. Und nun stand Losens vor ihr mit der gelierten Prachtmischung aus dem Hause Wirtz. Nicht zu fassen!

»Lioba, jetzt bleiben Sie mal auf dem Teppich. Das sind doch nur harmlose Früchtewürfel. Ich kann sie auch gerne wieder mitnehmen. Mir schmecken sie. Aber, Sie reißen sich in Zukunft bitte am Riemen, wenn es um Ihre Tierschützerei geht.«

Losens war unangenehm laut geworden.

So, nun waren sie wieder so weit wie vor ein paar Tagen. Losens tobte, weil er beleidigt war, und Lioba Hanfstängl war in ihrer Ehre gekränkt. Wutschnaubend griff Losens sich die Konfektschachtel, riss das lindgrüne Band ab, schleuderte es zu Boden, gefolgt von der zerrissenen Zellophanverpackung. Dann segelte der Deckel der Schachtel auf Liobas Schreibtisch, und Losens stopfte sich drei Fruchtwürfel auf einmal in den Rachen. Zuckerkrümel und Fruchtstückchen ausspuckend, fauchte er Lioba Hanfstängl an.

»Und das ist mein letztes Wort, sonst lernen Sie mich wirklich kennen.«

Mit einem heftigen Knall schlug er die Tür hinter sich zu, sodass ein Eckchen cremefarbener Putz aus der Wand neben der Holzzarge herausbrach, und rauschte wutschnaubend ab.

Du meine Güte. Lioba Hanfstängl befürchtete, sie hatte den Bogen nun tatsächlich überspannt. Der Kerl war doch nicht ganz dicht im Kopf, hatte es sich zu seiner Mission gemacht, Lioba auf den »rechten« Weg zu bringen. Ihr die Aktionen zu untersagen. Losens war wohl vollkommen von der Rolle. Nix da. Jetzt erst recht.

Lioba watschelte zu ihrem Wasserkocher. Jetzt brauchte sie einen Tee, bevor sie heute Nachmittag die nächste Aktion startete. Die Ostfriesenmischung tat ihre Wirkung, und allmählich fand Lioba wieder zu sich selbst. Und fragte sich immer mehr, warum Max Losens mit einer solchen Vehemenz ihre Tierschutzaktionen torpedierte. Die angebrochene Schachtel Früchtewürfel wanderte in den Müll.

»Du hattest doch groß getönt, Nobbe oder der Hühnerbaron könnten da was ausrichten.«

Trenkwitz und Losens saßen in einem Biergarten im Schatten einer Kastanie. Sie hatten den äußersten Tisch gewählt, sehr zum Missfallen der Kellnerin, die ihr ausgeprägtes Gesäß nun noch weiter vom Tresen zu ihnen über den weißen Kies bewegen musste, um die Getränke zu bringen.

»Tja, ich hab die beiden schon informiert, dass die Hanfstängl eine notorische, unverbesserliche Querulantin ist. Aber beide wollen erst mal abwarten, ob sich ihre Aktivitäten erneut gegen NobbePharma oder die Legebatterien richten.«

Trenkwitz schnaubte verächtlich durch die Nase, sodass die roten Härchen, die aus den Nasenlöchern hervorlugten, flatterten.

»Mein Gott, du bist so ein Weichei. Die Alte sitzt in deiner Abteilung, der kannst du doch mal gepflegt dazwischengrätschen.«

»Gepflegt dazwischengrätschen«, äffte Max Losens den Zoohändler nach.

»Du hast ja keine Ahnung, die Frau ist resistent und renitent. Die lässt sich von mir gar nichts mehr sagen. Ich habe doch schon alles probiert. Gefleht, gedroht, geschmeichelt. Bei der hilft einfach nix. Die macht ihr Ding, ich glaube, der Tierschutz ist mittlerweile für die Hanfstängl eine Art Dschihad geworden. Die sieht in alles und jedem, der sie auch nur ein wenig zügeln will, einen Gegner. Und ich befürchte, sie stellt sich irgendwann die Frage, warum ich so hartnäckig gegen sie opponiere.« Losens wischte sich die Schweißperlen mit einem Taschentuch von der Stirn.

»Aber du sitzt doch am längeren Hebel«, entgegnete Rufus, »ich dachte, du wärst ihr Vorgesetzter. Also, wenn ich einen Mitarbeiter hätte, der mir so auf den Wecker geht oder mir dermaßen auf die Füße tritt, der wäre die längste Zeit in meinem Geschäft angestellt, das kann ich dir versichern.«

Zu Rufus' roten Haaren gesellte sich nun auch eine gerötete Gesichtshaut, was ihn an einen erheblich gealterten Pumuckl erinnern ließ. Sein dunkles Hefeweizen hatte er schon beinahe leer getrunken. Nun rülpste er leise.

»Sag mal, Trenkwitz, wie blöd bist du eigentlich? Im öffentlichen Dienst kriegst du keinen so einfach los. Da musst du quasi silberne Löffel klauen«, konterte Losens metaphorisch. »Und dann wird geklagt, die Kündigung zieht sich monatelang hin, wenn nicht sogar über Jahre. Wenn man Pech hat, sitzt der Mitarbeiter, den man loswerden wollte, wieder im Sattel. Deine Kräfte sind aufgezehrt, und der andere schwimmt wie ein Fettauge obenauf.« Er holte tief Luft. »Und dann würde diese Kuh, diese fette, obenauf schwimmen. Garantiert. Ich kann ihr noch nicht mal offen drohen. Was meinst du, was dann passiert? Dann sitzt sie am längeren Hebel, wie du es nennst. Wir können im Moment einfach nur abwarten. Es geht mich ja auch tatsächlich nichts an, was die Dame in ihrer Freizeit so treibt. Ich hab mich da sowieso schon viel zu weit aus dem Fenster gelehnt. Manchmal guckt sie schon ganz misstrauisch.« Durstig trank er seine Apfelsaftschorle.

»Okay, lassen wir das und warten ab. Hast du die Formulare dabei? Neo wird bald mit einer neuen Lieferung eintreffen. Papageieneier, an die 100 Stück. Bringen erwartungsgemäß zwischen 50.000 und 60.000.«

Zehn Prozent für Max, 20 für Rufus Trenkwitz, die restlichen 70 Prozent teilten sich Neo und, ja wer? Bis heute hatte Max Losens keine Ahnung, wer hinter dem ganzen Deal stand. Wer dafür sorgte, dass die Ware ins Land gelangte. Anfangs hatte er geglaubt, Neo Schwarz, dieser Halunke, wäre der Mann, der alle Fäden in der Hand hielt. Aber Rufus hatte ihn aufgeklärt, dass hinter Neo noch ein weiterer Mann die Strippen zog. Bis heute leugnete Rufus hartnäckig, zu wissen, wer dieser Mann war. Ein Deutscher, ein Europäer, ein Vietnamese, ein Chinese? Vielleicht war es ja sogar eine Frau? Rufus hüllte sich in Schweigen.

Losens drehte das leere Glas auf dem Biertisch in seinen Händen. »Wir müssen reden. Mir gefällt es nicht, wie die Hanfstängl mir auf die Finger schaut. Am liebsten würde ich aussteigen. Aber …«, abwehrend hob er beide Hände, als er sah, wie sich die Miene von Trenkwitz verfinsterte, »… ich weiß selbst, dass ich aus der Nummer nicht mehr alleine rauskomme. Entweder steigen wir beide aus oder keiner von uns. Das heißt also im Klartext, ich bin weiter dabei. Aber zu neuen Konditionen. Mir schweben 20 Prozent vor, mein Risiko ist mittlerweile so hoch wie deins, Rufus, und warum soll ich mich mit weniger zufriedengeben?«

Losens gab der Bedienung ein Zeichen, deutete auf Rufus' Weizenglas, dann mit dem Zeigefinger auf sich.

»Das kannst du Neo selbst beibringen. Viel Spaß. Der wird kaum begeistert sein, schließlich gehen die zehn Prozent dann von seinem Gewinn ab. Ich glaube nicht, dass der große Macker im Hintergrund auch nur auf ein Promille verzichtet, von Prozent will ich hier gar nicht reden. Und du kennst Neo, wenn es ums Geld geht, versteht er keinen Spaß.« Rufus leerte sein Glas, wischte sich die Lippen mit dem Handrücken ab.

»Wenn das so ist, muss ich mich wohl an dich halten, dann kommen die fehlenden zehn eben von dir.«

Max Losens wusste in diesem Moment selbst nicht, woher er den Mut nahm, so mit Rufus Trenkwitz zu reden. Aber wenn es für ihn um das nackte Überleben ging, ja, dann konnte auch ein Max Losens über sich selbst hinauswachsen.

Für einen Moment war Rufus Trenkwitz sprachlos. Was mopste sich denn dieser Sesselfurzer plötzlich so auf?

»Von mir, mein Freund, kein müder Cent. Nichts, nada, niente. Mach das mal schön mit Neo aus. Der wird sich wundern, was in dich gefahren ist. Auf dem sein Gesicht freu ich mich jetzt schon.«

Wie war das noch mal mit dem Genitiv? Auf grammatikalische Korrektheit hatte Max Losens sein Leben lang Wert gelegt. Wie tief war er nur gesunken, dass er sich mit solchen Leuten abgab. Seit drei Jahren machte er mit einem Typen Geschäfte, den er eigentlich verachtete. Und wenn er Trenkwitz ganz ausbooten würde? 30 Prozent nur für ihn? So schnell dieser Gedanke gekommen war, so schnell legte ihn Losens wieder in der Rubrik »später darüber nachdenken« ab. Er müsste zuerst mit Neo klären, ob man ohne Trenkwitz auskäme. Aber ohne einen Zoohändler? Nein, dann liefe das Geschäft gar nicht, es sei denn, Neo würde den Handel komplett selbst in die Hand nehmen. So blöd war das vielleicht gar nicht. Losens' Gedanken wirbelten durcheinander. Doch im Moment musste alles noch beim Gewohnten bleiben. Bis auf die Sache mit seinem Anteil. Schließlich lief ohne die Formulare gar nichts.

Die Kellnerin stellte das Bier vor ihn hin, so heftig, dass es etwas überschwappte.

»Bringen Sie mir auch noch eins«, orderte Trenkwitz Nachschub.

Missmutig griff die Bedienung die leeren Gläser und lief über den knirschenden Kies in Richtung Theke davon. Konnte der sich das nicht früher überlegen? Wenig später brachte sie das Getränk.

»Ich hab gleich Schichtwechsel und muss kassieren«, sagte sie und begann, mit einem Lappen den Biertisch abzuwischen.

»Was bekommen Sie?«, fragte Losens und zückte seinen Geldbeutel.

»13 Euro 90«, sie legte den Lappen zur Seite, zog aus ihrer Schürze eine großes schwarzes Portemonnaie.

»Stimmt so«, Max gab ihr 15 Euro, was sie mit einem Lächeln quittierte.

»Trink aus, wir müssen sowieso los«, forderte Trenkwitz Max auf, schob ihm sieben Euro zu.

»Ich kann das jetzt nicht auf ex trinken, mach mal halblang. So spät ist es noch gar nicht.«

Trenkwitz verzog keine Miene, setzte das Glas an und trank es langsam Schluck für Schluck leer, dabei die Augen auf Max gerichtet.

Was sollte das sein? Eine Demonstration, wie viel ein Zoohändler auf einmal trinken konnte? Zum wiederholten Mal fragte sich Losens, warum er mit einem solchen Proll überhaupt zusammensaß.

20 Minuten später hockten sie im Hinterzimmer von Trenkwitz' Zoogeschäft, von dem aus eine Tür in das Ladenlokal führte und eine gegenüberliegende in den Hinterhof, wo der Ladenbesitzer seinen Müll lagerte.

»Was kommt denn noch so die nächste Zeit rein? Also außer den Eiern, meine ich.«

Max schob Rufus den Umschlag mit den Formularen über den Tisch. In diesem Moment klopfte es an der Eisentür.

»Das wird Neo sein.«

Vorsichtshalber fragte der Zoohändler nach.

»Ja, hallo, natürlich bin ich es. Erwartet ihr sonst noch jemanden?«, klang es dumpf von draußen.

Trenkwitz sperrte die schwere Tür auf und ließ Neo

Schwarz eintreten, um sofort danach die Tür wieder zu verschließen. Wie immer, wenn er mit diesem Mann zusammentraf, lief es Max Losens eiskalt den Rücken hinunter. Der Mann war aalglatt. Im wahrsten Sinne des Wortes. Schlanke, große Gestalt, schmales Gesicht. Die hellblonden, sicherlich gefärbten Haare waren kurz geschnitten, militärisch kurz, ging es Max durch den Kopf. Kein Gramm Fett zu viel, ein elegantes Muskelpaket. Dazu diese seltsamen Augen, ein wässriges hellblau, das an diese Gletschereisbonbons erinnerte. Am rechten Unterarm ein Tattoo in Form eines Löwenkopfs. Als Losens Neo zum ersten Mal gesehen hatte, war ihm der Begriff »Fremdenlegionär« durch den Kopf gegangen. So stellte er sich einen Soldaten der Fremdenlegion vor. Oder eine Art Comic-Held, und zwar einer von der üblen Sorte, die nur Böses im Schilde führte. Ein eiskalter Geselle.

Gespannte Stille erfüllte den Raum. Trenkwitz sah Losens auffordernd an. Na los, trau dich, sag ihm, dass du mehr Kohle willst, lag in seinem Blick. Doch bei Neos Anblick, der sie aufmerksam wie ein Raubvogel auf Beutezug anschaute, verließ Max Losens der Mut. Vielleicht sollte er doch lieber noch etwas abwarten, Neo machte heute nicht wirklich einen gut gelaunten Eindruck.

»Hey, was ist dir denn für eine Megalaus über die Leber gelaufen? Neue geschützte Tierart?«, versuchte Rufus zu scherzen, obwohl auch er spürte, dass Neo schlecht drauf war.

»Nix Laus, schon etwas größer.«

Neo ging zu dem alten Kühlschrank, der in der Ecke stand, um sich, ohne zu fragen, eine Flasche Bier herauszunehmen. Mit dem Fuß kickte er ihn wieder zu, sodass der Kühlschrank hin- und herwackelte.

»Mann, noch ist das mein Kühlschrank«, beschwerte sich Rufus.

»Bitte, Herr Trenkwitz, darf ich ein Bier haben?«, gab Schwarz spöttisch zurück. Doch der Spott in seiner Stimme überdeckte nicht das Bedrohliche, das darin mitschwang. »Passt mal auf, ihr zwei Arschgeigen. Mir ist heute echt nicht zum Scherzen zumute. Der Tag war bis jetzt schon Scheiße genug.«

Das abhandengekommene Pangolin hatte sich für Neo zu einem unangenehmen Problem entwickelt. Er brauchte jetzt seine Ruhe, musste überlegen, wie er aus dem ganzen Mist wieder einigermaßen unbeschadet herauskam. Er war mittlerweile fast sicher, die Schwester seines Kompagnons hatte das Vieh eingesackt. Bienenlarven, hatte sie gesagt. Das war genau, was diese Biester fraßen, wenn sie in Gefangenschaft waren. Er musste unbedingt etwas unternehmen, doch jetzt beschäftigte er sich erst mal mit diesen Pappnasen.

Normalerweise besprach er mit Trenkwitz die Ladung. Heute warf er ihm einfach die Liste mit der Aufstellung auf den Tisch.

»Hier, kümmert euch. Für die ganzen Viecher brauchen wir zehn Formulare. Ihr wisst ja, wie's geht. Die Kisten stehen draußen im Transporter. Schau, dass du das Viehzeug so schnell wie möglich loswirst. Ein paar sind mir schon draufgegangen. Hab sie in deinen Mülleimer geworfen.«

Rufus Trenkwitz erstarrte, schaute Neo entgeistert an und sog hörbar die Luft ein, um lauthals zu protestieren. Doch Neo fing an, höhnisch zu lachen.

»Was bist du nur für ein Idiot! Komm schon, Mann, alles sauber entsorgt. Jetzt piss dir mal nicht gleich in die Hose.«

Trenkwitz entspannte sich wieder. Bis zu diesem Zeitpunkt hatte Losens noch kein Wort von sich gegeben, nun räusperte er sich.

»Mit welchem Wert sind die Tiere angesetzt?«

»Insgesamt sind wir so bei 75.000 bis 90.000. Kommt drauf an, wie clever unser Rufus alles managt. Nicht wahr, Trenkwitz, du bist doch clever?«

»Hat sich bis jetzt irgendjemand beschwert?«

»Nein, der Chef ist zufrieden, ich bin es, und von euch kam auch noch kein Gemecker. Oder sollte sich das ändern?«

Max zuckte zusammen. Nein, heute war ganz sicher nicht der richtige Zeitpunkt, seine Forderungen wirklich heraufschrauben zu wollen.

»Nein? Gut, ist auch besser so. Los, helft mir, die Kisten aus dem Wagen zu laden.«

Ohne auch nur einen Schluck Bier getrunken zu haben, verließ Neo den Raum.

»Da hat aber einer gewaltig schlechte Laune«, flüsterte Trenkwitz. »Irgendetwas ist gründlich schiefgelaufen bei unserem guten Neo.«

Max fragte sich in diesem Moment, ob sich die Probleme gerade nicht zu sehr häuften. Sollte er sich lieber doch aus dem Geschäft zurückziehen? Noch bevor er sich weiter Gedanken machen konnte, hörte er, wie die Türen des Transporters mit einem wuchtigen Rums geschlossen wurden. Normalerweise machte er sich nicht gerne – im wahrsten Sinne des Wortes – die Finger schmutzig. Doch heute sollte er wohl besser bei den Kisten anpacken. Solange sie noch keine Elefanten schmuggelten …

»Hey, Sesselfurzer. Kann der feine Herr vielleicht mal mit anpacken?«, hörte er Rufus ungeduldig von draußen rufen.

Der Motor des Transporters lief bereits, die Kisten standen im Hinterhof. Neo hatte es heute in der Tat eilig. Max klemmte einen Keil unter die Metalltür, damit sie nicht zufiel, und sah gerade noch die Rücklichter von Neos weißem Sprinter.

Nachdem sie alles für das Seminar vorbereitet hatte, fuhr Malie gegen 17 Uhr in die Stadt. Sie hatte noch ein paar Besorgungen zu machen. Die Sonne strahlte, und es herrschten gut und gerne 32 Grad. Spontan beschloss sie, sich ein Eis zu gönnen, und steuerte das ehemalige Konzil an, von dem man einen wunderbaren Blick auf die Imperia und den See hatte. Malie mochte die große, sich drehende Statue des Bildhauers Peter Lenk. Die kurvenreiche Hübschlerin, wie früher die Damen des käuflichen Gewerbes genannt wurden, trug in ihrer rechten Hand den König und in der linken den Papst und sah mit spöttischem Lächeln auf die Besucher herab.

Als Malie Abendroth die Unterführung passieren wollte, wurde sie auf eine Frau aufmerksam, die Flyer an die vorbeischlendernden Leute verteilte. Seitlich von ihr befand sich ein Stehtisch, vor dem ein großes Plakat aufgebaut war. »UAB – Umweltaktivisten Bodensee« prangte in großen grünen Lettern über einem blutroten Schriftzug:

*»Essen Sie gerne Sushi?«*

Darunter waren zwei Fotos geheftet, die einen Teller mit der japanischen Spezialität und einen Fisch zeigten. Ein Blauflossenthunfisch, wie die Bildunterschrift erklärte. Neben dem Plakat lagen zwei junge Leute, die Sushi darstellten. Eingewickelt in eine dunkelgrüne Plastikplane, gefolgt von einer dicken Schicht essbarer weißer Verpackungschips, die den Reis repräsentierten, in der Mitte dann die lachsrot angemalten Körper der Tierschützer.

An dem Stehtisch hielten sich mehrere Leute auf, die mit einem Mann diskutierten, der zum UAB gehörte, wie sein weißes T-Shirt unmissverständlich klarmachte. Auf der Vorderseite prangten die grünen Lettern »UAB – Umweltaktivisten Bodensee«, darunter war ein stilisierter Baum neben einem roten Eichhörnchen zu erkennen.

Die untersetzte Frau, die die Flyer verteilte, steuerte auf Malie zu, stellte sich ihr in den Weg, fuchtelte mit dem Zettel vor ihrer Nase herum.

»Sie sehen aus, als hätten Sie ein Herz für Tiere! Helfen Sie mit, den Thunfisch zu schützen!«

Wie sieht man einem Menschen an, ob er Tierliebhaber ist?, fragte sich Malie belustigt und blieb stehen.

»Hab ich tatsächlich«, sagte sie dann mit einem Lächeln und blickte in hellbraune Augen, die hinter dicken Brillengläsern just zu strahlen begannen.

»Wusste ich's doch«, freute sich die Dicke und fasste Malie sanft am Ellbogen, um sie am Weitergehen zu hindern. Die Gärtnerin unterdrückte den Impuls, die Tierschützerin wegzuschieben, sie mochte es überhaupt nicht, wenn fremde Menschen ihr gleich so auf die Pelle rückten. Stattdessen trat sie einen Schritt zur Seite, und die Frau kapierte, dass sie zu aufdringlich geworden war.

»Um was geht es denn hier?«, wollte Malie wissen und dachte gleichzeitig, ob es eine Fügung war, gerade heute auf jemanden zu treffen, der sich dem Tierschutz verschrieben hatte, wo sie doch selbst ein artgeschütztes Tier bei sich beherbergte.

»Um den sushivertilgenden Teil der Bevölkerung. Besser gesagt, um den Blauflossenthunfisch, der zu Abertausenden von Tonnen zu Sushi, seines tiefroten Fleisches wegen, verarbeitet und dann hemmungslos gefressen wird. Die Meere sind leer geworden, aber die Gier nach Sushi wird immer größer«, erläuterte die Frau. »Ich bin übrigens Lioba Hanfstängl«, stellte sie sich vor, »zweite Vorsitzende des UAB.«

»Malie Abendroth«, antwortete Malie fast mechanisch.

»Offenbar kümmern Sie sich nicht nur um Artenschutz am Bodensee? Oder hat sich der Thunfisch nun hier niedergelassen und ersetzt die Felchen?«, frotzelte sie.

Lioba Hanfstängl nahm ihr das nicht übel.

»Artenschutz, immer und überall. Wenn ich könnte, würde ich in all die Länder reisen, die den Naturschutz mit Füßen treten oder vielmehr so gut wie nichts den Wilderern und Tierschmugglern entgegenzusetzen haben.« Sie seufzte. »Man tut, was man kann. Es ist hier oft schon schwer genug.«

Dann senkte sie ihre Stimme.

»Wobei ich zugeben muss, dass in Deutschland Natur- und Umweltschutz ziemlich hochgehalten werden. Aber zitieren Sie mich bitte nicht öffentlich«, zwinkerte Lioba Malie zu.

Malie lächelte. Die Frau war ihr richtig sympathisch.

»Ich finde es gut, dass es solche Leute gibt, wie Sie. Meine Wenigkeit arbeitet übrigens auf der Mainau, wo wir auch sehr seltene Arten haben, wie beispielsweise die Kalifornische Dufteibe. Bei uns ist sie sicher.«

Malie wischte sich mit dem Handballen den Schweiß von der Stirn und war froh, dass sie lediglich ein leichtes orangefarbenes Top zu ihren karierten Shorts gewählt hatte, als ihr Blick auf Liobas T-Shirt fiel, das gleiche, wie der Mann am Stehtisch trug. Auch Lioba schwitzte stark, unter ihren Achseln hatten sich große feuchte Stellen ausgebreitet, eigentlich klebte das ganze T-Shirt an ihrem fülligen Körper, ließ den BH darunter durchschimmern. Der Baum und das Eichhörnchen hatten bizarre Formen auf ihrem üppigen Busen angenommen. Da nützte auch der Schatten nichts, in dem sie standen. Die menschlichen Sushiröllchen zerflossen geradezu in ihrer Kostümierung, die ehemals weißen Chips hatten sich bereits rosa eingefärbt.

»Ja, die Mainau, ein Kleinod hier am Bodensee. Möchten Sie die Petition zum Schutz des Thunfischs unterschreiben und vielleicht sogar noch eine Spende machen? Sie können auch gerne Mitglied des UAB werden.«

Malie grinste. War ja klar, dass Lioba darauf zu sprechen kam.

»Unterschreiben? Klar, mache ich. Und ich spende für die gute Sache.«

Sie zückte ihr Portemonnaie und fischte einen 50-Euro-Schein heraus.

»Wow«, entfuhr es Hanfstängl, »vielen Dank! Das ist ja geradezu mein Glückstag heute. Besser gesagt, der Tiere und Pflanzen natürlich. Ihre Spende wird wahrscheinlich dem Schutz der Zierlichen Tellerschnecke zugutekommen. Das kleine Ding ist in Deutschland vom Aussterben bedroht, hier in der Region ist die Schnecke stark gefährdet, und es braucht die Einrichtung von Pufferzonen.«

Malie war beeindruckt, die Frau kannte sich offenbar sehr gut aus.

»Wissen Sie eigentlich, wie Schmuggler seltene Tiere ins Land bringen?«, rutschte es ihr heraus.

Lioba warf Malie einen kurzen forschenden Blick zu. Dann legte sie los.

»Die Kontrollen sind dürftig. Ich möchte gar nicht wissen, was hier alles reingebracht wird, und keiner sieht hin. Bestimmt sind viele Beamte geschmiert, Korruption gibt es überall. Und schauen Sie sich doch nur mal den Grenzübergang von Konstanz nach Kreuzlingen an«, dozierte sie, »das ist eine reine Lachplatte. Da wird doch kaum kontrolliert. Jeder kann irgendwas vom Züricher Flughafen nach Deutschland reinschmuggeln. Kaum ein Problem«, echauffierte Lioba sich. »Kürzlich war ich drüben auf der Schweizer Seite in Altnau, Freunde besuchen. Am Zoll war kein Mensch zu sehen, bei der Rückfahrt genau dasselbe. Und das ist sicher kein Ausnahmefall. Und wenn die Tiere mal hier sind, gibt es genügend Helfershelfer, die die Ware an den Mann bringen.«

Mit einem Kopfnicken in Richtung Zeitungsstand, der sich in ihrer Nähe befand, meinte sie: »Wenigstens hat's da mal den Richtigen erwischt.«

Malie sah sich um, entdeckte die Schlagzeile der hiesigen Regenbogenpresse.

**»Zoohändler brutal zusammengeschlagen!«**

Darunter das Foto einer Zoohandlung, die Malie sofort erkannte.

Entsetzt sah sie Lioba an. »Wie kommen Sie denn darauf?«

»Weil ich schon länger den Verdacht habe, dass nicht alles, was dieser Trenkwitz treibt, legal ist. Kennen Sie den? Also, ich kenn den ziemlich gut und bin mir sicher, dass der nicht koscher ist. Ich kann bisher nur nichts beweisen. Aber den krieg ich noch!«

Trenkwitz? Vorgestern war sie doch noch bei ihm gewesen? Und nun war der arme Kerl überfallen worden? Das konnte doch alles nicht wahr sein! Wieso passierte gerade ständig Leuten was, die sie kannte? Huang Cai ermordet, Rufus Trenkwitz zusammengeschlagen. Gab es einen Zusammenhang?

»Ach, kommen Sie, Sie sehen Gespenster«, beschwichtigte Malie die Tierschützerin und insgeheim sich selbst. »Ich kenne Rufus Trenkwitz auch schon länger, er beliefert uns mit Futter. Der ist vielleicht manchmal ein komischer Kauz, aber kriminell?« Sie schüttelte den Kopf, um ihre letzten Worte zu unterstreichen.

Es war sonst nicht Lioba Hanfstängls Art, schnell Zutrauen zu Fremden zu fassen. Doch diese zierliche

Person, die da vor ihr stand, und die eben einen Fünfziger für ihren geliebten Tierschutz hatte springen lassen, ließ sie ihre Prinzipien über Bord werfen.

»Hören Sie«, sagte sie dann so leise, dass Malie sich zu ihr neigen musste, um besser verstehen zu können, »ich fange gerade an, einer Sache nachzugehen, von der ich sicher bin, dass Trenkwitz damit zu tun hat.«

Sie machte eine bedeutsame Pause und raunte ihr dann zu: »Ich könnte eine Verbündete gebrauchen.«

Lioba wunderte sich über sich selbst, aber nun war es gesagt. Ob es an dem exotischen Äußeren Malies lag, an ihrer Freundlichkeit und Freigiebigkeit oder an dem Umstand, dass sie sich für Exoten und deren Schmuggel interessierte, Lioba hätte den Grund für ihre Offenheit nicht benennen können.

Malie schaute Lioba ungläubig aus ihren dunklen Augen an. »Verbündete? Bitte? Wir kennen uns doch überhaupt nicht.«

Doch ihr Interesse war bereits geweckt. Nicht, dass sie nicht schon genügend Aufregung hätte im Moment, aber ihre Neugier war schwer zu beherrschen. Schon als Kind war sie so gewesen, hatte ihre Nase überall hineingesteckt. Und irgendwie musste Paul ja nach Deutschland gelangt sein. Ob Lioba recht hatte, und möglicherweise Trenkwitz Tiere schmuggelte?

»Sie machen mich neugierig. Wollen wir uns vielleicht einmal treffen? Ich ruf Sie in den nächsten Tagen an«, schlug sie vor, bevor sie noch lange überlegen konnte.

Lioba Hanfstängl war verblüfft. Damit hatte sie nun nicht gerechnet. Ein Strahlen legte sich auf ihr rundes Gesicht. »Ja, klar. Rufen Sie mich an!«

Sie zerrte eine zerknitterte Visitenkarte aus der Tasche ihrer weiten dünnen Baumwollhose und drückte sie Malie in die Hand.

Es war schon ziemlich dämmrig, als Malie zu Hause ankam, und sie spürte sofort, dass etwas nicht in Ordnung war. Ein Rundgang um die alte Villa ließ sie am Wintergarten stutzig werden. Eines der Blumenbeete, die sie vor der breiten Glasfront angelegt hatte, war eindeutig zertrampelt. Jemand hatte eine Schneise zwischen tinten- und hellblauem Rittersporn, rosafarbenem Sonnenhut und weißem Phlox zur Tür des Wintergartens geschlagen, wohl in der Absicht, durch den Wintergarten ins Haus zu gelangen. Traurig lagen die hübschen Blumen geknickt am Boden. Malie hatte die Wintergartentür zwar mit einbauen lassen, nutzte sie aber nie, denn es gab eine ausgeklügelte Belüftungs-, ebenso wie eine Beschattungsanlage für ihre tropischen Lieblinge.

Der Einbrecher hatte es nicht geschafft einzudringen, wie sie erleichtert feststellte, und sie fragte sich, warum die Alarmanlage nicht losgegangen war. Sie schlug sich mit der flachen Hand gegen die Stirn.

Ich blöde Kuh hab sie heute Morgen vergessen zu aktivieren. Verdammt, grade noch mal Glück gehabt. Vielleicht ist der Einbrecher gestört worden und musste verschwinden, dachte sie.

Sie beendete ihren Rundgang, fand keine weiteren Auffälligkeiten und ging ins Haus. Sie schloss die Tür und aktivierte die Alarmanlage. Dies zu vergessen, würde ihr hoffentlich nicht noch einmal passieren. Was hatte der

Mann – sie ging davon aus, dass es sich um einen männlichen Vertreter der Einbrecherspezies handelte – wohl gewollt? Wahrscheinlich das Übliche. Geld, Schmuck, Laptop. Zur Sicherheit ging sie durch alle Räumlichkeiten, doch es war alles in Ordnung. Später, nachdem sie sich einen bunten Salat zusammengemischt hatte, rief sie Falk an.

»Jemand hat versucht, bei mir einzubrechen«, sagte sie ohne Begrüßung.

»Geht's dir gut?«, war Falks besorgte Antwort.

»Ja, ich war nicht zu Hause. Jemand ist durch mein Staudenbeet getrampelt, allein deswegen könnte ich den Kerl schon killen, und wollte sich Zugang zum Wintergarten verschaffen. Hat aber nicht geklappt. Gott sei Dank.«

»Was ist denn mit deiner Alarmanlage?«

Sie schob sich eine große Gabel Salat in den Mund und antwortete kauend: »Hb ich vergechen.«

»Was?

»Tschuldigung, bin gerade am Essen. Hab vergessen, sie scharf zu stellen. Du bist schuld, weil du mir gestern noch einen Wein aufgenötigt hast.«

Falk sah Malies freches Grinsen deutlich vor sich. »Ja, klar. Ich schon wieder. Übrigens, Elin hat sich gemeldet und meinte, ich solle vorbeikommen. Sie hat wohl irgendwelche kryptischen Aufzeichnungen von Kemal gefunden, mit denen sie nichts anzufangen weiß. Elin hat sich erst jetzt in Kemals Büro gewagt, vorher hat sie das einfach nicht fertiggebracht.«

»Glaubst du, das sind vielleicht Hinweise, die Aufschluss über seinen Selbstmord geben?«

Malie klemmte sich den Hörer zwischen Schulter und Ohr und räumte ihren leer gegessenen Teller samt Besteck in die Spülmaschine.

»Wie oft noch? Kemal hat sich nie und nimmer umgebracht. Ich fahre morgen raus zu Elin nach Eigeltingen. Willst du mit?«

Malie überlegte nicht lange. Morgen war Samstag, also kein Problem. Eigeltingen lag etwa 35 Kilometer von Litzelstetten entfernt, wenn alles glattging, wären sie in einer knappen Dreiviertelstunde dort.

Kemal Demir hatte es vorgezogen, nicht direkt am See zu wohnen, wollte, dass seine Kinder in einer kleinen Gemeinde aufwuchsen, ohne den Stress einer Stadt wie Konstanz. Natürlich hatten auch die Immobilienpreise eine große Rolle gespielt. Die kleine Gemeinde im Hegau mit ihren etwas über 3.000 Einwohnern und ihren liebevoll restaurierten Fachwerkhäusern in Sichtweite der Vulkankegel hatte es ihm angetan. Nun würde der Journalist es nicht mehr erleben, wie seine Kinder dort in einer idyllischen Umgebung aufwuchsen.

»Bin dabei. Holst du mich ab?«

»Klar. Bin um acht bei dir.«

»So früh? Morgen ist Wochenende!«, rief Malie entrüstet.

»Ich muss später wirklich mal mit der Sichtung der neuen Fotos beginnen. Wenn ich dich dafür zum Essen einlade, würde das als Wiedergutmachung gelten?«

»Kommt darauf an. Ich darf aussuchen, nicht, dass du mich noch zu einer Frittenbude schleppst.«

Falk lachte. »Alles klar. Bis dann.«

Elin Demir empfing sie mit einem traurigen Lächeln. Unter den Augen der 35-Jährigen hatten sich dunkle Schatten gebildet, tiefe Furchen hatten sich zwischen Nasenflügel und Mundwinkeln gegraben. Falk drückte sie sanft an sich, hielt sie einen Augenblick. Als er sie losließ, konnte man Tränen in Elins Augen schimmern sehen. Sie schluckte hart, dann begrüßte sie Malie mit einem Küsschen auf die Wange.

»Kommt rein. Schön, dass ihr beide gekommen seid.«

»Wo sind die Kinder?«, fragte Malie.

»Bei meinen Eltern«, seufzte Elin und strich sich eine blonde Strähne hinter das rechte Ohr, »ich weiß gar nicht, was ich ohne sie machen würde. Kemals Eltern sind ja doch ein klein wenig weit weg«, fügte sie hinzu und führte ihren Besuch durch das gemütliche Wohnzimmer auf die Terrasse.

»Stimmt. Leverkusen ist ja nicht grade um die Ecke.«

»Setzt euch. Kaffee?«

»Gerne«, antworteten Falk und Malie gleichzeitig und nahmen auf den dunkelblauen Kissen der hölzernen Gartenstühle Platz.

»Sie sieht schlecht aus«, murmelte Malie, nachdem Elin in die Küche verschwunden war.

Falk presste die Lippen aufeinander, nickte beinahe unmerklich. »Wundert mich nicht, nach all dem, was passiert ist. Die Frage ist, wie es jetzt weitergehen soll. Wie ich Kemal kenne, hat er bestimmt nicht groß vorgesorgt.«

Elin kam zurück, stellte ein Tablett mit Kaffeebechern, Milch und Zucker auf den Tisch. »Kaffee ist gleich fertig«, verkündete sie und ließ ihre Gäste wieder kurz alleine.

Malie begann, die Becher zu verteilen, goss sich schon mal ein wenig Milch in ihren.

»Was hast du denn nun gefunden?«, wollte Falk Andresen wissen, nachdem Elin mit einer Thermoskanne zurückgekehrt war und allen eingeschenkt hatte.

»Aufzeichnungen. Aber nur Bruchstücke. Kleine Notizen. Ich werde daraus nicht schlau. Das Problem ist, dass ich in den letzten Monaten, bevor es passiert ist, so viel gearbeitet habe, und wir kaum Zeit hatten, miteinander zu reden. Wenn, dann ging es immer nur um die Kinder. Und jetzt kann ich Kemal nicht mehr fragen, an was für einer Geschichte er dran war.«

Beim letzten Satz drohte ihre Stimme zu brechen, doch sie drängte die Tränen zurück.

»Okay, zeig mal her«, forderte Falk, »vielleicht hab ich ja ne Idee.« Tröstend strich er der jungen Witwe über den Arm.

Elin stand auf und kam wenige Augenblicke später mit ein paar losen Zetteln zurück. »Hier«, sie reichte Falk die Notizen.

»Mensch, Kemal hatte aber auch eine Sauklaue«, schimpfte Falk, als er die Zettel durchsah.

»Ich besorge mal schnell noch was vom Bäcker für uns. Ist nicht weit.«

Noch bevor der Protest von Falk und Malie überhaupt ausgesprochen werden konnte, war Elin schon an der Haustür. »Ihr kennt euch ja hier aus«, rief Elin den beiden noch zu, und weg war sie.

»Gib mir mal dieses Gekrakel«, forderte Malie, »ich bin ganz gut im Entziffern von Handschriften. Wenn ich da nur an meinen Bruder denke, Mann, wenn der was schreibt, sieht das aus wie Hieroglyphen.«

Falk schob ihr die Zettel zu, und Malie konzentrierte sich auf die schlampig geschriebenen Worte.

»Willst du noch Kaffee?«

Falk erhielt keine Antwort, Malie starrte nur auf die Zettel, war völlig vertieft. Er piekte sie in die Seite, sodass sie erschrocken hochfuhr.

»Geht's noch?«, blaffte sie ihn an.

»Huch, es lebt!«, tat Falk begeistert. »Kaffee?«

»Ja, ja, schenk ein.«

»Ich musste gerade an Kemals Artikel über diese Brandserie denken, der kurz nach seinem Tod erschien«, sagte Falk nachdenklich und schenkte die Tassen voll. »Das war echt ein Ding, was Kemal zusammengetragen hatte.«

»Ja, stimmt. Hab ich damals auch gelesen. Ich folge jetzt mal deiner Mordtheorie: Glaubst du, es gibt einen Zusammenhang?«

»Nee, das wäre ja Quatsch«, erwiderte Falk, »schließlich war der Bericht druckfertig und ist kurz nach Kemals Tod erschienen. Doch angenommen, der Mörder wusste das nicht und glaubte, durch die Beseitigung Kemals die Veröffentlichung verhindern zu können. Wie wär's damit?«

Malie sah ihn anerkennend an. »Nicht übel, mein Freund. Möglich könnte das schon sein.«

»Und du? Kannst du was entziffern, Miss Oberschlau?«

Sie verdrehte die Augen. »Ganz ehrlich? Nicht wirklich. Ich befürchte, er hat das alles auf Türkisch notiert, da bin ich leider raus. Das ist jedenfalls definitiv kein Deutsch.«

»Wobei bist du raus?« Elin kam gerade auf die Terrasse zurück, in einer Hand eine Tüte mit Rosinenschnecken, die sie auf den Tisch legte. »Dachte, ich bring euch was mit ordentlich Zucker. Gut fürs Gehirn.«

»Du bist Spitze«, freute sich Malie, deren Magen schon geraume Zeit herumnörgelte, nachdem das Frühstück ausgefallen war. Nur Kaffee war ihm nicht genug. »Ich sagte gerade, dass Kemal seine Notizen in Türkisch verfasst hat, zumindest sieht das für mich so aus.«

»Da kann ich leider auch nicht weiterhelfen, ich kann nur Deutsch und Englisch. Und ein paar Brocken Schwedisch aus meiner Aupair-Zeit.«

»Lass mal sehen«, forderte Falk.

Malie deutete auf mehrere Buchstaben in dem Gekritzel.

»Guck mal, das scheint mir ein kleines ›c‹ und unten dran hängt so ein Strich. Das gibt's ja im Deutschen nicht.«

»Das stimmt! Falk, ist sie nicht genial?«

»Also, geniaaal würde ich sie nicht nennen, vielleicht eher ne kleine Nervensäge, die grade einen Geistesblitz hatte«, frotzelte er und nahm sich eine Schnecke aus der Tüte, die er genüsslich zu essen begann.

Malie deutete bei Falk eine Kopfnuss an. »Unverschämter Kerl«, und langte selbst in die Tüte.

»Wir könnten einen Türken fragen, ob er uns das Gekrakel übersetzen kann«, überlegte Malie laut.

Elin runzelte die Stirn.

»Ich frage mich, warum Kemal sich überhaupt Notizen auf Türkisch gemacht hat, eigentlich schrieb er immer nur auf Deutsch. Meinst du, das sind vielleicht brisante Daten? Die kann man ja nicht jedem zeigen. Also, mein Gemüsehändler ist aus der Türkei, aber …«, gab sie zu bedenken.

»Da hast du nicht unrecht«, pflichtete Falk ihr bei, der genau wusste, was Elin damit andeuten wollte.

»Dann versuch ich's mit dem Internet. Vielleicht ergibt sich ja was Sinnvolles draus«, schlug Malie vor.

Kindergeschrei ertönte, und lärmend kamen plötzlich Elins Töchter auf die Terrasse gesprungen, gefolgt von ihren Großeltern. Die beiden Mädchen waren vollkommen unterschiedlich. Die Siebenjährige Liv glich ihrer Mutter mit ihren blonden Locken, ihre zwei Jahre ältere Schwester Leyla besaß das dunkle Haar ihres Vaters.

»Mama, Mama! Oma und Opa fahren mit uns zum Baden!«, freudig erregt schnatterten die Mädchen durcheinander, gaben zwar Malie und Falk kurz die Hand, aber nur weil Elin darauf bestand. Auch Elins Eltern begrüßten die Gäste kurz per Handschlag, Elins Vater wandte sich dann an seine Tochter, und Oma verschwand mit den Enkelkindern im Haus, um die Badesachen zusammenzusuchen.

»Wir fahren nach Sipplingen zum Strandbad. Magst du nicht mitkommen oder wenigstens nachkommen?«, fragte Elins Vater. »Es würde dir guttun.«

»Nein, das geht jetzt nicht«, lehnte Elin ab.

Malie und Falk tauschten einen kurzen Blick, jeder dachte dasselbe.

»Fahr mit, Elin. Ich nehme die Zettel mit, schau, was ich herausfinden kann, und du machst dir mal einen schönen Tag mit deiner Familie«, schlug Malie vor und steckte die Notizen in ihre Handtasche.

»Dann hab ich wohl keine Wahl«, lächelte Elin. »Danke.«

Falks Auto hatte in der Sonne gestanden, und im Innenraum herrschten gut und gerne bereits über 50 Grad Celsius.

»Puh, wir hätten das Cabrio nehmen sollen. Hier drin ist es ja fast so heiß wie in einem Tandoori-Ofen«, meckerte Malie.

»Wo du schon überall gewesen bist, Wahnsinn!«, blödelte Falk und ließ alle Fenster herabgleiten. »Wird gleich besser, wenn wir fahren. Außerdem bist du selbst schuld. Du hättest mich abholen können, aber Madam wollte ja solange wie möglich im Bett bleiben.«

Malie zog eine Schnute, grinste aber gleich wieder und hielt den Kopf seitlich aus dem Auto in den Fahrtwind.

»Also, du checkst die Dateien, und ich mühe mich weiter mit dem Krikelkrakelkram ab. Und heute Abend holst du mich zum Essen ab.«

»Wie, schon wieder abholen? Kommt nicht infrage. Glaubst du, ich führe dich zum Essen aus und trinke nur Wasser? Kannst du vergessen. Wir fahren Taxi.«

»Wo gehen wir denn überhaupt hin?«, fragte Malie.

»Überraschung. Erfährst du erst kurz vorher, ich melde mich aus dem Taxi.«

»Und wie soll ich dann entscheiden, was ich anziehe?«

»Gott, ihr Frauen habt Probleme, du siehst immer gut aus, egal, was du anhast, Püppchen.«

»Gib mir wenigstens einen Tipp«, bettelte sie.

»Wenn ich das mache, weißt du eh wohin's gehen soll«, er seufzte resigniert, als sie ihn mit den Wimpern klimpernd ansah. »Japanisch.«

Sushi. Thunfisch. Aussterbende Tiere. Lioba Hanfstängl. Rufus Trenkwitz.

»Können wir bitte woanders hingehen?«

Falk ließ die Schultern sacken. »Wieso das denn? Ich dachte, du …«

»Erzähl ich dir später. Pass auf, du kommst zu mir, wir gehen zu Fuß zu Ciro, essen lecker italienisch, und anschließend nehmen wir einen Absacker im Wintergarten oder auf der Terrasse. Das Gästezimmer muss eh mal wieder benutzt werden.«

Er wusste, es war sinnlos, Malie zu widersprechen. Wenn sie etwas partout nicht wollte, dann war jede Argumentation überflüssig. Ihren Dickkopf kannte er seit Jahren.

»Na gut, bis später. Bin um sieben da.«

Sie freute sich, dass sie mal wieder ihren Willen durchgesetzt hatte. »Prima. Lass mich hier raus, ich geh die letzten Meter zu Fuß nach Hause, muss mich noch ein bisschen bewegen.«

# KAPITEL 4

*Ich glaube, die beiden ersten Zusammentreffen mit Neo als Safariführer waren der reine Zufall. Beim dritten Mal hatte ich da so meine Zweifel. Als ob er es darauf angelegt hätte, mich abzupassen. Doch ich freute mich, ihn zu sehen. Neo ist ein toller Kerl. Hat vor nichts Angst, bleibt immer Herr der Lage. Ist ein guter Kumpel, wie ein älterer Bruder.*

*Mit einer Riesenportion Optimismus und Vorfreude stieg ich in die Firma ein. Und es war mir eine Ehre, das Unternehmen schon bald in Übersee, in Argentinien, für längere Zeit zu vertreten. So dachte ich jedenfalls. Ihr könnt mir glauben, meine Überraschung hätte nicht größer sein können, als ich in Buenos Aires erfahren musste, dass ich nicht mehr als ein kleiner Fuzzi zu sagen hatte. Mir klingt noch der Satz in den Ohren: Ein guter Kaufmann aus Bremen muss schon in jungen Jahren seine Erfahrung machen, er lernt das Geschäft von der Pike auf, und dazu gehören auch die Jahre der Wanderschaft.*

*Toll, Jahre der Wanderschaft. Ich war nicht besser als jeder Lehrling gestellt. Wie ein Trottel tappte ich mit*

*Herrn Wohlfarth mit. Ich schätze mal, er hatte seine Instruktionen. Als ich mich nach einer Woche darüber beschwerte, war alles, was aus Bremen zu hören war: Lehrjahre sind keine Herrenjahre. Halt dich an das, was Wohlfarth dir aufträgt.*

*Dass ich ihm nicht noch die Schuhe putzen musste, war wohl eher Glücksache. Fast ein Jahr lang war ich nicht mehr als ein Aktenschlepper und -kopierer. Freilich stimmte das Gehalt einigermaßen. Und das als Neffe!!! Darauf komme ich im Übrigen noch zurück. Vom Chef standen mir wenigstens genügend Barmittel zur Verfügung. Zumindest konnte ich ein paar Jagdausflüge unternehmen. La Pampa, ein Paradies. Ärgerlich allerdings, dass ich das Braunmazama nicht ausführen durfte. Dieser Spießhirsch hätte sich prima an der Wand gemacht. Trotz williger Zollbeamter und 2.000 Dollar extra ließ sich die Ausfuhr nicht bewerkstelligen. Schade.*

*Zumindest hatte ich mir eingebildet, um einige Erfahrungen reicher nach Hause zu kommen. Es war, im wahrsten Sinne des Wortes, ein Schlag ins Kontor, als meine Idee (zusammengefasst in einem 40-seitigen Konzept – ich hatte mir echt Gedanken gemacht), sich stärker mit Zuckerrohr statt mit dem Maisgeschäft zu befassen, einfach abgeschmettert wurde. Zuckerrohr, der Markt ist nicht sooo wichtig, höre ich noch. Ich stand da wie ein Schuljunge.*

*Heute wären die Profite des Unternehmens aus dem südamerikanischen Markt um ein Vielfaches höher, wenn man früher ins Zuckerrohrgeschäft eingestiegen wäre. Nicht nur der Zucker ist sehr interessant geworden, sondern auch die Herstellung von Ethanol aus Zuckerrohr und somit der Agrarsprit. Aber, that's life. Schon wieder so ein Spruch: Der Prophet im eigenen Land gilt nichts, oder so. Ich werde noch zum Zitatensammler.*

*Mein Lehrjahr in Argentinien sei nicht zu toppen. Dachte ich. Leider hatte ich die Rechnung ohne China gemacht. Klar, man sollte stolz sein, dass wir eines der ältesten deutschen Handelshäuser mit Niederlassung in Shanghai sind. Wu ist auch ein netter Kerl, trotzdem hatte ich den Eindruck, er telefonierte jeden Tag mit Bremen, um euch über mein ausschweifendes Leben zu berichten. Habt ihr eine Ahnung, wie gruselig es sich ein Jahr unter Chinesen lebt? Wie stand es noch im Handelsblatt?*

*»Hut ab vor Markus Rosenfeld. 95 Prozent der Belegschaft in Shanghai sind chinesische Arbeitnehmer. Ein Arbeitgeber mit dem Herz auf dem rechten Fleck.«*

*Toll! Zumindest waren die Aufgaben, die Wu mir zuteilte, etwas anspruchsvoller. Ich schätze, hier habe ich wirklich profitiert und etwas dazugelernt. Allerdings, das Freizeitangebot ließ zu wünschen übrig, ihr könnt von Glück sagen, dass ich nicht in einer Opiumhöhle versackt bin.*

*Vier Jagdanträge hatte ich innerhalb des Jahres von Shanghai aus gestellt. Wisst ihr, dass die Jagd auf ein Argali – Markus, das ist ein Riesenschaf! – und sein Erlegen locker mal 20.000 Dollar kostet? Und alle Anträge auf eine Jagd sind abgelehnt worden. Ein eigenes Völkchen diese Chinesen. Auf dem Markt fällst du über tote Hunde, die am Haken hängen und auf den Koch warten, aber die Jagd auf ein Schaf, bei der sie noch ordentlich kassieren könnten, passt ihnen nicht. Vielleicht weil wir Europäer als Barbaren gelten? Da fragt sich doch, wer hier barbarisch ist. Überhaupt, nach Wus Esseneinladungen war mir immer kotzübel.*

*Gut, als zukünftiger Chef eines weltweit agierenden Unternehmens kann man nicht gleich in die Chefetage einsteigen. Deshalb habe ich für die Zeit in Argentinien und China versucht, Verständnis aufzubringen. Doch zurück in Bremen, musste ich zu meiner großen Verwunderung feststellen, dass jeder Azubi interessantere und anspruchsvollere Aufgaben zu meistern hatte. Ich fühlte mich wie der letzte Idiot. Als würde ich auf der untersten Sprosse der Azubi-Leiter stehen. Was nicht bedeuten soll, dass Lehrlinge Idioten sind.*

*Und am unteren Ende der Leiter stehe ich irgendwie immer noch. Zumindest gefühlt. Okay, ich muss zugeben, ganz allmählich hast du mich emporklettern lassen. Doch nach jeder Beförderung in eine bessere Position, stand ich schon wieder da wie der letzte Depp. Jedes Mal tuschelte die Belegschaft kaum verborgen hinter vorgehaltener Hand, wenn ich mich auf einen höheren Posten bewarb – auf meine offizielle Bewerbung wurde ja immer größten Wert gelegt. Mit Sicherheit bekam ein anderer dann den Vorzug. Immer langsam mit den jungen Pferden, hieß es dann.*

*Ich konnte es nicht mehr hören, es hing mir zum Hals raus. Wenn du das Schneckentempo so aufrechterhältst, Markus, bist du mindestens 100, wenn ich den Chefsessel endlich in Besitz nehmen kann. Das einzige Zugeständnis, welches mir gemacht wurde, war eine wirklich gute Bezahlung, das gebe ich gerne zu. Über die natürlich Stillschweigen bewahrt werden musste. Klar. Allerdings, wenn ich, sagen wir, nach fünf Jahren die Leitung der Abteilung Asien bekommen hätte, hätte ich doch gut und gerne mit dem Doppelten rechnen können. Oder? Und du hast dich gewundert, dass ich irgendwann angefangen habe, Dienst nach Vorschrift zu machen? Hätte ich mir nicht mit einem wirklich großzügigen Teil eines vorzeitig ausgezahlten Erbes – schlechtes Gewissen gegenüber Daniel? – etwas auf die Seite gelegt und mir Wohnung und Yacht gekauft, ich hätte wirklich nicht besser dagestanden, als die kleinste Nummer in deiner Firma. Ich gestehe, eigentlich habe ich in der letzten Zeit immer öfter mit einem echten Rauswurf gerechnet. Aber diesen Offenbarungseid wolltest du dir dann doch nicht leisten. Wie hättest du vor allen dagestanden! Eine echte Kapitulationserklärung. Da drehst du mir lieber den Geldhahn langsam, aber sicher, zu.*

*Die Mädchen bekommen alles auf dem Zuckerlöffel hinten reingeblasen, obwohl sie für die Firma keinen Finger krumm machen. Nur ich rackere mich über all die Jahre ab. Wofür? Für nichts. Das einzige Thema, mit dem ich mich mit dir, Markus, noch einigermaßen vernünftig unterhalten kann, ist die Jagd. Das eine Band, das uns zusammenhält. Oder? Daher hat es mich auch nie gestört, wenn deine Weihnachtsgeschenke für mich immer dieselben waren. Manche würden sie einfallslos nennen, doch für mich waren und sind die Jagdreisen die Höhepunkte in meinem Leben. Ist doch irgendwie traurig, wenn ich mir das so recht überlege.*

*Vor ein paar Wochen habe ich Thor Kulenkampf getroffen. Ihr erinnert euch an ihn? Hat mit mir studiert. Er leitet jetzt »Kulenkampf und Mester«. Sein Alter hat sich komplett zurückgezogen und ihm die Firma übertragen.*

*Thor spazierte mit Frau und zwei kleinen Kindern über den Markt. Er hat einen sehr glücklichen Eindruck auf mich gemacht.*

*Ich habe vorhin schon ein paarmal Neo erwähnt. Neo Schwarz. Es war, sagte ich schon, kein Zufall, dass er die Safari im Frühjahr 2011 geleitet hat. Davon bin ich überzeugt. An einem Abend, die Hälfte der Jagdwoche war um, saßen wir bei einer guten Flasche Scotch zusammen. Damals hat er mir sein Angebot erstmals unterbreitet. Ehrenmann, wie ich nun einmal war, habe ich entrüstet abgelehnt. Aber er ließ nicht locker. Und was sage ich euch, es war der Beginn einer wunderbaren Freundschaft. Der Schlusssatz von Humphrey Bogart in Casablanca passt hier ganz gut.*

Der Fotograf hätte sich lieber zum Baden aufgemacht, nachdem er Malie abgesetzt hatte, aber es nützte nichts. Die Arbeit ging vor. Falk Andresen betrachtete ein Foto nach dem anderen ganz genau. Sein geübtes Auge erfasste sofort, ob eines davon für den geplanten Bildband taugen würde oder nicht.

Gestartet hatte er seine Tour in Kambodscha. Falk war nach Phnom Penh geflogen und hatte sich erst mal zwei Tage der Hauptstadt gewidmet. Der Königspalast mit seinen wundervollen Gartenanlagen, die Silberpagode und das Nationalmuseum waren tief beeindruckend. Nächste Station war die riesige Tempelanlage der Khmer, Angkor Wat. Staunend hatte er sich umgesehen, unzählige Bilder geschossen. Auch wenn der Sandstein, aus dem die gewaltigen Bauten bestanden, unter Witterungseinflüssen erheblichen Schaden genommen hatte, übte die Tempelstadt eine unglaubliche Faszination aus.

Die nächsten Bilder zeigten die weitere Reise über das Mekong Delta nach Vietnam. Falk hatte kein Problem mit der Hitze, nur die hohe Luftfeuchtigkeit machte ihm etwas zu schaffen. Die Region galt als Garten Eden Südostasiens, der Artenreichtum war kaum zu übertreffen. Neben dem Bestaunen der verschwenderischen Natur mit ihrem üppigen Grün, den schillernden Vögeln und Schmetterlingen, gab es auch die bei Touristen beliebten schwimmenden Märkte, wo Händler Gemüse und Obst anboten. An langen Stangen präsentierte man, was es auf dem jeweiligen Boot zu erstehen gab. Dazwischen tummelten sich schwimmende Suppenküchen, die über kleinen Kohlefeuern Mahlzeiten für ihre Kunden zubereiteten. Die gebrauchten Schüsseln wurden einfach ein paarmal im Mekong ausgespült, fertig.

Mit Schaudern erinnerte er sich an das Fass eines Händlers, den er gefragt hatte, was da denn drin wäre. Ein Schild hatte angegeben, ein Becher des Inhalts kostete umgerechnet etwa 50 Cent. Mit einem zahnlosen Lächeln hatte der Mann den Fassdeckel angehoben, um Falk einen Blick auf den Inhalt zu gewähren. In einer stark alkoholischen Brühe schwammen tote Schlangen, Skorpione und Spinnen. Als Falk seine Kamera gezückt hatte, um ein Foto zu schießen, hatte der Zahnlose darauf bestanden, dass Falk zuerst einen Schluck dieses Gebräus trank. Es sei sehr gesund und verspräche langes Leben. Falk hatte sich überwunden und einen Becher getrunken, geschmeckt hatte das Zeug nach nichts, lediglich teuflisch süß war es gewesen. In den Alkohol hatte der Händler bestimmt einen vollen Sack Zucker gekippt. Ein paar Klicks weiter erschien auch schon die passende Aufnahme zu dieser etwas anderen Cocktailstunde.

Danach kamen Vietnams traumhafte Strände ins Bild, türkisblaues Meer, feiner, weißer Sand und natürlich jede Menge Palmen. Paradiesisch. Falk hätte gerne mehr Zeit gehabt, um sich hier einige Tage Urlaub zu gönnen. Letzte Station war Ho Chi Minh Stadt, das frühere Saigon. Von hier aus war er auch zurück nach Deutschland geflogen. Am letzten Tag vor seinem Abflug war er sehr früh aufgestanden und hatte sich durch die riesige Stadt treiben lassen. Er wollte weitere Bilder machen, Kontraste setzen zu den schönen und beeindruckenden Gegenden.

Gelandet war er auf dem Ben Than Markt, wo alles Mögliche angeboten wurde. Die Gerüche hatten ihn beinahe umgehauen. Toten Tieren, von denen er nicht mal sicher war, ob er je von ihnen gehört hatte, hatte man das Fell abgezogen, sie auf Spieße gesteckt. Nun lagen sie da im Halbschatten unter durchhängenden Zeltplanen und warteten auf einen hungrigen Käufer, der sich einen Snack gönnen wollte. Falks Magen hatte sich gehoben; er war nicht zimperlich, aber der Anblick nahm ihn doch mit.

Säcke mit seltsamen getrockneten Teilen – Falk wusste nicht, waren sie pflanzlichen oder tierischen Ursprungs – standen neben Reissäcken, Schalen mit aromatischen Gewürzen, leckerem Obst. Es herrschte buntes Treiben, und der Geräuschpegel war unbeschreiblich. Auch auf dem Boden hatten die Händler ihre Waren ausgebreitet, schillernde Flüssigkeiten in Fläschchen diverser Größen, Behältnisse mit Knochen, Büffelhufe, getrocknete Hühnerfüße, eingelegte Schlangen, Käfer, Frösche. Es gab nichts, was es nicht gab.

Er wollte gerade zum nächsten Bild klicken, als ihn etwas auf dem Bild innehalten ließ. Eine Person, klein, weil sie im Hintergrund des Fotos stand. Irgendwie kam sie ihm bekannt vor, erweckte sogar Vertrautes in ihm. Falk bearbeitete das Foto, vergrößerte den Bildausschnitt. Zwar war dieser dann nicht mehr ganz scharf, doch den Europäer – es handelte sich eindeutig um einen –, der heftig gestikulierend einem Vietnamesen gegenüberstand, kannte der Fotograf gut.

Malies Bruder. Jonas Rosenfeld. Links neben Jo ein deutlich größerer Mann, der dem Betrachter den Rücken zuwandte, und von dem nur teilweise die rechte Körperhälfte zu sehen war. Der Kopf fehlte gänzlich. Falk wusste nicht, wer das war, doch er gehörte bestimmt zu Jo, denn Vietnamesen dieser Größe waren mehr als selten.

Was zum Teufel hatte Jo auf einem Markt wie diesem zu suchen?

Als Malie in ihre Straße einbog, sah sie schon den roten Ferrari ihres Bruders. Offenbar wollte er sie mit seinem Besuch überraschen und hatte deshalb vorher nicht angerufen. Von Jo war weit und breit nichts zu sehen, vielleicht saß er schon hinter dem Haus im Garten, oder er war spazieren gegangen. Jo und spazieren? Wie kam sie denn auf diese Schnapsidee?

Wie vermutet, hatte Jo es sich im Garten unter der großen Linde, wo die Loungemöbel standen, bequem gemacht. Allerdings schien er nicht alleine zu sein, denn Malie konnte gedämpftes Stimmengemurmel ausmachen, als sie um die Hausecke kam, um in den Garten zu gelangen. Ein großer eleganter, cremefarbener Sonnenhut kam in Sicht, darunter quollen tizianrote lange Haare hervor. Die Frau saß mit dem Rücken zu ihr, die ausgestreckte linke Hand lag auf Jos Oberschenkel, Jos Hand lag darüber. Mehr war nicht zu erkennen. Jo mit einer neuen Freundin? Schon wieder? Mann, Mann, du hast echt einen hohen Frauenverschleiß, dachte Malie.

»Hallo, zusammen«, rief sie laut.

Jo sah freudestrahlend auf. Malie liebte sein breites Lächeln, bei dem sich kleine Grübchen in den Mundwinkeln bildeten. Ihr Bruder sah verdammt gut aus, glich mehr ihrem verstorbenen Vater Daniel, nur die Haare waren etwas dunkler geraten. Malie wollte das Lächeln erwidern, doch es gefror mittendrin, denn just in diesem Moment wandte sich die Frau zu ihr um. Patrizia. Patrizia Rosenfeld, ihre Tante. Malie zwang sich dennoch zu einem schiefen Grinsen, versuchte so zu tun, als sei es das Normalste auf der Welt, dass ihr Bruder ein Verhältnis mit der Frau seines Onkels hatte. Denn dass zwischen den beiden etwas lief, war ja wohl eindeutig.

Sie umarmte ihren Bruder, gab Patrizia die Hand.

»Wieso hast du denn nicht angerufen?«

Jo zuckte mit den Schultern. »Wollte dich eben überraschen. Freust du dich nicht?«

»Na, das ist dir ja gründlich gelungen«, sagte sie trocken mit einem Seitenblick auf seine Begleitung, und fügte hastig hinzu: »Doch klar, freu ich mich, weißt du doch. Du bist und bleibst mein Lieblingsbruder.«

»Als ob du eine Wahl hättest«, lachte Jo.

Malie setzte sich in einen Loungesessel. Bis jetzt hatte Patrizia, außer einem eher schüchtern wirkenden »Hallo, Malie« nichts gesagt.

»Willst du uns nicht was zu trinken anbieten?«, forderte Jo seine Schwester auf.

Malie sah auf die Uhr. Viel Zeit blieb nicht mehr, denn in knapp zwei Stunden würde Falk sie abholen.

»Ja, kommt mit rein. Ich hab nachher noch was vor, also muss ich euch in einer Stunde rausschmeißen.«

Jo deutete auf die niedergetrampelten Stauden, als alle sich anschickten, ins Haus zu gehen.

»Was ist hier eigentlich los?«

»Jemand hat versucht, in den Wintergarten einzubrechen, ist aber nix passiert. Außer, dass der Depp meine Stauden gekillt hat.«

Als sie im Haus waren, sah Patrizia sich interessiert um, hier war sie noch nie gewesen. Die wenigen Minuten der Verlegenheit waren verschwunden. »Toll hast du es hier. Und der Wintergarten! Ich hab ja von draußen schon mal reingespäht, ein Traum. Darf ich?«

Ihre Hand lag schon auf dem Türgriff, doch Malie stoppte sie. Auf gar keinen Fall durfte dort jemand hinein, solange das Schuppentier dort hauste.

»Oh, nein, äh, sorry, das geht grade nicht.«

Patrizia runzelte die Stirn. »Wieso?«

»Ähm, weil …, weil ich leider zu einem Pflanzengift greifen musste. Meine Neuerwerbung hat irgendwelche Schädlinge eingeschleppt.«

Enttäuscht ließ Patrizia die Hand sinken. »Wo ist die Toilette?«, fragte sie dann.

»Geradeaus, Richtung Haustür, dann links«, wies sie ihr den Weg zum Gäste-WC.

Kaum dass Patrizia verschwunden war, zischte Malie ihren Bruder, der sich mittlerweile an die Theke gesetzt hatte, an. »Das ist jetzt nicht dein Ernst, oder? Du und Markus' Frau?«

»Tja, was soll ich sagen? Es ist einfach so passiert. Ist sie nicht wunderschön?« Jo lächelte entwaffnend.

Sie legte ihm die Hand auf den Arm. »Mensch, wenn das rauskommt. Ehrlich, das geht gar nicht. Du musst das beenden.«

Jo schüttelte ihre Hand ab. »Gar nichts muss ich«, erwiderte er. »Markus ist doch viel zu alt für Pat«, er sprach es »Pätt« aus, »sie ist noch so voller Energie, und er kann da nicht mithalten. Sie bleibt ja in der Familie.«

Entgeistert starrte Malie ihren Bruder an. Wie war der denn drauf? So zynisch kannte sie ihn überhaupt nicht. Bevor sie darauf eine saftige Antwort geben konnte, erschien Patrizia wieder auf der Bildfläche.

»Was möchtet ihr trinken? Wasser, frisch gepressten Fruchtsaft, Kaffee«, bot sie an, bemüht um einen lockeren Tonfall. Innerlich kochte sie. Das hatte Markus nicht verdient. Ihr Onkel hatte so viel für die Familie seines verstorbenen Bruders Daniel getan. Verdammt, wie konnten Jo und Patrizia ihm so etwas antun?

»Mir wäre es eher nach einem eisgekühlten Grauburgunder«, tat Jo seiner Schwester kund.

»Bisschen früh am Tag, vor allem bei der Wärme, findest du nicht? Du musst doch noch fahren«, rügte sie. Jo ließ eigentlich nie jemand anderen ans Steuer seines Ferraris. Sogar ihr hatte er die Fahrt in dem Luxusschlitten abgeschlagen.

»Nein«, erwiderte er mit einem spitzbübischen Gesichtsausdruck.

»Und du, Patrizia?«

»Nur ein Wasser, bitte. So wie es aussieht, wurde ich gerade zur Chauffeurin verdonnert. Aber das mach ich gerne. Dieses Auto macht echt Spaß.«

Sieh mal einer an, so weit sind wir also schon. Sie darf und ich nicht, ging es Malie durch den Kopf, als sie zum Schrank ging, zwei schlanke Weißweinkelche herausnahm und sie auf die Küchentheke stellte. Sie würde sich auch ein Glas gönnen, um den bitteren Geschmack, der sich plötzlich in ihrem Mund ausgebreitet hatte, hinunterzuspülen.

»Im Kühlschrank liegt ein Cuvée von Aufricht, den kannst du aufmachen«, wies sie ihren Bruder an. »Ich geh kurz in den Keller, Wasser holen.«

Jo ließ sich nicht lange bitten und rutschte von seinem Barhocker. Als er den Kühlschrank öffnete, sah er das Plastikgefäß mit dem durchlöcherten Deckel. Neugierig schraubte er ihn ab und betrachtete angeekelt die winzigen Bewohner darin. In diesem Moment kam Malie mit drei Flaschen Mineralwasser zurück, stellte eine davon vor Patrizia hin, die anderen landeten in einem Flaschenkorb.

»Wozu hast du die denn?«, wollte Jo wissen.

»Geht dich nichts an«, ihre Antwort fiel schroffer aus, als sie geplant hatte. Zum einen war sie wütend auf ihren Bruder, zum anderen auf sich selbst, dass sie nicht an das Mehlwurmgefäß gedacht hatte. War ja klar, dass es Jo aufgefallen war, wie schon zuvor Falk.

»Oh, okay, du bist sauer.« Er stellte das Gefäß zurück, nahm die Weißweinflasche, sah sich nach einem Korkenzieher um.

»Oberste Schublade«, Malie versuchte, ihren Ärger hinunterzuschlucken, und reichte ihrer Tante ein Wasserglas.

Ein feines Plopp war zu hören, als Jo den Korken herauszog. Sie stießen nicht an, nickten sich nur zu, nachdem Jo die Gläser gefüllt hatte.

»Und sonst, Schwesterlein, wie geht's dir?« Jo schlug einen kameradschaftlichen Ton an und wollte das Thema wechseln.

»Gut. Hab viel um die Ohren«, gab sie kurz angebunden zurück. Sie holte tief Luft, hielt sie einen Moment an, stieß sie zischend aus.

»Ganz ehrlich«, sie sah Patrizia direkt in die Augen, dann heftete sie ihren Blick auf Jo, »ich kann das nicht. Es geht mich nichts an, ich weiß, aber bitte geht jetzt. Es wird mir schwerfallen, aber ich werde Mutter oder Markus nicht über euch in Kenntnis setzen. Womöglich weiß Markus es sowieso schon. Der ist ja nicht blöd.«

»Malie«, hob Patrizia an, doch Malie wollte keine fadenscheinigen Erklärungen hören.

»Lass stecken, trinkt aus und geht bitte. Wir reden ein anderes Mal, aber nicht heute.«

»Dann komm, Pat, meine sonst so entspannte Lieblingsschwester hat einen schlechten Tag«, mit einem Zug leerte Jo das Glas.

Er wollte Malie noch einen Kuss auf die Wange geben, doch diese drehte den Kopf weg.

Nachdem die beiden verschwunden waren, saß Malie lange bewegungslos auf einem Hocker, unfähig, ihre

Gedanken zu sortieren. Als Falk klingelte, hatte sie noch nicht mal geduscht, nur den Rest der Flasche geleert.

Ihr Vorhaben, schön essen zu gehen, hatten sie aufgegeben und stattdessen Pizza und Salat bestellt und einen Rotwein geöffnet.

»Meinst du nicht, dass du genug hast?«, fragte Falk, als Malie sich nachschenkte.

»Kann überhaupt nicht genug trinken, in meinem Kopf schwirren die Gedanken herum wie ein Wespenschwarm«, sie stopfte den letzten Rest ihrer vegetarischen Pizza in den Mund, wischte sich die Hände an einer Serviette ab.

»Es ist alles ein bisschen viel in der letzten Zeit. Paul, von dem ich immer noch nicht weiß, wie er hierhergelangt ist, mein Akupunkteur ermordet, der Zoohändler zusammengedroschen, und dann taucht noch Jo mit der Frau unseres Onkels auf. Ach ja, und Kemal, der sich ins Wasser gestürzt hat, freiwillig oder nicht. Man könnte glatt auf die Idee kommen, es gibt eine Verbindung, oder? Was natürlich Quatsch ist. Was sollte Kemal mit Rufus Trenkwitz oder Huang Cai zu schaffen haben? Der kennt die ja nicht mal. Glaube ich zumindest. Und überhaupt, ich erkenne meinen Bruder nicht wieder, er hat sich irgendwie verändert. Ist zynisch geworden, hat so eine ›Leck-mich-am-Arsch-Einstellung‹ angenommen. Es ist ihm völlig egal, dass er durch diese Affäre Markus zutiefst verletzt.«

Falk hatte eigentlich vorgehabt, Malie erst einmal nichts von dem Foto zu erzählen. Aber jetzt änderte er seine Meinung.

»Ich habe so eine vage Idee, wie Paul vielleicht hierhergekommen ist.«

Beleidigt waren Jo und Patrizia nach dem höflichen Rausschmiss bei Malie zurück zum Bootsanleger gefahren. Auf dem Deck der sanft schaukelnden Yacht saß Neo Schwarz mit gekreuzten Beinen, die Hände nach hinten abgestützt, den Kopf in den Nacken gelegt und mit geschlossenen Augen die Wärme genießend.

»Was machst du denn hier?«, fragte Jo barsch, als er den Besucher entdeckte. Er reichte Patrizia die Hand, damit sie sicherer an Bord kommen konnte.

Neo bewegte sich nicht, antwortete nur ganz ruhig: »Wir müssen uns unterhalten. Du und ich.«

Jo war der Unterton nicht entgangen, zu gut kannten sie sich mittlerweile. Seit einigen Jahren waren sie Partner, und ihr Geschäft lief sehr gut. Jo hatte Neo bei der Firma als Dolmetscher empfohlen und es tatsächlich geschafft, dass er eingestellt wurde. Seither begleitete Schwarz Jo Rosenfeld auf sämtlichen Reisen ins Ausland, vorwiegend nach Südostasien.

»Nicht hier«, raunte Jo ihm zu, doch Patrizia hatte die Antwort trotzdem gehört.

»Ich störe die Herren wohl«, sagte sie zickig, zog den Sonnenhut vom Kopf und schüttelte ihre rote Mähne.

»Pat, es ist geschäftlich. Weißt du was? Du machst es dir hier gemütlich, und wir fahren noch mal um den Block.«

Sie zog einen Flunsch, verschwand dann aber wortlos unter Deck, um sich einen Bikini anzuziehen.

»Was gibt's denn so Wichtiges?«

Jo Rosenfeld wollte keine negativen Botschaften hören. Dass seine Schwester sauer auf ihn war, reichte ihm schon. Wobei, worüber regte sie sich denn auf? Moralapostelin. Seine Beziehung zu Pat ging sie nichts an. Es wurmte ihn, dass sie ihn und Patrizia hinauskomplimentiert hatte. Am liebsten hätte er sich jetzt in einen Liegestuhl gepackt, einen eisgekühlten Drink in der Hand, und mal an gar nichts gedacht.

»Erzähl ich dir im Auto«, erwiderte Neo kurz angebunden.

Die Männer stiegen in den Ferrari, Jo öffnete das Dach und fuhr los. Ein Ziel hatten sie nicht, aber Gespräche, die niemand mithören sollte, ließen sich im Auto am besten führen.

»Wir haben ein Problem«, begann Neo Schwarz. »Das Pangolin.«

Jo rollte mit den Augen. »Was ist denn mit dem Vieh? Hat Huang es nicht abgenommen?«

»Nein. Er wollte kein lebendes Tier.«

Jo bedrängte ein vor ihm fahrendes Auto. »Mensch, Opa, fahr zu«, fluchte er. Ihn interessierte es wenig, dass er hier nur maximal 80 Stundenkilometer fahren durfte.

»Ja, und jetzt? Wo ist das Tier?«, fragte er und fuhr noch ein wenig dichter auf.

Neo hasste es, wenn etwas nicht nach Plan lief, doch Jo musste davon erfahren.

»Es ist weg.«

»Wie, weg?«

Kurz vor der Kurve ließ Jo den Ferrari aufheulen, scherte aus, zog an dem anderen Wagen vorbei, schaffte es gerade noch wieder auf die rechte Seite, als ein Laster entgegenkam. Das entsetzte Gesicht des Fahrers und dessen Vollbremsung nahm er gar nicht wirklich wahr, geschweige denn das einsetzende Hupkonzert. Jo gab nun richtig Gas.

»Hey, mach mal langsamer. Deine Punktekarte in Flensburg ist schon ziemlich voll«, mahnte Neo.

»Ja, ja, schon gut«, Jo nahm den Fuß etwas vom Gas.

»Nicht mehr dort, wo es war. Jemand hat es mitgenommen«, nahm Neo den Faden wieder auf.

Entgeistert sah Jo seinen Beifahrer an. »Geht's noch?«

Neo schnaubte durch die Nase. »Es kommt noch schlimmer. Ich vermute, nein, ich bin ziemlich sicher, dass deine Schwester es hat.«

Jo stieg in die Eisen, bremste den Wagen scharf ab, zog nach rechts, wo passenderweise gerade ein Wanderparkplatz kam. Hinter ihm hupte es heftig, ein Mann fuhr vorbei, zeigte Jo einen Vogel. Jo Rosenfeld brachte den Wagen zum Stehen, ließ den Motor aber laufen.

»Sag, dass das nicht wahr ist! Wie kommst du überhaupt darauf?«

»Sie arbeitet auf der Mainau«, zur Unterstreichung seiner Worte klopfte er mit dem Mittelfinger auf das Armaturenbrett, »und sie hat einen tropischen Wintergarten, wie du mir erzählt hast.«

Neo wischte sich mit dem Handrücken den Schweiß von der Stirn. Hitze und Sonne störten ihn nicht, nach vielen Jahren in Afrika und Südostasien war er einiges gewohnt. Seine fast ganzjährig gebräunte Haut erinnerte an altes Leder.

Jo hatte mittlerweile eins und eins zusammengezählt. »*Du* hast versucht, bei Malie einzubrechen.«

Ein Statement, keine Frage.

»Richtig. Hat aber nicht geklappt.«

Jo fuhr an, lenkte den Wagen wieder auf die Landstraße. Er musste nachdenken. Vielleicht hatte Neo ja unrecht, und jemand anderes hatte das Schuppentier mitgenommen. Oder es war ausgebüxt. War das nicht wahrscheinlicher? Nein, war es nicht. Malie hatte vehement verhindert, dass Patrizia in den Wintergarten ging. Pflanzengift gesprüht. Blödsinn. Malie und Gift sprühen. Es war noch nicht allzu lange her, dass sie ihm von australischen Forschern berichtet hatte. Diese hatten herausgefunden, dass man mit einem Milch-Wasser-Gemisch den echten Mehltau, der vorwiegend die Rosen befiel, bekämpfen konnte. Die Mikroorganismen der Milch wirkten nachweislich fungizid. Und dazu kamen noch die Mehlwürmer in ihrem Kühlschrank.

In der nächsten Ortschaft hielt er an einem Straßencafé. Jetzt brauchte er definitiv was zu trinken, das kleine Glas Weißwein von vorhin war nicht ausreichend gewesen. Die neidischen und teils begehrlichen Blicke der meist jungen und vornehmlich weiblichen Gäste des Cafés quittierte er mit einem herablassenden Grinsen, als Neo und er ausstiegen.

Sie setzten sich an einen kleinen Tisch, der etwas abseits stand, leere Tassen und Gläser von den Gästen, die dort zuvor gesessen hatten, standen noch darauf. Daneben lag eine Zeitung. Jo nahm sie, blätterte darin herum, überflog die Artikel, verstand gar nicht, was er da las, weil seine Gedanken sich jagten.

»Schon was ausgesucht?«

Jo sah auf. Eine brünette, bildhübsche Kellnerin mit

fröhlichem Lächeln stand plötzlich an ihrem Tisch, sammelte das gebrauchte Geschirr ein und stellte es auf ein Tablett.

»Einen trockenen Weißen«, bestellte Jo, ohne eine Miene zu verziehen.

Neo bestellte ein Hefeweizen, zog eine Packung Zigaretten und ein teures silbernes Feuerzeug hervor. Er steckte sich eine Zigarette an, den ersten Zug tief inhalierend. Langsam stieß er den Rauch aus.

Die Getränke kamen, dazu ein Schälchen mit gesalzenen Erdnüssen, was die Männer ohne ein Wort zur Kenntnis nahmen. Von diesen Herren würde sie bestimmt keinen Cent Trinkgeld bekommen, dachte sich die Bedienung. Neureiches Pack!

Jo wollte gerade die Zeitung zusammenfalten, als ihn ein Artikel innehalten ließ.

*Noch keine heiße Spur im Fall Dingelsdorfer Ried.*

*Die Obduktion hat eindeutig ergeben, dass der Mann, der eine Praxis für traditionelle chinesische Medizin in Litzelstetten betrieb, ermordet wurde. Offenbar wurde er erwürgt, zuvor muss es aber zu einem Kampf gekommen sein. Darauf weisen weitere Verletzungen an der Leiche hin. Die Polizei ermittelt in alle Richtungen.*

Scheinbar ruhig und gelassen, faltete Jo Rosenfeld die Zeitung zusammen, legte sie neben sich auf einen freien Stuhl. Bedächtig trank er einen Schluck Wein, der irgendwie fade schmeckte. Es lag sicher nicht am Wein, sondern an dem galligen Geschmack, den Jo plötzlich im Mund hatte. Weitere Verletzungen …, Hatte nicht Neo frische Abschürfungen im Gesicht?

Neo drückte die Zigarette aus, beobachtete seinen Partner. Irgendwas war plötzlich anders. Das konnte er Jo ansehen, dafür kannten sie sich lange genug.

»Was ist?«, fragte er mit gesenkter Stimme.

»Hast du gewusst, dass unser Chinamann das Zeitliche gesegnet hat?« Auch Jo sprach sehr leise. Das war nun überhaupt kein Gespräch für ein Straßencafé, aber er wollte Antworten. Brauchte Antworten. Jetzt gleich.

Neo schürzte die Lippen, deutete ein Kopfnicken an.

»Und wann wolltest du mich darüber informieren?«, zischte Jo den Älteren an.

Neo Schwarz zuckte mit den Schultern. »Reg dich nicht auf, wir finden einen anderen Abnehmer.«

Jo fröstelte. Er kannte Neo, wusste, dass ihn kaum etwas aus der Ruhe brachte. Aber das hier? Dieser Mann war so was von eiskalt.

»Hast du was damit zu tun?«

»Und wenn?«

Jo Rosenfeld ließ sich sein Entsetzen nicht anmerken. Auch wenn er die Tat nicht wirklich zugegeben hatte, Neos Verhalten sprach Bände.

»Du kannst ja mal bei deiner Schwester ein bisschen auf den Busch klopfen, damit wir unsere vierbeinige Geldanlage wiederbekommen«, schlug Neo vor.

»Einen Teufel werd ich. Die ist eh schon schlecht auf mich zu sprechen. Außerdem ist es ja gar nicht sicher, dass Malie das Schuppentier mit zu sich genommen hat. Was will sie denn damit? Es dem Tierheim geben? Vergiss dieses Vieh einfach, das war sowieso eine Schnapsidee. Hat uns nur einen Haufen Geld gekostet. Und einen treuen Kunden. Wahrscheinlich ist es doch abgehauen und liegt irgendwo überfahren und tot im Gebüsch.«

Neo trank sein Glas aus, steckte eine weitere Zigarette an. »Und wenn nicht? Überleg doch mal, verdammt. Wenn deine Schwester, die übrigens superscharf ist«, er schnalzte mit Zunge, »das Pangolin mitgenommen hat, wird sie es irgendwann jemandem erzählen. Dann kommt der Stein ins Rollen. Woher kommt es? Wer hat es eingeschleppt? Bla, bla. Dann, mein Lieber, bekommen wir irgendwann richtig Ärger, wenn die Bullen davon erfahren. Und das werden sie. Also, besser, wir prüfen nach, wo es ist, und bringen es wieder in unseren Besitz. Unser rothaariger Freund schuldet uns noch was, vielleicht kann er es weiterverticken. Oder er macht Pulver daraus, wäre wahrscheinlich einfacher. Dafür müssen wir es allerdings erst mal zu fassen kriegen.«

Jo drehte den Stiel seines Weißweinglases zwischen den Fingern hin und her, hob das Glas zu den Lippen, trank es leer.

Neo blies den Rauch in Jos Richtung. »Ich unterhalte mich gerne auch mal ganz privat mit deiner Schwester«, ein Raubtiergrinsen erschien auf seinem Gesicht.

Jo sah auf, ungläubig und angewidert. »Lass die Finger von ihr, klar?«

Mittlerweile war sich Lioba Hanfstängl sicher. Sie hatte sich alle Zeitungsartikel, die zu ihren Aktionen erschienen waren, herausgekramt. Kein einziges Mal wurde ihre Arbeitsstelle genannt, kein einziges Mal die Verbindung zum Amt für Bau, Natur- und Umweltschutz hergestellt, und kein einziges Mal fiel der Name ihres Chefs, Max

Losens. Woher also rührte dann sein großes Interesse, sie zur Zurückhaltung zu bewegen und ihr geradezu den Mund zu verbieten? Im Gegenteil, die Resonanz auf ihre Aktivitäten und die der Umweltbewegung an sich war durchweg positiv. Die Konstanzer unterstützten sie, und ihre Mitstreiter, Briefe, E-Mails und Leserbriefe zeugten davon. Und wenn Max Losens clever wäre, würde er eine solche Mitarbeiterin zurückhaltend lobend erwähnen, und ihr nicht mit solchem Nachdruck das Engagement in der Öffentlichkeit untersagen. Was also wollte Max Losens wirklich?

Lioba trank einen Schluck Tee und schloss die Augen. Irgendwann hatte sie begonnen, sich über sein eigenartiges Verhalten Gedanken zu machen.

Wollte Losens sie vielleicht aus privaten Gründen daran hindern, so omnipräsent in der Öffentlichkeit zu erscheinen? Oder ging es darum, dem Hühnerbaron, Delikatessen-Wirtz oder Nobbe einen Gefallen zu tun? Wenn ja, hatte Losens etwas davon? Wurde er geschmiert, um Lioba mundtot zu machen? Das wäre ein Skandal. Doch, wie wollte sie ihm so etwas nachweisen? Andererseits, der Hühnerbaron hatte eingelenkt, NobbePharma hatte den Ball flach gehalten und Wirtz? Tja, sie konnte ihn wohl kaum zwingen, die verwendeten Zutaten in einer größeren Schrift aufzudrucken. Also, was steckte wirklich dahinter? Lioba zerbrach sich den Kopf, schlürfte fast einen Liter Tee, doch eine Eingebung hatte sie deswegen auch nicht. Nur einen deutlich erhöhten Blasendruck. Sie musste Losens im Auge behalten, wenn sie seine wahren Beweggründe entschlüsseln wollte.

In den nächsten Tagen begegnete Max Losens Lioba

eher unauffällig. Er grüßte knapp, versuchte aber nicht, sie ein weiteres Mal dazu zu bewegen, ihre Aktionen einzuschränken oder gar aufzugeben. Lioba hatte das ungute Gefühl, dass er irgendetwas gegen sie im Schilde führte. Aber nichts geschah. Kein übergeordneter Vorgesetzter suchte sie auf, Max Losens ließ sie in Ruhe. Und doch, sie traute dem Frieden nicht.

Unter der Woche beendete Lioba Hanfstängl ihren Dienst immer etwas später, dafür ging sie freitags schon gegen 13 Uhr. Bis jetzt hatte niemand dagegen Einwand erhoben. Die Freitagnachmittage widmete sie ihren Einkäufen oder stand, wenn es erforderlich war, mit ihrem Schirm und dem hohen Bistrotisch voller Flyer und Unterschriftenlisten in der Fußgängerzone, um die Passanten anzumahnen und zu ermuntern, mehr für den Tierschutz zu tun. Lioba teilte sich gerne den Vorbeieilenden mit, und sie hatte auf diese Weise schon so manchen Mitstreiter gewinnen können. Viele Leute interessierten sich für ihre Arbeit und die des Teams. Und wenn die Menschen nicht beitreten wollten, so landete doch der ein oder andere Spendeneuro in ihrer Büchse.

Sie dachte an die nette und interessierte Frau, die 50 Euro gespendet hatte. Offensichtlich eine Eurasierin, ein Elternteil kam definitiv aus einem südostasiatischen Land, wo man, nach Lioba Hanfstängls Meinung, das Wort »Tierschutz« noch nicht einmal buchstabieren konnte. Wie hieß sie denn gleich noch mal? Maya? Mala? Ach, ja genau Malie, und angetan von Liobas Wissen war sie auch gewesen, als sie ihr einige Fragen gestellt und letztendlich sogar den UAB-Beitrittsbogen ausgefüllt hatte.

Kurz nach 18 Uhr packte sie ihre Tasche, verstaute sorgsam den Laptop. Die leere Brotdose und – was natürlich nicht erlaubt war – eine besonders interessante Bauakte, der sie sich privat noch widmen wollte, verschwanden in einem Jutebeutel. Um diese Zeit war das Verwaltungsgebäude fast ganz verlassen, und die Arbeit der Putzfrauen in den Büroräumen, auf den Fluren und in den Toiletten hatte begonnen. Wie immer nahm Lioba, zumindest wenn es nach unten ging, die Treppe. Um in die oberen Stockwerke zu gelangen, bevorzugte sie aber nach wie vor den Aufzug, ansonsten müsste sie, nähme sie die unzähligen Treppenstufen, zuerst mindestens eine halbe Stunde durchschnaufen, bis sie sich an ihre Arbeit setzen könnte. Wobei es ihr nicht schaden würde, wie sie wusste, mehr für ihre Gesundheit zu tun.

Merkwürdig. Was brummte denn da? Im zweiten Geschoss war offensichtlich noch jemand an einem Kopierer zugange. Oder jemand hatte vergessen, das Gerät auszuschalten, nachdem er es noch vor Kurzem benutzt hatte. Lioba war nicht nur aufmerksam, sondern auch sparsam. Die Putzfrauen kümmerten sich um solche Dinge nicht. Sie leerten Papierkörbe und wischten Böden, das war's. Ein Kopierer im Standby-Modus fraß unnütz Strom, und würde man ihn das ganze Jahr über anlassen, käme ein hübsches Sümmchen zusammen. Gut und gerne 350 Euro. Sie hörte noch einmal genau hin. Nein, definitiv kopierte jemand irgendwas. Lioba bog vom Treppenhaus nach links in den großen Flur ab. Hier saßen der Referatsleiter des Amtes für Bau, Natur- und Umweltschutz, seine Sekretärin und die drei direkt untergeordneten Mitarbeiter.

Hoppla, wer stand denn da um diese Uhrzeit am Kopierer und bohrte selbstvergessen in der Nase? Der Referatsleiter Max Losens höchstselbst, Lioba den Rücken zugewandt. Er hatte sie nicht gehört. Ein kleiner Stapel Papier war bereits ausgeworfen worden. Nun klappte Losens den Deckel hoch, fischte sich das Originalblatt heraus und drückte gewissenhaft den Ausknopf. Lioba drängte sich in den Schatten einer Säule, verhielt sich mucksmäuschenstill.

Max Losens, der Mann, der alles delegierte, der bekannt dafür war, dass er niemals Arbeiten eines Azubis anfassen, geschweige denn ausführen würde, stand am Kopierer, und das 90 Minuten nach offiziellem Dienstschluss. Diese Situation erschien Lioba geradezu als irreal. Was hatte Losens da kopiert?

Vorsichtig spähte sie um die Ecke. Losens untersuchte offenbar die Qualität der kopierten Blätter, nahm das letzte hervor und zerriss es in winzige Schnipsel, die er in den Papierkorb warf. Die Putzfrauen würden ihn in wenigen Minuten leeren. Er packte die Papiere in seine Aktenasche und entfernte sich in die andere Richtung zum zweiten Treppenhaus des entgegengesetzten Flügels. Lioba wartete noch einen Moment, bis sie keine Tritte mehr vernahm. Dann schlich sie, wie ein Dieb in der Nacht, zum Papierkorb. Obenauf lag die zerrissene Seite beziehungsweise das, was davon übrig war. Ein schneller Blick nach links und rechts, das Putzfrauengeschwader war noch nicht in Sicht. Hastig stopfte sie die oberste Schicht des Papiermülls in ihren Jutebeutel. Die Schnipsel würde sie am Wochenende zusammenpuzzeln, hoffentlich hatte sie alle erwischt. Mal schauen, was Losens zu später Stunde und in aller Heimlichkeit kopiert hatte.

*Aha, ein Braunmazama wolltest du also schmuggeln. Und kein einzig wirklich korrupter Zollbeamte da? Das nenne ich aber Pech. Vielleicht hast du dich einfach nur dumm angestellt. Mir wäre das jedenfalls nicht passiert.*

*Angeber, hab ich gedacht.*

*Neo Schwarz ist einer der selbstbewusstesten und großspurigsten Männer, die ich jemals kennengelernt habe. Wie du, Markus, selbst hast feststellen können, aber auch ein sehr intelligenter Typ. Und ein Sprachgenie. Spricht fünf Sprachen fließend. Englisch, Französisch, Spanisch, Vietnamesisch und Swahili. Sogar Mandarin versteht er zum Teil. Alles, was der Schmuggler so braucht.*

*Um es kurz zu machen, er besitzt das Fachwissen und die Verbindungen, ich die Container. Bis zu diesem Zeitpunkt hat Neo eher im kleinen Stil gearbeitet, mehr privat. Immer, wenn er zurück nach Europa reiste, hatte er etwas im Gepäck. Von der Vogelspinne über seltene Schlangen, Vogeleier, Echsen, den Pulvern, gewonnen aus seltenen Tierarten, die er an dubiose Heiler in Deutschland verscherbelte. Und alles zu einem stattlichen Preis. Ein netter Nebenverdienst, denn als gefragter Safariführer konnte er eigentlich über sein Auskommen nicht meckern.*

*Doch zurück zu Neos Vorschlag. Vielleicht lag es an der merkwürdigen Stimmung. Der Rest der Gruppe hatte sich schon in die Zelte zurückgezogen, nur er und ich saßen noch am Lagerfeuer. Lediglich der Koch und sein*

*Gehilfe waren dabei, ihren Kram wegzuräumen. Neo zauberte einen Whisky hervor. Normalerweise erzähle ich nicht viel über mich, wüsste nicht, wen das was angeht. Aber eine sternenklare Nacht, Abenteuerstimmung und ein ordentlicher Scotch lockerten mir wohl die Zunge. Ich verfiel sogar in Prahlerei, was ich sonst nicht mache. Er hörte schweigend zu, nur um dann in meinen Wunden zu bohren. Neo hatte sofort verstanden, was mich so frustrierte.*

*Du lässt es dir gefallen, dass der Alte dich dermaßen kurzhält? Und wie kannst du dir das alles trotzdem leisten? Die Reisen, die Safaris, die Luxuswohnung in Bremen, waren seine Worte, und ich sehe noch, wie Neo seine Hände theatralisch in den sternenbedeckten Himmel reckt. Also hab ich ihm von dem vorzeitigen Erbe erzählt. Das allerdings zu diesem Zeitpunkt schon fast zu einem Nichts zusammengeschrumpft war.*

*Lange geht das nicht mehr, sagte ich damals, allmählich wird es Zeit, mich nach einer neuen Geldquelle umzuschauen. Mein Gehalt ist nicht schlecht, aber wenn man die Ansprüche schon einmal so hochgeschraubt hat … Es kann noch Jahre dauern, bis ich im Unternehmen ganz oben bin, Markus ist verdammt fit für sein Alter. So schnell räumt der den Chefsessel nicht. Meist sitze ich nur am Schreibtisch und quäle mich mit den beschissenen Containern herum.*

*Ich glaube, das war der Satz, der Neo endgültig hellhörig werden ließ. Haarklein ließ er sich alles erklären. Wo kommen die Container her, was ist drin, wie lange braucht so ein Ding, bis es von irgendwoher in Europa ankommt, welche Häfen wir anlaufen, was es kostet.*

*Die Seefracht schien ihm interessant, Container voll mit Maschinen, Autoteilen, Gummi- und Kunststoffwaren. Ich konnte förmlich sehen, wie es hinter seiner Stirn arbeitete. Wir sprachen auch über den Bereich der chemischen Erzeugnisse, die die Firma nach Deutschland importiert. Eines unserer Spezialgebiete sind Erdölderivate, meist in Form von Insektiziden, Lacken, Reinigungsmitteln, aber auch Kühlmittel oder Klebstoffe bis hin zu Mottenkugeln, erklärte ich ihm. Die Routen von Shanghai und Singapur nach Bremerhaven seien für unser Unternehmen im Bereich des World Wide Shipping die Hauptwege, aber auch von Vietnam nach Hamburg oder Rotterdam.*

*Neo leerte den Rest Scotch und dachte nach.*

*Was ist mit dem Luftweg?, hat er gefragt. Wie streng sind die Kontrollen?*

*Zuerst habe ich seine Frage nicht verstanden.*

*Mann, ich rede von Containern, die per Flugzeug befördert werden. Ich bin zwar ein Laie in diesen ganzen Speditionsgeschichten, aber ich schätze, wenn es schnell gehen soll oder ihr besonders wertvolle oder verderbliche Fracht habt, ist sie doch im Bauch eines Flugzeuges besser aufgehoben, oder?*

*Der Groschen fiel langsam bei mir, aber er fiel. Neo grinste mich Beifall heischend an.*

*Wenn ich dich richtig verstehe, willst du mir sagen, wir sollten diese Möglichkeit nutzen, um das ein oder andere nicht ganz legale Stück in einem Flugzeug zu transportieren? An was hast du im Speziellen gedacht?*

*Neo gab keine Antwort. Jeder von uns verfolgte seine eigenen Gedanken, und je länger ich nachdachte, desto perfekter offenbarten sich mir die Möglichkeiten, mit Neo ein neues Geschäftsmodell zu entwickeln.*

*Dann sprach ich meine Gedankengänge laut aus.*

*Wir erhalten alle acht bis zehn Wochen vor allem antike Kunstgegenstände – nicht dieser ganze Plastikschund, sondern echte Antiquitäten wie Möbel oder Schnitzereien – aus dem asiatischen Raum, die beispielsweise von Vietnam aus nach Zürich gebracht werden. Meist vom International Airport in Saigon. Nach Bedarf, aber eher seltener, gehen die Flüge vom Airport in Hanoi. Wir selbst haben mit den Kunstgegenständen nichts zu tun, also, wir handeln nicht damit, sondern es sind Händler aus ganz Europa, die auf dem asiatischen Markt einkaufen. Wir übernehmen dann den Spezialtransport. Wir verfrachten allerdings nicht nur reine Kunstobjekte, es können auch Sammlungen von zoologischem oder botanischem Wert sein oder auch archäologische oder anatomische Sammlerstücke. Eigentlich alles, was das Sammlerherz begehrt. Und was für uns von besonderem Vorteil sein kann: Die Ausfuhr wird strengstens überwacht.*

*Ich wusste, Neo würde an dieser Stelle abwinken. Zu heikel, zu kompliziert. Aber ich ließ ihn erst gar nicht zu Wort kommen, war schon Feuer und Flamme für die Idee.*

*Lass mich weiterreden. Vietnam hat, wie die meisten Länder, die UNESCO-Konvention von 1970 ratifiziert. Dabei geht es um den Schutz ihres Kulturguts vor unzulässiger Einfuhr, Ausfuhr oder Übereignung. Die Länder mussten Dienststellen einrichten, die verdammt gut aufpassen, dass nichts, was für das Land von immenser kultureller oder sonstiger Wichtigkeit ist, das Land verlässt. Also, bei uns wäre das eine Gutenberg-Bibel oder so.*

*Daher kann man sicher sein, vorausgesetzt die Papiere sind alle korrekt ausgestellt, dass es beim Zoll nicht mehr zu größeren Komplikationen kommt. Dazu war der Behördenkram bis zu diesem Punkt einfach zu aufwendig, zu akribisch, zu streng. Ähnlich verfahren wir auch mit Gütern aus China, Kambodscha oder Thailand. Wir haben Spezialisten vor Ort, die beim Beladen der Container auf alles ein Auge haben, die Fracht ist zu kostbar, um sie irgendwelchen Hilfsarbeitern zu überlassen. Die tragen jedes Stück einzeln in die Container, sichern die Fracht, die zudem noch in Spezialverpackungen steckt. Wenn die Fachleute sie in den Händen hatten, hat auch kein anderer mehr etwas dran verloren, zu groß wäre das Risiko, dass es während des Fluges zu Schäden an den kostbaren Stücken kommt. Und abgesehen davon transportieren wir noch jede Menge Obst und Gemüse, was ja frisch auf dem Großmarkt landen soll.*

*Bei jedem meiner Worte wurde Neos Grinsen breiter.*

*Ideal, war sein einziger Kommentar.*

# KAPITEL 5

Malie lief und lief und lief, sie musste sich unbedingt auspowern, ihren Kopf frei bekommen. Falk hatte ihr von dem Foto erzählt, wollte es ihr per E-Mail schicken, damit sie selbst einen Blick darauf werfen konnte. Warum sollte ihr Bruder so etwas tun? Schließlich hatte er genug Geld.

Ohne sich dessen bewusst zu sein, trugen ihre Füße sie in Richtung Anleger. Dort lag die »Secret« vor Anker, Jos Yacht. Sollte sie ihren Bruder darauf ansprechen? Was sollte sie denn sagen? Nein, sie würde nach Hause laufen, duschen und sich mit den türkischen Notizen auf die Terrasse verziehen. Schließlich hatte sie Elin versprochen, zu versuchen, Kemals Gekritzel einen Sinn zu geben.

Das Laufen hatte ihr gutgetan. Im Anschluss hatte sie im Garten noch einige Yogaübungen gemacht. Nun stand sie unter der Dusche, genoss den harten Strahl und fühlte sich wie neugeboren. Malie dachte an ihren exotischen Mitbewohner, den sie, bevor sie zum Laufen aufgebrochen war, das erste Mal herumwackeln gesehen hatte. Offenbar hatte sich Paul schon ein bisschen an seine Umgebung gewöhnt und verlor peu à peu seine Scheu. Zumindest, wenn er sich allein wähnte. Irgendwann musste sie ihn nach Leipzig bringen, er konnte nicht ewig hierbleiben. Auch wenn es ihm hier ja ganz gut ging. Jeder Tag, den er hier verbrachte, war ein gefährlicher Tag für Malie. Was, wenn jemand davon Wind bekam? Der Postbote zum Beispiel, der manchmal ein Paket hinter dem Haus am Wintergarten abstellte. Dann hätte sie die Polizei am Hals und jede Menge Ärger. Doch so oder so würde sie der Polizei erklären müssen, wie sie an Paul gekommen war, wenn sie ihn nach Leipzig brachte. Doch darüber wollte sie jetzt nicht weiter nachdenken.

Sie drehte das Wasser ab, stieg aus der Dusche und griff nach einem Handtuch. Nachdem sie sich abgetrocknet und auch ihre kurzen schwarzen Haare trocken gerubbelt hatte, zog sie sich ein dünnes weißes Sommerkleidchen, bedruckt mit froschgrünen Punkten und hellblauen Ringen, über. Barfuß lief sie durchs Haus, holte ihren Laptop und Kemals Notizen und verzog sich auf die Terrasse. Im Schatten der großen Linde machte sie es sich auf den Loungemöbeln bequem, klappte den Laptop auf und schaltete ihn ein. Am besten, sie legte sich eine Datei an und schrieb erst mal alles ins Reine. Dann könnte sie mit einem Übersetzungsprogramm versuchen, einen Sinn darin zu erkennen.

Mit einiger Mühe entzifferte sie Buchstaben für Buchstaben, tippte die Worte ein. Nach einer guten Stunde war sie am Ende der Notizen angelangt, nun konnte es losgehen mit der Übersetzung. Ihr Magen meldete sich, verlangte nach dem anstrengenden Frühsport endlich sein Recht. Malie ging in die Küche, nahm sich einen Joghurt aus dem Kühlschrank und schnippelte gemischtes Obst in eine große Schale. Sie mixte den Joghurt unter die Früchte, nahm ihren frischen Snack mit hinaus auf die Terrasse. Nachdem sie alles ausgelöffelt hatte, widmete sie sich wieder ihrem Vorhaben.

Sie merkte gar nicht, wie die Zeit verging. Es war mühselig, jedes einzelne Wort einzutippen und zu hoffen, dass das Übersetzungsprogramm irgendetwas damit anfangen konnte. Viele Worte, die sie meinte, richtig entziffert zu haben, gab es nicht. Immer, wenn das geschah, musste sie Varianten »ihres« Wortes versuchen. Manchmal klappte auch das nicht, und so fehlte immer wieder ein einzelnes Bruchstück. Schließlich hatte sie alles ins Deutsche übersetzt und die Worte genauso aneinandergereiht, wie sie in Kemals Notizen vorkamen. Malie begann zu lesen und fühlte sich spontan an Meister Yoda aus Star Wars erinnert.

*Grausam sie sind Nehmen Tier verboten falsch sind Autoreifen leer Vögel mit Europa Grenze Zoll einfach Prozent 90 Weg tödlich Tiere Deutschland 50.000 Euro Schildkröte Fleisch nicht hier Lebendtiere Struktur Mafia Drogen ähnlich Geld viel Strafen billig Gewinn Gefahren birgt Mensch krank.*

In diesem Stil folgten die Worte aufeinander, manches ergab überhaupt keinen Sinn. Doch es machte definitiv den Anschein, dass Kemal Demir sich massiv mit dem Thema Tierschmuggel beschäftigt hatte. Langsam klappte sie den Laptop zu. Ein bisschen mulmig war ihr nun doch zumute, sie konnte kaum mehr verneinen, dass es einen Zusammenhang zwischen all den Vorfällen der jüngsten Zeit geben musste. Und es setzte sich mehr und mehr die Erkenntnis durch, dass Kemal Demir nicht freiwillig gestorben war.

Lioba fand erst am Wochenende Zeit für ihr Puzzle. Jetzt fielen ihr fast die Augen aus dem Kopf. Losens hatte das Blatt in derart winzige Schnippselchen zerrissen, dass es ihr fast unmöglich erschien, diese wieder zusammenzusetzen. Mit den Rändern hatte sie begonnen, wie bei einem herkömmlichen Puzzle. Herausgekommen war ein weißer Rahmen mit angefangenen Wortfetzen. Dann hatte sie versucht, das Innere des Rahmens mit den nahezu konfettigroßen Papierteilchen, auf denen oft nur zwei, drei Buchstaben zu sehen waren, zu füllen. Langsam fand sich eine linke, rechte, obere, untere Ergänzung zu den jeweiligen Stückchen. Sie arbeitete mit einer Pinzette, drückte die Papierfragmente vorsichtig auf einen Klebstift und setzte mühsam den Text auf einem leeren großen Blatt zusammen. Blitzschnell musste sie sich entscheiden, ob das Stück Papier an der richtigen Stelle war, denn war es einmal angeklebt und getrocknet, bekam sie es kaum noch von der Unterlage ab. Die Arbeit war anstrengend und ermüdend, und um sich wach zu halten, war sie sogar auf starken Kaffee umgestiegen.

Es war bereits weit nach Mitternacht, als sie wusste, was Losens da kopiert hatte. Es war schlicht und ergreifend ein Blankoformular. Ein Blankoformular für den

Nachweis der rechtmäßigen Herkunft eines geschützten Tieres. Wenn alles rechtens war, stammten die Tiere aus legalen Nachzuchten und waren nicht aus ihrer natürlichen Umgebung entnommen worden. Vor einiger Zeit hatte sie selbst ein solches Formular im Netz heruntergeladen. Es lag bei ihren Unterlagen, die sie auch beim Standdienst dabei hatte, falls irgendjemand einmal von ihr darüber Auskunft wünschte, was beim Erwerb eines exotischen Tieres zu beachten war. Das Formular diente als Nachweis, dass der Verkäufer – ein Tierhändler, ein Zoobetreiber oder auch ein Privatmann – es nicht illegal erworben hatten. Ebenso gab es einen Vordruck für eine Vermarktungsgenehmigung, was bedeutete, dass beispielsweise Zoohändler das jeweilige Tier legal verkaufen durften. Es war noch nicht allzu lange her, dass bei einer Razzia der Polizei in Nordrhein-Westfalen mehrere Personen aufgefallen waren. Sie hatten Vermarktungsgenehmigungen für geschützte Eulen und Greifvögel ausgestellt.

Warum nur kopierte Losens sich diese Seiten? Hatte er sie vielleicht verändert, die Texte umformuliert, damit Verkäufe leichter und somit illegal abgewickelt werden konnten? Lioba begann, das Exemplar von Losens mit jenem zu vergleichen, welches sie besaß – das offizielle Blankoformular des Landes Baden-Württemberg.

*Die legale Einfuhr in die EU und die legale Nachzucht innerhalb der EU sind die beiden wichtigsten Bezugsquellen für besonders geschützte Tiere. Der Nachweis der rechtmäßigen Herkunft wird bei gekauften Tieren der im Anhang A der EG-Verordnung Nr. 338/97 genannten Arten mit der zugehörigen Vermarktungsgenehmigung* *erbracht, auf der die rechtmäßige Einfuhr oder innergemeinschaftliche Zucht von der Behörde bescheinigt ist.**

Lioba überflog die nächsten Zeilen. Alles war identisch, nichts verändert. Doch dann fiel es ihr plötzlich wie Schuppen von den Augen, als sie die nächsten Bestimmungen las.

*Erwerb von Tieren beim Zoohändler: Der Kunde sollte neben einer Rechnung mit konkreter Beschreibung des verkauften Exemplars auch die Kopie des Einfuhr- bzw. Zuchtbeleges erhalten, auf den in der Rechnung Bezug genommen wird. Die Adressen des Exporteurs, Importeurs oder Züchters dürfen in diesen Unterlagen vom Zoohändler unkenntlich gemacht werden.*

Lioba Hanfstängl war nicht dumm und begann, eins und eins zusammenzuzählen. Bis jetzt hatte sie sich keinen wirklichen Reim – es war vielleicht höchstens eine Ahnung – darauf machen können, warum Losens ihr permanent Knüppel zwischen die Beine warf, wenn sie sich besonders stark für den Tierschutz engagierte. Dies hatte nichts mit der Behörde zu tun, deren Ruf er schützen wollte. Max Losens wollte sie daran hindern, ihm persönlich auf die Spur zu kommen. So wie es aussah, war Losens selbst in verbrecherischen Tierschmuggel verwickelt! Das war ja der Hammer! Was, wenn Losens solche Genehmigungen in größeren Mengen an Rufus Trenkwitz, den Zoohändler, weitergab? Vorgestempelt und unterschrieben. Sie selbst hatte Losens schon mal zufällig mit seiner Tochter ins Zoogeschäft gehen sehen. Lioba spann den Faden weiter. Dazu müsste Trenkwitz

* Quelle: Niedersächsischer Landesbetrieb für Wasserwirtschaft, Küsten- und Naturschutz. Göttinger Chaussee 76 A,30453 Hannover, Stand: Juli 2014, Titel: M. Papenberg

an illegal eingeführte Tiere kommen, die er weiterverkaufte. Losens versorgte ihn mit den bereits unterschriebenen Blankoformularen, ließ sich die Papiere gut bezahlen. Solche dreckigen Geschäfte nannte man Korruption. Und Trenkwitz brauchte nur noch erfundene Daten eintragen. Doch wer verschaffte dem Zoohändler Trenkwitz die Tiere?

Lioba zerbrach sich den Kopf. Auch der Kaffee konnte ihr nicht weiterhelfen. Wollte sie mehr herausfinden, musste sie auf eigene Faust ermitteln, tiefer graben, ob dieses Ideengespinst Hand und Fuß hatte. Und wenn ja, dann wäre es das heißeste Eisen, das sie je angepackt hatte. Ihr wurde heiß und kalt bei dem Gedanken. Vielleicht zur Beruhigung jetzt doch eine Tasse Ostfriesentee, bevor sie zu Bett ging. Schwerfällig stemmte sie sich aus ihrem Stuhl, ging in die Küche, schaltete den Wasserkocher an. Während sie darauf wartete, dass das Wasser sprudelte, sie Tasse und Teekanne vorbereitete, schwirrten ihr die Gedanken nur so im Kopf herum.

Selbstverständlich konnte sie zu Losens marschieren und ihm auf den Kopf zusagen, welchen Verdacht sie hegte. Losens würde nur lachen, seine Schublade öffnen und ihr einen ganzen Stapel der Blankoformulare zeigen.

Frau Hanfstängl, Sie haben ja eine blühende Fantasie. Überlegen Sie doch mal, dies gehört in mein Ressort. Also warum, bitte schön, sollte ich keine solchen Formulare haben? Ich bitte Sie.

So oder so ähnlich würde er reagieren, sie spöttisch anlächeln und sie aus dem Zimmer komplimentieren.

Nein, diese Herangehensweise war plump und würde zu nichts führen. Sollte sie mit ihrem Verdacht richtigliegen, und Rufus Trenkwitz wäre der Adressat der unterschriebenen und mit dem Amtssiegel versehenen Blankoformulare, würde sie diesen mehr unter die Lupe nehmen müssen. Andererseits, so eine kleine Warnung an Losens würde nichts schaden. Vielleicht nur einen versteckten Hinweis, dass sie über ihn Bescheid wusste. Der Wasserkocher schaltete sich ab, sie goss den Tee auf, ließ ihn ziehen.

Oder er fände ein anonymes Schreiben auf seinem Schreibtisch vor. Oder besser, sie würde es unter der Tür durchschieben, wenn sie sicher war, er wäre in seinem Büro. Dann wüsste sie, er würde es gleich lesen, und sie könnte ins Zimmer platzen und seine Reaktion sofort einschätzen. Der Tee war fertig, sie goss die Tasse voll, verbrannte sich die Zunge am ersten Schluck.

Dumme Idee, dann wusste Losens sofort, von wem das Schreiben kam. In kleinen Schlucken trank sie das heiße Gebräu, überlegte, ob sie sich nicht zu irgendwelchen Hirngespinsten verstieg. Doch je mehr sie darüber nachdachte, desto sicherer war sie sich. Losens, dieser Loser, war korrupt. Wie sonst hätte er in diesem Jahr schon zweimal auf eine teure Luxuskreuzfahrt gehen können? Natürlich mit der »Silversea«, nicht mit den Ottonormalverbraucherreisen wie AIDA oder »Mein Schiff«, hatte er geprotzt.

Lioba hatte sich im Internet schlau gemacht, die Preise der Kreuzfahrtschiffe verglichen und war fast umgefallen. Hinzu kam das seit Jahren gehende Gejammer über seine beiden Söhne aus erster Ehe, die sich noch im Studium befanden, der eine in München, der andere in Hamburg. Warum sie denn ausgerechnet in den teuersten Städten studieren mussten, fragte er immer, war aber stolz darauf, es ihnen ermöglichen zu können. Er müsse ja für alles bezahlen, die Wohnungsmieten, Fahrtkosten, und, und, und. Und hatte er nicht erzählt, seine Frau hätte sich eine neue Küche gewünscht, und dass sie endlich das Bad umbauen ließen? Mit allen Schikanen natürlich. Barrierefrei, Regendusche, Wasserfall, Massagestrahl, Whirlpool. Von den verzogenen kleinen Gören aus seiner jetzigen Ehe ganz zu schweigen. Das alles musste ein kleines Vermögen kosten. Auch, wenn Max' Gehalt deutlich höher war als ihr eigenes, ein Badezimmer dieser Güteklasse kostete gut und gerne eine fünfstellige Summe.

Gut, okay, er hatte letztes Jahr auch geerbt, aber so viel konnte das nicht gewesen sein. Lioba kannte das Häuschen von Losens Mutter, alt, klein, heruntergewirtschaftet. Das Einzige von Wert war das Grundstück. Es war kaum vorstellbar, dass die alte Frau viel in ihrem Sparstrumpf gebunkert hatte. Aber, man konnte ja nie wissen. Es gab jede Menge alter Leute, die sich ihr Leben lang nichts gönnten, alles sparten, um dann zur Freude ihrer Hinterbliebenen ins Gras zu beißen.

Lioba trank den letzten Schluck ihres mittlerweile kalt gewordenen Tees und gähnte herzhaft. Zeit fürs Bett. Bevor sie die Augen schloss, hatte sie ihren Entschluss gefasst. Sie würde Losens doch zur Rede stellen. Er würde abstreiten und dann umgehend, ganz sicherlich Trenkwitz warnen. Dann würde sie Trenkwitz auf den Fersen bleiben, bis dieser einen entscheidenden Fehler machte. Was das für ein eklatanter Fehler sein sollte, konnte sich Lioba noch nicht so klar vorstellen, aber irgendetwas würde passieren. Mit diesen Gedanken fiel die Tierschützerin in einen tiefen, traumlosen Schlaf.

Malie füllte das Wasserschälchen für Paul auf und holte Brei aus dem Tiefkühlfach für später. Dann kramte sie die zerknitterte Visitenkarte von Lioba Hanfstängl hervor. Nach dem dritten Durchklingeln nahm die Tierschützerin ab.

»Ja, bitte?«

»Ähm, hallo, hier ist Malie Abendroth, wir hatten uns neulich kennengelernt, als Sie Ihre Anti-Sushi-Aktion veranstalteten.«

»Ah ja, ich erinnere mich!«, Liobas Stimme klang freudig erregt. Wahrscheinlich hatte sie nicht daran geglaubt, dass Malie sich tatsächlich bei ihr melden würde.

»Wenn Sie mögen, komme ich gleich bei Ihnen vorbei, und Sie erzählen mir von Ihrem Verdacht. Das ist jetzt sicher ein bisschen plötzlich, entschuldigen Sie, aber sofern Sie keine anderen Pläne haben …«

Lioba Hanfstängl überlegte kurz. Eigentlich wollte sie sich auch mal einen Sonntag gönnen, wo nichts los war. Baden, lesen, schlafen. Sonst nichts. Die Versuchung war groß, Malie Abendroth auf einen anderen Tag zu vertrösten, doch dann entschied sie sich dagegen.

»Klar. Ich habe nichts Großartiges vor.«

Lioba Hanfstängl gab Malie die Adresse durch, und eine knappe Stunde später stand Malie vor einem Mehrfamilienhaus in Wallhausen und drückte den Klingelknopf. Der Türsummer wurde betätigt, und die gläserne

Eingangstür klickte. Malie drückte und stieg die Treppen zum zweiten Stock hoch, dabei immer zwei Stufen auf einmal nehmend. Morgen früh würde sie definitiv ihr übliches Trainingsprogramm durchziehen. Sie trieb viel Ausdauersport, stemmte Gewichte und versuchte einigermaßen regelmäßig zu ihrem Selbstverteidigungstraining zu gehen. Chinesische Kampfkünste faszinierten sie schon immer, im Kindesalter hatte sie mit Judo begonnen, später verschiedene Techniken ausprobiert. Die letzten Jahre hatte sie sich der Kampfkunst WingTsun gewidmet. Mit wenig Kraftaufwand war man in der Lage, die vom Gegner eingesetzte Kraft mittels fließender Bewegungen zurück auf diesen zu lenken. Zudem förderte das Training die Reaktionsschnelligkeit und die Wahrnehmung.

Der zügige Treppenaufstieg ließ sie nicht mal schneller atmen, dafür schnaufte Lioba Hanfstängl umso mehr, als sie öffnete.

»Kommen Sie rein, entschuldigen Sie bitte, war gerade noch am Bodenwischen.«

Malie schaute sich um. Nicht ihr Stil, aber gemütlich. An den Wänden hingen Fotografien von Walen, Delphinen, Regenwäldern und Sanddünen. Am Fenster stand eine dunkelgraue Sitzgruppe, in der Ecke fristete eine Schefflera ihr etwas trauriges Dasein. Der Standort war der falsche, wie Malie sofort bemerkte. Zu dicht am Heizkörper und am Fenster, wo bestimmt die Sonne reinknallte, wenn nicht – wie gerade jetzt – die gelb-weiß gestreifte Markise ausgefahren war, um den kleinen Balkon zu beschatten. Dafür blühte eine kleine Hawaiipalme, die auf einem dekorativen Baumstamm stand. Daneben ein kleiner Esstisch mit vier Chromstühlen, eine zum Zimmer hin geöffnete, schlichte weiße Einbauküche. An einer Seite ein großes Regal, vollgestopft mit Büchern, Nippesfigürchen, bunten Teelichtgläsern.

»Wollen wir uns auf den Balkon setzen, oder ist es Ihnen zu heiß draußen?«, fragte Lioba.

»Auf jeden Fall. Zu schön, um drin zu sitzen.«

»Nehmen Sie schon mal Platz, ich hol uns noch was zu trinken.«

Malie ließ sich in einen der Balkonstühle fallen, sah hinaus auf den See. Ein großes knallrotes Segel fiel ihr sofort auf. Nur eine Yacht auf dem Bodensee besaß einen knallroten Spinnaker. Die ihres Bruders Jo. Sie konnte nicht weiter über ihren Bruder und seine Liaison mit Patrizia nachdenken, denn Lioba kam mit einem Tablett in den Händen auf den Balkon.

Als die beiden Frauen bei eisgekühltem Mineralwasser mit frischer Minze und Limettenscheiben saßen, begann Lioba, Malie von ihrem Verdacht zu erzählen. Je mehr Malie zu hören bekam, desto mehr wuchs die Überzeugung, dass der Überfall auf den Zoohändler Trenkwitz und das seltsame Gespräch, das sie neulich zufällig mitgehört hatte, gut ins Bild passten.

»Übrigens, von brutal zusammengeschlagen, wie es in der Zeitung stand, kann nicht die Rede sein«, erzählte Lioba gerade, »der war schon wieder in seinem Laden. Trenkwitz hat zwar ein blaues Auge und eine Platzwunde an der Lippe, aber das war's auch schon. Hat mir meine Nachbarin erzählt, die holt dort immer Insekten für die Bartagame ihres Sohnes. Ich finde ja, dass solche Tiere nicht hierhergehören, aber da kommt man bei einer Mutter nicht weit. Die Tiere dienen nur der Erziehung ihres Kindes, sozusagen.«

Durstig trank sie einen großen Schluck Wasser.

»Der Junge soll Verantwortung lernen. Die Bartagamen stinken nicht, und Dreck machen sie auch nicht so viel. Ich dachte, der Junge soll so ein Tier haben, wenn er eins möchte. Einen Hund habe ich abgelehnt, der macht mir zu viel Arbeit«, äffte sie ihre Nachbarin nach und angelte eine Limettenscheibe aus dem Glas, um sie auszulutschen. »Das sind die Argumente, die solche Leute anbringen.«

Malie nickte zustimmend.

»Da können Sie auch nicht dagegenhalten, keine Chance. Es interessiert die Leute einfach nicht«, sie schenkte sich Wasser nach, die Eiswürfel klackten leise im Glas.

»Sie sagten, Sie haben noch keine eindeutigen Beweise, dass Ihr Bekannter …«

»Max«, warf Lioba ein.

»…, Max, illegale Sachen macht. Und wie gedenken Sie, da ranzukommen?«

Ein feines Lächeln umspielte Liobas Lippen. »Ich finde welche, hundertprozentig.«

Er ist wirklich alt geworden, dachte sie, als sie eintrat.

Pranee Rosenfeld erschrak. Hatte sie den Gedanken laut ausgesprochen? Nein, wohl kaum. Markus saß ganz ruhig an seinem Schreibtisch in seinem geliebten Kontor. So nannte er seinen Büroraum, das riesige Zimmer, von dem aus schon sein Vater, Großvater und sogar Urgroßvater die Geschicke des Unternehmens gelenkt hatten.

Wie war sie nur auf diesen Gedanken gekommen? Ja, er sah kleiner aus hinter dem wuchtigen Schreibtisch aus Vogelahornholz. Gestern schon war ihr Blick mehrfach zu den Altersflecken auf seinen Händen gewandert, als sie sich zu einem Sonntagsspaziergang durch den Rhododendronpark getroffen hatten.

Ein Teil der Blüte war schon weitestgehend vorbei, trotz allem gab es in Parknähe keine Möglichkeit, das Auto abzustellen, alle Plätze belegt. Doch Markus hatte es ja nicht weit und war zu Fuß gekommen. Vor ein paar Jahren hatte er mit seiner jungen Frau eine der exklusiven Eigentumswohnungen in der Marcusallee bezogen, eine der Top-Adressen in Bremen. Alle Wohnungen boten einen direkten Blick auf den Park. Markus und Patrizia residierten dort in einem Penthouse auf knapp 300 Quadratmetern. Allein die umlaufende Terrasse hatte gut und gerne 100 Quadratmeter.

Nach den Erfahrungen der letzten Jahre, als immer mehr Reisebusse ihren Inhalt zur Bewunderung der Rhododendronblüte ausspuckten – die Busse kamen mittlerweile aus ganz Deutschland und dem benachbarten Holland – hatte Pranee das Fahrrad genommen. Die Thailänderin liebte diesen Park. Die meisten Bremer wären wohl überrascht, hätte man ihnen gesagt, dass in ihrem Park fast 600 Wildarten und über 3.000 Züchtungen, einschließlich der zu den Rhododendren gehörenden Azaleen, wuchsen und der Park damit die zweitgrößte Sammlung der Welt besaß. Die Farbenpracht während der Hauptblütezeit von Ende April bis in den Sommer hinein erinnerte Pranee an ihre Heimat. In einem Teil des Parks wuchsen diese Pflanzen gar bis in Baumhöhe wie in Thailand. Nicht übel für ein Heidekrautgewächs.

Der Sonntagsspaziergang mit Markus war ihr zur lieben Gewohnheit geworden. Auch wenn Markus mittlerweile seit Jahren verheiratet war, hatten sie an dieser Gepflogenheit festgehalten. Anfangs hatte Patrizia eifersüchtig reagiert. Aber es waren doch nur zwei, drei Stunden, die Markus mit Pranee verbrachte. Schließlich war sie die Frau seines jüngeren Bruders gewesen und schon seit ewigen Zeiten Witwe. Er, Markus, hatte sie aus Thailand sozusagen nach Bremen verpflanzt, er war es ihr schuldig – so empfand er es –, sich nach Daniels Tod um sie zu kümmern. Schon bald hatte Patrizia eingesehen, dass sich Markus nicht davon abbringen ließ. Sie hatte angefangen, Golfstunden zu nehmen, und verbrachte seitdem die Stunden am Sonntag, die ihr Ehemann Pranee widmete, auf dem Golfplatz.

Wie ein altes Ehepaar flanierten Pranee Rosenfeld und ihr Schwager Sonntag für Sonntag durch die Bremer Parks, bummelten am Wall entlang oder saßen an einem der kleinen Seen, die die Grünanlagen zu einer erfrischenden Oase inmitten einer pulsierenden Stadt machten.

Am gestrigen Sonntag war Markus Rosenfeld sehr ruhig gewesen, hatte kaum gesprochen und mehr als einmal nachgefragt, was Pranee ihm denn eben erzählt hatte. Ob er sich nicht wohlfühlen würde, wollte sie fürsorglich wissen. Nein, es wäre alles in Ordnung. Vielleicht bekäme er auf seine alten Tage noch eine Pollenallergie, sein Kopf würde etwas schmerzen. Demonstrativ putzte er sich die Nase, trötete elefantengleich in sein weißes gestärktes und gebügeltes Taschentuch. Sie nahm ihm diese Erklärung nicht ab, schwieg aber still. Als sie ihren Spaziergang im Café im Park bei einem Espresso und einem Stück Erdbeertorte ausklingen ließen, rückte er dann mit der Sprache heraus.

»Ich mache mir Sorgen um Jo. Ist dir vielleicht aufgefallen, dass er sich irgendwie in letzter Zeit anders benimmt? Wenn er sich überhaupt mal blicken lässt«, fügte er brummend hinzu.

»Auffällig? Wie meinst du das?«, sie schob mit ihrer Kuchengabel die Reste der Erdbeertorte auf ihrem Teller zusammen.

»Zu Aufsichtsratssitzungen ist er einfach nicht erschienen, hat Geschäftsbesprechungen platzen lassen. Pranee, ich weiß mir keinen Rat mehr. Wenn er so weiter macht, sind Jos Tage im Unternehmen gezählt.«

Pranee schüttelte nur den Kopf. Jo führte schon lange sein eigenes Leben, pendelte zwischen Bremen und Zürich, wo die Firma eine Geschäftswohnung unterhielt, die Jo als Zweitwohnsitz diente. Wenn er in Bremen war, hielt er sich mehr bei Markus auf, in dessen Firma er angestellt war, als bei seiner Mutter. Und wenn er mal bei ihr auftauchte, war er der charmante und liebenswürdige Hallodri, zu dem er sich in den letzten Jahren entwickelt hatte. Ganz wie Daniel, als er noch lebte.

Markus legte seine rechte Hand auf ihre Linke. Die vielen bräunlichen Altersflecken, die auf dem Handrücken wie kleine platte Käfer wirkten, sprangen ihr zum ersten Mal wirklich bewusst ins Auge.

»Ich dachte, ich hätte ihm genug mitgegeben, damit er irgendwann die Firma leiten kann, aber ich nehme immer mehr Abstand von diesem Vorhaben. Jo nimmt es mir übel, dass er nicht gleich in der Chefetage einsteigen durfte. Aber in diesem Geschäft ist es besser, man lernt alles von der Pike auf. Wie eigentlich überall.« Er seufzte herzhaft.

»Markus, die Welt hat sich verändert. Es ist nicht mehr so wie früher, als du die Firma deines Vaters übernommen hast, versteh das doch«, sie zog sanft ihre Hand unter seiner hervor, sah ihm tief in die Augen.

»Ja, ich weiß. Doch es wurmt mich, dass er so mit dem Geld um sich wirft. Und weißt du was? Ich frage mich, woher er das hat. Er wird gut bezahlt, aber ganz ehrlich, diesen verdammten Ferrari und die Yacht am Bodensee kann er sich davon nicht leisten.«

Pranee tupfte sich die Lippen mit der Serviette ab, faltete sie zusammen und schob sie unter die Kuchengabel. Dann hatte sie das Thema gewechselt, um Markus auf andere Gedanken zu bringen, was ihr auch gelungen war.

Und nun stand sie im Türrahmen des Kontors und hoffte, dass sie heute erfahren würde, was Markus so bedrückte.

Markus Rosenfeld erhob sich schwer vom Schreibtischstuhl.

»Pranee, meine Liebe, setzen wir uns doch aufs Sofa.«

Auch in dieser Ecke, in der das dunkelbraune Chesterfield-Sofa mit zwei passenden Sesseln stand, fühlte man sich in ein Handelskontor aus dem 19. Jahrhunderts versetzt. Gott sei Dank blieb der Humidor, in dem Markus seine Zigarren aufbewahrte, geschlossen. Pranee konnte den Rauch kaum ertragen, ihre Nase war sehr empfindlich.

Aus der kleinen Tasche holte sie ihren Laptop hervor und legte ihn auf den Tisch. In der Firma war sie für die Betreuung der Geschäftspartner von Rosenfeld ImpEx zuständig, ein Unternehmen, das seit fast 200 Jahren Geschäfte in der ganzen Welt abwickelte. Wollte ein Gast ein Konzert während seines Aufenthaltes in Bremen besuchen, so besorgte sie die Karten in der besten Reihe, bevorzugte ein anderer grüne Handtücher, so wurden diese nach Absprache mit Pranee im von der Firma bevorzugten Hotel zur Verfügung gestellt. Doch dies waren Kleinigkeiten, die sie mit einem Lächeln erledigte.

Zurzeit allerdings ärgerte sie sich damit herum, dass zwei Geschäftspartner aus China das Frühstücksbuffet des Hotels wie einen Kriegsschauplatz hinterlassen hatten. Auch in diesem Fall hatten ihr ausgeglichenes Temperament, ihr warmherziges Lächeln und ihre auffällige Schönheit es geschafft, den Hotelbetreiber wieder zu beruhigen. Allerdings war ihr jetzt auch noch zu Ohren gekommen, dass einer der Herren offenbar in der Nacht Dusche und Toilette verwechselt hatte. Sie hatte den Hotelier vertröstet, sie würde sich spätestens in einer Stunde um den Vorfall kümmern.

»Du kannst das Ding wieder einpacken, Pranee. Möchtest du vielleicht einen Cognac? Ich für meinen Teil werde mir einen kleinen genehmigen.«

Als Pranee abwinkte, nahm sich Markus einen riesigen Cognacschwenker aus dem Schrank, stellte nach kurzem Zögern einen zweiten auf den Tisch und füllte, trotz einer abwehrenden Handbewegung Pranees, beide Gläser fast bis zur Hälfte. Dann nahm er, noch im Stehen, einen

Schluck, hustete, und wischte sich mit einem Taschentuch den Mund ab.

»Pranee, meine Liebe, du bist immer noch eine schöne Frau. Als ich dich vor 40 Jahren zum ersten Mal gesehen habe, verschlug es mir einfach den Atem. Ob mein Bruder Daniel jemals erkannt hat, was für ein Glückspilz er eigentlich war?«

Sie antwortete nicht. Überließ ihren Schwager seinen Gedanken. Solch melancholische Momente häuften sich in der letzten Zeit. Pranee würde Markus niemals nach seiner Ehe fragen. Das war auch nicht notwendig. Patrizia war 25 Jahre jünger als er. Der Wunsch nach einem Kind war beiden bis heute versagt geblieben, während sie, Pranee, drei Kindern das Leben geschenkt hatte. Hinzu kam, dass die Ehe zwischen Patrizia und Markus doch letztendlich als eine Vernunftsehe geschlossen worden war. So war es zur Fusion der beiden Unternehmen gekommen, denn Patrizias Vater hatte ein gut vernetztes Speditionsunternehmen, und sie war die einzige Tochter. Nachdem Helmut Stoffregen, Patrizias Vater, frühe Anzeichen der Alzheimer-Krankheit gezeigt hatte, übergab er seine Firma an sie.

Nicht, dass Markus und Patrizia sich nicht gemocht hätten, aber Pranee bezweifelte, dass Markus Patrizia jemals so geliebt hatte wie …, ja, wie sie, Pranee. Doch dieses Kapitel gehörte unwiderruflich der Vergangenheit an.

Sie liebte Markus wie einen Bruder, war ihm dankbar für das, was er ihr und ihren Kindern ermöglicht hatte. Beide Mädchen hatten studieren können, Jo wuchs zum Kronprinzen der Firma heran. Aber ihre Liebe gehörte immer noch Daniel, der vor mehr als 30 Jahren bei einem Flugzeugabsturz ums Leben gekommen war. Es gab kein Grab, an dem sie hätte trauern können – Daniels Leiche war nie gefunden worden –, doch das brauchte es auch nicht, denn Daniel hatte nach all den Jahren immer noch einen festen Platz in ihrem Herzen.

Pranee packte ihren Laptop wieder in die gemaserte Lederhülle.

»Markus, wenn es um die beiden Chinesen geht, ich treffe mich in einer Stunde mit Herrn Vollmer. Ich befürchte, er wird uns eine ordentliche Rechnung präsentieren.«

Markus winkte ab, griff noch einmal zum Glas und leerte es in einem Zug.

Fast, als müsse er sich Mut antrinken, schoss es Pranee durch den Kopf. Gleichzeitig schnürte es ihr den Hals zu, als eine jähe Ahnung sie befiel.

»Es geht um Jo, nicht wahr? Du hast gestern schon so eine Andeutung gemacht. Was ist los? Sprich mit mir, Markus.«

Ihre Gedanken überschlugen sich. Jo drogenabhängig, Jo, der das Unternehmen betrog, in dessen Kasse gegriffen hatte, Jo, der Steuern hinterzog, was auch immer.

»Pranee, gestern habe ich schon gesagt, ich frage mich, woher Jo so viel Geld hat – denk nur mal an das teure Auto und die große Yacht. Und er hat sich verändert.« Er hielt einen Augenblick inne, schenkte sich einen kleinen Schluck aus der Cognacflasche ein, trank aus und stellte das Glas achtlos beiseite.

»Vielleicht hat er ja einen Kredit aufgenommen, um das Auto und die Yacht zu bezahlen«, schlug Pranee vor.

»Nein, das hat er nicht. Er hat das Geld für das Auto

bar auf den Tisch gelegt. Über 130.000 Euro waren noch zu begleichen, nachdem er seinen Audi R8 in Zahlung gegeben hat.«

»Woher willst du das wissen?«, fragte sie mit brüchiger Stimme. Sie kannte ihren Schwager gut genug, um zu wissen, dass er solche Behauptungen nicht ohne Grund aufstellte.

»Ich hab mit dem Autohaus telefoniert, den Chef kenne ich sehr gut.«

»Ja, aber, er kann doch trotzdem einen Kredit aufgenommen haben«, wehrte Pranee schwach ab.

»Nein, hat er nicht. Die Schufa wüsste das.«

Verzweifelt griff Markus erneut nach seinem Cognacschwenker, stellte ihn ab, bemerkte erst jetzt, dass er diesen vor zwei Minuten geleert hatte. Die zierliche Thailänderin saß wie gelähmt in dem großen Ledersessel, schien in ihm zusammenzuschrumpfen, wirkte nun wie ein Kind.

Ja, natürlich, sie war seine Mutter, doch das bedeutete nicht, dass sie wusste, was in ihrem Sohn vorging. Jo hatte sich schon seit Jahren von ihr zurückgezogen, selten mit ihr offen gesprochen, wie sie jetzt erstaunt und entsetzt feststellte.

»Du hast dich über Jo bei der Schufa erkundigt?« Ungläubig starrte sie ihren Schwager an.

»Was sollte ich denn machen? Ich musste einfach wissen, was los ist.«

»Und jetzt? Bist du jetzt klüger?«, fuhr sie ihn an, packte das schwere Glas an seinem kurzen Stiel, hob es zum Mund, sodass ihre blendendweißen Zähne an den Kristallrand schlugen. Dann leerte sie es mit einem Zug.

In Malies Kopf schwirrten die Gedanken wild durcheinander, nachdem sie von Lioba Hanfstängl so einiges erfahren hatte. Nun saß sie vor ihrem Laptop und betrachtete das Foto, das Falk ihr geschickt hatte. Eindeutig handelte es sich bei dem Mann, der darauf zu sehen war, um ihren Bruder. Trotz der Unschärfe des Fotos konnte sie ihn erkennen. Doch wer war der Typ, der neben ihm stand? Je länger sie auf den Bildschirm starrte, desto sicherer war sie, dass es sich um diesen Neo handeln musste, der seit einigen Jahren Jos bester Freund zu sein schien. Er war ihr auf irgendeine Art geradezu unheimlich. Der Typ besaß eine bedrohliche Ausstrahlung, die eine nur mühsam unterdrückte Brutalität vermuten ließ. Ekelhaft, wie er ihre Hand berührt hatte, als sie ihn auf der Mainau getroffen hatte.

Was findet Jo nur an dem?, fragte sie sich.

Sie klappte den Laptop zu und brachte Paul seinen Brei. Es war die letzte Portion, die sie noch hatte. Zeit, bei Trenkwitz vorbeizufahren und neue Mehlwürmer zu besorgen. Und wenn sie schon mal dort war, könnte sie dem guten Rufus noch ein paar Fragen zu artgeschützten Tieren stellen. Aber heute nicht mehr, es war schon spät und die Zoohandlung geschlossen.

Malie zog sich knappe hellgrüne Laufshorts und ein weißes Top über, schlüpfte in ihre bunten Laufschuhe und verließ das Haus. In einem flotten gleichmäßigen Tempo begann sie ihre Runde, wischte sich ab und zu mit dem Schweißband, das sie am rechten Handgelenk trug, über die Stirn. Ein fernes Grollen kündigte ein Gewitter an. Das war nun schon das zweite innerhalb weniger Tage. Hoffentlich würde das Wetter noch halten, bis sie wieder zu Hause war. Sie änderte ihre Route und musste so entlang der Landstraße laufen, auf dem Radweg zwar, aber dafür musste sie die vorbeifahrenden Autos in Kauf nehmen.

Nach gut der Hälfte der Strecke kam ihr eine junge Frau entgegen, die dem gleichen Sport frönte. Sie trug Kopfhörer, hatte ihr Handy in der Hand, ihr Blick war auf das Display gerichtet. Malie hielt direkt auf die Läuferin zu und fragte sich zum x-ten Mal, warum die Menschen heutzutage ohne Handy nicht mehr auszukommen schienen. Erst neulich war ihr beinahe ein Fahrradfahrer ins Auto gefahren, weil er, ebenso wie die Frau jetzt, sich mehr auf sein Handy als auf den Straßenverkehr konzentriert hatte.

Im letzten Moment sah die Joggerin auf, stoppte abrupt, auf ihrem Gesicht zeigte sich zunächst Erschrecken, dann setzte sie eine säuerliche Miene auf.

»Sagen Sie mal, geht's noch?«, keifte die junge Frau Malie an.

Malie war amüsiert, als sie erkannte, wen sie da ausgebremst hatte.

»Ihnen auch einen schönen Abend, Frau Röhrig«, sagte sie laut.

Es war Lisa Röhrig anzusehen, dass sie für einen Augenblick überlegen musste, woher ihr Gegenüber ihren Namen kannte. Dann dämmerte es, und sie nahm die Kopfhörer ab.

»Oh, hallo, Frau Abendroth«, die finstere Miene der medizinischen Fachangestellten hellte sich auf.

»Wie geht es Ihnen denn so, nachdem diese schreckliche Sache passiert ist?«, fragte Malie interessiert.

»Na ja, geht so. Eigentlich ganz gut. Ich habe schnell wieder einen Job gefunden. Nächsten Monat fange ich in einer anderen Praxis an. Ich kann Ihnen sagen, die letzten Tage waren echt chaotisch, die Polizei hat die ganze Praxis auf den Kopf gestellt und mir und meiner Kollegin Löcher in den Bauch gefragt. Dabei hatten wir genug zu tun. Es hat ja nicht jeder mitbekommen, was passiert war, und so mussten wir alle Patienten anrufen und die Termine absagen. Und dann haben die Patienten sich auch noch erdreistet, zu fragen, warum man sie nicht früher informiert hätte. Können Sie sich das vorstellen?«

Sie hob beide Arme in einer hilflosen Geste, um ihre Worte zu unterstreichen.

»Kommen Sie, wir stellen uns da kurz unter den Baum«, schlug Malie vor und ging zu einem nahe stehenden großen Ahorn. Ein Lieferwagen rauschte an ihnen vorbei, für einen winzigen Augenblick drehte der Fahrer den Kopf. Seine Silhouette kam ihr vage bekannt vor. Dann war der Wagen verschwunden.

»Wenn das Gewitter anfängt, möchte ich aber hier nicht mehr stehen«, antwortete Lisa Röhrig mit einem Blick in den sich verdüsternden Himmel.

»Das hält noch eine Weile. Hat die Polizei denn irgendwas gefunden? Ich meine, Hinweise, warum Ihr Chef umgebracht worden ist?«

»Na ja, vielleicht, ich weiß nicht so richtig«, begann sie zögernd.

»Kommen Sie schon, oder dürfen Sie nichts sagen?«, bohrte Malie nach.

Lisa Röhrig lehnte sich gegen den Stamm und atmete tief durch.

»Sie müssen mir aber hoch und heilig versprechen, dass Sie das für sich behalten, ja? Ich erzähle Ihnen das auch nur, weil ich Sie immer sehr mochte. Sie gehörten zu den netten Patientinnen, nicht zu diesen Nörgeltanten.«

Oh, das hört sich ja spannend an, dachte Malie. Hatte Huang Cai etwa tatsächlich krumme Dinger gedreht?

»Die Polizei hat nichts gefunden, aber …«

»Aber …?«

»Aber ich habe ein paar Sachen verschwinden lassen, ich weiß nicht, warum. Ich glaube, ich wollte nicht, dass jemand sein Ansehen in den Schmutz zieht. Er war zwar manchmal ein bisschen komisch, aber er war ein guter Chef und ein guter Arzt. Er hat so vielen Menschen geholfen, und …«, ihre Stimme zitterte ein wenig, und Malie befürchtete, dass Lisa Röhrig zu weinen beginnen würde. Doch im nächsten Augenblick hatte sich die Sprechstundenhilfe wieder unter Kontrolle.

»Ich hab wirklich gerne für ihn gearbeitet, und bezahlt hat er auch super. Deutlich mehr, als ich jetzt bekommen werde, aber man kann es sich nicht aussuchen, bin ja froh, dass ich wieder einen Job gefunden habe.«

»Nun sagen Sie schon, was haben Sie denn verschwinden lassen?«

»Pulver, Tabletten, so was.«

Malie runzelte die Stirn.

»Wieso?«

»Weil, weil die nicht ganz, wie soll ich sagen, legal waren?«

Lisa Röhrig sah beschämt zu Boden.

»Was meinen Sie mit ›nicht ganz legal‹, Lisa?«

»Wollen wir ein Stück zusammen gehen? Ich glaube,

das Unwetter kommt näher. Ich wohne nicht weit von hier. Wenn es anfängt zu regnen, können Sie mit zu mir kommen, bis das Gewitter vorbei ist.«

Malie stimmte zu, und nach etwa einer Viertelstunde erreichten sie ein Einfamilienhaus.

»Hier wohnen meine Eltern, ich habe eine Einliegerwohnung«, erklärte Lisa Röhrig. »Das funktioniert ganz gut. Meine Eltern mischen sich nicht in mein Leben ein.«

Just in diesem Moment krachte der erste Donner über ihren Köpfen, und dicke Regentropfen klatschten zu Boden. Lisa steckte den Schlüssel in die Tür, stieß sie auf und bat Malie herein.

»Vielen Dank, das ist nett von Ihnen.«

Lisa lächelte. »Setzen Sie sich doch, dann zeige ich Ihnen gleich, was ich aus der Praxis mitgenommen habe.«

Malie setzte sich auf einen kleinen schwarzen Sessel auf dem ein gelb-grau gemustertes Kissen lag, und sah sich um. Das kleine Wohnzimmer hatte bodentiefe Fenster, rechts und links davon dünne, weiße Vorhangschals. Von ihrem Platz aus konnte sie in den Garten sehen. Draußen schüttete es jetzt wie aus Kübeln, und Malie war froh, dass sie hier im Trockenen saß. An einer Wand hing ein mittelgroßer Flachbildfernseher, ein zweiter Sessel und ein Zweisitzersofa komplettierten die Sitzgruppe um den niedrigen Holztisch.

»Möchten Sie was trinken?«, hörte sie Lisa rufen.

»Nein, danke.«

Lisa Röhrig brachte trotz der Absage zwei Gläser und eine Flasche Mineralwasser, stellte alles auf dem Tisch ab. Sie ging zu einem Sideboard, kramte in einer Schublade.

»Hier, das habe ich mitgenommen«, sagte sie und

wandte sich Malie zu, in ihren Händen ein durchsichtiger Plastikbeutel mit mehreren Fläschchen und Tütchen.

Malie streckte die Hand aus und nahm den Beutel entgegen. Auf dem Inhalt konnte sie chinesische Schriftzeichen entdecken. Sie sah die junge Frau an.

»Okay, a), was ist da drin und b), wieso haben Sie das aus der Praxis mitgehen lassen?«

Lisa Röhrig setzte sich auf das Sofa, zog die Beine unter sich, rieb sich den Nacken. »Ehrlich gesagt, ganz sicher bin ich nicht, habe lediglich eine Vermutung. Ich weiß nur, dass Huang Cai immer nur mich, und nie meine Kollegin, beauftragt hat, die Tütchen abzufüllen, und sehr aufzupassen, dass ich nichts von den diversen Pulvern verschütte. Sie seien sehr, sehr teuer und schwer zu bekommen. Ich weiß nicht, woher er das Zeug hatte, jedenfalls gab es nie offizielle Bestellungen, so wie für die anderen Arzneien, Tees und so.«

»Und wieso glauben Sie, dass die Polizei nichts davon wissen soll? Sie waren neugierig, nicht wahr, und haben nachgeforscht?«

Malie lehnte sich nach vorne, die Unterarme auf die Oberschenkel gestützt und faltete ihre Hände.

Lisa senkte den Blick und deutete ein beinahe unmerkliches Kopfnicken an.

»Ja. Ich habe die Daten der Patienten, denen er von dem Zeug was mitgegeben hat, angesehen und festgestellt, dass dafür keine Rechnungen ausgestellt wurden. Wissen Sie, die normalen Rechnungen hat immer meine Kollegin bearbeitet, damit hatte ich nie etwas zu tun. Es ist also weder ihr noch mir aufgefallen, dass, wie ich vermute, ziemlich viel Geld sozusagen schwarz geflossen ist.

Umsonst hat er die teure Medizin bestimmt nicht hergegeben. Er wollte zwar heilen und helfen, aber er war ganz sicher kein barmherziger Samariter. Huang muss das Geld direkt von den Patienten kassiert haben. Es waren seltsame Worte eingetragen, warten Sie, ich schreib Ihnen das mal auf. Eines hab ich mir gemerkt.«

Schwungvoll stand sie auf, verließ das Zimmer und kam kurz darauf mit Zettel und Stift zurück. Sie kniete sich vor den Tisch und schrieb:

Hăimă

»Die anderen Worte waren viel zu kompliziert. Gut, dass das medizinische Datenprogramm keine chinesischen Schriftzeichen nimmt, sonst hätte ich damit gar nichts anfangen können. Das hier ist eine Lautschrift.«

»Und was bedeutet das Wort?«

Malie konnte sich des Eindrucks nicht erwehren, dass Lisa die Situation genoss und sich deshalb alles aus der Nase ziehen ließ.

»Seepferdchen. Es bedeutet Seepferdchen.«

Malie runzelte die Stirn.

»Wozu soll das gut sein?«

Lisa Röhrig zuckte mit den Schultern. »Keine Ahnung.«

»Kommen Sie, Sie haben bestimmt nachgesehen oder nachgelesen.«

»Nein, mir ist das Ganze ja erst wenige Tage vor seinem Tod aufgefallen. Aber ich habe eine ganze Liste mit Patienten, die den Kram bekommen haben und bei denen alle möglichen seltsamen Dinge in den Daten stehen.«

»Jetzt möchte ich doch was trinken.«

Malie angelte nach der Flasche, schraubte den Deckel auf und schenkte beide Gläser voll. Sie trank erst einen Schluck und fragte dann: »Haben Sie einen Computer?«

»Ein iPad.«

Ohne eine weitere Frage zu stellen, richtete sich die junge Frau auf und ging zum Sideboard. Obenauf lag in einer schwarzen Hülle ein iPad, und sie schaltete es ein.

»Hier«, sie reichte es an Malie weiter und setzte sich neben sie auf die Armlehne des Sessels. Die Gärtnerin rief ein Suchprogramm im Internet auf, tippte die Worte »Seepferdchen«, »Pulver« und »Medizin« ein, und innerhalb eines Sekundenbruchteils lieferte die Suchmaschine über 15.000 Ergebnisse. Ein Blick genügte, und Malie war klar, mit was sie es hier zu tun hatte.

Seepferdchenpulver. Angeblich half es gegen Arthritis, Herzbeschwerden und Asthma und war obendrein noch ein Aphrodisiakum. Zig Millionen dieser fantastischen kleinen Tiere wurden jährlich aus dem Meer gefischt, getrocknet und zu Pulver verrieben, um in der traditionellen chinesischen Medizin eingesetzt zu werden. Und Seepferdchen waren geschützt.

Lisa Röhrig stieß einen leisen Pfiff aus. »Mann, wenn das mein Bruder erfährt!«

»Ihr Bruder? Wieso?« Malie drehte den Kopf nach links und sah die Arzthelferin fragend an. »Mein Bruder engagiert sich sehr für den Naturschutz. Ist Mitglied bei den UABs. Das sind die Um…«

»…weltaktivisten Bodensee, ich weiß«, vervollständigte Malie. Wenn das so war, dann kannte Lisas Bruder Lioba Hanfstängl. Interessant. »Ich kenne eine Frau, die auch bei denen ist. Lioba Hanfstängl. Kennen Sie sie?«

»Kennen wäre übertrieben, aber ja, ich hab sie ein paarmal getroffen.«

»Darf ich diese Liste haben?«, kam Malie auf das ursprüngliche Thema zurück.

»Ich weiß nicht …«

»Ich will nicht wissen, wer das Zeug bekommen hat, sondern nur die Liste mit all den chinesischen Wörtern. Bitte!«, bat Malie eindringlich.

»Na gut, von mir aus.«

Wieder verließ Lisa den Raum, kam mit einem eng beschriebenen DIN-A4-Blatt zurück. Sie legte es zu Malies Glas.

Malie sah zum Fenster, der Regen hatte nachgelassen. »Danke, ich geh dann mal. Sagen Sie zu niemandem ein Wort. Hören Sie, das ist wichtig. Niemand darf davon erfahren. Okay?«

Lisa Röhrig schwor, niemandem von ihrem Treffen und der Liste zu erzählen, und begleitete Malie Abendroth zur Tür.

»Ich weiß zwar nicht, was Sie damit vorhaben, aber melden Sie sich dann wieder bei mir, wenn Sie irgendwas herausgefunden haben«, meinte sie zum Abschied.

Malie faltete den Zettel zusammen, schob ihn in ihren Hosenbund und joggte gedankenverloren nach Hause.

»Sie haben etwas vergessen.«

Lässig warf Lioba Hanfstängl Max Losens ihr mühselig zusammengesetztes Puzzle auf den Schreibtisch. Losens runzelte die Stirn und reckte den Hals. Das Blatt lag verkehrt herum. Er zog es zu sich und warf einen misstrauischen Blick darauf.

»Ja, und?« Lässig schob Losens ihr das Blatt wieder zurück.

Mit einem Schlag war Lioba der Wind aus den Segeln genommen. Sie, die sonst um keinen Spruch verlegen war, fing an zu stottern. »Ähh, ja …«

Dann riss sie sich zusammen, erinnerte sich an ihre Mission.

»Warum haben Sie das Formular zerrissen? In so kleine Schnipsel. Damit keiner weiß, was Sie da kopiert haben? Wieso kopieren Sie das überhaupt, Sie haben doch einen Drucker?«

»Machen Sie sich doch nicht lächerlich. Das ist eines der Genehmigungsformulare für den Herkunftsnachweis zur Einfuhr artgeschützter Tiere. Was ist daran so Besonderes? Mein Drucker hat den Geist aufgegeben, also musste ich an den Kopierer, und jetzt schauen Sie sich die Qualität dieses Blattes an. Der Toner hat gegen Ende nachgelassen, und so ein verschmiertes Blatt kann ich keinem mehr hinlegen. Mal nebenbei bemerkt, bin ich Ihnen überhaupt keine Erklärung schuldig.«

Lioba nahm wahr, dass Losens, obwohl er einen, wie zu erwarten, plausiblen Grund ablieferte, ein nervöses Zucken seines linken Auges nicht vermeiden konnte. Sie ließ ihn reden, konzentrierte sich auf seine Körpersprache und seine Mimik. Da, er drehte seinen Kugelschreiber auf dem Schreibtisch im Kreis. Und lag in seiner Stimme nicht ein leichtes Zittern? Sammelten sich nicht winzige Schweißperlen auf seiner Stirn? Und starrte er nicht hilfesuchend auf sein Telefon, in der Hoffnung, dass es bald klingeln würde, und er Lioba rauswerfen konnte? All das registrierte sie in wenigen Sekunden. Ihr Verdacht gegen Max Losens verhärtete sich. Jetzt ging es um das Wohl der Tiere, um die Rettung geschützter Arten.

Liobas Augen verengten sich zu Schlitzen. Unaufgefordert zog sie sich einen Stuhl ganz dicht an Losens Schreibtisch heran. Sie legte ihre Unterarme auf die Tischplatte und befahl sich, innere Ruhe zu bewahren. Ihrer Stimme verpasste sie einen leisen, gefährlichen Ton. Was eben noch als gewagte Spekulation oder bloßer Verdacht in ihrem Kopf herumgegeistert war, wurde zur Gewissheit.

»Losens. Jetzt passen Sie mal auf. Ich kann eins und eins zusammenzählen. Sie erscheinen mittlerweile fast täglich in meinem Büro, versuchen mich von meinen Aktivitäten im Tierschutz abzubringen. Warum wohl? Ich kann Ihnen sagen, warum. Sie sind ein korruptes Arschloch und verticken diese Vordrucke, wahrscheinlich an Zoohändler, die illegal Tiere an ihre Kunden verscherbeln. Und dies in einer Menge, die eine normale Handelsaktivität weit übersteigt, wie ich sicher ganz richtig vermute. Ich nenn jetzt mal einen Namen. Rufus Trenkwitz«, warf sie ihm an den Kopf, fragte sich kurz, ob sie nun ihren Job los war, weil sie Losens ein Arschloch genannt hatte. Egal, sie konnte es sowieso nicht mehr ungeschehen machen. Bei der Erwähnung des Zoohändlers hatte sie bemerkt, wie sich Losens Augen für den Bruchteil einer Sekunde geweitet hatten. Volltreffer.

»Oder bedienen Sie auch andere Tierquäler? Denn nichts anderes sind diese Leute. Tierquäler, gemeine Verbrecher«, fuhr sie wütend fort. »Wie viel kassieren Sie für ein Blankoformular? Es muss sich ja wohl lohnen, sonst wäre es für Sie, dessen monatliches Gehalt nicht von schlechten Eltern ist, doch kaum von Interesse. Aber auch bei Ihrem Gehalt sind Luxuskreuzfahrten und teure Badumbauten und eine neue Küche auch nicht mal eben so zu bezahlen!«

Losens wollte etwas sagen, doch Lioba fuhr ihm über den Mund, sie war nun richtig in Fahrt.

»Aber dann, so ein Pech! Ausgerechnet in Ihrem Referat sitzt eine superaktive Umweltschützerin. Dazu noch eine radikale, eine die sich traut, den Mund aufzumachen, die nicht eher Ruhe gibt, bis den Schuldigen der Prozess gemacht wird.«

Lioba hatte sich in Rage geredet, beim letzten Satz schlug sie mit der flachen Hand hart auf den Schreibtisch, sodass es wehtat und die Büroklammern auf Losens Schreibtisch in ihrem kleinen Pappschächtelchen hüpften. Ihre Stimme blieb leise, aber nichtsdestotrotz drohend und zornig, schließlich tat es nicht not, dass Losens' Sekretärin, Frau Schmidtmeyer, etwas von ihrer Ansage mitbekam. Wenn Lioba ihre Vorwürfe publik machte, würden es alle noch früh genug erfahren, welches Schwein ihr Chef in Wirklichkeit war.

Losens war ein Stück zurückgewichen, als feinste Speicheltröpfchen, die hinter Liobas Lippen hervorschossen, ihn trafen. Kein Wort hatte er gesagt, doch seine ganze Haltung bewies, sie lag mit allem, was sie bisher hervorgebracht hatte, richtig. Sein Gesicht war erst rot und dann schneeweiß geworden. Nun fuhr seine rechte Hand in die Tasche seines Sakkos, beförderte ein Taschentuch zutage, um sich damit über die Stirn zu wischen. Den Kugelschreiber in seiner Linken hielt er so fest, dass die Sehnen an seinem Handrücken deutlich hervortraten.

Siegessicher schwieg Lioba, starrte ihn triumphierend an, wartete auf weitere Reaktionen ihres Gegenübers. Und diese kamen postwendend.

»Sie sind doch nicht ganz dicht im Kopf. Was soll das werden? Dieser ganze Unsinn basiert nur darauf, dass Sie ein Blatt Papier aus dem Papierkorb gefischt haben? Und in Ihrem kranken Hirn reimen Sie sich dann diese Verschwörungstheorie zusammen? Und das wiederum nur aus dem Grund, weil ich Sie ab und an, schließlich meine ich es gut mit Ihnen, davon abhalten möchte, sich zum Gespött der Öffentlichkeit zu machen?«

Max Losens entspannte sich langsam, sein Gesicht hatte wieder eine normale Farbe bekommen, die linke Hand entkrampfte sich.

»Frau Hanfstängl, Sie lassen mich massiv an Ihrem Verstand Zweifeln. Konsultieren Sie mal einen Nervenarzt und lassen sich durchchecken, vor allem Ihr Hirn. Wenn das überhaupt irgendwie in Ihrem Kopf vorhanden ist«, beleidigte er sie weiter.

»Aber bitte, wie Sie wollen. Geben Sie Ihr Wissen doch gerne an die Presse. Max Losens, Referatsleiter im Amt für Bau, Natur- und Umweltschutz, hat Blankoformulare kopiert«, höhnte er. »Glauben Sie, irgendwer druckt einen solchen Schwachsinn? Und wenn Sie glauben, Ihre Verleumdungen an die Öffentlichkeit zu bringen, dann hören Sie von meinem Anwalt. So etwas nennt man gemeinhin Rufmord.«

Lioba hatte gehofft, Losens würde sich mit seinem Verteidigungsgeschwafel um Kopf und Kragen reden. Aber der Mann war mit jedem Wort ruhiger geworden, hatte zu seinem alten Selbstbewusstsein zurückgefunden.

»Und jetzt machen Sie, dass Sie rauskommen, bevor ich mich vergesse. Ich sehe Ihnen diesen Auftritt nur dieses eine Mal nach, ich weiß ja, dass bei Ihnen der Verstand aussetzt, sobald Sie an Ihre heilige Mission denken. Aber in Zukunft verbitte ich mir solche haltlosen Anschuldigungen aufs Schärfste. Haben wir uns verstanden, Frau Hanfstängl?«

Losens war aufgestanden und um seinen Schreibtisch herumgekommen. Jetzt öffnete er demonstrativ die Bürotür und wippte abwartend auf den Fußballen. Lioba schnappte noch einmal nach Luft, doch sie resignierte, wusste nicht, was sie jetzt dazu noch sagen sollte. Verdammt, ihr Plan, ihn aus der Reserve zu locken, war gründlich misslungen. Jetzt blieb nur noch Plan B. Sie musste sich an die Fersen von Trenkwitz heften. Irgendwann würde sie die beiden zusammen erwischen. Vielleicht nicht heute, vielleicht nicht morgen, aber spätestens übermorgen. Bildlich gesprochen.

Liobas Beine zitterten, und ihre Handflächen waren feucht vor Aufregung und Ärger. Sie raffte das Blatt Papier mit dem aufgeklebten zusammengesetzten Blankoformular an sich und steckte es in ihre Schultertasche. Dann stapfte sie wortlos an Losens vorbei und verließ den Raum. Mit erhobenem Kopf und gestrafften Schultern passierte sie Frau Schmidtmeyers Schreibtisch, die ihr mit hochgezogenen Augenbrauen nachsah. Lioba kramte dabei in ihrer Tasche und zog eine Packung Taschentücher hervor. Losens verschwand derweil wieder in seinem Büro und ließ die Tür mit einem heftigen Knall hinter sich zufallen, sodass sie gleich wieder aus dem Schloss sprang und einen kleinen Spalt offen stand.

Sobald Lioba auf dem Flur war, drehte sie sich schwungvoll um und schoss wieder zurück in das Zimmer der Sekretärin.

»Tut mir leid, ich muss wohl eben mein Schlüsselmäppchen versehentlich mit meinen Taschentüchern herausgezogen haben«, sie deutete auf ihre Tasche. »Muss hier irgendwo liegen.«

Sie warf einen verstohlenen Blick auf Frau Schmidtmeyers Telefon, das rot blinkte. Gemessen an ihrer Körperfülle bückte sie sich blitzschnell und sah unter den Schreibtisch der Sekretärin.

»Ahh, da ist es ja«, sagte sie erfreut und tauchte wieder auf, ihr gelbes Mäppchen präsentierend, das sie zuvor in ihrer Hand verborgen gehalten hatte. Lioba steckte das »verlorene« Schlüsseltäschchen ein.

Die wenigen Augenblicke hatten ausgereicht, um ihr zu bestätigen, dass Losens mit jemandem telefonierte und sie Gegenstand des Gesprächs war. Den Ausdruck, »diese fette Krötenschützerin« hatte sie durch die angelehnte Tür zu Max' Büro deutlich hören können.

Pranee wählte Jos Festnetznummer, obwohl sie sicher war, dass er sich nicht in Bremen befand. Trotzdem, Kontrolle war besser. Seit Jahren besaß sie einen Zweitschlüssel zur Wohnung ihres Sohnes, die sich in der Emmastraße befand und das gesamte Erdgeschoss in einem der heißbegehrten und exorbitant teuren Bremer Häuser einnahm.

Jo hatte die Wohnung vor sieben Jahren nur kaufen können, da Markus, sozusagen als Vorschuss auf ein zukünftiges Erbe, einen großen Teil der Kaufsumme finanziert hatte. Pranee hatte in Jos Abwesenheit immer die Pflanzen gegossen, bis ihr Sohn sich von heute auf morgen von seinen Orchideen und mediterranen Zitronenbäumchen getrennt hatte. Warum auch immer. Auch den Wunsch nach einem gut gefüllten Kühlschrank hatte ihm Pranee immer nach längerer Abwesenheit wegen einer Geschäftsreise oder einer seiner Urlaubssafaris erfüllt.

Unglaublich, wie sie Jo verwöhnt hatte. Mehr als die Mädchen. Vielleicht deshalb, und ganz sicher der Tatsache geschuldet, dass er das Nesthäkchen war – acht Jahre nach seinen Zwillingsschwestern geboren –, hatte sie stets ein Auge zugedrückt, auch wenn sie seine Forderungen insgeheim manchmal als geradezu unverschämt empfunden hatte.

Vor ein paar Monaten hatte sie ein langes Wochenende mit ihrer Freundin Astrid im Cuxhavener Stadtteil Duhnen verbringen wollen, als Jo anrief und ihr mitteilte, er würde am Abend aus St. Petersburg zurückkehren und erwarte noch Besuch. Ob sie wohl ein paar Flaschen Champagner kalt stellen würde, Kaviar habe er im Gepäck. Astrid hatte protestiert, doch Pranee hatte sich in ihren Wagen gesetzt, war nach Bremen gefahren, um Jos Wunsch zu erfüllen. Ihre Freundin war fassungslos und sauer gewesen.

»Wie kannst du nur? Jo ruft, und du springst? Himmel, er ist erwachsen!«

Aber Pranee konnte eben auch nicht so einfach aus ihrer Haut.

Nach zehnmaligem Durchklingeln sprang Jos Anrufbeantworter an: »Yeah, Jo. Nach dem Piep gehör ich euch.«

Plötzlich fand Pranee diesen Spruch albern. Mein Gott, der Junge war doch mittlerweile 32 Jahre alt, und er benahm sich immer noch wie ein unreifer Teenager.

Sie hinterließ keine Nachricht, wozu auch. Ihr Entschluss, seine Abwesenheit auszunutzen und seiner Wohnung einen Besuch abzustatten, stand fest. Das schlechte Gewissen plagte sie, denn ohne Aufforderung oder vorheriger Absprache hatte sie die Wohnung nie betreten, und sie wusste, sie verletzte die Privatsphäre ihres Sohnes. Doch das Gespräch mit ihrem Schwager hatte einen nachhaltigen Eindruck hinterlassen. Und wenn sie ehrlich zu sich selbst war, musste sie sich eingestehen, dass ihr Jos Benehmen in den letzten Jahren zunehmend merkwürdig vorgekommen war. Seine offene und liebenswürdige Art hatte einem zurückhaltenden, ja fast misstrauischen Wesen Platz gemacht. Immer seltener waren Jos Besuche geworden, neue Freundinnen – er wechselte seine Eroberungen allerdings wie andere Männer ein Oberhemd – stellte er ihr überhaupt nicht mehr vor. Sie wusste rein gar nichts mehr über sein Privatleben. Den Wunsch nach einer großen Enkelschar würde ihr wohl verwehrt bleiben. Nur ihre Tochter Alicha hatte ihr eine Enkeltochter geschenkt, dabei würde es wohl auch bleiben.

Als sie Jonas, es war vielleicht ein halbes Jahr her, spontan mit einer Flasche Wein und ein paar Leckereien – Jo hatte solche spontanen Überraschungen zwar nie geliebt, aber wenn sie dann schon mal da war, hatte er sich eigentlich immer gefreut –, überfallen hatte, hatte er sie erst gar nicht in die Wohnung gelassen.

»Das nächste Mal rufst du vorher an. Ich habe Besuch, und du störst«, hatte er sie barsch angefahren. Früher hätte er sich nach einem solchen Auftritt spätestens am nächsten Tag entschuldigt. Aber dieses Mal? Nichts. Kein Anruf, keine Entschuldigung.

Pranee musste sich Gewissheit verschaffen, dass mit Jo alles in Ordnung war, und dazu musste sie in seine Wohnung. In ihren schlimmsten Vorstellungen sah sie die Zimmer vor sich, zugemüllt, Kokaintütchen, so weit das Auge blickte, Unmengen an leeren Schnapsflaschen, die auf dem Fußboden lagen.

Immer hatte sie die Privat- und Intimsphäre ihres Sohnes gewahrt. Doch hier stimmte etwas ganz und gar nicht. Sie hoffte, in der Wohnung etwas zu entdecken, was vielleicht Aufschluss über Jos Verhaltensänderung geben könnte. Das war sie ihm als Mutter schuldig. Und egal, wie tief er womöglich in der Patsche saß, sie war für ihn da und würde ihm raushelfen. Ganz wie ihr verstorbener Mann Daniel, der sich auch manches Mal in unangenehme Situationen gebracht und sich irgendwie herausmanövriert hatte. Meist mit ihrer Hilfe.

Schon von Kindesbeinen an war Jos Problem seine überbordende Fantasie gewesen, die er nicht selten mit kleinen oder auch großen Lügen garniert hatte. Er war vielleicht sieben oder acht Jahre alt gewesen, als er in der Schule behauptet hatte, er hielte zu Hause einen jungen weißen Tiger. Gegen Eintritt dürften die Klassenkameraden das exotische Tier besichtigen. Er hatte damals fünf Mark verlangt, im Voraus einkassiert, und als dann mindestens 40 Kinder vor der Wohnung standen, Einlass begehrten und den Tiger besichtigen wollten, hatte er sich frech vor sie hingestellt und behauptet, der Tiger sei wieder nach Hause, nach Sibirien, zurückgekehrt. Überschwänglich erklärte er mit blumigen Worten, die Tigermutter sei dort fast vor Kummer gestorben, das hätte er nicht zulassen können. Die Mädchen hingen an Jos Lippen, einigen liefen die Tränen der Rührung die Wangen hinunter, die Jungs verlangten ihr Geld zurück und drohten ihm Prügel an.

Pranee hatte dann dafür gesorgt, dass alle Kinder ihr Eintrittsgeld zurückerhielten, und jedem zusätzlich noch ein kleines Geschenk gemacht. Natürlich hatte es ein paar Eltern gegeben, die diesen »Betrug« in der Schule publik gemacht hatten, und Jo hatte einen ordentlichen Anschiss von der Schulleitung bekommen. Zu Recht, wie seine Mutter befand, doch insgeheim war sie stolz auf ihren Sohn gewesen, hatte sich ausgemalt, dass er mit seinen Geschichten irgendwann groß herauskam. Sein Ideenreichtum schien unerschöpflich.

Pranee lächelte bei der Erinnerung an diese Geschichte. Sie steckte den Schlüssel in das Sicherheitsschloss, drehte ihn eine halbe Umdrehung nach rechts, und die Tür sprang auf. Der Geruch abgestandener Luft schlug ihr entgegen. Vorsichtshalber rief sie laut mehrmals Jos Namen, um sicherzugehen, dass er tatsächlich nicht hier war und im Moment mit irgendeiner Schönheit sein Bett teilte. Nichts, keine Antwort. Direkt neben der Eingangstür war ein Haken angebracht, an dem normalerweise die Schlüssel für den Briefkasten und den Kellerraum hingen. Jetzt hing nur der Kellerschlüssel dort. Vermutlich hatte er den Briefkastenschlüssel seinem Nachbarn gegeben, wie immer, wenn er länger nicht in Bremen war. Seiner Putzfrau hatte er wohl Urlaub gegeben, denn auf der schmalen Wandkonsole im Flur, auf der ein Anrufbeantworter blinkte, lag eindeutig Staub, was dafür sprach, dass sie seit Längerem nicht mehr hier gewesen war. 13 Anrufe zeigte die digitale Anzeige, der letzte wahrscheinlich von ihr selbst.

Die Küche war aufgeräumt, aber auch hier eindeutig Staub. Pranee öffnete den Kühlschrank. Typisch für ihren Sohn. Eine verschrumpelte Zitrone, zwei Flaschen Champagner und eine eingeschweißte Salami »Pur porc«, deren Haltbarkeitsdatum noch nicht überschritten war.

Auch das kombinierte Wohn-Esszimmer ließ an Ordnung nichts zu wünschen übrig. Wahrscheinlich hatte Frau Jensen, Jos Zugehfrau, noch ein letztes Mal Hand angelegt, bevor ihr Brötchengeber die Wohnung verlassen hatte. Pranee gab sich einen Ruck und betrat das Schlafzimmer ihres Sohnes. Hier hatte sie nun wirklich nichts verloren. Aber spätestens seitdem sie den Schlüssel in das Schloss der Eingangstür gesteckt hatte, hatte ein merkwürdiges Kribbeln in der Magengegend von ihr Besitz ergriffen. Sie schrieb dieses Gefühl ihrem schlechten Gewissen zu, weil sie hier herumschnüffelte. Obwohl, von Herumschnüffeln konnte eigentlich keine Rede sein. Sie schaute lediglich nach dem Rechten, verteidigte sie ihr Tun vor sich selbst.

Das Bett war gemacht, obenauf lag glatt gezogen ein Überwurf mit Tigerfellmuster. Die Faszination ihres Sohnes für die riesigen Raubkatzen hatte bis heute angehalten. Auch im angrenzenden Bad deutete nichts darauf hin, dass der Bewohner der schicken Altbauwohnung in der letzten Zeit hier gewesen war.

Pranee wollte eben das Licht im Badezimmer wieder ausschalten – der fensterlose Raum wurde lediglich indirekt durch eine breite Wand aus Glasbausteinen, die das Licht vom Schlafzimmer ins Bad entließ, erhellt –, als ihr Blick auf einen Parfümflacon fiel. Nina Riccis »L'Air du Temps«, ein Flacon, der vor allem durch die milchig weiße Taube, die als Verschluss diente, auffiel. Das konnte nur ein Zufall sein. Pranee selbst war zwar nur eine Person bekannt, von der sie sicher wusste, dass sie dieses Parfüm benutzte. Doch schließlich war »L'Air du Temps« weltweit seit mehr als 60 Jahren auf dem Markt, und Tausende Frauen auf der ganzen Welt genossen den feinen Duft.

Auf dem Nachttisch neben dem riesigen Bett lag ein Bildband über Vietnam, zu groß und zu dick, um ihn im Bett durchblättern zu können, wie Pranee fand. Daneben stand ein einfacher rahmenloser Bilderhalter mit einem Foto darin. Das Bild zeigte Jo, als er noch ein Junge gewesen war, der einen von Markus' Jagdhunden herzte. Jo war schon immer, ebenso wie seine Schwestern, ganz verrückt nach Hunden gewesen. Da sie, Pranee, keine Tiere halten wollte, hatten die Kinder Markus' Hunde quasi adoptiert. Ihr Schwager hatte immer mindestens einen Hund, der ihn auf der Jagd begleitete. Und der alte George, ein Kleiner Münsterländer, war Jos absoluter Liebling gewesen. Auf dem Foto saßen ihr Sohn und George einträchtig nebeneinander auf einer Hollywoodschaukel im Garten. Pranee nahm den Rahmen und betrachtete einen Moment gedankenverloren die ebenmäßigen Züge ihres Sohnes.

Sie stellte das Bild wieder hin, genau auf die Stelle, wo es vorher gestanden hatte, denn auch auf dem Nachttisch lag eine feine Staubschicht. Doch was war das? Hinter dem Foto lugte die Ecke eines zweiten Fotos hervor. Ihre Neugierde siegte, und mit zwei spitzen Fingern zog sie das Foto ein wenig heraus. Das Erste, was sie sah, war ein Schopf roter Haare, das, was folgte, ließ sie mit einem leisen Aufschrei auf das Bett sinken. Ihre Schwägerin Patrizia schaute sie lasziv aus halb geschlossenen Augen an, sie trug nichts außer einer schwarzen Corsage und schwarzen Strümpfen, die ihre alabastergleiche Haut beinahe unnatürlich aussehen ließ, und räkelte sich auf einer seidig schimmernden Bettwäsche mit Leopardenmuster. Jos Bett. Pranee wurde heiß und kalt. Als hätte sie sich daran verbrannt, schob sie das Foto wieder hinter das Bild von Jo und George. Ach, du großer Gott, das konnte doch nicht wahr sein! Wie lange lief das schon zwischen ihrem Sohn und ihrer Schwägerin Patrizia?

Sobald Jo wieder in Bremen wäre, würde sie ihn zur Rede stellen. Sie war fassungslos. Ein solcher Vertrauensbruch gegenüber dem Mann, der ihm alle Wege geebnet hatte, ein erfolgreicher Geschäftsmann zu werden. Die Thailänderin schämte sich zutiefst für ihren Sohn. Nachdem sie die Tagesdecke wieder einigermaßen glatt gezogen hatte, schlich sie – wie albern von ihr – auf Zehenspitzen aus dem Zimmer, als habe sie Angst, Jo und seine Tante – seine *Tante!* – beim Liebesspiel zu stören.

Um Fassung bemüht, musste sie sich hinsetzen. Was sich wohl auf der dunkelroten Ledercouch schon alles abgespielt hatte? Grauenhaft. Pranee starrte die gegenüberliegende Wand an. Auf dem Designer-Sideboard stand eine gut gefüllte Flasche mit irgendeinem hellen Schnaps. Am liebsten hätte sie sich ein Glas eingeschenkt, nur um ihre Nerven zu beruhigen. Nein, lieber raus aus der Wohnung, sie musste jetzt einen kühlen Kopf bewahren. Sollte sie mit Markus darüber sprechen? Nein. Ihn würde der Schlag treffen, wenn sie unverblümt mit diesem Verdacht ankäme. Denn noch war es nur ein bloßer Verdacht. Allerdings ein ziemlich starker, wie sollte Jo sonst an so ein Bild kommen, wenn er es nicht selbst geschossen hatte?

Zuerst musste sie Jo erreichen. Vielleicht war es nur ein kurzes Intermezzo mit Patrizia gewesen. Hoffentlich. Bestimmt. Ja, ganz sicher, daher hatte er das Foto auch hinter dem anderen verborgen. Weil er Patrizia vergessen musste. Pranee stöhnte auf. Auch dieser Gedanke war reinster Unsinn. Mach dir nichts vor, schimpfte sie sich, dein Sohn hintergeht Markus auf übelste Weise. Denk doch mal nach, wie oft Patrizia in letzter Zeit weg gewesen ist. Ohne Markus.

Natürlich musste Jo das Foto verstecken. Frau Jensen kannte Patrizia, half sie doch regelmäßig bei kleinen Empfängen oder privaten Einladungen bei Markus und Patrizia aus. Noch einmal warf Pranee einen verzweifelten Blick auf die Flasche. Sie, die kaum Alkohol trank, hatte nun schon zum zweiten Mal innerhalb kürzester Zeit das Bedürfnis, sich zur Beruhigung einen ordentlichen Schluck zu gönnen. Entschlossen schüttelte sie den Kopf. Das war nun gar keine Lösung für das Familienproblem.

Apropos Familie. Wo war eigentlich das große Foto, das sonst hier auf dem Sideboard aufgestellt war? Das

Foto, das sie und ihre Zwillingstöchter Malie und Alicha zeigte, das Foto, das sich nun schon seit zwei Jahren immer an dieser Stelle befunden hatte? Es war ein Geburtstagsgeschenk zu Jos 30. gewesen, eingerahmt in Sterlingsilber.

Und noch eine Sache bemerkte sie: Nicht nur das Foto samt dem teuren Rahmen war verschwunden, sondern auch die feine Staubschicht, die sonst hier überall zu finden war. Das Teakholz des Sideboards glänzte, als ob hier jemand vor Kurzem gründlich sauber gemacht hätte. Wer um alles in der Welt hatte Interesse an diesem Foto? Oder hatte die Person es auf den Silberrahmen abgesehen gehabt? Ein gewöhnlicher Einbrecher hätte doch sicherlich mehr mitgenommen, oder? Schließlich lagen hier auf dem Wohnzimmertisch noch eine Breitlingarmbanduhr und zwei Platinmanschettenknöpfe. Sie fragte sich nicht zum ersten Mal, warum ihr Sohn so sorglos mit wertvollen Dingen umging.

Jo hatte das Foto ganz sicher nicht weggepackt, und mitgenommen hatte er es bestimmt auch nicht. Warum sollte er auch ein Foto von seinen Schwestern und seiner Mutter mit auf Reisen nehmen! Nichts deutete auf einen Einbruch hin, überlegte sie.

Dann fiel es Pranee wie Schuppen von den Augen. Sie hatte den Wohnungsschlüssel nur kurz nach rechts gedreht, und es hatte schon geklickt. Die Tür besaß ein Sicherheitsschloss, und egal, wie leichtsinnig ihr Sohn sonst war, er hatte immer, ohne Ausnahme, darauf geachtet, den Schlüssel zweimal umzudrehen, damit der Sicherheitsbolzen auch wirklich den Zugang verwehrte. Das wusste sie genau.

Wer zum Teufel war hier gewesen und hatte außer dem Familienfoto nichts mitgehen lassen? Und vor allem, wozu? Die Fragen, die sie Jo stellen musste, häuften sich.

# KAPITEL 6

Malie saß vor ihrem Laptop und konnte es nicht fassen. Mithilfe von Lisa Röhrigs Liste hatte sie herausgefunden, dass Huang Cai einen dicken Batzen Geld mit illegalen Mitteln gemacht haben musste. Nashornmehl, Seepferdchenpulver, zermahlene Tigerknochen, pulverisierte Hörner der Saigaantilope. Auch die Schuppen von Pauls Verwandten waren darunter. Malie war erschüttert.

Hatte Huang Cai ihr gegenüber nicht noch erwähnt, dass er damit nichts mehr am Hut hatte? Der Typ hatte sie stumpf angelogen. War das der Grund, warum er sterben musste? War der Mörder ein Tierschützer, der dies herausgefunden hatte? Lioba Hanfstängl traute sie eine solch abscheuliche Tat nicht zu. Aber vielleicht einer ihrer Mitstreiter? Sie würde Lioba später fragen. Eine Idee kam ihr in den Sinn, und sie nahm ihr Handy, wählte Elins Nummer.

»Hallo, Elin, hier ist Malie. Hast du noch einen Terminkalender von Kemal? Und wenn ja, kannst du nachschauen, ob er irgendwann in den letzten Monaten Kontakt mit einem Heilpraktiker hatte?«, quakte sie auf Elins Mailbox und legte auf.

Sie klickte das Foto, das Falk ihr geschickt hatte, an und betrachtete es zum wiederholten Mal. Was hatte Jo hier zu schaffen, waren es normale Geschäfte, die hier verhandelt wurden? Neo an seiner Seite war keine Seltenheit. Er diente ihm schließlich als Dolmetscher. Aber irgendwie strahlte dieses Bild etwas Merkwürdiges, Geheimniskrämerisches aus. Malie fuhr den Laptop herunter, klappte ihn gerade zu, als Elin zurückrief.

»Hallo, ja, es gibt einen Terminkalender, aber von einem Heilpraktiker steht nichts drin. Aber den letzten Termin hatte er für den Abend, an dem er starb, eingetragen«, Malie konnte Elin schlucken hören. »Es ist kein Name angegeben, nur ein Lokal, wo er sich wohl mit jemandem treffen wollte. Kemal hat oft nur Ort und Zeit notiert.«

»Wo ist das Lokal, und wann wollte er sich dort treffen?«

»Halb neun an den Rheinterrassen. Warum …«, Elin stockte, als bei ihr dieselbe Erkenntnis wie bei Malie eintrat. Kemal Demirs Auto war auf dem P+R-Parkplatz gefunden worden, was darauf schließen ließ, der Journalist war zu Fuß gegangen, um zu den Rheinterrassen zu gelangen. Dafür hatte er über die Fahrradbrücke gehen müssen. Hatte der Journalist sich im Lokal mit seinem Mörder getroffen, oder war er erst gar nicht dorthin gelangt?

Lisa Röhrig war zu später Stunde noch unterwegs. Ihre Eltern waren für zwei Wochen weggefahren und hatten ihren kleinen Mischlingshund in die Obhut ihrer Tochter gegeben. Nun drehte sie eine kleine Gassi-Runde bevor sie zu Bett ging, damit Toto ihr nicht über Nacht ein kleines braunes Überraschungspäckchen hinterließ. Sie hatte ihn von der Leine gelassen, als sie weit genug von der Straße entfernt war, und hörte Toto zwischen den Büschen und Bäumen herumrascheln, auf der Suche nach einem geeigneten Plätzchen für sein abendliches Geschäft.

»Ohhh, Toto, jetzt mach schon, das dauert heute ja ewig«, murmelte sie vor sich hin.

Urplötzlich spürte sie die Anwesenheit einer anderen Person ganz in ihrer Nähe. Lisa hatte eigentlich keine Angst, wenn sie um diese Zeit alleine unterwegs war, doch jetzt stellte sich ein beunruhigendes Gefühl ein. Schemenhaft konnte sie die Umrisse eines Menschen erkennen, der auf sie zukam. Größer als sie, ein Mann, wie sie nervös feststellte. Lisa straffte die Schultern, machte sich groß, in ihrer Jackentasche fasste sie nach ihrem Schlüsselbund, ließ die einzelnen Schlüssel zwischen ihre gespreizten Finger gleiten. Langsam zog sie ihre Hand zurück, fühlte sich nicht wirklich sicherer mit ihrem Pseudoschlagring, aber besser als nichts, um sich gegebenenfalls zu wehren.

»Toto, hierher!«, rief sie laut, vielleicht würde der Mann dann verschwinden, wenn er mitbekam, dass sie einen Hund rief. Dass Toto, der Winzling, ihr keine große Hilfe sein würde, war ihr bewusst. Aber schließlich konnte der Mann nicht ahnen, dass sie nach einem kleinen Mischling und nicht nach einem Dobermann rief. Doch Toto kümmerte es nicht, dass Lisa ihn zurückbeorderte, er schnüffelte weiter, war sich immer noch nicht klar darüber, welches Plätzchen denn nun geeignet war.

Der Mann machte zwei schnelle Schritte auf sie zu und packte sie brutal am Arm, als sie die Hand mit dem Schlüsselbund hob. Lisa gab einen Schmerzenslaut von sich, doch mit der anderen Hand hielt der Angreifer ihr den Mund zu. Das Bund fiel zu Boden.

»Ganz ruhig, es passiert dir nichts. Ich lass jetzt ganz langsam los, wenn du nicht schreist. Okay?«, raunte er mit heiserer Stimme.

Lisa nickte heftig, versuchte ihre aufkeimende Panik zu unterdrücken.

»Was wollen Sie?«, krächzte sie mit trockenem Mund, als er die Hand wegnahm, doch er hielt nach wie vor ihren rechten Arm fest.

»Du hast dich heute mit jemandem getroffen. Um was ging es da genau?«

»Nichts Besonderes«, log Lisa in der Hoffnung, dass der Mann sie dann in Ruhe ließ. Fieberhaft überlegte sie, warum er so ein großes Interesse daran hatte, was sie Malie Abendroth erzählt hatte. Vor allem, woher wusste dieser Typ davon?

»Erzähl keinen Scheiß, Mädchen«, mit einem Ruck drehte er sie um, drückte ihren Arm nach oben zwischen ihre Schulterblätter. Tränen des Schmerzes traten ihr in die Augen.

»Sie tun mir weh! Lassen Sie mich in Ruhe! Bitte!«, flehte sie.

Mit seiner anderen Hand fasste er unter ihr T-Shirt, presste schmerzhaft ihre rechte Brust zusammen.

Großer Gott, hoffentlich vergewaltigt er mich nicht,

schoss es Lisa Röhrig voller Panik durch den Kopf. Angstschweiß brach aus jeder Pore ihrer Haut, und ihr Herz raste.

»Wir haben nur über meinen Chef gesprochen, sie war Patientin bei uns« ihre Stimme zitterte.

»Erzähl mir nichts, was ich nicht schon weiß.«

Er übte noch mehr Druck auf ihren Arm aus, um die Schmerzen zu steigern.

»Es ging um Ungereimtheiten in der Praxis«, gab Lisa ihren Widerstand auf. »Medikamente, die er Patienten gab und die sehr teuer waren.«

Zwei Minuten später wusste der Mann alles, was sie Malie erzählt hatte, auch von der Liste erfuhr er. Dann stieß er sie von sich und drohte ihr, niemandem von ihrem Treffen, wie er es bezeichnete, zu erzählen. Er hätte sie unter Beobachtung und würde es mitbekommen, wenn sie ihr Maul nicht halten würde. Das nächste Mal würde sie nicht so leicht davonkommen. Dann war er so urplötzlich verschwunden, wie er aufgetaucht war.

Die Schockstarre ließ langsam nach, und die Arzthelferin begann zu weinen, kauerte sich auf den Boden. Als es im Gebüsch raschelte, fuhr sie voller Angst zusammen, weil sie fürchtete, der Mann käme zurück. Doch es war nur Toto, der auf sie zugehüpft kam und ihr die Hand leckte. Zitternd streichelte sie den Hund, nahm ihn auf den Schoß und drückte ihn an sich.

Malie Abendroth gab die letzten Anweisungen für das bevorstehende Zitrusfest, das ab morgen auf der Mainau stattfinden sollte. Das Fest bildete den Auftakt zu einer Ausstellung, die bis in den September hinein dauerte. »Zitrusfrüchte aller Art« lautete das Motto, und ein großes Areal auf der Insel war extra dafür umgestaltet worden. Die Gärtner hatten Enormes geleistet, Mandarinen-, Zitronen- und Orangenbäumchen zwischen mediterranen Stauden wie Lavendel, Sonnenhut und Fackellilien arrangiert. Auch Limetten, Kumquats, Grapefruits und deren große Verwandte, die Pomelo, durften nicht fehlen. Sogar zwei Bergamottebäumchen waren zu finden, deren Früchte sehr sauer, teils bitter, und daher nicht gut zum Verzehr geeignet waren. Dafür waren die ätherischen Öle der Pflanze bei Parfümherstellern und zur Aromatisierung von Earl-Grey-Tee sehr beliebt.

»Lukas, da fehlt noch eine Informationstafel«, machte Malie den Auszubildenden aufmerksam und wies auf eine Minneola, eine Kreuzung aus Grapefruit und Mandarine.

Lukas nickte und flitzte davon.

Pünktlich zum offiziellen Dienstschluss war alles perfekt. Malie packte ihr Fahrrad und radelte los. Ihr Ziel war der Yachthafen in Wallhausen, oder besser gesagt, die »Secret«, die dort, wie sie hoffte, vor Anker lag. Unbedingt wollte sie endlich mit ihrem Bruder reden, ihn mit dem Foto konfrontieren. Sie hatte Glück, die Yacht lag im Hafen. Sie stellte ihr Fahrrad ab, kettete es an ein Geländer. Auf dem Deck war niemand zu sehen, doch als sie an Bord ging, hörte sie leise Würgegeräusche, die aus dem Inneren des Schiffs kamen. Vorsichtig stieg sie die Stufen hinunter.

»Hallo?«, rief sie laut. Keine Antwort.

Die Klospülung wurde getätigt, und Patrizia erschien einen Augenblick später. Trotz ihrer Sonnenbräune wirkte sie blass und erschöpft.

»Was ist mit dir denn los? Hast du was Falsches gegessen?«, wollte Malie wissen.

Patrizia schüttelte den Kopf, wich dem Blick ihrer Nichte aus. »Nein, nein. Es geht schon wieder.«

Sie stapfte zur Kombüse, nahm Mineralwasser aus dem Kühlschrank und trank direkt aus der Flasche.

»Wo ist Jo?«, fragte Malie, als sie merkte, dass Patrizia nichts weiter sagen wollte.

»Nach Zürich zum Flughafen, um sich irgendwie um Ware zu kümmern, was weiß ich. Und von dort wollte er nach Bremen. Morgen kommt er zurück.«

Malie lehnte sich an den Türrahmen. »Und wieso bist du noch hier? Du hättest mitfliegen können. Meinst du nicht, du solltest auch allmählich mal wieder nach Hause? Zu deinem Mann?«, das letzte Wort betonte sie deutlich.

»Wollte ich ja, doch dann wurde mir so übel, und ich musste mich hinlegen.«

»Weiß Markus eigentlich, wo du bist?«

Beschämt senkte Patrizia den Blick zu Boden. »Er glaubt, ich bin mit einer Freundin in Mailand«, antwortete sie leise.

»Das ist so feige. Irgendwann wird er davon erfahren, und besser, er erfährt es von dir und nicht von sonst wem. Verdammt, wie könnt ihr nur? Du und Jo, das ist echt unmöglich«, wetterte Malie.

Abrupt stellte Patrizia die Flasche ab, stürzte an Malie vorbei zur Toilette, übergab sich erneut. Als sie zurückkam, musste sie sich hinsetzen, so wacklig war sie auf den Beinen. Malie stöhnte auf, eine düstere Vorahnung überfiel sie. »Sag jetzt nicht, du bist schwanger von meinem Bruder.«

Malie wusste, dass Markus sich immer einen Erben gewünscht hatte, doch es hatte nie geklappt. Markus Rosenfeld hatte sich untersuchen lassen, und man hatte ihm bescheinigt, dass er zu wenige Spermien produzierte und diese obendrein noch viel zu langsam waren. Das wäre oft so in seinem Alter. Eine In-vitro-Fertilisation war aber weder für ihn noch für Patrizia infrage gekommen.

Patrizia schwieg, doch ein Blick in ihr Gesicht ließ Malie wissen, dass sie voll ins Schwarze getroffen hatte.

Ernüchtert sank sie auf einen Stuhl. »Und jetzt? Weiß mein Bruder das schon?«

»Nein. Ich weiß es auch erst seit einer Woche und musste selbst damit klarkommen. Bisher gab es keine Gelegenheit, ständig taucht dieser Typ auf, dieser Neo«, sie rümpfte die Nase.

Du kannst Neo wohl auch nicht leiden, dachte Malie, wenigstens das haben wir gemeinsam.

»Und heute Morgen …«, fuhr Patrizia fort, »ach, egal, so etwas bespricht man ja auch nicht zwischen Tür und Angel.«

»Du buchst dir jetzt einen anderen Flug, und zwar zügig«, erklärte Malie bestimmt. »Himmel noch mal, und du wirst Markus reinen Wein einschenken. Jo hin oder her!«

»Und was wird dann mit dem Baby? Was, wenn Markus sich scheiden lässt und Jo es nicht will? Ich hab Angst,

Malie, dass Jo mich deswegen verlässt!« Sie begann leise zu weinen.

»Scheint ja voll die große Liebe zwischen dir und meinem Bruder zu sein«, brummte Malie zynisch. »Wenn du dir darüber Sorgen machst, Jo könnte dich verlassen, dann ist eure ganze Liaison nicht einen Pfifferling wert.«

Patrizia reagierte nicht, starrte ins Leere, schien weit weg zu sein.

Malie zuckte mit den Schultern, stand auf und überließ ihre Tante sich selbst. Mitleid hatte sie nicht. Im Gegenteil, sie war wütend auf sie und Jo. Sollten die beiden doch sehen, wie sie aus diesem Schlamassel herauskamen.

Jo schnupperte. Er hatte noch nicht mal die Eingangstür zu seinem Bremer Apartment hinter sich zugezogen, da wusste er bereits, jemand war hier gewesen. Als er durch den kleinen, schmalen Flur zum Wohnzimmer ging, war er sich durchaus bewusst, dass er den Atem anhielt, dem Duft nachspürte. Dann atmete er tief aus und wieder ein. Bildete er sich vielleicht doch nur ein, dass jemand in der Wohnung gewesen war? Auf den ersten Blick sah alles so aus, wie er es verlassen hatte. Der Flachbildfernseher hing noch an der Wand, der schwere Aschenbecher aus Muranoglas dominierte den Couchtisch, Uhr und Manschettenknöpfe lagen daneben, sämtliche Geräte, DVD-Player, CD-Player, standen unter dem Fernseher in einem Regal. Ein einziges Bild von Wert hing an seiner Wand, ein kleiner Holzschnitt von Max Beckmann, handsigniert und sicherlich ein paar Tausend Euro wert. Noch einmal wanderte sein Blick durch das Wohnzimmer. Da, er hatte es doch geahnt.

Das Foto in dem Sterlingsilberrahmen, das seine Schwestern und seine Mutter zeigte, war verschwunden. Suchend schaute er sich um. Hatte die Putzfrau es vielleicht woanders hingestellt? Was für ein Quatsch, sie hatte noch nie etwas an einem anderen Ort platziert, und überhaupt, während seiner Abwesenheit kam Frau Jensen sowieso nicht in das Apartment. Er ging zurück in den Flur, hielt immer noch den kleinen Stapel mit Briefen und Werbesendungen, die er aus dem Briefkasten genommen hatte, in der Hand. Viel Post war es nicht. Bestimmt hatte sein Nachbar erst gestern den Kasten geleert. Terence, der direkt über ihm hauste, hatte auch einen Ersatzschlüssel für das Fach bei der Post und entleerte es regelmäßig, vermutlich befand sich weitaus mehr Briefpost in dessen Wohnung. Jo kannte Terence seit Jahren. Der Neuseeländer und er hatten schon so manches Bier zusammen getrunken.

Im Flur stand das Bild auch nicht. Vielleicht hatte er es in die Küche gestellt. Litt er schon unter Gedächtnisschwund? Die Küche war aufgeräumt, sauber bis in den letzten Winkel. Auch hier nichts. In sein Schlafzimmer hatte er das Familienfoto bestimmt nicht gestellt. Da brauchte er erst gar nicht nachzuschauen. Er setzte sich auf einen Küchenstuhl und warf die Post auf den Tisch. Flink schaute er alles durch. Ärgerlich. Dieses Fitnessstudio schickte ihm immer noch Mahnungen, dabei hatte er die Mitgliedschaft vor mindestens 14 Monaten gekündigt. Ansonsten Post von einem ehemaligen Klassenkameraden, mit dem er noch lose Kontakt hielt. Es war ein edler Umschlag. Jo öffnete ihn erst gar nicht. Er wusste, was darin war, die Einladung zu Christians Hochzeit. Da würde er bestimmt nicht hingehen. Christians Zukünftige war eine solche Spießerin, und Jo konnte sich vorstellen, wie die Feier dann gestaltet werden würde. Zum Gähnen langweilig.

Ansonsten nur Werbung, Bettelbriefe mit dem Aufruf, Blut zu spenden oder Kindern in Not zu helfen, oder Flyer mit der Ankündigung von Altkleidersammlungen.

Jo stand auf, wanderte zurück ins Wohnzimmer und goss sich einen großzügigen Cognac ein. Das verschwundene Foto gab ihm immer noch Rätsel auf. Achselzuckend nahm er sein Glas mit ins Schlafzimmer, ließ die Schwebetür des Kleiderschranks zur Seite gleiten, stellte den Cognac auf einen der Zwischenböden. Noch immer wurde er das Gefühl nicht los, dass jemand in der Wohnung gewesen war. Und dieser Jemand musste das Bild mitgenommen haben. Warum auch immer. Jo konnte sich keinen Reim darauf machen, wer Interesse an diesem Foto hatte. Er zog Hose und Hemd aus, warf es achtlos auf den Boden. Vom Stapel mit den Poloshirts, die farblich sortiert im Kleiderschrank lagen, griff er sich das oberste und legte es aufs Bett. Plötzlich sträubten sich seine Nackenhaare, als er die Delle registrierte, die ein Fremder auf dem Bett hinterlassen hatte. Als er zum letzten Mal hier gewesen war, war Frau Jensen zugegen gewesen und hatte das Bett frisch bezogen, er selbst war kurz darauf nach Zürich gefahren. Patrizia konnte es nicht gewesen sein, sie besaß keinen Schlüssel zum Apartment, nur zur Wohnung in Zürich.

Mit zusammengekniffen Augen schaute sich Jo suchend in seinem Schlafzimmer um, drehte sich einmal langsam um die eigene Achse, scannte förmlich jeden Quadratzentimeter. Außer der Delle auf der Bettdecke fand er nichts. Er zog die Nachttischschublade auf, sah hinein. Darin befand sich nichts Wertvolles, und was er darin verstaut hatte, war auch noch da. Wahrscheinlich doch ein Hirngespinst, doch dann fiel ihm auf, dass das Foto von sich und dem Hund um eine Nuance verschoben war. Es stand auf dem Nachttisch neben der Lampe. Irgendjemand hatte es hochgehoben und dann versucht, es wieder an genau denselben Platz zu stellen. Es handelte sich vielleicht um einen halben Zentimeter, aber der Rahmen stand nicht mehr an seiner ursprünglichen Stelle. Ein halber Zentimeter Unterschied in der kaum wahrnehmbaren Staubschicht bewies, er konnte seiner Intuition vertrauen.

Jo schlüpfte in eine frische Hose und zog das Poloshirt über den Kopf, fuhr sich mit beiden Händen durch die Haare, rieb sich mit den Handballen die Augen. Währenddessen kreisten seine Gedanken nur um ein Thema. Wer, und vor allem warum, war in sein Apartment eingedrungen? Ganz bestimmt nicht seine Mutter, sie war neben der Putzfrau die einzige Person, die einen Schlüssel hatte. Jo hatte Pranee inständig darum gebeten, nicht einfach unangemeldet bei ihm reinzuschneien. Andererseits, wenn er nicht da war, schaute sie ab und zu nach dem Rechten, aber nur, wenn er ihr das auftrug. Nun war er vollkommen konfus. Wusste seine Mutter überhaupt, dass er die letzte Zeit nicht in Bremen gewesen war? Nein, er hatte schon länger nicht mehr mit ihr gesprochen. Warum hätte sie das Foto mitnehmen sollen? Sie besaß doch selbst einen Abzug davon. Das Einfachste war, Pranee anzurufen und nachzufragen. Dann könnte er hoffentlich mit dem Grübeln wieder aufhören.

Keine Minute später hatte Jo seine Mutter am Ohr. »Mum, hör mal, ich bin wieder in Bremen, war längere Zeit weg. Ja, vorwiegend in Zürich und am Bodensee. Ja, alles in Ordnung bei mir. Warum ich anrufe, sag mal, warst du bei mir in der Wohnung?« Jo nahm das Glas Cognac aus dem Schrank, kippte den Rest hinunter.

Seine Mutter druckste kurz herum, bestätigte dann aber, sie habe tatsächlich mal kurz vorbeigeschaut. Pranee entschuldigte sich, sie habe nur wissen wollen, ob alles okay wäre.

»Ja, kein Problem, ist ja in Ordnung«, erwiderte er, obwohl er sich ärgerte. »Aber hör mal, hast du vielleicht das Foto von dir und den Zwillingen mitgenommen? Es ist verschwunden.«

Die Antwort seiner Mutter traf ihn wie ein Schlag in die Magengrube. Sie hatte das Bild natürlich nicht eingesteckt, hatte sich selbst gewundert, wo es abgeblieben war. Jo war ratlos. Bevor seine Mutter noch weiter nachfragen konnte, was denn los sei, entschuldigte er sich, er müsse noch einiges erledigen, und brach das Gespräch ab. Nach einer Stunde, in der er noch zwei weitere Gläser des teuren Cognacs geleert hatte, war er noch immer nicht weitergekommen.

Vielleicht sollte ich mir das Türschloss ansehen, ob mit dem was nicht in Ordnung ist, dachte er leicht benebelt.

Doch soweit Jo es einschätzen konnte, gab es keinerlei Einbruchspuren. Keine Kratzer, nichts. Im Wohnzimmer gönnte er sich einen weiteren Cognac, und allmählich beruhigten sich seine Nerven. Jo war bewusst, dass er in der letzten Zeit zu viel trank, doch jetzt brauchte er wirklich noch einen Schluck. Es musste einen vernünftigen Grund geben, wo das Foto abgeblieben war. Vielleicht war es Frau Jensen versehentlich heruntergefallen, und sie hatte es mitgenommen, um es wieder neu verglasen zu lassen. Ja, das wäre eine Möglichkeit. Hatte Frau Jensen Angst, es ihm zu beichten? Eigentlich sollte sie ihn besser kennen. Egal. Jedenfalls war das eine vernünftige Erklärung. Und die Delle auf dem Bettzeug hatte seine Mutter verursacht, das hatte sie ja immerhin bestätigt. Nein, hatte sie nicht. Er hatte nicht danach gefragt, und warum sollte sich Pranee auf sein Bett setzen? Wieder wählte er Pranees Nummer, und wenige Sekunden später hatte er die Bestätigung. Ihr wäre nicht gut gewesen, und sie hätte sich einen Augenblick setzen müssen.

Eine Welle der Erleichterung durchströmte ihn. Tief in seinem Inneren hatte sich ein bohrender Zweifel eingenistet, ihm Angst bereitet. Hirngespinste. Plötzlich überfiel ihn ein unbändiger Drang, in irgendeiner Bar so richtig einen draufzumachen. Terence war dazu genau der richtige Typ. Leicht schwankend zog Jo sich ein paar Schuhe an, verließ die Wohnung und ging die Treppe nach oben. Vor Terence' Wohnungstür bohrte er den Finger in den Klingelknopf, läutete Sturm. Der Alkohol ließ ihn sich übermütig fühlen wie ein kleiner Junge, spähte von außen durch den Spion, obwohl das vollkommen sinnlos war. Nach einer gefühlten Ewigkeit öffnete der Neuseeländer grinsend die Tür, nur ein Handtuch um die Hüfte geschlungen.

»Hey, Mann, du kommst leider zu einem ungünstigen Zeitpunkt. Besuch«, Terence nickte vielsagend in Richtung Schlafzimmer. »Bist du nur kurz hier oder bleibst du länger? Sonst brauch ich mich ja nicht weiter um deine Post zu kümmern. Aber warte kurz, ich geb sie dir.«

Terence drehte sich um, ging zu einem Regalbrett an der gegenüberliegenden Wand, auf dem ein brauner Umschlag neben einem Stapel Briefpost lag, während er weiter erzählte.

»So ein Typ hat bei mir geklingelt und das bei mir abgegeben. Wäre für dich. Dann hat er noch was Komisches gesagt: Wenn du nicht allmählich deine Rechnungen zahlen würdest, wäre es vorbei mit den Freihauslieferungen. Ich hab nicht kapiert, was er meinte, aber das geht mich auch nichts an. Du wirst schon Bescheid wissen, ich hab gesagt, ich richte dir seine Grüße aus.«

»Was war das für ein Typ? Wo kam der her?«, wollte Jo wissen, in seinem Bauch machte sich ein ungutes Gefühl breit, und er war mit einem Schlag nüchtern.

Terence schürzte die Lippen. »Keinen Schimmer, wo der herkam. Chinese, Vietnamese, ein Asiate eben. Kann ich nicht unterscheiden.«

Jos Beine drohten unter ihm nachzugeben, und er musste sich für einen Augenblick am Türrahmen stützen, als er den Umschlag von Terence entgegennahm. Lediglich Jos Name und Nachname standen darauf. Sonst nichts. Auch kein Absender oder Stempel irgendeiner Firma.

»So, jetzt muss ich aber zurück an die Arbeit. Mach's gut.« Terence klopfte Jo auf die Schulter und zwinkerte ihm zu. Im nächsten Moment hatte er die Tür hinter sich zugedrückt.

Mit zitternden Fingern öffnete Jo den gepolsterten Umschlag noch an Ort und Stelle. Eine Millisekunde später schoss der Cognac seine Speiseröhre hoch, brannte in seiner Kehle, und beinahe hätte er sich auf Terence' Welcome-Fußmatte mit den beiden schon etwas abgetretenen, freundlichen Igeln übergeben. Im Umschlag steckte das vermisste Familienfoto, fein säuberlich zu einem Puzzle aus sieben Teilen zerschnitten. Und eine lange, schwarze Vogelfeder.

»Wim, irgendwas musst du doch gefunden haben. Wir beide wissen ganz genau, dass Rufus Dreck am Stecken hat. Ich kenne ihn lange genug. Er glaubt, er sei ein ganz gerissener Hund. Aber in Wirklichkeit ist der strohdumm. Es muss doch *irgendetwas* geben, was wir ihm anhängen können! Noch besser etwas, was ihm zusammen mit diesem Drecksack Losens das Genick bricht.« Lioba Hanfstängls Stimme brach vor Verzweiflung. Gut, sie liebte den theatralischen Moment, aber in diesem Augenblick war sie wirklich der Verzweiflung nahe.

Den getreuen Wim hatte sie in die Zoohandlung von Rufus Trenkwitz geschickt, wo er sich einmal »umschauen« sollte. Was Lioba zu entdecken gehofft hatte, wollte Wim wissen. Das wusste sie selbst nicht so genau. Es war in der Tat nicht vorstellbar, dass in einem von Rufus' Terrarien eine der seltenen Würfelnattern herumlag oder Trenkwitz belastende Papiere für alle zugänglich auf der Theke ablegte. Doch Wim Röhrigs Rechercheeinsatz war in nur knapp drei Minuten beendet gewesen. Rufus hatte ihn sofort erkannt und ihn, der wie Lioba Hausverbot hatte, am Kragen gepackt und vor die Tür gesetzt. Nicht ohne ihm zu drohen, ihn beim nächsten Mal wegen Hausfriedensbruchs anzuzeigen. Zu guter Letzt hatte Trenkwitz ihm noch viele Grüße an Hanfstängl aufgetragen.

Lioba seufzte. Das hätte ihr klar sein müssen. Wahrscheinlich hatte Trenkwitz eine Art Fahndungsplakat in der Schublade liegen. Praktisch jeder, der mit Lioba oder den anderen Umweltaktivisten zu tun hatte, wurde von ihm erkannt und des Hauses verwiesen.

»Und wenn du deinen Cousin schickst? Der kann doch mal vorsichtig nachhaken, ob Rufus nicht irgendwas »Ausgefallenes« besorgen kann. Der Junge ist doch fix im Kopf. Junge Leute stehen heutzutage auf Exoten, liegen doch voll im Trend. Und Rufus kennt Richie nicht …«, überlegte sie laut.

»Lass Richie aus dem Spiel. Mir tut jetzt noch der Hals weh, so hat der Idiot an meinem Kragen herumgezerrt. Ich sage dir Lioba, mit Trenkwitz ist nicht zu spaßen. Ich weiß nicht, ob der Wutausbruch nicht vielleicht sogar ein Zeichen dafür ist, dass er eben *keinen* Dreck am Stecken hat. Wahrscheinlich ist er so von uns genervt, dass ihm der Kragen geplatzt ist, eben weil er nichts verbrochen hat. Womöglich beschuldigst du ihn ja zu Unrecht. Ach, ich weiß ja auch nicht.« Wim stieß resigniert die Luft aus.

»Qui s'excuse, s'accuse.«

»Häh?«

»Wer sich entschuldigt, klagt sich an, sagen die Franzosen. Oder, wenn es dir lieber ist: Getroffene Hunde bellen. Trenkwitz und Losens stecken irgendwie unter einer Decke. Das ist so klar wie Klärchen. Ich brauche nur noch einen handfesten Beweis.«

Das Gespräch hatte vor drei Stunden stattgefunden. Kurz danach hatte Lioba einen Entschluss gefasst und lag nun auf der Lauer. Ihren altersschwachen dunkelblauen Polo hatte sie schräg gegenüber der Zoohandlung geparkt, etwas versteckt hinter einem großen LKW, um nicht gleich entdeckt zu werden. Eine Flasche Wasser und eine aufgerissene Packung Nusskekse lagen auf dem Beifahrersitz. Daneben ihre kleine Kamera und ein klappbares Fernglas. Lioba schwitzte fürchterlich, nach den Gewittern der letzten Tage herrschte eine feuchtwarme Hitze, die schwer zu ertragen war.

In einer halben Stunde würde Rufus sein Geschäft schließen. Zurzeit hielten sich offenbar noch zwei Kunden im Laden auf, wie sie durch das Fernglas beobachten konnte. Durch das Schaufenster konnte sie die beiden an der Kasse stehen sehen. Vor ein paar Minuten war ein Vater mit seinem Sohn herausgekommen, in der Hand des Jungen ein durchsichtiger Kunststoffbeutel, in dem Fische schwammen. Lioba studierte aus der Entfernung die Schaufenster. Hundebetten und Halsbänder. Da ging Trenkwitz ganz mit der Zeit. Die Halsbänder waren breit und luxuriös, mit glitzernden Steinen besetzt oder mit breiten, edel glänzenden Namenschildern, die vor Ort graviert werden konnten. Ein wahrscheinlich leeres Terrarium war mit Steinen, Ästen und Moosen ausgestattet. Dagegen war nichts einzuwenden, solange keine seltenen oder geschützten Echsen hier Einzug hielten. Wenig ansprechend hatte Trenkwitz in der Ecke hinter dem letzten Fenster Säcke mit Katzenstreu und Heu für Kaninchen und Meerschweinchen postiert.

Hätte Lioba hier das Sagen gehabt, hätte das Schaufenster bunter, vielfältiger, ordentlicher gewirkt. Eben etwas für das Auge, etwas, was den Passanten einlud, einzutreten. Da halfen auch die edlen Hundegeschirre nichts, sie wirkten fast fehl am Platz.

Als Lioba nach Konstanz gezogen war, hatte ein erster Weg sie in Rufus' Zoohandlung geführt. Fred, ihr 17-jähriger Kater, Gott hab ihn selig, hatte von hier sein Futter bezogen. Lioba überlegte. Wann hatten sie und Trenkwitz sich eigentlich zu regelrechten Feinden entwickelt? Denn Feinde, das waren sie. Ihre gesamte Weltanschauung hätte unterschiedlicher nicht mehr sein können.

Rufus hatte großes Interesse an Fred gezeigt, der wirklich ein echter Prachtbursche gewesen war. Eher eine Wild- als eine Hauskatze, Augen, so grün und klar wie der Vilsalpsee im Tannheimer Tal, wo sie so gerne hinfuhr. Lioba war ganz vernarrt in Fred gewesen. Es hatte ihr sehr geschmeichelt, dass sich Trenkwitz so für ihren Kater interessiert hatte. Doch alles war nur Kalkül gewesen, wie sie später erkannt hatte. Bis zu diesem Zeitpunkt hatte sie bereits ordentlich Geld für Fred bei Rufus gelassen. Hier ein neuer Napf, Spezialfutter wegen seiner Arthrose, Extratröpfchen für die Nieren, rein homöopathisch, ein Katzenklo mit sehr flacher Wanne, in das der arthrotische Kater Fred besser hineinklettern konnte. Sogar ein Halsband hatte sie sich aufschwatzen lassen. Sie, die genau wusste, wie sehr Fred seine Freiheit liebte und Halsbänder hasste.

Vielleicht war sie ja sogar ein ganz klein wenig in Rufus verliebt gewesen. Aber nur ein ganz kleines bisschen und nur sehr kurz. Nein, das stimmte nicht, er hatte ihr mehr als nur gefallen, und Lioba hatte nicht die große Auswahl an männlicher Gesellschaft. Eines Tages hatte sie sich ein Herz gefasst und Rufus auf ein Glas Wein eingeladen, hatte sogar eine Lasagne dazu in den Ofen geschoben. Natürlich hatte Rufus ein wenig sparsam geguckt, als er feststellte, dass es sich um eine rein vegetarische Variation des italienischen Gerichts handelte. Aber er hatte zweimal kräftig zugelangt, sie waren sich nähergekommen, unterhielten sich prima. Doch beim dritten Glas des kräftigen Rotweins hatte sich Rufus entpuppt.

Irgendwie waren sie über Fred, den größten aller Mäusejäger – dies duldete Lioba – auf das Thema Jagd im Allgemeinen gekommen. Lioba musste zwar zugeben, dass eine gewisse Zahl an Wild geschossen werden musste, aber Großwildjagd, Safaris, Morden zum Spaß, nein, das würde sie ablehnen. Rufus sah dies leider ganz anders. Er verstehe dieses ganze Geschiss nicht, das um die Jagd gemacht wurde. Warum sollten Leute nicht auf Safari gehen? Es würde der Wirtschaft in den armen Ländern doch nur helfen, wenn die Jäger Tausende von Dollars für eine Trophäe ausgeben würden. Dafür würden die Tiere doch auch gezüchtet. Oder das Geschrei, wenn eine Kröte, die in den 60er-Jahren entdeckt worden war, nun nur ein paar Jahrzehnte später schon nicht mehr existierte. Na und? Arten kommen, Arten gehen. Survival of the fittest – oder vielmehr Sörfeifel of se fittest, so wie Rufus die Worte aussprach. Oder wollte Lioba einen Saurierhaufen in ihrem Vorgarten wegräumen wollen? Er lachte, als er Liobas entsetztes Gesicht sah. Und dann hatte er ihr die Hand getätschelt, dieses widerliche Aas. Lioba versuchte, ihn zu missionieren, ihm zu erklären, seine Einstellung würde dazu beitragen, dass in einigen Jahren oder Jahrzehnten Tausende von Tier- und Pflanzenarten nicht mehr die Erde bereichern würden. Sie begannen regelrecht zu streiten, irgendwann wurde er beleidigend. »Geh mir weg, du Vollkorntrampel.«

Das brachte das Fass zum Überlaufen. *Niemand* bezeichnete Lioba Hanfstängl als Vollkorntrampel. Damit war das Ende der zart aufkeimenden Freundschaft zwischen ihr und Rufus Trenkwitz besiegelt gewesen.

Lioba räkelte sich in ihrem durchgesessen Autositz. Ein Fuß war eingeschlafen, und sie bewegte ihn kreisend, um die Blutzirkulation anzuregen. Der nächste Keks wanderte von der Tüte in ihren Mund, kleine Krümel fielen in ihren Schoß, als sie abbiss. Mist, sie hatte keinen Zahnstocher im Auto – wer hatte das schon? –, ein Stückchen Nuss hatte sich zwischen ihren Zähnen festgesetzt, und ihre Zunge versuchte vergeblich, es freizupressen. Mit dem Fingernagel ihres rechten Zeigefingers schaffte sie es schließlich.

Sie sah auf die Uhr. Pünktlich, wie Rufus Trenkwitz war, würde er seinen Laden in fünf Minuten schließen. Bis jetzt hatte Lioba nichts Verdächtiges bemerkt. Wim hatte recht. Plötzlich wusste sie selbst nicht genau, worauf sie überhaupt in diesem fahrbaren Brutofen wartete. Es war kaum anzunehmen, dass ein Lastwagen mit der Aufschrift »Bedrohte Tierarten – Expressversand« hier anhalten würde, um Trenkwitz zu beliefern. Doch eines wusste sie genau: Losens steckte in dem schmutzigen Geschäft des Tierschmuggels mit drin. Ebenso naheliegend war, Trenkwitz, dieses skrupellose Schwein, wäre ein idealer Partner für solche Geschichten. Sie brauchte einfach nur Geduld.

Da, Trenkwitz tauchte an der Eingangstür auf, ließ die letzten beiden Kunden mit einem Riesensack Hundefutter hinaus und schloss hinter ihnen ab. Die Lichter der Zoohandlung erloschen. Das war's. Gleich würde Trenkwitz durch den Nebeneingang herauskommen und nach Hause fahren, vermutete Lioba.

Schon jetzt, bei ihrem ersten Einsatz wurde ihr klar, dass diesem kein zweiter folgen würde. Hier vor der Zoohandlung spielte sich nichts ab. Es war eine total bescheuerte Idee von ihr gewesen. Jetzt tat ihr auch noch das Kreuz weh, und der Fuß war schon wieder eingeschlafen. Eben wollte sie ihren Wagen starten, als plötzlich das Licht in der Zoohandlung wieder aufleuchtete, allerdings nur in einem Teil des Gebäudes. Sie konnte Trenkwitz schemenhaft hinter der Glastür erkennen. Tatsächlich, er schloss wieder auf. Hatte vielleicht ein Kunde angerufen, den er ausnahmsweise noch schnell bedienen wollte? Lioba reckte ihren dicken Hals. Okay, sie würde noch kurz abwarten, dann war aber Schluss mit ihrer Observierung, die zu nichts führen würde.

Von links näherte sich flotten Schrittes ein Mann, an seiner rechten Hand hielt er ein Mädchen, das nebenher hüpfte. Lioba kniff die Augen hinter ihrer Brille zusammen. Hektisch griff sie nach ihrer Kamera. Schau mal einer an. Max Losens mit Tochter. In der anderen

Hand hielt Losens eine Jutetasche, die nichts Schweres beinhaltete, wie sie erkennen konnte. Vater und Tochter steuerten auf die Eingangstür der Zoohandlung zu, wo Trenkwitz Losens mit Handschlag begrüßte. Keine fünf Minuten später verließ Losens mit seiner Tochter den Laden wieder, gefolgt von Trenkwitz. Losens trug nun lediglich ein Paket Stallstreu unter dem Arm, die Jutetasche war verschwunden. Während das Kind ungeduldig an der Hand seines Vaters zog, redeten die beiden Männer miteinander. Lioba musste ihre Deckung ein wenig aufgeben, wenn sie mehr sehen wollte, lehnte sich aus dem geöffneten Seitenfenster ihres Autos, die Kamera in der rechten Hand.

Genau in diesem Moment, als sie den Auslöser drückte, glotzte Losens zu ihr herüber. Sie zog den Kopf ein, versank hinter dem Steuer. Scheiße, hatte er sie erkannt? Wenn ja, musste sie jetzt irgendwas tun, um die Tatsache, dass sie hier war, ganz zufällig erscheinen zu lassen. Sie beschloss, ganz normal auszusteigen, so zu tun, als hätte sie die Männer nicht gesehen. Im Fußraum der Beifahrerseite stand ein Einkaufskorb, den sie sich griff und sich dann damit schwerfällig aus dem Wagen schälte. Verstohlen warf sie einen Blick über die Schulter. Verdammt. Losens hatte sie tatsächlich gesehen, denn er und Trenkwitz starrten in ihre Richtung. Lioba hob schwach die Hand mit dem Korb zum Gruß, versuchte, sich so lässig wie möglich zu verhalten. Die Männer wechselten ein paar Worte, Max winkte ihr kurz zu, verabschiedete sich von Rufus und machte sich mit seiner Tochter auf den Rückweg. Trenkwitz verschwand im Laden und schloss ab.

Hatte sie sich verdächtig gemacht? Nein. Dass sie mit ihrem Wagen hier stand, hatte doch letztendlich nichts zu bedeuten. In der Nähe war ein Supermarkt, der lange geöffnet hatte. Die beiden Männer nahmen sicher an, dass Lioba ein paar Einkäufe tätigen wollte. Oder? Sie glaubte nicht, dass Losens oder Trenkwitz die Kamera gesehen hatten. Und wenn doch? Sie mussten sich doch bestimmt fragen, warum sie nicht auf dem Parkplatz des Supermarktes stand, der doch um diese Uhrzeit fast frei war. Da war sie ja in einen schönen Schlamassel geraten. Nein, Detektivarbeit war eindeutig doch nichts für sie, stellte sie fest. Ihr Herz schlug bis zum Hals, ihre Hände waren schweißnass, als sie wieder einstieg und das Lenkrad umklammerte.

In der Nacht fand sie kaum Schlaf, immer wieder schalt sie sich eine Idiotin. Natürlich war ihr sofort aufgefallen, dass die Jutetasche nicht mehr in Losens' Hand gewesen war. Hatte er darin vielleicht unauffällig die Blankoformulare transportiert und abgegeben? Sie hatte keinen Beweis. Auch das Foto nützte ihr nichts. Vielleicht hatte er sie zusammengefaltet und in seine Jackentasche gesteckt, diese leere, unschuldige Jutetasche. Nein, es war etwas drin gewesen, da war sie sicher. Lioba konnte von Glück sagen, dass Losens und Trenkwitz offensichtlich keinen Verdacht geschöpft hatten. Sonst hätte ihr Chef doch nicht noch zu ihr herübergewinkt. Oder? Sie musste Losens weiter auf die Finger schauen, irgendwann würde er einen Fehler machen. Und vielleicht sollte sie sich doch noch einmal mit Wim beraten, wen man in die Zoohandlung schicken könnte, um Trenkwitz zu einem illegalen Geschäft zu bewegen. Denn irgendwoher musste er doch seine Kunden bekommen. Na ja, das Internet gab es ja auch noch, viel wahrscheinlicher war, dass Rufus seine potenziellen Käufer dort fand.

Der Auftakt des Zitrusfestes war eine gelungene Veranstaltung gewesen, und als Malie endlich zu Hause ankam, war es stockfinster. Als sie ihr Fahrrad in die Garage schob, löste sich eine Gestalt aus der Dunkelheit, und Malie fuhr zusammen, ihr Körper spannte sich, bereit zur Verteidigung.

»Hallo, Frau Abendroth, ich bin's, Lisa. Tut mir leid, ich wollte sie nicht erschrecken.«

Verblüfft starrte Malie die junge Frau an. »Woher wissen Sie denn, wo ich wohne? Sie können ja kaum die Adressen aller Patienten im Kopf haben.«

»Nein, nein, ich hab im Telefonbuch nachgesehen, dort steht ja Ihre Adresse.«

»So, was kann ich für Sie tun? Wollen Sie mit reinkommen?«

Lisa Röhrig schaute sich nach allen Seiten um. »Es dauert nicht lange«, sagte sie hastig, »ein Mann hat mich bedroht. Wollte wissen, worüber wir gesprochen haben. Ich hatte solche Angst und hab ihm alles erzählt. Auch von der Liste, und er hat gesagt, dass ich Ihnen nichts davon erzählen soll, sonst passiert mir was. Aber ich muss Sie doch informieren! Bestimmt taucht er bei Ihnen auf, nun sind Sie wenigstens vorgewarnt.«

In Malies Kopf überschlugen sich die Gedanken.

»Wie sah er aus?«

»Ich konnte sein Gesicht nicht sehen, es war dunkel. Groß war er, bestimmt an die zwei Meter, schätze ich.«

Wahrscheinlich hatte die Angst den Mann größer erscheinen lassen, als er tatsächlich war, dachte Malie.

»Zuerst wollte ich wirklich lieber die Klappe halten, aber dann dachte ich, der Typ kann mich ja nicht die ganze Zeit überwachen, und deshalb bin ich jetzt hier.«

Malie fasste Lisa an der Schulter. »Das war sehr mutig von Ihnen. Danke. Bitte passen Sie auf sich auf. Soll ich Sie nach Hause bringen?«

»Nein, ich bin mit dem Auto gefahren. Was, glauben Sie, hat er vor?«

»Darüber muss ich erst nachdenken«, gab Malie zur Antwort.

Als Lisa Röhrig sich auf den Heimweg machte und Malie die Haustür aufschloss, hörte sie schon den Anrufbeantworter piepen. Mehrere Nachrichten waren hinterlassen worden.

»Hallo, Püppchen, Elin hat mich angerufen. Hatte ich also doch den richtigen Riecher, und Kemal hat sich nicht von der Brücke gestürzt. Melde dich bitte, wenn du heimkommst. Tschüss.«

Die nächste Nachricht nach Falk Andresens Anruf war von Patrizia.

»Hier ist Patrizia, bitte sag niemandem was, ich möchte erst mit Jo sprechen.«

Der dritte Anruf kam von Lioba Hanfstängl.

»Hier ist Lioba Hanfstängl vom UAB. Wir sollten uns noch mal unterhalten, es ist wichtig. Melden Sie sich bitte bei mir. Danke.«

Und zum Schluss noch ihre Mutter.

»Malie, Liebes, du hast doch einen guten Draht zu deinem Bruder. Ich weiß nicht, was mit ihm los ist und …, nein, das besprechen wir lieber persönlich am Telefon. Pass auf dich auf und komm mal wieder nach Bremen, du warst ewig nicht mehr hier.«

Sie beschloss, erst mal Frau Hanfstängl zu kontaktieren, allerdings war es schon ganz schön spät. Vielleicht doch lieber erst morgen? Nein. In Liobas Stimme hatte eine Dringlichkeit gelegen, die Malie nun zum Hörer greifen ließ.

»Jaaa, Hanfstängl?« meldete sich Lioba müde.

»Entschuldigen Sie, dass ich so spät noch anrufe, hier ist Abendroth, aber Ihre Nachricht klang so dringend«, entschuldigte sich Malie.

»Ach, Sie sind es, danke für Ihren Rückruf. Keine Sorge wegen der Uhrzeit, ich bin noch nicht im Bett. Ich habe heute beobachtet, wie Trenkwitz Blankoformulare bekommen hat.«

»Ich versteh nicht ganz …«

»Na ja, ich *vermute*, er hat diese Formulare bekommen«, berichtigte sich Lioba.

»Was denn für Formulare? Ich kapier überhaupt nix«, Malie wurde etwas ungeduldig. Sie hatte einen anstrengenden Tag hinter sich, und ihre Augenlider fühlten sich bleischwer an.

»Unterschriebene und gesiegelte Blankoformulare, um artgeschützte Tiere zu importieren beziehungsweise unter die Leute zu bringen. Herkunftsnachweise sind das. Müssen die Zoohändler vorweisen, um sicherzugehen, dass die jeweiligen Tiere aus legalen Nachzuchten stammen«, erklärte ihr Lioba.

»Sie sagten, Sie vermuten. Also wissen Sie das nicht sicher.«

»Ja, aber ich habe Folgendes beobachtet«, begann die Tierschützerin und erzählte in aller Ausführlichkeit vom Fund des zerrissenen Formulars und dem Treffen von Trenkwitz mit Losens.

Aufmerksam hörte Malie zu, war geneigt, den Mutmaßungen Liobas Glauben zu schenken. Mehr noch, sie spürte, dass an Hanfstängls Geschichte etwas dran war. Als Lioba am Ende ihrer Story angelangt war, berichtete Malie von den seltsamen Vorgängen in der Praxis Huang Cais.

»Wirklich? Der wurde doch vor ein paar Tagen tot aufgefunden! Und wissen Sie was, der kaufte bei Trenkwitz immer Fischfutter. Das ist ja der Hammer, es passt alles zusammen!«, entfuhr es Lioba.

»Woher wissen Sie denn, dass Huang das Futter für seine Goldfische dort kaufte?«, Malie war verblüfft.

»Ach, es gab mal eine Zeit, da haben Trenkwitz und ich uns ganz gut verstanden, und er hat sich öfters über den Chinamann lustig gemacht, weil der immer was anderes zum Fressen für seine Goldfische wollte. Bot Rufus ihm schwarze Mückenlarven an, wollte er weiße oder rote, oder umgekehrt. Jetzt ist es an mir zu fragen: Von wem haben Sie denn diese Informationen bekommen? Etwa von Wims Schwester?«

»Wessen Schwester?«, fragte Malie irritiert, klemmte den Hörer zwischen Ohr und Schulter ein, um den letzten Brei für Paul in dessen Napf zu füllen.

»Lisa. Lisa Röhrig ist die Schwester einer meiner Mitstreiter. Wim Röhrig, ein netter Kerl und ein Computergenie. Die Welt ist klein, Frau Abendroth. Wenn ich jetzt noch herausfinde, wie Trenkwitz an die Tiere kommt, dann kann ich diese Verbrecher endlich anzeigen.«

»Trotz allem haben Sie keinerlei Beweise, die Sie vorlegen können«, stoppte Malie Liobas Euphorie. Sie schob die Tür zum Wintergarten auf und stellte den vollen Napf auf den Boden.

»Ich habe zumindest das zusammengepuzzelte Blankoformular«, entgegnete Lioba schwach, wohl wissend, dass das kein Argument war.

»Aber das trägt weder Stempel noch Unterschrift, wie Sie sagen. Im Moment also ist alles, was Sie erzählen, reine Spekulation. Wissen Sie was? Ich muss morgen sowieso zu Trenkwitz, vielleicht kann ich ihm ja irgendwas entlocken«, schlug Malie vor. »Er mag mich ganz gern, und wir kennen uns ja auch schon eine Weile.«

Sie hatte kaum aufgelegt, als ihr Telefon klingelte. Eigentlich war sie todmüde, aber sie kannte die Nummer, die im Display angezeigt wurde.

»Hallo, Mum«, sie gähnte herzhaft.

»Hast du deinen Anrufbeantworter nicht abgehört?«

»Doch, doch, hatte bisher nur keine Zeit, dich anzurufen, tut mir leid.«

»Kannst du dir vorstellen, dass dein Bruder ein Verhältnis mit Patrizia hat?«, platzte ihre Mutter heraus.

Woher wusste Pranee von der Affäre? Malie war unsicher, wie sie reagieren sollte.

»Wie kommst du darauf?«, fragte sie dann und ging in den Wintergarten, um sich dorthin zu setzen.

»Weil, weil …, ja weil ich in seiner Wohnung war und ein Foto gefunden habe«, seufzte Pranee.

»Was für'n Foto?« Malie rieb sich die müden Augen und zog ihre Beine unter sich.

»Patrizia in Corsage und Strümpfen, sonst nichts am Leib, auf Jos Bett. Ich bin völlig fassungslos!«

Malie sah das schöne Gesicht ihrer Mutter vor sich, das Entsetzen darin und die Frage, wie sie damit umgehen sollte.

»Wieso sagst du nichts, Malie? Wusstest du etwa davon?«, die Stimme ihrer Mutter wurde brüchig.

Malie überlegte, ob sie leugnen sollte, entschied sich aber dagegen. Wozu? Sie brach ja nicht ihr Wort gegenüber Jo, er hatte sie nur um Stillschweigen gebeten. Jetzt, nachdem ihre Mutter schon Bescheid wusste, gab es keinen Grund, sie anzulügen. Einen Teufel würde sie tun.

»Ja, aber bevor du dich aufregst, ich weiß es auch erst seit Kurzem. Und ich bin deiner Meinung: Wie kann er nur mit seiner Tante ein Verhältnis anfangen«, fügte sie empört hinzu.

»Ich weiß gar nicht, wie ich das Markus beibringen soll.«

Ihre Mutter klang abgespannt und verzweifelt, wahrscheinlich hatte sie seit dieser Entdeckung kein Auge mehr zugetan.

»Am besten, du sagst ihm gar nichts. Das ist einzig und allein Aufgabe von Patrizia und Jo«, antwortete Malie bestimmt. »Patrizia hat mir versprochen, dass sie reinen Tisch macht.«

Von der Schwangerschaft erzählte sie besser nichts, das würde ihre Mutter an den Rand eines Nervenzusammenbruchs bringen.

»So, hat sie das. Und du glaubst ihr? Das mit deinem Bruder geht ja wahrscheinlich schon länger, so oft, wie sie angeblich mit irgendwelchen Freundinnen Kurzurlaube macht«, entgegnete Pranee schneidend. »Ich glaub ihr kein Wort. Und ich kann es Markus nicht verschweigen, das wäre kompletter Verrat, nach all dem, was er für mich und euch Kinder getan hat. Und immer noch tut.«

»Rede erst mal mit Jo, okay? Er ist in Bremen und wird sicher bei dir vorbeikommen. Mum, ich bin todmüde, ich muss wirklich ins Bett. Und das solltest du auch. Es wird sich alles wieder einrenken.«

Was redete sie da für einen Blödsinn? Nichts würde sich einrenken. Im Gegenteil, alles würde zerbrechen.

»Wenn ich den erwische, dann kann er aber was erleben. Bevor du auflegst, Malie, in seiner Wohnung fehlt das Familienbild. Du weißt schon, welches. Kannst du dir das erklären?«

»Nein«, Malie schüttelte den Kopf, auch wenn ihre Mutter dies gar nicht sehen konnte. Dann machte sich ein ganz anderer Gedanke in ihrem Kopf breit. »Sag mal, das klingt, als hättest du in Jos Wohnung herumspioniert.«

Schuldbewusst gab Pranee zu, in der Wohnung ihres Sohnes nach Hinweisen gesucht zu haben, weil sie den Verdacht gehabt hatte, jemand wäre dort gewesen.

Malie überlegte kurz. »Vielleicht hat Patrizia einen Schlüssel, war dort und hat das Bild mitgenommen. Was weiß ich. Ich muss jetzt wirklich ins Bett. Und kein Wort zu Markus!«

# KAPITEL 7

Seine Mutter bewohnte seit ein paar Jahren ein ehemaliges Kapitänshaus, das geduckt zwischen zwei dreigeschossigen Altbremer Häusern lag. Jo drückte den Klingelknopf. Zwar besaß er einen Schlüssel, doch wenn er von seiner Mutter verlangte, nicht einfach mit der Tür ins Haus zu fallen, so sollte er wohl mit gutem Beispiel vorangehen. In seiner Jackentasche befand sich der Umschlag mit dem zerschnittenen Foto und der Rabenfeder. Es kam ihm vor, als brenne der Inhalt ein Loch in sein Sakko. Pranee würde er den Umschlag keinesfalls zeigen, aber er musste Gewissheit haben, ob sie nicht doch irgendetwas bemerkt hatte, als sie in seinem Apartment gewesen war. Etwas, dem sie überhaupt keine Bedeutung beigemessen hatte.

Pranee umarmte ihren Sohn, schob ihn ein Stück weit von sich und betrachtete ihn kritisch.

»Was ist los, Jo? Ich freue mich natürlich, dass du mich besuchst, aber ich sehe doch, dass dich irgendetwas bedrückt. Und wenn du schon mal hier bist, ich habe noch etwas mit dir zu besprechen«, fügte sie mit ernster Stimme hinzu. Unter ihren dunklen Augen waren Ringe zu sehen, sie wirkte abgespannt und übermüdet. Sorgenvoll.

Oh, nein. Hatte Markus sich etwa beschwert? Oder hatte seine Schwester doch gepetzt?

Jo ging voran in das kleine Wohnzimmer. Das Kapitänshaus maß nicht mehr als 100 Quadratmeter, wovon das Wohnzimmer noch der größte Raum war. Es öffnete sich nach hinten in einen kleinen Garten, den Pranee in strengen, an japanische Gärten erinnernden Formen hatte anlegen lassen. In der Mitte ein rechteckiges Becken, eingefasst von fast reinweißen Kieselsteinen. In eckigen Töpfen wuchsen üppige Pflanzen mit sattroten Blüten. Der Garten war akkurat, pflegeleicht und gleichzeitig ein Refugium, in dem Pranee ihre Seele baumeln lassen konnte. Ihre Liebe zu Gärten hatte sich zumindest an ihre Tochter Malie vererbt.

»Wir setzen uns raus«, schlug Pranee vor. »Heute ist es endlich wieder warm und sonnig. Nicht so wie in der vergangenen Woche. Da war ich richtig neidisch auf Malie, die am Bodensee ja schon Hochsommer hat. Geh schon vor, ich muss noch mal kurz in die Küche.«

Jo setzte sich in einen der Rattansessel und hörte seine Mutter hantieren. Nach ein paar Minuten kam Pranee mit einem Tablett, auf dem ein Krug mit selbst gemachter Zitronenlimonade, Gläsern und eine Schale mit scharf gewürzten Nüssen standen, zurück.

»Falls du einen da hast, Mama, ich würde noch einen Schuss Wodka in der Limonade vertragen.«

Pranee hob die Augenbrauen, verschwand aber kommentarlos und kam mit einer kalten, beschlagenen Flasche Wodka zurück. Sie schenkte Limonade ein, Jo gab einen großzügigen Schuss Wodka dazu.

»Also, was ist los, mein Junge?«

Jo beschloss, gleich zur Sache zu kommen. Herumgerede war weder seine Art noch die seiner Mutter.

»Mum, als du in meiner Wohnung warst, ist dir da irgendetwas aufgefallen? Abgesehen davon, dass das Bild weg war?«

Pranee errötete. Sollte sie ihm gleich gestehen, dass sie das Foto von Patrizia in sehr freizügiger Aufmachung entdeckt hatte? Lieber noch ein wenig abwarten, was Jo eigentlich wollte.

»Wenn ich genau überlege, eigentlich nicht. Das verschwundene Bild, ja. Aber sonst? Ich habe mich natürlich dann etwas genauer umgeschaut. Da war nichts.«

Sie machte eine Pause, trank einen Schluck Limonade und rutschte unruhig auf dem Sessel herum.

»Weißt du, es war eben nichts Offensichtliches«, fuhr sie fort, »aber, wenn du mich schon fragst, ich hatte zumindest ein merkwürdiges Gefühl. Als ich reinkam, hing etwas in der Luft. Ein Geruch, eine Stimmung, ich kann es nicht wirklich zuordnen. Du kennst mich und meinen ausgeprägten Geruchssinn. Mag sein, dass es einfach nur die abgestandene Luft war.«

Oh ja, den Geruchsinn seiner Mutter kannte er. Als er mit zwölf ein erstes Mal heimlich eine Zigarre geraucht hatte – wohlgemerkt draußen im Garten –, hatte er seine stinkenden Klamotten sofort in die Waschküche getragen. Pranee hatte nur einmal kurz geschnuppert und Bescheid gewusst. Hatte nur noch gefehlt, dass sie ihm die Zigarrenmarke nennen konnte.

»Ich wollte dann noch nach deiner Post schauen«, Pranee erntete einen strengen Blick ihres Sohnes, »aber dann ist mir eingefallen, dass dein Nachbar sich drum kümmert. Ja, und dann in deinem Schlafzimmer …«, sie brachte den Satz nicht zu Ende, traute sich nicht über Patrizia zu sprechen.

»Mum! Was hast du da überhaupt zu suchen?«, brauste Jo auf.

Pranee wurde rot wie eine Tomate. »Es tut mir leid. Natürlich hab ich dort nichts verloren, es war eben dieses ungute Gefühl«, entschuldigte sie sich. »Ich weiß selbst nicht, wonach ich Ausschau hielt. Aber eine Mutter spürt, wenn irgendetwas nicht so ist, wie es sein sollte. Und da können die Kinder noch so alt werden. Also, noch mal, was ist los?«

Jo war erleichtert, für einen kurzen Moment hatte er befürchtet, sie wusste von seinem Verhältnis mit Pat. Er wich ihr aus, indem er weitere Fragen stellte.

»Dir ist wirklich nicht die kleinste Kleinigkeit aufgefallen? Ein Stuhl, der verschoben war, irgendwas?«

Pranee schloss die Augen, konzentrierte sich und begann in ihren Gedanken mit dem Betreten von Jos Apartment.

»Doch. Jetzt fällt es mir wieder ein«, sie schlug die Augen auf, »dein Sicherheitsschloss. Es war nicht abgesperrt, die Tür war einfach nur zugedrückt. Und ich weiß, dass du immer, *immer*, zweimal den Schlüssel drehst.«

Jo wusste plötzlich nicht mehr weiter. Sollte er, um seine Mutter nicht in Aufregung zu versetzen, das verschwundene Foto als Versehen abtun? Ein Versehen, das der Putzfrau unterlaufen sein könnte, die es vielleicht in irgendeinen Schrank gelegt hatte, wo man es bald finden würde? Oder sollte er etwas von einem Einbruch faseln, der zwar tatsächlich stattgefunden, aber mit einem herkömmlichen Einbruch nichts zu tun hatte? Voll der Schwachsinn. Trotzdem, er würde seiner Mutter die einfache Einbruchstheorie verkaufen.

»Nun, dann scheinen hier Spezialisten am Werk gewesen zu sein. Der Silberrahmen hatte ja auch seinen Wert, und die Beschaffungskriminalität in Bremen ist doch recht hoch. Weißt du, ich werde den Einbruch bei der Polizei melden, die werden sich dann kümmern.«

Damit würde die Geschichte, zumindest für seine Mutter, erledigt sein. Hoffte er.

Pranee schaute zweifelnd. »Die sollen sich nur mit einem Rahmen begnügt haben, wo sie schon mal drin waren? Da schleppt man doch alles, was Wert hat und was man tragen kann, raus.«

»Klar, aber nicht, wenn man gestört wird. Du weißt doch, in diesem Haus achtet jeder auf die Wohnung des anderen. Wahrscheinlich haben die Einbrecher etwas gehört oder bemerkt, was sie veranlasst hat, ihr Treiben zu beenden, und sie haben sich mal vorsichtshalber vom Acker gemacht.«

Jo merkte selbst, wie fadenscheinig seine Erklärungen waren. Da sprach er von Spezialisten und gleichzeitig von irgendwelchen Drogenabhängigen, die für den Bruch verantwortlich waren.

Pranee nickte geistesabwesend. Wenn Jo glaubte, dass es so gewesen sein könnte, na dann. Schließlich fehlte ja nichts, was Tausende von Euro wert war. Ihr Sohn war alt genug und würde sicherlich das Richtige tun. Nur in einem Punkt hatte ihr Sohn ganz sicher nicht die richtige Entscheidung getroffen. Nämlich an dem Tag, als er zum ersten Mal mit Patrizia ins Bett gegangen war. Sie rang sich zu einer weiteren Beichte durch.

»Jo, da ist noch was. Wir müssen reden.«

Pranee goss sich nun selbst einen ordentlichen Schuss Wodka in ihr Glas, trank ihn pur.

Au Backe, dachte Jo, dem heiß und kalt wurde, dann muss es wirklich ernst sein, wenn sie sich am helllichten Tag einen Drink genehmigt. Eine dunkle Ahnung, über was sie mit ihm reden wollte, überfiel ihn. Sie wusste es. Wusste von ihm und Pat.

»Glaub bitte nicht, ich hätte einfach nur herumgeschnüffelt. Es ist einfach so passiert. Ich hab das Kinderbild von dir vom Nachttisch genommen, und der Rahmen war wohl nicht richtig verschlossen. Jedenfalls ist nicht nur das Bild mit dem Hund herausgefallen, sondern noch eins.«

Es stimmte nicht ganz, denn sie hatte die Ecke ja hinter dem anderen Foto hervorspitzen sehen.

»Ja, und dann, dann blieb mir die Luft weg. Jo, ein Verhältnis mit Patrizia. Das geht doch nicht! Eine Affäre mit deiner eigenen Tante!«

Leugnen war zwecklos, das wusste Jo. Die ganze Schuld einfach nur auf Patrizia zu schieben, wäre nicht anständig gewesen. Hätte Pranee ihm sowieso nicht geglaubt. Er mochte Patrizia wirklich, von Liebe jedoch wollte er eher nicht reden. Sie stritten häufig, und schon mehrfach hatte er bereut, überhaupt diese Affäre begonnen zu haben. Doch Patrizia war ernsthaft in ihn verliebt, wie ihm erst nach einer Weile bewusst geworden war, und allein die vorsichtige Andeutung, das Verhältnis zu beenden, hatte Patrizia in Panik versetzt. Schlussendlich konnte er einfach die Finger nicht von ihr lassen, das war sein Problem.

»Mum, es ist eben passiert. Markus ist so viel älter als Patrizia. Wir reden nicht darüber, aber Patrizia hat angedeutet, dass er ihr im Bett einfach nichts mehr zu bieten hat. Pat ist noch jung, lebenslustig, soll sie an der Seite eines alten Mannes versauern? Über kurz oder lang hätte sie sich sowieso einen Liebhaber gesucht. So bleibt es wenigstens in der Familie«, fügte er mit einem frechen Grinsen hinzu.

Pranee verschlug es die Sprache. Am liebsten hätte sie ihrem Sohn eine gelangt. Eigentlich hatte sie sich geschworen, sich niemals in die Beziehungen ihrer Kinder einzumischen. Doch diese Affäre musste beendet werden.

»Allerdings bleibt es in der Familie« zischte sie wütend. »Aber nicht so, wie du denkst!«

Was meinte sie denn damit?, fragte sich Jo, der seine Mutter noch nie so böse erlebt hatte.

Die Antwort kam prompt.

»Patrizia ist weniger deine Tante, was schon schlimm genug wäre, wie ich finde. Vielmehr ist sie deine Stiefmutter!«

Was? Wie jetzt? Jo kapierte gerade gar nichts. Musste an dem Wodka liegen.

»Jo, verdammt noch mal!« Jetzt fluchte sie auch noch, das kannte er nun gar nicht von Pranee.

»Du schläfst mit der Frau deines Vaters. Ja, du hast richtig gehört. *Markus* ist dein Vater! Nicht Daniel.«

In der Nacht wälzte sich Jo unruhig hin und her, an Schlaf war nicht zu denken. Was seine Mutter ihm eröffnet hatte, hatte ihn einfach umgehauen. Markus, sein Vater! Wann hatten die beiden vorgehabt, ihm die Wahrheit zu sagen? Nach Markus' Tod oder dem Tod seiner Mutter oder nie? Er war einfach nur sprachlos gewesen. Seine Wut war in dem Moment verpufft, als er seine Mutter wie ein Häufchen Elend in ihrem Sessel gesehen hatte. Sie hatte ihm erklärt, wie es dazu gekommen war. Nach Daniels Tod waren sie und Markus in unendlicher Trauer vereint gewesen, hatten sich Halt gegeben und miteinander diese eine und einzige Nacht verbracht. Das Ergebnis dieser Nacht war Jo gewesen.

»Aber, du hast ihn nicht geliebt, Markus, meine ich, oder?«

Seine Mutter hatte ihm daraufhin eine Geschichte erzählt, wie er sie nur aus Rosamunde-Pilcher-Filmen, die er sich ab und zu mit Patrizia anschauen musste, kannte. Eigentlich hatte Markus Pranee bei einem Empfang kennengelernt. Pranee hatte neben ihrem Studium gekellnert. Markus wollte sie heiraten, doch sie verliebte sich stattdessen in seinen Bruder. Die arme thailändische Studentin und der Sohn reicher Eltern. Das war's. Kurz und bündig, aber für alle Betroffenen mit weitreichenden Folgen.

Jo setzte sich in seinem Bett auf. Das Wetter hatte umgeschlagen, in der Nacht war es windig geworden. Die Wettervorhersage hatte ein Regengebiet, das von Island herkam, angekündigt, die Temperaturen in der Nacht waren merklich zurückgegangen. Er stand auf, um das Fenster zu schließen, sein Blick fiel auf die Straße darunter. Lungerte dort jemand auf der anderen Straßenseite herum? Jo glaubte für einen Moment, einen Menschen vor der Eingangstür des gegenüberliegenden Hauses stehen zu sehen, der zu ihm hochblickte. Patrizia hatte recht. Warum hatte er das Schlafzimmer auch zur Straße hin eingerichtet? Er würde das Arbeitszimmer mit dem Schlafzimmer tauschen, auch wenn der Raum um einiges kleiner war, dafür aber zum Garten hin lag. Auf jeden Fall wäre es ruhiger.

Noch einmal spähte er angestrengt nach draußen und entschied, dass er sich wohl getäuscht hatte. Da stand zwar tatsächlich jemand vor der Haustür von Nummer 34, aber derjenige stocherte eben mit einem Haustürschlüssel im Schloss herum und sah keinesfalls zu seinem Fenster hoch. Wahrscheinlich war es zu dunkel, um den Schlüssel zu platzieren, oder der Typ war zu besoffen, um das Schlüsselloch zu treffen.

Jo zog den Kopf zurück, drückte das Fenster zu. Er wollte sich gerade umdrehen, um wieder ins Bett zu krabbeln, als in diesem Moment ein Auto in gemächlichem Tempo durch die Straße fuhr. Eine dunkle Limousine älteren Baujahrs. Jo zog sich ein wenig zurück und spähte seitlich an der blickdichten Übergardine vorbei nach unten. Bildete er sich das ein, oder verlangsamte der Wagen vor seinem Haus das Tempo noch mehr? Jo fühlte sich wie in einem billigen Kriminalfilm. Da schauten die Leute aus dem Fenster, entdeckten einen bedrohlichen Schatten, der sie verfolgte, ihnen nach dem Leben trachtete. Meist gelang ihnen dann die Flucht über eine Feuerleiter, und wenn die Killer schnaufend im Zimmer ankamen, war ihre Beute entwischt.

Und wenn ihm selbst ebenfalls Killer an den Kragen wollten? Das zerschnittene Foto und die schwarze Feder waren eindeutig eine Drohung. Aber doch sicher keine Todesdrohung. Hoffentlich. Eher so viel wie: »Lass die Finger von unserem Geschäft, sonst werden wir ungemütlich.« Er und Neo waren doch kleine Nummern, und die großen kriminellen Verbände sahen es nicht gerne, wenn jemand versuchte, mitzumischen.

Der Wagen fuhr langsam weiter. Erst als er um die Ecke bog, registrierte Jo, dass die Schweinwerfer ausgeschaltet waren. Im Licht der Straßenlaternen war ihm das zunächst gar nicht aufgefallen. Er fröstelte, sämtliche Härchen stellten sich auf und jagten ihm einen Schauer über den Rücken. Das grenzte ja schon an eine gepflegte Paranoia. Natürlich war er sich von Anfang an darüber im Klaren gewesen, dass er nicht alleine auf dem weiten Feld des illegalen Treibens zugange war, beim Schmuggel von Tieren und anderen verbotenen Dingen. In dem Haifischbecken, in dem die schwammen, die in solche Geschäfte investierten, war er nur ein kleiner Fisch. Bei den ganz Großen ging es um Milliarden, während es bei Neo und ihm noch an der Fünfmillionengrenze kratzte.

Er musste sich unbedingt Klarheit darüber beschaffen, wem sie ins Gehege gekommen waren. Bald würden sie nach Saigon fliegen, um sich mit ihren Händlern zu treffen. Es ging um jede Menge Pangoline, oder besser um das, was von ihnen noch übrig war. Manchmal taten ihm die Tierchen fast leid. Sie waren eigentlich ganz putzig mit ihren langen Zungen und den schuppigen Körpern, die sie zu einer Kugel zusammenrollen konnten. Seine Gedanken schweiften in die Vergangenheit. Neo hatte das ganze Geschäft angeleiert, die Kontakte hergestellt, die Lieferanten an Land gezogen, die Abnehmer. Er musste wissen, wer noch alles mitmischte. Vor seinem inneren Auge tauchte Neos Gesicht auf. Wie er ihn auslachte und ihn als Weichei und Hosenscheißer bezeichnete.

Jo legte sich wieder ins Bett und fiel in einen alptraumerfüllten Schlaf, in dem er neben einem riesigen Pangolin an einem Ast hing, mit zusammengebundenen Füßen, den Kopf nur wenige Zentimeter vom Boden entfernt. Als ihm ein Chinese in einem schwarzen Kampfanzug eine scharfe Klinge an den Hals hielt, erwachte Jo am frühen Morgen schweißgebadet.

Erst eine ausgiebige Dusche und ein doppelter Espresso brachten ihn wieder in die Spur. Eine halbe Stunde später war er am Bremer Flughafen und nahm den Flieger zurück nach Zürich*.

Trenkwitz' linke Wange schillerte in lila und gelben Tönen. Offenbar noch die Nachwirkungen des Überfalls, dachte Malie, als sie die Zoohandlung betrat.

»Hallo, Herr Trenkwitz, wie geht's Ihnen? Ich habe von dem Überfall auf Sie gelesen«, begrüßte sie ihn, legte ein Bedauern in ihre Stimme, das sie nicht empfand. So wie es den Anschein hatte, war Rufus ein geldgeiler, skrupelloser Tierhändler und es deshalb nicht wert, dass man ihn bemitleidete.

»Ach, Frau Abendroth, danke, geht so weit wieder, ich hatte ja Glück im Unglück, dass ich außer dem schönen

* Nach Fertigstellung des Manuskripts stellte AIS Airlines Die Verbindung Bremen – Zürich ein.

Veilchen hier nichts abbekommen habe. Die Ärzte hatten zunächst Sorge, das Auge wäre betroffen.«

»Was ist denn überhaupt passiert?«, wollte sie wissen.

Trenkwitz stieß pfeifend die Luft aus. »Ich hatte schon geschlossen und war noch draußen, wollte die Mülleimer holen und vorne an die Straße stellen. Plötzlich war da dieser Typ und wollte Geld von mir. Als ich ihm sagte, das kann er vergessen, hat er einfach zugeschlagen. Mehrfach. Ich bin ja jetzt nicht unbedingt ein Schwächling, aber der … Jedenfalls hat er mir meine Tageseinnahmen geklaut und das war's. Ende der Geschichte«, ein gequältes Lächeln lag auf seinem malträtierten Gesicht.

»Ein Drogensüchtiger?«

»Vermutet die Polizei auch. Eine genaue Personenbeschreibung konnte ich kaum liefern, groß, breit, dunkle Haare, südländischer Typ, sprach mit Akzent«, er zuckte mit den Schultern, »davon gibt's ja mehr als genug.«

»Glück gehabt, und versichert sind Sie ja wahrscheinlich auch. Weswegen ich eigentlich hier bin, Herr Trenkwitz, ich brauche noch mal Mehlwürmer, diese Fische haben echt Appetit.«

Trenkwitz verschwand, um die Würmer zu holen, Malie hörte, wie sein Handy bimmelte und der Zoohändler sich meldete.

»Ja, hallo Frau …«, sein Stimme wurde leiser, als er sich vom Verkaufsraum weiter entfernte.

Malie nutzte blitzschnell die Gelegenheit, um sämtliche Schubladen hinter dem Tresen aufzuziehen und zu durchwühlen. Nebenbei versuchte sie zu lauschen, ob Trenkwitz sich noch im Gespräch befand. Nein, hier war nichts, was irgendwie nach Formularen aussah. Hatte sie wirklich geglaubt, er hätte diese Papiere hier einfach so rumliegen? Sie schob die Schubladen zu, ging zu den Aquarien, tat so, als ob sie interessiert die Fische beobachtete.

»Tut mir leid, eine Kundin hat grade noch angerufen«, entschuldigte sich Rufus, als er mit den Mehlwürmern um die Ecke kam.

»Nicht schlimm. Kann ich Sie mal was fragen?«, sie wartete keine Antwort ab, sondern fuhr fort. »Wie läuft das eigentlich mit exotischen Tieren? Braucht man dazu Nachweise, woher die kommen, oder so?«

Trenkwitz runzelte die Stirn, wirkte angespannt. »Wieso fragen Sie das?«

»Meine Nichte wünscht sich ein Chamäleon, sie ist völlig begeistert von diesen Tieren. Bald hat sie Geburtstag, und da dachte ich …«, improvisierte sie.

Rufus entspannte sich sichtlich, die Schultern sanken herab, die ganze Körperhaltung locker. »Ach so, ja, verstehe. Sie benötigen einen Herkunftsnachweis, um das Tier beim Naturschutzamt anzumelden. Aber mal ehrlich, die Chamäleonhaltung ist ganz schön anspruchsvoll. Vor allem für ein Kind ist das nichts.«

Sie unterhielten sich noch eine Zeit lang, und Trenkwitz riet ihr definitiv vom Erwerb eines Chamäleons ab, erklärte ihr lang und breit, wie kompliziert die Haltung dieser Tiere war. Als sie später im Wagen saß und die Würmer nach Hause brachte, durchzuckte sie eine Erinnerung.

Das letzte Mal, als sie Würmer kaufte, hatte Rufus einen unsichtbaren Besucher gehabt, der den Zoohändler bedrohte. In dem Gespräch war es um Formulare gegangen! Hatte der Unbekannte Rufus so zugerichtet? Wieso fiel ihr das überhaupt erst jetzt wieder ein?

Nachdem sie in ihrer Küche einen großen Topf Brei für Paul gemacht hatte, beseitigte sie die Hinterlassenschaften des Tieres und fuhr anschließend mit dem Cabrio zur Mainau. Sie befand sich in der glücklichen Lage, dass sie flexible Arbeitszeiten hatte und mehr oder weniger kommen und gehen konnte, wie es ihr passte. Hauptsache, sie erledigte ihre Arbeit.

Auf der Insel traf sie überraschend auf Falk Andresen, der sich gerade seine Kamera um den Hals hängte.

»Was machst du denn hier?«, freute sie sich.

»Fotos für einen Rosenkalender, kleiner Auftrag für zwischendurch«, er küsste sie auf die rechte Wange. »Sag mal, wieso rufst du nicht zurück? Ich bin ganz gespannt wegen Kemal. Elin ist ziemlich aufgelöst und will die Polizei einschalten.«

»Die Polizei wird da nicht viel ausrichten, fürchte ich. Es sind ja nur Vermutungen, die ich angestellt habe. Allerdings finde ich schon, dass alles zusammenpasst.«

Malie und Falk gingen nebeneinander her, die Schönheit der Strauch- und Wildrosenpromenade nahmen sie nur unbewusst wahr. Nachdem Malie ihrem Freund ihre Überlegungen zum Tod Kemals dargelegt hatte, erzählte sie ihm von Trenkwitz, Lioba und deren Kollegen Max, den die Umweltschützerin in Verdacht hatte, Blankoformulare zu verkaufen.

Falk zog die Augenbrauen hoch und pfiff leise durch die Zähne, hörte gespannt zu. An der Abzweigung zum Insektengarten blieben sie stehen, denn Malie wollte von dort zum Schmetterlingshaus.

»Das ist noch nicht alles. Ich glaube, dass der Mord an meinem chinesischen Doc auch mit all dem zusammenhängt.«

»Bitte?«, der Fotograf sah sie entgeistert an.

»Ja, ernsthaft«, und Malie berichtete von der Sprechstundenhilfe Lisa Röhrig und deren Extradiensten nach Praxisschluss.

»Es ergibt alles einen Sinn. Dieser Kollege von Lioba liefert die Formulare, und Trenkwitz vertickt die Tiere, vermutlich auch Nashornpulver und dergleichen, an seine Abnehmer, zu denen, so wie es den Anschein hat, auch der gute Huang gehörte. Bestimmt war auch Paul für den Kochtopf oder das Arzneigläschen vorgesehen. Was für ein Glück, dass ich ihn entdeckt habe.«

»Was denkst du, wer hat deiner Meinung nach den Chinesen und Kemal auf dem Gewissen?«

Falk hob die Kamera, machte mehrere Bilder von einer besonders schönen Blüte. Die kugelige Form der gefüllten Rose sprach ihn als Fotograf sofort an, die dunkelgrünen, glänzenden Blätter der Strauchrose bildeten einen prägnanten Kontrast zu den Blütenblättern, die am Rand der Blüte weiß-rosé waren und zum Inneren ein tiefes Pink zeigten.

»Wenn ich das mal wüsste, aber das krieg ich auch noch raus«, antwortete Malie mit fester Stimme.

Falk ließ die Kamera sinken. »Sag mal, geht's noch? Spielst du jetzt Miss Marple, oder was?«

Malie grinste. »Ich hoffe, ich sehe nicht so alt aus.«

Falk fasste die kleine, zarte Frau fest an den Schultern und sah sie eindringlich an. »Malie, ich mein's ernst, das ist kein Spiel, das ist gefährlich. Was, glaubst du, geschieht, wenn du jemandem zu sehr auf die Füße trittst? Denk an Kemal. Verdammt, ich will nicht, dass dir was passiert!«

Sie sah mit ihren dunklen Augen zu ihm auf. »Du bist so süß, wenn du dich um mich sorgst. Keine Angst, ich pass schon auf mich auf. Versprochen. So, ich muss jetzt aber los«, sie stellte sich auf die Zehenspitzen und gab ihm einen dicken Kuss auf die bärtige Wange, roch sein herbes Eau de Toilette.

»Ach, eins noch, was du grade fotografiert hast, ist übrigens eine Eden Rose 85, schreib's dir auf, bevor du's vergisst.«

Falk Andresen sah ihr beunruhigt nach, als sie den Weg entlangschritt. Irgendwie musste er sie im Auge behalten, bevor sie irgendwelche Dummheiten machte. Seufzend ging er weiter, blieb kurz darauf wieder stehen, um eine aprikotfarbene gefüllte Strauchrose abzulichten. Eine Concerto 94, wie das kleine Hinweisschild verriet.

In der Schweiz angekommen, stieg Jo in seinen Ferrari, den er am Flughafen hatte stehen lassen, und fuhr nach Konstanz. Hier herrschten deutlich wärmere Temperaturen als heute Morgen in Bremen, und er hatte das Dach des Autos geöffnet. Unterwegs erreichte ihn ein Anruf von Patrizia, die ihm mitteilte, dass sie auf der »Secret« auf ihn wartete, sie müsse dringend mit ihm reden. Jo fühlte sich hin- und hergerissen. Sollte er das Verhältnis mit ihr beenden? Seine Mutter hatte es ihm inständig ans Herz gelegt, ihn nachdrücklich darum gebeten. Doch welchen Grund sollte er ihr nennen? Patrizia war ja vor zwei Wochen schon fast so weit gewesen, Markus zu gestehen, dass sie Jo liebte, und ihn um die Scheidung zu bitten. Das hatte er ihr glücklicherweise ausreden können, unter dem Vorwand, er brauche noch etwas Zeit, um die Familie vor vollendete Tatsachen zu stellen.

Was war er doch für ein Feigling. Diese Frau liebte ihn, doch er war nicht bereit, die Konsequenzen zu tragen. Seine größte Befürchtung war, Markus würde ihn, ohne mit der Wimper zu zucken, aus der Firmenleitung entlassen oder, schlimmer noch, ihn ganz rauswerfen. Aber nun war die Situation durch die Offenbarung seiner Mutter noch komplizierter geworden. Oder vielleicht auch einfacher?

Wenn er Patrizia die Wahrheit über sich und Markus eröffnen würde, hätte er einen auch für sie triftigen Grund, sich elegant aus der Affäre zu ziehen. Pat musste doch einsehen, dass er nicht seinen eigenen Vater so hintergehen konnte.

Die Fahrt von Zürich nach Konstanz ging viel zu schnell, und als er am Hafen ankam, hatte Jo noch immer keine Entscheidung getroffen. Erst mal abwarten, was Patrizia denn mit ihm besprechen wollte. Am Telefon hatte ihre Stimme fröhlich geklungen, nicht nervös, nicht angespannt. Das sprach ja dafür, dass Markus nichts von ihrem Verhältnis wusste. Das hätte sie sicher stärker mitgenommen, und ihre Stimme hätte sie verraten. Wenn Pat aufgeregt war, übersprang ihre Stimme nahezu eine Oktave und verwandelte sich in ein schrilles Fiepen.

Mit festen Schritten ging er den Steg entlang, kletterte an Bord der Yacht. Pat schlummerte in einem der Liegestühle, in ihrem Schoß lag ein Buch. Für einen Moment betrachtete er sie und stellte zum wiederholten Mal fest, wie umwerfend schön die Frau seines Onkels, nein *Vaters*, war. Fast so groß wie er selbst, gertenschlank, ihre Taille konnte er beinahe mit beiden Händen umfassen. Die roten Haare hatte sie heute zu einer eleganten Frisur hochgesteckt, ihr schlanker Körper steckte in einem dünnen, hellgrünen Trägerkleidchen aus Seide mit feinem Blumenprint. Knapp 800 Euro hatte er für das italienische Designerstück hingelegt, wie er sich erinnerte. Aber das war es wert. Patrizia Rosenfeld sah fantastisch darin aus.

Er berührte sie sanft an der sonnengebräunten Schulter, um sie aufzuwecken. »Ich bin's«, sagte er leise.

Patrizia schlug ihre grünen Augen auf, und ein Lächeln erschien auf ihrem Gesicht. Doch irgendwie kam sie Jo heute beinahe schüchtern vor. Normalerweise wäre sie aufgesprungen und ihm um den Hals gefallen, hätte ihn leidenschaftlich geküsst. Doch jetzt richtete sie sich nur kurz auf, hauchte ihm winzige Küsschen links und rechts auf die Wange, ließ sich kurz wieder zurücksinken, wie um sich zu sammeln. Denn gleich darauf stand sie abrupt auf, brachte Abstand zwischen sich und Jo.

In diesem Moment fasste Jo seinen Entschluss, er würde sich von ihr trennen. Heute noch. Seine Intuition sagte ihm, Patrizia würde ihm eine ähnliche Nachricht überbringen, denn sie schaute ihn liebevoll, aber gleichzeitig mit einer ernsten Miene an. Ein Gesichtsausdruck, den er von ihr eigentlich gar nicht kannte.

Nahezu synchron hoben sie zu sprechen an.

»Pat, setz dich bitte, wir müssen über etwas reden. Es ist eine Situation eingetreten, die …«

»Jo, es ist etwas passiert, mit dem ich nicht gerechnet habe, wir müssen reden …«

Jo und Patrizia verstummten, musterten sich, versuchten, die Gedanken des anderen zu ergründen. Wie auf einen geheimen Befehl ließen sie sich zeitgleich auf den beiden sich gegenüberstehenden Liegestühlen nieder. Patrizia schlug ein schlankes braunes Bein über das andere und nestelte an den kleinen Perlen, die den Ausschnitt des Kleides verzierten, herum.

»Du zuerst«, forderte Jo sie auf. »Was ist los, meine Schöne?«

Jo wusste nicht, was er erwartet hatte. Dass Patrizia von sich aus die Affäre beendete? Ja, zumindest genau das hatte er noch bis vor einer Minute gedacht. Oder gehofft. Aber das hier hatte er nun gar nicht kommen sehen, keinen Gedanken je daran verschwendet. Deshalb trafen ihn ihre nächsten Worte wie ein Schlag in die Magengrube.

»Liebling, wir bekommen ein Kind. Ich bin schwanger.«

Als Malie im Schmetterlingshaus ankam, traf sie auf Lukas, der dabei war, verholzte Teile aus einem Philodendron herauszuschneiden.

»Na, alles klar?«, fragte sie.

»Ja, natürlich. Vorhin war dieser Typ wieder da, weißt du, der mit dem Verpackungsmaterialkram. Hat nach Vögele gesucht, wegen der Verträge«, erzählte Lukas.

Malie zuckte mit den Schultern, es interessierte sie nicht wirklich, ob Jos Kompagnon seine Bambusverpackungen an den Mann brachte oder nicht.

Doch Lukas plauderte weiter. »Weißt du was? Ich bin mir hundertpro sicher, dass er letztens gelogen hat. Ich hab mich nicht getäuscht, ganz sicher nicht, ich hatte ihn gesehen. Auch, wenn er das Gegenteil behauptet und meint, ich hätte ihn verwechselt. Wenn du mich fragst, ist der irgendwie gruselig.«

Lukas zog die abgeschnittenen verholzten Äste heraus und legte sie auf einen Schubkarren, der an der Seite stand.

Die Besucher drängelten sich heran, weil sich just zwei blaue Morphofalter auf einem großen Blatt des Philodendron niedergelassen hatten. Klappten sie ihre zarten stahlblauen Flügel zu, waren sie braun und zeigten ein interessantes Muster, gelb umrandete Augenflecken und weiße Linien an den Flügelrändern.

»Ja, ich finde ihn auch ein bisschen seltsam«, ein vager Verdacht keimte in Malie auf. »Du bist dir wirklich sicher, dass er kurz zuvor schon mal da gewesen ist? Weißt du noch genau, wann das gewesen ist?«

Lukas überlegte nicht lange. »Das war an dem Tag, als im Radio über den Leichenfund im Dingelsdorfer Ried berichtet wurde. Wieso fragst du?«

»Nur so. Siehst du bitte noch nach den Helikonien?«, wechselte Malie das Thema.

»Ja, mach ich.«

Malie verließ das Schmetterlingshaus und lief schnellen Schrittes zum Platanenweg. Dort war der Standort des sogenannten »Grünen Telefons«, wo zu bestimmten Uhrzeiten ein Gärtner Dienst hatte, um Fragen zu beantworten, wie beispielsweise: Was tun bei Spinnmilben? Wie vermehre ich meine Stauden, wie schneide ich meine Rosen? Andere Mainaugärtner waren in einem

Elektrogolfbuggy auf der Insel unterwegs, um sich den Fragen der Besucher vor Ort zu stellen.

Viele Anrufe hatte sie heute nicht entgegenzunehmen, und sie beschloss, Jo anzurufen.

»Rosenfeld«, meldete sich ihr Bruder ziemlich barsch, wie sie registrierte.

»Ich bin's, Malie. Sag mal, bist du wieder da? Patrizia hat mir erzählt, du wärst für eine Nacht in Bremen gewesen. Ich würde mich gerne später mit dir treffen.«

»Ja, bin wieder auf der Yacht. Komm einfach vorbei, wir haben heute Abend nichts Großes vor.«

»Gut. Kann aber relativ spät werden.«

»Kein Problem, komm einfach, wann es passt.«

Malie legte auf, sah auf die Uhr. Sehr gut, ihr Telefondienst war zu Ende, dann konnte sie jetzt ihren Rundgang im Palmenhaus machen.

Malie brachte den Karmann-Ghia zuerst nach Hause, um dann mit dem Fahrrad nach Wallhausen zu fahren. Ihr kam die Idee, einen Umweg über Dettingen zu machen, am Dingelsdorfer Ried vorbei, so hatte sie gleich wenigstens ein ausgiebigeres Sportprogramm.

Verschwitzt, aber zufrieden durch die Bewegung, kam sie 40 Minuten später in Wallhausen an. Es wurde bereits dunkel, als sie ihr Fahrrad abstellte und festkettete. Das Schlüsselbund schob sie in die kleine wasserdichte Bauchtasche, worin sie auch ihr Handy verstaut hatte. Dann schlenderte sie gemächlich ein Stück an der Uferstraße entlang, vom Hafengrill wehte der Duft von Pommes, Würstchen und Steaks heran. Ihr Magen begann vernehmlich zu knurren. Kein Wunder, dass er sich beschwerte, sie hatte heute kaum etwas zu sich genommen. Na ja, vielleicht gab es ja noch was bei Jo zu futtern.

Als sie sich der Yacht näherte, hörte sie Männerstimmen. Die ihres Bruders und eine zweite, die ihr bekannt vorkam, die sie aber nicht zuordnen konnte.

»… heute noch mal auf der Insel gewesen, um mich ein letztes Mal zu vergewissern«, drangen die Worte an ihr Ohr. »Zudem hat mich Rufus angerufen. Hat mir erzählt, sie hat schon wieder Würmer gekauft und komische Fragen gestellt. Nach Herkunftsnachweisen und so. Mal abgesehen davon, hat der gute Rufus Überwachungskameras installiert. Man kann auf den Videos deutlich erkennen, wie deine Schwester in Trenkwitz' Schubladen rumkramt. Jo, ich sag's dir, sie wird keine Ruhe geben.«

Malie erstarrte, ihr Herz setzte für einen Moment aus, das nagende Hungergefühl war plötzlich verschwunden. Mit dem nächsten Herzschlag erinnerte sie sich zum zweiten Mal innerhalb kurzer Zeit an den Streit, den sie bei Trenkwitz mitbekommen hatte. Es war dieselbe Stimme, die den Zoohändler bedroht hatte. Ganz sicher.

*Wenn du neue Formulare brauchst, ist das nicht mein Problem, geh zu Max.*

Genau das hatte er gesagt. Nun wusste sie auch, zu wem diese Stimme gehörte. Neo Schwarz, Jos seltsamer Schatten. *Max.* Lioba Hanfstängl hatte zwar keine Beweise, aber sie hatte den richtigen Riecher. Ihr Kollege Max und Trenkwitz betrieben illegalen Tierhandel. Und so, wie es aussah, hing ihr Bruder mit drin.

Jo, was tust du nur? Wie kann das sein?

Was sollte sie jetzt machen? Einfach an Deck erscheinen und vorgeben, sie hätte nichts von dem Gespräch mitbekommen? Nein. Diese Nerven besaß sie nicht. Sie beschloss, vorsichtig den Rückzug anzutreten, doch erst wollte sie hier noch ein bisschen stehen bleiben und lauschen.

»Was soll sie denn machen? Sei doch nicht albern. Gar nichts weiß sie.«

»Bist du eigentlich so blöd, oder tust du nur so? Denk doch mal nach, Mann. Sie hat das Pangolin, jede Wette. Ich hab's dir schon mal gesagt. Kauft ständig Würmer, besorgt sich Bienenlarven. Interessiert sich plötzlich für exotische Tiere, fragt nach Formularen. Außerdem hat sie Kontakt zu Huangs ehemaliger Arzthelferin. Das kann sehr unangenehm für uns werden.«

Malie hielt die Luft an, ließ sie dann langsam geräuschlos entweichen. Also hatte tatsächlich Schwarz versucht, Lisa Röhrig einzuschüchtern, wie sie schon vermutet hatte. Woher wusste er überhaupt davon, dass sie sich mit der jungen Frau getroffen hatte? Die Antwort bekam sie prompt, denn ihr Bruder fragte Neo just im Augenblick dasselbe.

»Zufall. Glücklicherweise. Ich hab die beiden zusammen an der Straße stehen sehen, als ich vorbeifuhr. Glaub mir, ich mache meine Hausaufgaben, hab Huang Cais Praxis beobachtet, weiß, wer dort angestellt war. Trau, schau, wem, mein Lieber. Das würde ich dir auch raten. Meine feinen Sensoren haben Alarm gemeldet. Mir war sofort klar, dass die nicht übers Wetter redeten. Also bin ich den beiden gefolgt.«

Malie war entsetzt. Sie hatte nichts, aber auch gar nichts davon mitbekommen. Vor ihrem geistigen Auge sah sie den Lieferwagen vorbeiziehen, erinnerte sich an eine

Silhouette, die sie vage an jemanden erinnert hatte. Das durfte alles nicht wahr sein!

»Und jetzt? Was soll ich deiner Meinung nach tun?«, hörte sie Jos Stimme.

»Du machst am besten gar nichts. Ich kümmere mich um alles. Wie immer.« Die beiden letzten Worte klangen verächtlich.

Malie zog sich zurück, auch wenn es ihr schwerfiel, darauf zu verzichten, noch mehr zu hören. Es war sicherer, zu verschwinden. Vorsichtig schlich sie den dunklen Steg entlang. Früher, als ihr lieb war, hörte sie, wie jemand auf den Steg sprang, und Neo laut »Reiß dich zusammen, wir sehen uns morgen am Flughafen« rief.

Neo, der von der Yacht kam! Bloß weg hier! Blitzschnell griff sie nach der Vorleine des Segelschiffes, das direkt neben ihr vertäut lag, und ließ sich daran ins Wasser gleiten, froh darüber, dass sich der Bodensee in den letzten Wochen schon einigermaßen aufgewärmt hatte. Sie hielt sich so nah wie möglich an den Stegbefestigungen, wurde eins mit der Dunkelheit. Neo näherte sich der Stelle, an der sie sich befand und hielt inne. Hatte er sie bemerkt? Ganz langsam und geräuschlos wie ein Krokodil glitt Malie unter den Steg, traute sich kaum zu atmen.

Schwarz ging in die Hocke, versuchte zwischen den Lücken der Holzplanken hindurch ins Wasser zu spähen. Malie drückte sich mit dem Rücken an einen der großen Holzpfosten, die den Steg trugen, krallte sich mit den Händen beidseitig in das sich durch die Jahre im Wasser schleimig anfühlende Holz. Sie schloss die Augen. Es schien eine Ewigkeit zu dauern, doch dann hatte sich Schwarz offenbar entschieden, weiterzugehen. Aber, wie sie hören konnte, kehrte er zu ihrer Überraschung zurück an Bord der »Secret«. Zu dumm, dass sie jetzt nicht mitbekam, warum er zurück zu Jo gegangen war.

Weitere Minuten verharrte sie regungslos im Wasser, dann schwamm sie im Schutze des Stegs in Richtung Ufer. Nun war ihr wahnsinnig kalt, und ihr graute davor, in den nassen Klamotten mit dem Fahrrad nach Hause zu fahren. Plötzlich kam ihr eine Idee. Lioba Hanfstängl wohnte doch hier in Wallhausen. Dort würde sie bestimmt einen heißen Tee bekommen und trockene Sachen. Auch wenn sie in Liobas Pullover locker zweimal reinpasste.

Neo Schwarz war sich nicht sicher, ob er sich getäuscht hatte. Für einen winzigen Moment hatte er geglaubt, jemand wäre im Wasser gewesen. Wenn sein Gefühl ihn nicht trog, würde sich derjenige irgendwann zeigen, und von Bord aus konnte er viel besser den Überblick behalten.

»Was vergessen?«, brummte Jo schlecht gelaunt, als Neo an Bord kam, stehen blieb und aufmerksam Richtung Ufer spähte. »Was, glaubst du, gibt's da drüben zu sehen?«

Neo antwortete, ohne den Blick vom Ufer abzuwenden, steckte sich nebenbei eine Zigarette an.

»Diese Tierschützerin, die Max und Rufus auf die Nerven geht, schnüffelt übrigens auch herum. Losens ist wegen ihr ziemlich durch den Wind. Er ist sicher, dass sie ihn auf Schritt und Tritt beobachtet. Ich glaube, unser Mäxchen bekommt allmählich Paranoia. Zumindest klang er danach auf meiner Mailbox. Wird Zeit, auch da etwas zu unternehmen.«

Jo hatte Neo gar nicht richtig zugehört, seine Gedanken kreisten wechselweise um Patrizia, die ihm vor wenigen Stunden ihre Schwangerschaft eröffnet hatte, und um die Feder aus dem Umschlag. Patrizia war in Tränen ausgebrochen, weil er nicht, wie sie sicherlich gehofft hatte, einen Freudentanz aufgeführt hatte. Stattdessen hatte er sie gefragt, ob sie denn das Kind behalten wolle. Er sähe sich nicht ernsthaft Vater werden, und sie sollte doch lieber über einen Abbruch nachdenken. Das wäre sicher besser für alle Beteiligten. Für sie, für ihn und für Markus. Daraufhin hatte sie heulend ein paar Sachen gepackt, ein Taxi bestellt und sich zu einem Hotel bringen lassen.

So allmählich wuchs ihm alles über den Kopf. Hatte seine neugierige Schwester nicht vorbeikommen wollen? Na ja, vielleicht hatte sie es sich anders überlegt. Hatte Neo gerade Paranoia gesagt? Vielleicht stimmte es ja, und er wurde paranoid. Seitdem er die Feder erhalten hatte, konnte er kaum an etwas anderes denken. Der Rabe war bei den Chinesen ein Symbol des Unheils.

Schwarz wurde ärgerlich. »Du hast kein Wort mitbekommen, oder? Was ist denn los mit dir?«

»Ich bin überarbeitet. Sollte mal Urlaub machen. Vielleicht sollten wir auch mal kürzer treten.«

»Willst du etwa aussteigen? Bist du bescheuert? Der Laden läuft wie geschmiert!«

Immer noch behielt er den Steg und die Uferpromenade im Auge.

Jo lachte freudlos auf. »Wie geschmiert? Hört sich aber nicht so an. Überall gibt es Probleme. Herrgott, wir haben Kohle genug.«

»Du vielleicht. Du fällst richtig weich, wenn die Firma

deines Onkels in deine Hände übergeht. Bei mir sieht das ein wenig anders aus.«

Jo hatte eine Entscheidung getroffen. »Warte, ich muss dir was zeigen.«

Er stemmte sich aus seinem Stuhl, ging nach unten in die Kajüte. Während Neo hörte, wie sich Jo unten zu schaffen machte, sah er, wie eine zierliche, kleine Gestalt am Ende des Stegs aus dem Wasser kroch und im Schein der Uferbeleuchtung weglief. Also doch! Neo hegte keinen Zweifel daran, wer das war. Jos Schwester Malie. Diese Frau wurde allmählich mehr als lästig. Achtlos schnippte er die Zigarettenkippe über Bord.

Jo Rosenfeld kam mit einem Umschlag, einer Flasche Bourbon und zwei Gläsern, in denen Eiswürfel klirrten, zurück.

»Was hältst du davon?« Er warf Neo den Umschlag zu, der ihn geschickt auffing.

»Was ist da drin?«

»Sieh rein, dann weißt du's.« Jo schenkte großzügig ein und genehmigte sich einen ordentlichen Schluck.

Ich trinke zu viel in der letzten Zeit, ging es ihm nicht zum ersten Mal durch den Kopf.

Schwarz griff in den Umschlag, zuckte kurz zurück, als die Feder seine Hand berührte, und kippte den Inhalt des Umschlags auf den Tisch. Ein leichter Windstoß fegte zwei Teile des zerschnittenen Fotos herunter. Er bückte sich, um sie aufzuheben, und schob die Teile zusammen. Jos Familie. Eine schwarze Vogelfeder. Das erklärte Jos Verhalten. Der Junge hatte die Hosen voll.

»Da hat sich jemand einen üblen Scherz erlaubt«, lautete sein Kommentar.

»Einen Scherz?«, fuhr Jo auf. »Das nennst du einen Scherz?«

»Komm mal wieder runter. Das ist lediglich eine Erinnerung daran, dass wir nicht allein auf dem Markt sind. Wir könnten darüber nachdenken, unsere Strategie zu ändern. Was allerdings bedeutet, dass wir weniger Geld machen.«

»Ich sehe das ein klein wenig anders. Mir sieht das verdammt nach einer Drohung aus. Jemand bedroht meine Familie, verdammt noch mal.«

Die Tierschützerin staunte nicht schlecht, als vor ihr eine klatschnasse Malie Abendroth stand und mit den Zähnen klapperte.

»Was ist denn …, nein, kommen Sie erst mal rein. Da vorne ist das Badezimmer, frische Handtücher liegen im Regal. Ich suche irgendwas Passendes für Sie raus, auch wenn das wirklich schwierig wird.«

Lioba Hanfstängl schützte nicht nur die Natur, sondern war offenbar auch sehr pragmatisch, wie Malie erfreut feststellte. Zwei Minuten nachdem sie Liobas Wohnung betreten hatte, stand sie unter der heißen Dusche und ließ den harten Strahl auf sich niederklatschen. Eine Wohltat. Sie drehte das Wasser ab, nahm sich eines der Handtücher und hüllte sich darin ein. Ein Kribbeln am ganzen Körper machte sich breit und wohlige Wärme durchströmte sie.

»Vor der Tür liegt ein Jogginganzug, den können Sie anziehen, Ihre nassen Sachen hab ich im Keller in den Trockner geschmissen«, hörte sie Liobas Stimme dumpf durch die Badezimmertür klingen. Diese Frau war echt ein Schätzchen.

»Klasse, vielen Dank«, rief Malie und sah sich nach einem Fön um.

Kurze Zeit später saß Malie vor einer Tasse Tee auf Liobas Sofa und versank beinahe in dem Jogginganzug. Sie sah aus wie eine Barbiepuppe, die in Kleidern steckte, die Käthe-Kruse-Puppengröße hatten.

»Ich weiß gar nicht, wie ich mich bedanken soll«, begann Malie.

»Nicht der Rede wert. Trotzdem würde ich die Geschichte schon gerne hören«, Liobas Mund samt ihrer kleinen Hängebäckchen verzogen sich zu einem breiten Grinsen.

Malie begann, zu erzählen. Zuerst von ihrem Besuch bei Trenkwitz, dem Streit, den sie mitangehört hatte. Davon, wie sie sich erinnerte, dass der Name Max gefallen war. So hieße doch auch Liobas Bekannter, oder nicht? Die Tierschützerin nickte bestätigend, und Malie setzte ihren Bericht fort. Immer wieder holte sie weit aus, erzählte von ihrem Bruder und dessen Verhältnis mit seiner Tante, und wie er sich zum Negativen verändert hatte. Es tat gut, sich alles von der Seele zu reden, und Lioba war eine gute Zuhörerin. Nur Paul, das Pangolin, erwähnte sie nicht.

»Du glaubst also«, Lioba hatte beschlossen, das förmliche »Sie« zwischen ihnen einfach zu beenden, »dass dein Bruder sich dafür hergibt, die Tiere ins Land zu schaffen?«

»Ehrlich gesagt, ich schätze, er ist der Kopf des ganzen kriminellen Unternehmens«, Malie stützte die Ellbogen auf ihre Oberschenkel, verbarg ihr Gesicht in den

Händen. »Lioba, ich habe Angst, dass er …«, nur mühsam brachte sie die nächsten Worte hervor, »… ein Mörder ist.«

Hemmungslos begann sie zu schluchzen.

Sauer verließ Neo Schwarz die Yacht. Eigentlich hatte er Jo von einem möglichen neuen Geschäftspartner erzählen wollen, einem Madagassen. Doch mit Jo war heute Abend nichts mehr anzufangen.

Es wäre wirklich lohnenswert, sich einen Weg zu überlegen, die in Madagaskar gefangenen Tiere zu exportieren. Für eine Babyschnabelschildkröte bekam man auf dem Schwarzmarkt schon an die 3.000 Euro, für einen kleinen Goldfrosch 80 Euro. Immerhin war das ein Gewinn von 1.800 Prozent, wenn man bedachte, dass der Tierfänger lumpige fünf Cent für den Frosch bekam. Sehr lukrativ. Madagaskar war ein absolutes Tierparadies, es gab so viele Arten, die es sonst nirgendwo auf der Welt gab, wie das Parsons Chamäleon, das in Nullkommanichts seine Farbe ändern konnte. Er hatte schon überlegt, ob sie nicht auch in den dortigen Holzhandel einsteigen sollten, denn auch bei edlen Hölzern wie Palisander und Ebenholz blühte der Schwarzmarkt.

Doch zuerst musste er hier ein paar Probleme beseitigen. Malie konnte warten, jetzt führte ihn sein Weg zu Lioba Hanfstängls Wohnung. Die Adresse hatte er von Trenkwitz bekommen. Neo hatte vor, sich erst mal in der Nähe umzuschauen und sich zu überlegen, wie er vorgehen wollte. Meist lohnte es sich, wenn man die

Gewohnheiten eines Menschen eine Weile observierte. Der große Mann näherte sich dem Mehrfamilienhaus, dessen gepflasterter Zugang zur Haustür von hohen Büschen gesäumt war.

Plötzlich ging das Außenlicht über der Haustür an, und Neo glitt schnell zwischen die Büsche. Aufmerksame Hausbewohner konnte er jetzt nicht gebrauchen. Gespannt spähte er durch die dichten Blätter des Busches und traute seinen Augen kaum, als er sah, wer aus diesem Haus kam. Jos Schwester. Die entzückende Malie. Und, welche Überraschung, an ihrer Seite Max Losens' Tippse. Neo beobachtete, wie die Dicke die Haustür schloss und gemeinsam mit Malie um die Hausecke bog, wo sich, wie Neo vermutete, die Garagen oder Stellplätze befanden. Dass er damit richtiglag, bewies kurz darauf das Geräusch eines startenden Motors. Er musste sich etwas einfallen lassen. Dass ausgerechnet die beiden sich kannten, war eine interessante Entdeckung.

# KAPITEL 8

Lioba fühlte sich wie gerädert, als sie am nächsten Morgen zum Amt fuhr. Es war gestern Abend viel zu spät gewesen und aufregend dazu. Die arme Malie war völlig fertig gewesen, und es hatte einige Zeit gebraucht, bis Lioba Malie beruhigt hatte. Nachdem sie ihre neue Freundin samt Fahrrad, das sie mit etwas Mühe in ihr Auto geladen bekommen hatte, nach Hause gebracht hatte, war an Schlaf nicht zu denken gewesen. Hin und her hatte sie sich gewälzt. Den Wecker hatte sie dann trotz allem verpennt und war hektisch aus dem Bett gesprungen, um wenigstens noch einigermaßen pünktlich im Amt zu erscheinen.

Seufzend öffnete sie die Tür zu ihrem Büro, ließ sie hinter sich ins Schloss fallen. Am besten, sie brühte sich erst mal einen Tee auf, denn ohne ihr Ritual brauchte sie erst gar nicht mit der Arbeit anfangen. Es war schon merkwürdig, welche unangenehmen Gerüche die alten Akten oft verströmten. Gestern war ihr gar nicht aufgefallen, dass es so muffig in ihrem kleinen Zimmer roch. Lioba riss das Fenster auf. Muffig war noch nicht einmal der richtige Ausdruck. Muffig, ja, doch, aber gepaart mit einem Geruch, der an dreckige, schweißgetränkte Socken erinnerte. Ekelhaft. Sie griff nach ihrem Raumspray, das in der untersten Schublade ihres Schreibtisches lag. Den Duft frischen Lavendels versprach das Etikett.

Ahhh, schon viel besser. Lioba kochte Wasser, legte sich einen Doppelkeks mit Kokos-Ingwer-Füllung bereit, brühte den Tee auf. Die Kekse hatte sie gestern im Supermarkt gekauft, ein völlig neues intensives Geschmackserlebnis, so der Hinweis auf der Verpackung.

Ihre Teezeremonie kam einer heiligen Handlung gleich. Sie goss sich gerade den fertigen Tee in ihre Marienkäfertasse, knusperte ein wenig am Keksrand, als es klopfte.

»Ja, bitte?«

Die Tür öffnete sich, und Lisa Röhrig erschien mit einem Paket in den Händen.

»Hallo, Lioba, ich soll dir die Flyer für die nächste Aktion vorbeibringen. Wim ist seit vorgestern beruflich unterwegs«, erklärte sie ihren Besuch, »und kommt wohl erst morgen oder übermorgen wieder.« Sie stellte das Paket auf den Schreibtisch.

»Das ist nett von dir, danke. Willst du auch einen Tee?«, bot Lioba Hanfstängl an.

»Ja, warum nicht. Danke.«

Lioba schob der Arzthelferin die Marienkäfertasse zu und kramte eine weitere Tasse aus ihrem Schrank hervor, goss sich Tee ein.

»Auch einen Keks dazu?«

»Gerne«, freute sich Lisa und griff nach einem der Kekse.

Lioba nahm einen Brieföffner, durchdrang damit den Klebestreifen des Pakets, der es verschloss.

»Wow, die Flyer sehen aber klasse aus«, rief sie begeistert und schob sich einen Keks zwischen die Zähne. Ihre Zunge erkundete den Geschmack der Keksfüllung. Interessant. Der erste Schluck Tee. Köstlich, vielleicht ein wenig stark geraten. Zehn Sekunden zu lange gezogen, das konnte das Geschmackserlebnis schon ein wenig beeinträchtigen. Sie blies über die dampfende Tasse, roch an der gelblichen Flüssigkeit. Nein, irgendwie schmeckte er anders. Irgendwie würzig, nussig. Das kam bestimmt von dem Keks.

»Ja, Wim ist auch sehr angetan davon. Der Tee ist lecker, darf ich noch eine Tasse haben?«

»Sicher. Schenk dir ruhig ein«, erwiderte Lioba und stellte ihre halb volle Tasse zur Seite. Ihr schmeckte der Tee heute nicht so. Vielleicht brütete sie irgendeinen Infekt aus. Egal.

»Sag mal, ich hab läuten hören, dein verstorbener Chef hat krumme Sachen gemacht?«

»Ja, sieht so aus. Das hast du bestimmt von Frau Abendroth, nicht wahr? Und ich hab ihm auch noch dabei geholfen, sozusagen.«

Lisa war verärgert, schließlich hatte sie Malie das Ganze unter dem Siegel der Verschwiegenheit erzählt.

»Mach dir keinen Kopf, woher solltest du denn wissen, was der wirklich getrieben hat?«

Lisa schob ihre Verärgerung beiseite. »Ja, stimmt schon. Ich muss leider los«, verabschiedete sich Lisa Röhrig, »Toto muss raus, meine Eltern sind im Urlaub«, fügte sie erklärend hinzu.

Nachdem Lisa verschwunden war, widmete sich Lioba ihrer Arbeit. Eine Akte nach der nächsten zog sie herbei, um sie einzuscannen. Immer wieder sah sie müde auf die Uhr, der Tag wollte einfach nicht vorbeigehen. Minute um Minute kroch dahin. Im Hintergrund dudelte das Radio, und sie sang leise mit. Dieses Lied von Cat Stevens hatte sie seit Jahren nicht mehr gehört. Wunderbar, diese Stelle »Blackbird has spoken like the first bird«. Fast hätte sie die lose Seite, die aus einem der Aktenordner herausrutschte und zu Boden segelte, einfach aufgehoben, eingescannt und weggelegt. Doch dann fiel ihr Blick auf ein Wort.

CITES.

Lioba war plötzlich wie elektrisiert.

Cites – Convention on International Trade in Endangered Species of Wild Fauna and Flora*. Das Washingtoner Artenschutzübereinkommen.

Dieses Genehmigungsformular hatte in einer Bauakte nichts zu suchen. Wie es dort hineingekommen war, wer wusste das schon. Doch das war Lioba auch völlig schnurtz. Die Genehmigung trug das Behördensiegel und zudem die mit blauem Kugelschreiber geschriebene Unterschrift von Max Losens. Endlich! Endlich hatte sie einen handfesten Beweis, dass der Referatsleiter des Bau-, Natur- und Umweltamtes dreckige Geschäfte machte. Sorgfältig verstaute sie ihren kostbaren Fund in ihrer Handtasche.

Sie zwang sich, ruhig zu bleiben und ihre Arbeit fortzusetzen. Endlich war es Zeit, Feierabend zu machen. Etwas pünktlicher als gewöhnlich, wie sie sich einge-

* Übereinkommen über den internationalen Handel mit gefährdeten Arten frei lebender Tiere und Pflanzen.

stand. Aber sie ließ sich ja auch nicht lumpen, wenn es mal über den Dienstschluss hinaus etwas zu tun gab. Zu Hause würde sie umgehend Malie Abendroth anrufen und ihr von ihrer Entdeckung berichten! Sie konnte es kaum erwarten. Oder noch besser: Sie würde Malie zum Essen einladen und geheimnisvoll tun. Zum Dessert hätte sie eine Überraschung vorbereitet oder so ähnlich.

Lioba merkte, wie die Spannung noch weiter von ihr Besitz ergriff. Hoffentlich hielt sie das selbst so lange durch. War es die Aufregung, oder was bescherte ihr auf dem Heimweg diese Übelkeit? Das Unwohlsein verstärkte sich, als sie sich erschöpft auf ihrem Sofa niederließ. Vielleicht sollte sie die Essenseinladung für Malie lieber verschieben.

Plötzlich verspürte sie ein Brennen in Mund und Rachen. Hatte sie sich erkältet? Am besten, sie brühte sich einen Tee.

Doch Trinken half nichts, das brennende Gefühl blieb auch, nachdem sie zwei Tassen Tee und ein Glas Wasser getrunken hatte. Zwei Stunden später wurde ihr dermaßen speiübel, und sie übergab sich mitten auf den Wohnzimmertisch. Ungläubig starrte sie auf das Erbrochene, dann brach der nächste Schwall aus ihr hervor. Dunkel, fast schwarz lag die übel riechende Masse vor ihr. Was hatte sie sich denn da für ein Virus eingefangen? Gut, im Amt hatten einige Mitarbeiter über die Sommergrippe, die mit Brech-Durchfällen einherging, geklagt. Aber das hier sah irgendwie gruselig aus. Plötzliche Panik überfiel sie. Sie, die sonst sämtliche Zipperlein mit Naturheilmitteln bekämpfte und eigentlich nie zum Arzt ging, wählte den Notruf.

Lisa Röhrig erging es ähnlich. Kaum, dass sie vom abendlichen Rundgang mit Toto zurück war, erbrach sie sich noch in der Diele. Was war denn mit ihr los? Mit zitternden Beinen schleppte sie sich in die Küche, um Eimer und Lappen zu holen. Als sie den roten Eimer unter der Spüle hervorkramte, überkamen sie böse Krämpfe, peinigten ihren Bauch, ließen sie vor Schmerzen aufstöhnen und in die Knie gehen. Sie gab ihr Vorhaben auf, quälte sich hoch, wankte schmerzgekrümmt zum Badezimmer. Sie schaffte es gerade noch, ihre Hose herunterzuziehen und sich auf die Toilette neben der Badewanne zu setzen. Dann entleerte sich ihr Darm unter kolikartigen Schmerzen, die kaum auszuhalten waren.

Nach einer gefühlten Ewigkeit stemmte sie sich hoch, sah in die Toilettenschüssel. Blutiger Stuhl. Lisa wusste, sie brauchte einen Notarzt. Das war keine normale Magen-Darm-Infektion. Schwindel erfasste sie, ließ sie sich am Badewannenrand festhalten. Erneutes Erbrechen, dieses Mal direkt in die Wanne, nahezu zeitgleich entledigte sich ihr Gedärm dessen, was auch immer ihm Unbehagen bereitete. Ihr Herz kam ins Stolpern, Lisa bekam Todesangst. Irgendwann schaffte sie es, auf allen vieren ins Wohnzimmer zu kriechen, doch es war zu spät.

Niemand bekam mit, was sich in den vier Wänden des Hauses von Familie Röhrig abspielte, nur Toto saß wimmernd neben dem sich von Krämpfen geschüttelten Körper. Stunden später gab Lisas Körper den aussichtslosen Kampf gegen die Samen der Christuspalme auf. Leber und Nieren versagten den Dienst, und die roten Blutkörperchen klumpten zusammen. Das hochtoxische Rizin der Samen hatte seine, allerdings Lioba zugedachte, Aufgabe in vollem Umfang erledigt.

Jo war, nachdem Neo die »Secret« verlassen hatte, zu einem Hotel direkt beim Züricher Flughafen gefahren. Die ganze Nacht hatte er kaum ein Auge zugetan. Wie eine Welle hatten ihn die Neuigkeiten, die seine Mutter und Patrizia für ihn parat gehabt hatten, immer und immer wieder überrollt. War er doch einmal kurz eingeschlafen, hatten ihn das zerschnittene Foto und die Rabenfeder heimgesucht. Nur mühsam hatte er sich am frühen Morgen auf den festen Boden der Tatsachen gekämpft. Eins nach dem anderen, hatte er sich gesagt. Erst mal nach Vietnam, und nach seiner Rückkehr aus Saigon – wie die Einheimischen nannte auch Jo Saigon meist beim alten Namen –, würde er zuerst ein Gespräch mit Markus führen. Er hatte seine Mutter gebeten, ihm noch nicht zu sagen, dass er, Jo, mittlerweile die Wahrheit über seinen wahren Vater kannte.

Und Pat? Ja, er war sehr harsch gewesen, doch nur, weil ihn die Eröffnung, sie bekäme ein Baby, komplett überrumpelt hatte. Im tiefsten Innern hatte er es in dieser Nacht auch so gemeint. Natürlich war sie weinend weggefahren. Jos Gefühlswelt stand Kopf. Dazu kam noch dieses mehr als vage Gefühl, ihm wolle jemand an den Karren fahren. Nicht zum ersten Mal hatte er den Eindruck, er werde beobachtet, ja, regelrecht verfolgt. Er sollte wirklich ernsthaft darüber nachdenken, die Reißleine zu ziehen, heiraten, mit Patrizia das Kind großziehen, geordnet und gutbürgerlich. Wenn er sich also mit der Idee, Vater zu werden, doch noch anfreunden konnte, musste er Markus damit ebenfalls konfrontieren. Vorausgesetzt Patrizia hatte es bis zu seiner Rückkehr aus Vietnam nicht schon längst getan. Dann würde er wohl seinen eigenen Vater bitten müssen, in die Scheidung einzuwilligen.

Gott, er dachte ja schon so spießig wie die Zukünftige seines alten Schulkameraden Christian. Jo schwirrte der Kopf. Wie war es nur möglich, dass sein Leben von heute auf morgen derart kompliziert werden konnte? Eigentlich würde er am liebsten auf irgendeine tropische Insel abhauen und den Rest seines Lebens genießen. Fern jeder Verantwortung, Pflicht und gesellschaftlichen Zwängen.

Seine Maschine nach Saigon startete um 7.45 Uhr. Er, der sonst immer auf den letzten Drücker zum Gate kam, war viel zu früh am Flughafen. Gut, dass man in der Lounge, die den Vielfliegern vorbehalten war, seine Ruhe hatte. Trübsinnig starrte er in die Espressotasse in seiner Hand, als ihm plötzlich ein handlicher Rollkoffer unsanft ans Bein gerempelt wurde.

»Was stierst du so schlecht gelaunt in deine Tasse? Schwimmt ne Feder drin? Kein Grund, Trübsal zu blasen, wir haben Aussicht auf gute Geschäfte.«

Jo erschrak, als er so abrupt aus seinen Gedanken gerissen wurde. Mit einem Knall stellte er die kleine Tasse auf ihren Teller.

»Mann, kannst du nicht aufpassen?«, fuhr er Neo an und rieb sich die Wade.

»Ohhh, hat sich der kleine Jo wehgetan, das tut mir

aber leid. Stell dich nicht so an.« Neo stellte sein Handgepäck zur Seite und setzte sich neben ihn. »Also, was ist los, erzähl's dem Onkel Neo.«

»Nichts ist los. Ich hab nur so früh am Morgen keine Lust auf ein tiefschürfendes persönliches Gespräch mit dir. Bleiben wir beim Geschäft. Mir ist da so ein Gedanke gekommen. Was meinst du, ist unser Sung auch wirklich sauber?«

»Was heißt hier sauber. Er ist so sauber wie die anderen auch. Genauso sauber und genauso korrupt. Die Hauptsache für ihn ist, die Kasse stimmt. Mehr interessiert ihn nicht. Da erzähl ich dir doch nichts Neues.«

Neo stand auf, zeigte auf die Tasse von Jo. »Auch noch einen?«

»Nein, lieber nicht. Ich möchte während des Flugs so lange wie möglich schlafen. Aber bring mir ein Croissant mit. Dass die ganze Bagage korrupt ist, weiß ich selber. Aber ein Minimum an Vertrauen muss schon sein.«

Neo ging hinüber zu dem kleinen Frühstücksbuffet und kam wenig später mit einem Tablett zurück, stellte Jo einen Teller mit einem Croissant hin. Er selbst hatte sich einen doppelten Espresso, zwei Brötchen, Butter, Schinken und Käse aufgeladen.

Jo zögerte einen Moment. Sollte er Neo überhaupt von seinem Verdacht erzählen? Er räusperte sich, fasste einen Entschluss und raunte seinem Tischnachbarn zu: »Neo, ich glaube, wir haben wirklich ein ernsthaftes Problem. Ich werde verfolgt, indirekt sogar bedroht. Aber nicht nur ich, sondern auch meine Familie. Das hab ich dir gestern Abend schon gesagt. Du wolltest aber nichts davon wissen.«

Er biss von seinem Croissant ab.

Neos spöttisches Dauergrinsen, das er extra für Jo parat hatte, verschwand. Richtig, er hatte das gestern Abend einfach abgetan. Von Verfolgung war nicht die Rede gewesen. Nur dieses Fotopuzzle und die Feder. Jo schien wirklich besorgt zu sein. Das fehlte ihm gerade noch. Problemchen gab es schon genügend. Vor drei Tagen hatte ihn Max zum wiederholten Mal angerufen und allen Ernstes zehn Prozent mehr verlangt. Schließlich könnten sie ohne die Formulare gar nichts machen, und es wäre ja wohl nur gerecht. Neo hatte ihm versprochen, es gäbe mehr Geld, wenn er sich mal um seine lästige Mitarbeiterin kümmern würde. Ob Max denn wüsste, dass diese eine Freundin hätte, Malie Abendroth, die Trenkwitz seltsame Fragen stellte? Die beiden Frauen waren offenbar gemeinsam auf dem Kriegspfad zur Rettung der Tiere unterwegs.

Neo verscheuchte die Gedanken an Losens und widmete seine Aufmerksamkeit wieder Jo.

»Was meinst du mit ›verfolgt‹?«

»Ich bin sicher, ich werde beschattet. Keine Ahnung, von wem im Speziellen, ich habe auch noch nie wirklich jemanden gesehen. Es ist vor allem dieses mulmige Gefühl.«

Neo entspannte sich. Jo sah Gespenster. Das kam schon mal vor, wenn man sich auf zwielichtige Geschäftspartner einließ.

»Mulmiges Gefühl. Wenn das alles ist. Ein mulmiges Gefühl habe ich schon, wenn ich einen dunklen Typ mit Bart und breitem Gürtel sehe«, erwiderte er, nebenbei seine Brötchen schmierend.

»Na, ein wenig mehr als das ist es schon.« Jo war beleidigt. »Jemand ist in meine Wohnung in Bremen eingedrungen, hat das Foto mitgehen lassen, du weißt schon, das aus dem Umschlag. Das waren sicher Profis. Und dazu noch die Feder. Das hat was zu bedeuten. Feder, Flügel, Tod. Mein lieber Freund, das ist eine glatte Drohung, und sie gilt nicht nur mir. Wir sind irgendjemandem gewaltig auf die Füße getreten. Jemandem, der uns aus dem Geschäft haben will. Das brauch ich dir ja wohl nicht zu sagen, dass mit den Chinesen – und die stecken hundertpro dahinter – nicht zu spaßen ist. Insofern wäre es gut zu wissen, ob Sung nicht vielleicht nur ein Handlanger von denen ist, die uns im Moment ans Leder wollen.«

»Bis jetzt hat Sung zuverlässig geliefert und war mit seinem Anteil zufrieden«, genüsslich schob Neo den letzten Bissen seines Brötchens in den Mund. »Wenn er mit den Chinesen unter einer Decke stecken würde, hätte er uns doch schon längst auffliegen lassen. Es sei denn, er fährt zweigleisig, arbeitet für uns und für die. Aber das würde ich mir an seiner Stelle zweimal überlegen. Wenn er das macht, spielt er mit seinem Leben. Nicht unbedingt von unserer Seite aus, aber von der der Schlitzaugen auf jeden Fall. Aber wenn es dich beruhigt, fühle ich ihm mal auf den Zahn.«

»Das kannst du von mir aus machen. Aber egal, wie es mit Sung aussieht, irgendjemand ist hinter uns her.«

Die Tür zur Lounge öffnete sich, zwei Asiaten betraten den Raum, setzten sich an einen Tisch in der Nähe. Einer sah kurz zu ihnen herüber, für einen Moment blieb sein Blick an Jo hängen.

Plötzlich schmeckte das Croissant fade, Jo legte es zurück auf den Teller. Sein Herzschlag hatte sich beschleunigt, als er die Asiaten gesehen hatte. Gott, er würde noch verrückt werden, wenn das so weiterging. Gehetzt sah er auf seine Breitling, eigentlich müsste jetzt bald das Boarding beginnen. Prompt kam der Aufruf, dass die Maschine zum Einsteigen bereit war, als Passagiere der Business Class konnten sie zuerst an Bord. Ab Wien hatten sie Gott sei Dank keine Plätze in der Maschine nebeneinander, er würde sich hinlegen, nachdenken und hoffentlich schlafen können, bis sie in Bangkok ein weiteres Mal umsteigen mussten. Auf eine Unterhaltung mit Neo oder sonst wem hatte er keine Lust.

Nach 14 Stunden Flug waren sie an ihrem Ziel angelangt, Saigon empfing sie wie üblich mit schwül-heißem Wetter. Jos Hemd klebte in wenigen Minuten am Körper, und er war froh, als sie das »Park Hyatt Saigon« am Lam Son Square mit dem auf kühle 19 Grad klimatisierten Taxi erreicht hatten. Wie immer hatte Jo in diesem Luxushotel zwei Zimmer gebucht. Von hier waren es nur wenige Minuten zum Ben Thanh Markt, morgiger Treffpunkt für Jo und Neo mit ihrem Lieferanten Sung. Mit seinen 13.000 Quadratmetern Fläche und seinen mehr als 1.300 Geschäften und Ständen, wo von Kleidung bis zu exotischen Lebensmitteln alles angeboten wurde, war der Markt der ideale Treffpunkt, um in der unüberschaubaren Menschenmenge seinen eigenen Geschäften mehr oder weniger anonym nachzugehen.

Im Hotel angekommen, hatten sie kurz geduscht und sich noch etwas zu essen bringen lassen, dann hatte Jo sich in sein Zimmer zurückgezogen. Trotz des klimatisierten Raums fiel es Jo auch in dieser Nacht schwer, einen ruhigen Schlaf zu finden. Zwar hatte er zuvor an Bord einige Stunden ruhen können, doch richtig tief geschlafen hatte er nicht.

Kaum war er endlich eingenickt, glaubte er, ein Klopfen an seiner Tür zu vernehmen. Neo hatte die unselige Angewohnheit, mitten in der Nacht mit einer Flasche Whisky aufzutauchen. Meist um die Planung der Schmuggelaktion noch einmal explizit zu besprechen, manchmal auch nur, um die alten Zeiten der Afrikasafaris wieder aufleben zu lassen. In dieser Nacht hatte Jo weder auf das eine noch das andere Lust. Er schnarchte demonstrativ und hoffte, Neo damit wieder in sein eigenes Zimmer verschwinden zu lassen, kannte er doch die Hartnäckigkeit seines Kompagnons.

Umso mehr erstaunte es ihn, als Neo bereits nach dem ersten Klopfen wieder aufgab. Auch gut. Jo knipste das Nachttischlicht an, sah auf die Uhr. Kurz nach eins. Er angelte nach dem Schmöker, den er sich vor dem Abflug am Züricher Flughafen zugelegt hatte, um zu lesen. Das half meistens, um zur Ruhe zu kommen. Ein etwas langweiliger englischer Krimi, dessen Titel mehr versprochen hatte, als die ersten Seiten dann hielten, wie er feststellte. Umso besser. Etwas Spannendes konnte er nun grade nicht gebrauchen. Wenig später war er tief und fest eingeschlafen.

Das heftige Poltern an seiner Zimmertür einige Stunden später riss ihn aus seinem Schlaf. Die Nachttischlampe brannte immer noch, das Buch musste während der Nacht aus dem Bett gefallen sein, ohne dass er es bemerkt hatte. Weiteres Klopfen. Neo, der Einlass begehrte.

»He, aufwachen, du hast verschlafen. Lass mich rein.«

Jo war noch vom Schlaf benommen, wusste im ersten Moment nicht, wo er sich befand. Das Kopfkissen war feucht von seinem Speichel, der ihm offensichtlich in der Nacht aus dem Mund gelaufen war. Einen Moment ekelte er sich vor sich selbst.

»Lärm hier nicht so rum, ich komm ja schon«, rief er mit belegter Stimme.

Als er sich aufrichtete und die Beine aus dem Bett schwang, erfasste ihn ein kurzer Schwindel, und er musste sich für eine Sekunde berappeln, um dann schließlich endgültig aufzustehen und Neo die Tür zu öffnen. Schwarz, der vor Energie nur so zu strotzen schien, als er festen Schrittes eintrat, ließ sich lässig in den Sessel am Fenster fallen. Zu seinem dünnen hellblauen Hemd trug er eine graue elegante Baumwollhose und hellbraune italienische Markenschuhe.

»Mach mal, in 45 Minuten treffen wir Sung. Der wartet nicht gerne. Wie siehst du denn aus? Hast du schlecht geschlafen?«

»Idiot, das fragst du noch? Wer klopft denn mitten in der Nacht an meine Tür, kaum dass ich endlich mal die Augen zugemacht habe? Warte einen Moment, ich spring nur schnell unter die Dusche. Hast du schon gefrühstückt?«

Jo verschwand im Badezimmer, schloss die Tür. Gedämpft vernahm er Neos Antwort und erstarrte.

»Wie, was geklopft? Nachdem mich diese kleine vietnamesische Hure beglückt hat, habe ich geschlafen wie ein Stein. Solltest du auch mal versuchen. Wann soll ich denn an deiner Tür gewesen sein? Du fängst allmählich an, Gespenster zu sehen. Krieg dich mal wieder ein.«

Jo gab keine Antwort und drehte das Wasser auf, duschte so kalt, wie es sein Körper ertrug, wickelte sich das Badetuch um die Hüften, putzte die Zähne und kehrte zurück ins Zimmer. Wortlos kramte er in dem kleinen Koffer, den er nicht ausgepackt hatte, nach frischer Wäsche, einer leichten beigen Hose und einem dunkelgrünen Poloshirt, verschwand wieder im Bad, um sich anzuziehen.

Wenn Neo nicht an der Tür geklopft hatte, wer dann? Oder hatte er sich vielleicht nur eingebildet, jemand wäre da gewesen? Wahrscheinlich hatte Neo recht. Seine Paranoia schien zuzunehmen, nun sah er nicht nur Gespenster, er hörte sie auch schon. Jo zwang sich, eine lockere Miene aufzusetzen, als er das Badezimmer verließ. Neo hatte indes längst das Thema gewechselt, kalkulierte laut die Gewinne durch, die beim heutigen Deal zu erwarten waren.

»Wahrscheinlich hat mir ein Traum einen Streich gespielt, alter Junge, lass uns mal zum Markt wandern und Geld verdienen«, Jo grinste Neo verschwörerisch an.

»Und was ist mit Frühstück? Das Buffet ist wie immer bombastisch.«

»Später, ich hab keinen Hunger. Erst erledigen wir die Sache mit Sung, dann gönnen wir uns ein ausgiebiges spätes Frühstück im Du Mien, und du kannst mir von deiner kleinen Vietnamesin erzählen.« Er lachte, doch in seinen Ohren klang es gekünstelt. Eine unerklärliche, tief sitzende Angst hatte ihn gepackt.

Ob Lisa Röhrig wohl noch einen Schlüssel zur Praxis hat?, überlegte Malie. Wohl kaum. Gedankenverloren stocherte sie in ihrem Abendessen, Spinatsalat mit Champignons und Cashewnüssen, herum. Selbst wenn, was würde es bringen, sich verbotenerweise Zugang zur Praxis Huang Cais zu verschaffen? Rechnungen über die Lieferungen von Seepferdchenpulver und dergleichen würde es sicher nicht geben. Aber bestimmt wären noch weitere Pülverchen da!

Und?, fragte sie sich, was beweist das? Nichts, außer, dass der gute Huang ein Schwein gewesen ist.

Frustriert legte sie ihre Gabel auf den Tellerrand, irgendwie hatte sie keinen Appetit mehr.

Ein neuer Gedanke nahm zusehends Gestalt an. Frachtbriefe von See- oder Luftfracht. Wenn Jo mit der ganzen Scheiße zu tun hatte, und danach sah es ja nach dem gestrigen Abend definitiv aus, musste irgendein Hinweis in den Unterlagen zu finden sein. Unstimmigkeiten in den Begleitpapieren, wie den Packlisten, Ursprungszeugnissen der Herkunftsländer der versandten Waren oder Inspektionszertifikaten. Was immer.

Nur, wie kam sie da ran? Diese Dokumente wurden bestimmt im Hauptsitz der Firma aufbewahrt. Sollte sie mit ihrem Onkel Markus reden? Der Ärmste. Seine Frau betrog ihn mit seinem Neffen, und der wiederum machte krumme Geschäfte und nutzte dafür Markus' Firma. Malie konnte und wollte sich nicht vorstellen, dass auch ihr Onkel Anteil an der grausamen Tierschmuggelei hatte. Im Leben nicht. Markus Rosenfeld war durch und durch ein integrer Geschäftsmann.

Malie wählte Liobas Nummer, wollte sich bei ihr mit

einer Einladung zum Essen bedanken. Doch die Tierschützerin ging nicht ans Telefon. Dann musste sie es eben später oder morgen noch mal versuchen. Kaum hatte sie aufgelegt, meldete sich Falk.

»Alles klar bei dir?«

»Wenn ich sagen würde, ja, wäre das gelogen«, seufzte Malie.

»Wieso? Was ist passiert?«, fragte Andresen besorgt.

»Also, mir geht's gut, aber du kannst dir nicht vorstellen, was ich gestern Abend mitbekommen habe.«

»Soll ich vorbeikommen?«

»Oh ja, gerne«, freute sich Malie.

»Bin in einer guten halben Stunde da. Bringe Hunger mit.«

Malie musste lächeln. Der gute Falk war irgendwie ständig hungrig. Sie versprach, ihm etwas zu kochen, und legte auf.

Ihren kaum berührten Salat stellte sie in den Kühlschrank und begann, thailändische Fischküchlein zu machen. Eigentlich hatte sie diese erst morgen zubereiten wollen, aber nun, da ihr hungriger Freund auftauchen würde, könnte sie das ebenso gut jetzt tun. Außerdem würde das Kochen sie etwas ablenken.

Fischfilets, Ei, frischer Koriander, Zucker und rote Currypaste wanderten in den Mixer und danach in eine Glasschüssel. Dazu kamen klein geschnittene grüne Bohnen, die sie mit einem Kochlöffel unterrührte. Vor sich hin summend formte sie aus der Mischung kleine Kugeln, drückte sie mit der Hand auf einem Brett flach. Ins heiße Öl würde sie die Küchlein erst geben, wenn Falk aufgetaucht war.

Während sie auf Falk wartete, vertrieb sie sich die Zeit damit, im Wintergarten sauber zu machen und für neues Futter und frisches Wasser für Paul zu sorgen. Dem Tier schien es gut zu gehen, die Breischale war immer sauber geleckt. Nur zu Gesicht bekam sie es selten, außer sie schaute in sein Kartonversteck.

Es klingelte an der Tür. Falk. Malie umarmte ihren Freund, und bat ihn herein.

»Setz dich, es gibt Thaistyle Fish Cakes«, eröffnete sie ihm, schaltete den Herd an und stellte eine Pfanne mit hohem Rand darauf, gab Öl hinein.

»Du bist die Beste. Eigentlich sollte ich dich allein deiner Kochkünste wegen heiraten«, flachste er mit einem strahlenden Lächeln und nahm an der Küchentheke Platz.

»Hab nicht so die guten Erfahrungen mit der Ehe gemacht, lass mal stecken.«

Das Öl war heiß, und Malie begann, die Küchlein zu backen, legte sie anschließend auf Küchenpapier, um das überschüssige Öl aufsaugen zu lassen. Nebenbei erzählte sie Falk von dem Gespräch zwischen Jo und Neo, das sie gestern belauscht hatte.

»Nicht dein Ernst, oder?«, kommentierte Falk ihre Geschichte. »Dein Bruder hat ja wohl Kohle genug, um über die Runden zu kommen. Und diese Runden dreht er im Ferrari. Er hat mein vollstes Verständnis, er kann ja gar nicht anders, als sich auf diese Weise ein Taschengeld dazuzuverdienen«, fügte er voller Sarkasmus hinzu. »Es sind ja bloß Tiere. Das ist echt zum Kotzen, Malie.«

Er glitt von seinem Hocker, nahm Teller und Gläser aus dem Küchenschrank, holte Besteck aus der Schublade.

»Im Kühlschrank liegt noch deine Flasche Weißwein«, sagte Malie, schaltete den Herd aus und stellte die Küchlein zusammen mit einem Dip auf die Theke.

»Willst du den Salat dazu essen?«, fragte Falk, als er den kaum berührten Teller im Kühlschrank entdeckte.

»Ja, gib mal her. Vorhin hatte ich keine Lust mehr zu essen, jetzt wo ich nicht mehr alleine bin, kehrt der Appetit zurück.«

»Was hast du jetzt vor, Püppchen?« Falk schob sich die erste Gabel in den Mund, rollte verzückt mit den Augen. »Lecker.«

»Keine Ahnung. Nee, stimmt nicht ganz, ich hab vorhin überlegt, ob ich nicht irgendwie an die ganzen Papiere gelangen kann.« Sie hob ihr Glas und prostete Falk zu.

»Welche Papiere meinst du jetzt? Die Blankoexemplare, die Trenkwitz hat?«

Malie schüttelte kauend den Kopf. »Nein. Frachtbriefe von all den Waren, die aus Südostasien von der Firma importiert werden. Hundertpro sind da welche dabei, die gefälscht wurden.«

»Und wie willst du rankommen?«

»Tja, das ist genau mein Problem. Ich weiß es nicht. Die Unterlagen sind bestimmt in Bremen, im Hauptsitz der Firma. Die letzten drei Küchlein sind deine, mir reicht's.«

Falk Andresen ließ sich das nicht zweimal sagen und griff herzhaft zu. Den restlichen Salat vertilgte er auch noch.

Nachdem sie gemeinsam die Küche in Ordnung gebracht hatten, verzogen sie sich mit der Weinflasche und den Gläsern in den Wintergarten. Sie unterhielten sich mit gedämpften Stimmen, um Paul nicht zu stören.

Vielleicht traute er sich ja trotz ihrer Anwesenheit aus seinem Versteck, um seinen Brei zu futtern, der bis jetzt unberührt geblieben war.

»Glaub ich gar nicht, dass die Papiere in Bremen sind«, nahm Falk den Faden wieder auf, »viel wahrscheinlicher ist doch, sie sind in der Firmenwohnung in Zürich. Das ist schließlich das Büro vor Ort sozusagen, das dein Bruder benutzt.«

Malie starrte ihn mit funkelnden Augen an, schlug sich mit der flachen Hand an die Stirn. »Mensch, du bist genial. Wieso überhaupt bin ich da nicht selbst draufgekommen?«

Falk grinste selbstgefällig. »Tja, wenn du mich nicht hättest …«

Malie schenkte ihrem Freund und sich nach und überlegte laut. »Patrizia hat bestimmt Schlüssel zur Wohnung, ich muss mir nur einen Vorwand ausdenken, warum ich unbedingt Zugang haben muss.«

»Wann warst du das letzte Mal dort?«, fragte Falk.

Malie runzelte die Stirn. »Das ist mindestens vier Monate her, eher länger. Ich hatte dort übernachtet, weil ich am nächsten Morgen sehr früh nach Bremen geflogen bin, um meine Mutter zu besuchen.«

»Sag doch Patrizia, du vermisst einen Ring oder so. Und die einzige Möglichkeit, wo er noch sein könnte, wäre die Firmenwohnung«, schlug Falk vor.

Malie war skeptisch. »Ob sie mir das abkauft? Egal, aber was Besseres fällt mir auch nicht ein. Sieh mal«, flüsterte sie plötzlich und deutete mit dem Kinn in Richtung Teich, wo die Schälchen für Paul standen. Unbemerkt von ihnen beiden, hatte sich das Pangolin aus seinem Versteck getraut und trank. Dann wandte es sich dem Brei zu, und sie konnten die lange Zunge sehen, die das Futter ins Maul beförderte. Fasziniert beobachteten Malie und Falk mit angehaltenem Atem das putzige Tier, trauten sich nicht, sich zu bewegen. Schließlich war die Schüssel leer geleckt, und Paul verschwand zwischen den großen Blättern der Alocasien.

»Niedlich, oder?« Auf Malies Gesicht lag ein verzücktes Lächeln.

Falk nickte zustimmend. »Wann willst du ihn eigentlich zu deiner Schwester bringen? Du kannst ihn nicht behalten, das ist dir schon klar, oder?«

»Ja, ja, natürlich. Das Problem ist, ich weiß gar nicht, wie ich ihr das beibringen soll. Ich kann ja nicht einfach nach Leipzig fahren und sagen: Hallo, Schwesterherz, schau mal, was ich dir mitgebracht habe!«

»Sag ihr einfach die Wahrheit. Was anderes bleibt dir so oder so nicht übrig.«

»Sie wird ausflippen, wenn sie hört, was unser Bruder getan hat«, antwortete Malie düster. »Das wird sie ihm nie verzeihen. Wenn es um Tiere geht, kennt sie kein Pardon.«

»Jo ist selbst schuld, wenn Alicha mit ihm für immer bricht. Wieso lässt er sich auch auf so einen Scheiß ein. Ich bezweifle allerdings, dass das auf seinem Mist gewachsen ist.«

»Glaub ich auch nicht, bestimmt hat ihn sein Busenfreund Neo, dieser schreckliche Typ, darauf gebracht«, seufzte Malie, »aber am Ende ist es auch egal. Jo hat auf jeden Fall Markus' Vertrauen missbraucht und die Firma in Misskredit gebracht.«

Am nächsten Morgen, kurz nach 8 Uhr wählte Malie Patrizias Handynummer, die sich verschlafen meldete. »Ähm, hallo, Patrizia, ich wollte dich nicht wecken, dachte, du wärst schon wach …«, stotterte Malie.

»Was gibt's denn so Dringendes? Ich hab keine Lust auf eine Moralpredigt, schon gar nicht um diese Uhrzeit«, unterbrach ihre Tante sie barsch.

»Nein, nein, keine Predigt. Nichts dergleichen«, versicherte Malie hastig. »Ich glaube, ich habe vor Monaten einen Ring in der Züricher Wohnung liegen lassen, als ich dort übernachtet habe. Hab überall danach gesucht, und meine letzte Hoffnung ist jetzt, dass er dort rumliegt. Du hast doch sicher Schlüssel für die Wohnung, könntest du sie mir geben?«

»Willst du mich veräppeln? Wenn ein Ring dort wäre, der dort nicht hingehört, hätte ihn die Putzfrau längst gefunden und Bescheid gegeben. Frau Sprüngli ist absolut zuverlässig und ehrlich.« Sie machte eine kleine Pause. »Warum willst du wirklich nach Zürich, und wieso fragst du nicht deinen Bruder nach den Schlüsseln, sondern mich?«

»Weil ich Jo nicht erreichen kann, sein Handy ist ausgestellt. Gibst du mir die Schlüssel jetzt oder nicht?«

»Ich gebe sie dir, wenn du mir den Grund nennst. Den wahren Grund.«

Malie schwieg. Sollte sie Patrizia einweihen? Ja, schließlich gehörte auch ihr ein Teil der Firma. Andererseits hinterging sie Markus mit seinem Neffen, und nun war sie auch noch schwanger. Verdiente Patrizia Ehrlichkeit, wenn sie selbst log?

»Bist du noch dran?« Patrizia klang ungeduldig.

»Ja. Bist du auf der Yacht?«

»Nein. Ich bin im Hotel.«

»Wieso das denn? Hattet ihr Streit?«

»Ja.«

Es folgte keine Erklärung, und Malie wollte eigentlich nicht weiter in sie dringen. Trotzdem war ihre Neugier größer, und sie wagte einen Schuss ins Blaue.

»Jo hat ein Problem damit, dass du schwanger bist. Hab ich recht?«

Sie hörte Patrizia tief einatmen und hart schlucken. Treffer.

»Ja. Komm vorbei.« Sie nannte Malie die Adresse des Hotels und legte auf.

Eine knappe halbe Stunde später klopfte Malie an die Tür von Patrizias Hotelzimmer. Als ihre Tante öffnete, konnte Malie sehen, dass Patrizia geweint hatte. Ihre Augen waren leicht gerötet und die Lider etwas geschwollen. Wortlos ließ sie Malie an sich vorbeigehen, schloss die Zimmertür und sah ihre Nichte abwartend an.

»Ich glaube, Jo macht krumme Sachen«, rang sich Malie durch, zu sagen. »Das ist der Grund, warum ich nach Zürich will. Ich hoffe, ich finde dort Beweise, die meinen Verdacht entweder bestätigen oder entkräften. Letzteres wäre mir lieber«, fügte sie brummig hinzu.

»Was meinst du mit ›Jo macht krumme Sachen‹? Geht's auch ein bisschen genauer?«

Patrizia hatte die Arme unter der Brust verschränkt, nicht gewillt, Malie so einfach davonkommen zu lassen.

»Okay. Es ist ja auch deine Firma. Ich hege den Verdacht, mein Bruder schmuggelt artgeschützte Tiere ins Land. Und dazu nutzt er die Transportwege der Firma.«

Ungläubig starrte ihre Tante sie an. »Bitte?« Tausend Fragen standen Patrizia Rosenfeld ins Gesicht geschrieben.

»Es ist eine lange Geschichte. Hör zu, ich hab im Augenblick keine Zeit für Erklärungen.«

Patrizia kaute auf ihrer Unterlippe herum, sah auf ihre gefalteten Hände mit den perfekt lackierten Fingernägeln hinab, polierte mit dem rechten Daumen den linken Daumennagel.

»Okay. Ich gebe dir die Schlüssel. Dafür möchte ich eine Gegenleistung.«

Aha, hab ich's mir doch gedacht, fuhr es Malie durch den Kopf. In dieser Welt gibt es nichts umsonst.

»Gut.«

»Du sprichst mit deinem Bruder über mein Baby. Ich will es behalten. Du musst ihn davon überzeugen, dass er dazu steht.«

Malie war schockiert. Sie hätte nicht geglaubt, dass ihr Bruder so eiskalt sein konnte. Hatte er Patrizia wirklich zu einem Schwangerschaftsabbruch gedrängt?

»Ich kann mir nicht vorstellen, dass gerade ich diejenige sein soll, die ihn umstimmen kann. Aber wenn du meinst, dann rede ich mit ihm.«

Sie streckte ihre Hand aus, die Handfläche nach oben gedreht, die Schlüssel fordernd.

Patrizia deutete mit einem Kopfnicken auf den Nachttisch. Dort lag ein Ring, an welchem zwei Schlüssel befestigt waren. Malie ging an ihr vorbei, nahm das Bund und kehrte zu Patrizia zurück.

Plötzlich tat Patrizia ihr leid, zaghaft legte sie ihre Hand auf deren Schulter. »Egal, was er sagt. Behalte das Baby. Denk nicht mal dran, es abzutreiben.«

Ein wehmütiges Lächeln stahl sich auf Patrizias schönes Gesicht, und sie nickte unmerklich. »Danke«, flüsterte sie. »Ich fliege heute noch zurück nach Bremen.«

Falk bot an, Malie nach Zürich zu begleiten, nachdem sie ihn angerufen hatte. Zuvor hatte sie auf der Insel Bescheid gegeben, dass sie heute wegen dringender familiärer Angelegenheiten nicht erscheinen würde. Patrizia war mit ihnen gefahren. Zur Mittagszeit erreichten sie Zürich, aßen eine Kleinigkeit und fuhren dann zur Firmenwohnung, nachdem sie Patrizia am Flughafen abgesetzt hatten.

Das Büro in der Wohnung war voll mit Aktenordnern, auf dem großen L-förmigen Schreibtisch standen ein PC, ein Drucker mit Scanner- und Kopierfunktion sowie ein Faxgerät. Falk und Malie besahen sich die Rücken der Aktenordner, versuchten herauszufinden, welcher der Ordner Informationen beinhalten mochte, die für sie relevant wären. Wenn sie überhaupt etwas finden würden.

»Hier, schau mal«, sagte Falk, »hier sind Geschäftsunterlagen über Vietnam abgeheftet.«

Er zog den Ordner aus dem Regal, schlug ihn auf, blätterte darin herum.

»Hast du eigentlich eine Ahnung, womit die Firma handelt?«

Malie zuckte mit den Schultern. »Nee, nicht wirklich. Mich hat das nie interessiert. Wäre vielleicht besser gewesen, dann hätte ich zumindest eine Idee, wonach wir suchen sollten. Die Firma ist ziemlich breit aufgestellt, soweit ich weiß. Alle möglichen Waren, egal ob Konsum- oder Luxusgüter, ich glaube auch Roh- und Naturstoffe werden importiert beziehungsweise exportiert.«

»Hm, diese Dinge werden sicherlich über den Seeweg ins Land gebracht. Da Zürich jetzt nicht gerade über einen Containerhafen verfügt, sollten wir uns darauf konzentrieren, welche Waren per Luftfracht hierhergelangen. Dieses Schuppentier kam bestimmt mit dem Flugzeug, jede Wette.«

Malie massierte ihren Nasenrücken mit Daumen und Zeigefinger, überlegte kurz. »Frischwaren wie Obst und Gemüse. Mangos, Papayas oder Pok Choi zum Beispiel.«

»Gut. Dann lass uns nach so etwas suchen. Gemüse und Obst kommen in Kisten, wahrscheinlich aus Styropor, damit der Kühleffekt länger anhält. Der arme Paul hat sich bestimmt halb totgefroren, ein Wunder, dass er überhaupt überlebt hat.«

Malie hatte inzwischen weitere Ordner gefunden, in denen alle möglichen Papiere abgeheftet waren, die den Handel mit Waren aus Südostasien belegten. »Trotz allem sollten wir auch nach Waren suchen, die per Containerschiff nach Europa gelangten. Diese pulverisierten Seepferdchen, und weiß der Teufel, was alles eingeschmuggelt wurde, kamen bestimmt nicht mit dem Flugzeug.«

Falk nickte, bezweifelte aber, dass sie hier solche Frachtbriefe finden würden. »Die Containerschiffe gehen entweder nach Rotterdam, Hamburg oder von mir aus noch nach Bremerhaven. Wenn du da fündig werden willst, dann musst du nach Bremen fahren in den Firmenhauptsitz.«

Sie setzten sich auf den Boden, um sie herum lagen diverse Aktenordner. Über zwei Stunden lang herrschte Schweigen zwischen ihnen, jeder bemüht, irgendwas zu entdecken, was einen Hinweis auf Schmuggelware geben könnte. Dann plötzlich stieß Malie auf einen Vorgang, in dem es um den Transport von lebenden Tieren ging.

»Hier! Das könnte was sein«, stieß sie aufgeregt hervor und klopfte mit dem rechten Zeigefinger auf die aufgeschlagene Seite.

Falk rückte näher an sie heran, und Malie drehte den Ordner, sodass er besser lesen konnte.

»Fische aus tropischen Gewässern für Meerwasseraquarien. Vielleicht musste Paul dann wenigstens doch nicht frieren, wenn er bei dieser Lieferung dabei war.«

»Sieh mal auf das Datum«, meinte Malie, »das könnte passen.«

»Stimmt, nur wie finden wir heraus, ob bei dieser Fischlieferung alles mit rechten Dingen zugegangen ist?«

»Keine Ahnung«, Malie klang frustriert.

Falk zog den Ordner zu sich heran, blätterte langsam eine Seite nach der anderen um, las sich gründlich durch, was daraufstand. Importpapiere für die Zollabfertigung, Formulare für den Spediteur, Ursprungszeugnisse, Einfuhrgenehmigung.

»Wäre schön, wenn wir den PC nutzen könnten, vielleicht hat dein Bruder ja irgendwelche verdächtigen E-Mails geschrieben«, sinnierte Falk vor sich hin, die Augen immer noch auf die Papiere vor ihm gerichtet, »nur leider bin ich kein Computergenie und könnte mich irgendwie reinhacken.«

Malie nickte abwesend, war beschäftigt mit einem anderen Ordner. Zehn Minuten später meldete sich ihr Unterbewusstsein und ließ sie innehalten. »Computergenie. Wer hat das denn erst gesagt?«, sie rieb sich die linke Schläfe mit der flachen Hand.

»Jetzt weiß ich's wieder! Wim, oder wie der heißt! Der Mitstreiter Liobas. Lisas Bruder! Genial. Der kann uns bestimmt helfen!« Ihre Augen leuchteten aufgeregt.

Falk sah sie fragend an, hatte keinen Schimmer, von wem seine Freundin redete.

»Lioba. Hatte ich dir doch gesagt. Diese Tierschützerin, und ihr Kumpel heißt Wim, der wiederum der Bruder der Arzthelferin ist, die bei meinem Akupunkteur gearbeitet hat. Lioba sagte, Wim wäre ein Computergenie«, sprudelte Malie hervor, als sie Falks Blick auffing. »Ich ruf Lioba gleich mal an!«

Sie fischte ihr Handy heraus, wählte Lioba Hanfstängls Nummer. Keine Antwort, nur die Mailbox. Malie hinterließ eine Nachricht mit der Bitte, Lioba möge sich umgehend bei ihr melden.

Weitere Stunden verbrachten sie mit der Durchsicht der Aktenordner, fanden noch einige Unterlagen, die ihnen verdächtig erschienen, vor allem die Häufigkeit von Spezialtransporten, die Kunstgegenstände ins Land brachten, war auffällig. Falk schlug vor, alles zu kopieren und mitzunehmen.

»Quatsch, wir nehmen einfach die Originale«, erwiderte Malie. »Komisch, dass sich Lioba nicht meldet.«

»Na ja, bestimmt arbeitet sie noch und hat deine Nachricht bisher gar nicht abgehört«, meinte Falk, der die Ordner in einen leeren Karton, den er in der Ecke gefunden hatte, zusammenpackte.

»Weiß nicht. Dann frage ich eben Lisa nach der Nummer ihres Bruders«, überlegte Malie laut. Da sie keine Telefonnummer Lisa Röhrigs besaß, musste sie erst das Internet befragen. Unter Lisa Röhrig fand sie nichts, aber unter der Adresse ihrer Eltern. Sie tippte die Zahlen in ihr Handy, hörte es durchklingeln. Doch auch dort meldete sich nur der Blechkasten.

Ihr kam der Gedanke, auf der Homepage der UAB nach Wim Röhrig zu suchen, und hatte Glück. Dort war eine Handynummer, und wenige Minuten später hatte sie Wim Röhrig am Ohr. Sie erklärte ihm, mit wem er es zu tun hatte, doch das war gar nicht nötig, denn Wim Röhrig schien über sie im Bilde zu sein.

»Ja, klar kann ich Ihnen helfen, kein Problem«, antwortete er auf Malies Frage, ob er E-Mails hacken konnte. »Nennen Sie mir einfach die E-Mail-Adresse, um die es Ihnen geht.«

»Wenn Sie erwischt werden, besorge ich Ihnen den besten Anwalt, den es gibt«, beteuerte Malie.

»Keine Sorge«, beruhigte Wim Röhrig sie, »im Übrigen brauchen Sie dann selbst einen Anwalt, schließlich sind Sie die Auftraggeberin. Keine Ahnung, warum sich Lioba nicht meldet, ist eigentlich nicht ihre Art. Ich war die Tage beruflich unterwegs und befinde mich auf dem Rückweg. Werde dann mal bei Lioba vorbeischauen und melde mich wieder bei Ihnen.«

Malie legte auf. »Alles gepackt, lass uns zurück nach Konstanz fahren«, schlug sie Falk vor, »hier finden wir sowieso nichts weiter.«

Um 10 Uhr herrschten bereits Temperaturen, von denen Jo in Bremen im Sommer nur träumen konnte. Das Quecksilber hatte bereits 27 Grad erreicht. Je näher sie dem Ben Thanh Markt kamen, desto geschäftiger und gedrängter ging es auf den Gehsteigen zu. Um diese Zeit waren nur wenige Touristen unterwegs zum Markt, auf dem sich die Einheimischen vor den riesigen Ständen mit frischem Fisch, Geflügel, das an den Beinen an Stricken hing, oder einer unglaublichen Auswahl an Früchten, von denen weder Neo noch Jo den Namen kannten, drängten.

Plötzlich erreichte die beiden europäischen Nasen ein unangenehmer Geruch. Ein Händler war eben dabei, eine Durian-Frucht zu zerteilen. Sie sah aus wie eine riesige stachelige Beere. Jo wusste aus Erfahrung, dass sie trotzdem schmackhaft war, aber nicht umsonst war das nach fauligem Käse riechende Obst in Flugzeugen und Hotels verboten, denn der Geruch einer einzigen Frucht schaffte es, die Luft ganzer Stockwerke zu verpesten.

»Mach mal flotter, mir wird gleich übel. Was diese Asiaten so für essbar halten, eklig.«

Neo rümpfte die Nase und schob Jo unsanft weiter. Er erntete einen ungehaltenen Blick von Jo. Obwohl man ihm nicht ansah, dass auch er asiatische Wurzeln hatte, konnte er im tiefsten Innern seine Herkunft nicht verleugnen, und so war es ihm unangenehm, wie Neo sich in der Öffentlichkeit aufführte. Auch wenn die Marktbesucher seine Worte wahrscheinlich nicht verstanden, so sahen sie Neos Miene an, was er von den dargebotenen Waren hielt. Auch Jo bevorzugte die europäische Küche, die in den großen internationalen Hotels angeboten wurde. Er wollte gar nicht wissen, was in den vielen kleinen Suppenküchen, die, wie ihm schien, zu Hunderten auf dem riesigen Markt schon seit den frühen Morgenstunden ihre Gerichte anboten, an Zutaten verarbeitet wurde. Ohne mit der Wimper zu zucken, schmuggelten sie Pangoline, Schlangen und seltene Vögel oder Spinnen, aber sie verzichteten dankend darauf, das Viehzeug auf ihren Tellern vorzufinden. Allein schon die Vorstellung, in einem der verschiedenen Eintöpfe, die hier vor sich hin brodelten, befände sich Hundefleisch, ließ Jo schaudern. Die einheimischen Marktbesucher dagegen saßen oder standen vor den kleinen Ständen, schlürften ihre Suppe, unterhielten sich dabei laut und gestikulierten, feilschten um den Preis und quetschten sich, bepackt mit ihren Einkäufen, durch das Getümmel.

Jo und Neo hatten sich mit Sung an ihrem üblichen Treffpunkt verabredet. Sie schoben sich durch das Gewühl, immer wieder griffen Hände nach ihnen, um ihnen billigen Touristenramsch »Made in China« anzudrehen. Dieser Schrott wurde nach Vietnam importiert, kaum zu glauben, dass die Vietnamesen so was nicht selbst herstellten. Dann hatten sie ihr Ziel erreicht.

Sung selbst betrieb einen Stand mit Gewürzen, getrockneten Bohnen, Erbsen, Konserven mit Fisch und Früchten. Die großen Tüten mit Hülsenfrüchten waren übereinandergestapelt, dahinter standen Gläser und Konserven auf sich in der Mitte durchbiegenden Brettern. Kein Quadratzentimeter des Standes blieb ungenutzt. Das bunte Angebot Sungs türmte sich, dort wo es auf den Regalen keinen Platz mehr fand, baumelte es an Haken vor den Nasen der Käufer. Dazwischen brummten zwei Ventilatoren, die allerdings kaum für Kühlung sorgten.

Obwohl Sung wohl schon seit Stunden seinen Geschäften nachging, war sein Hemd blütenweiß, und kein einziger Schweißfleck verriet, dass die Temperaturen in der

Markthalle, die Anfang des 20. Jahrhunderts von den Franzosen erbaut worden war, mittlerweile locker die 30-Grad-Marke überschritten hatten. Sung war ein kleiner drahtiger Mann, dessen Alter nur schwer zu schätzen war. Weder Neo noch Jo hätten eine Wette abschließen wollen, ob der Vietnamese nun 30 oder 50 Jahre zählte. Inmitten seiner Waren saß Sung auf einem kleinen dreibeinigen Hocker. Mit halb geschlossenen Augen war er dabei, sich eine Zigarette zu drehen. Jo und Neo stießen sich an, als sie sahen, was über Sungs Kopf baumelte. Es war ein Vogelkäfig aus Bambus, in dem ein bunt schillernder winziger Vogel auf einer Stange saß und laut trällerte. Sie wussten nicht, ob es sich um ein geschütztes Tier handelte oder nicht, doch es hätte sie kaum gewundert, wenn der kleine Kerl auf einer roten Liste stand. Die Polizei, die ab und an über die Märkte streifte, machte oft gegen ein nicht unbedeutendes Trinkgeld die Augen zu, oder man warf ganz einfach ein Tuch über die Käfige, wenn sich eine offizielle Person näherte.

Für Sung bedeutete der Singvogel jedoch nichts anderes als ein Glückssymbol, der ihm Reichtum bescheren sollte. Träge erhob sich der Vietnamese von seinem Hocker, hielt den beiden Deutschen die Hand hin, um sie zu begrüßen. In einem halbwegs passablen Englisch hieß er die beiden Männer willkommen, erkundigte sich nach der Gesundheit und der Familie – formvollendet und höflich. Während Jo noch dem Wortschwall zuhörte, unterbrach Neo den Asiaten mit einer kurzen Handbewegung.

»Schluss jetzt, Sung. Uns allen geht es gut, und es würde uns noch besser gehen, wenn du etwas Schönes für uns zum Mitnehmen hättest. Wir haben nicht viel

Zeit, also, quatsch hier nicht rum, sondern sag uns, was du im Angebot hast.«

Sungs Miene versteinerte für einen winzigen Moment, dann entspannte er sich und lächelte. Jo wäre es lieber gewesen, Neo hätte die Höflichkeitsfloskeln etwas gelassener ertragen. Er musste unbedingt mit ihm darüber reden. Neos unverblümte Art kam nicht sehr gut bei ihrem Lieferanten an. Und überhaupt. Allmählich nahm ihm Neo das Heft aus der Hand. Spielte sich als großer Macher auf, und er, Jo, stand daneben wie ein dummer Junge. Aber war das nicht schon immer so gewesen?

»Sung, entschuldigen Sie, Neo ist, wie immer, etwas übereifrig. Wir sind allerdings wirklich gespannt, was wir unseren Kunden liefern dürfen.«

Neos Gesicht errötete, als er von Jo in dieser Art und Weise vor den Augen des Asiaten gemaßregelt wurde.

Sung neigte kurz den Kopf wie zu einer angedeuteten Verbeugung. »Die Ware ist identisch mit der, die Sie das letzte Mal mitgenommen haben. Die Pflücker waren fleißig. Es gibt nur ein winziges Problem, aber es wird für Sie sicherlich zu lösen sein.« Er machte eine kleine Kunstpause. »Lange konnten die Preise stabil gehalten werden. Doch nun muss ich für meine Dienste etwas mehr einfordern. Auch bei uns steigen die Preise. Doch das ist nicht der alleinige Grund.« Wieder legte er eine bedeutsame Pause ein, damit seine beiden Geschäftspartner das Gesagte verdauen konnten. Auf eine Reaktion brauchte er nicht lange zu warten.

»Du unverschämter Blutsauger …«

Noch ehe Neo seinen Ärger weiter lauthals loswerden konnte, legte ihm Jo beruhigend die Hand auf den

Arm. Neo verschluckte den Satz, mit dem er Sung verbal attackieren wollte, und schüttelte Jos Hand unsanft ab. Aber er hielt den Mund.

»Sung, was meinen Sie damit, das sei nicht der alleinige Grund?«

Geziert hob Sung seine Hände und drehte sie wie ein Puppenspieler, nur ohne Handpuppe, hin und her. »Auf dem Markt tut sich was. Haben Sie dies noch nicht bemerkt? Man munkelt, die Chinesen seien eingestiegen. Im großen Stil. Ich weiß nicht, wie lange wir unsere Geschäftsverbindung überhaupt noch aufrechterhalten können. Aber wenn Sie nicht schon jetzt direkt abgebrochen werden soll, von meiner Seite aus, meine ich, sollten Sie nicht zögern, auf meine, sagen wir, *moderate* Forderung einzugehen. Und noch ein Rat: Weiten Sie Ihr Geschäft nicht noch weiter aus. Es wird Ihnen nicht gut bekommen.«

Neo war kurz davor, den Zwerg an seinem weißen Hemdkragen zu packen. Doch er beherrschte sich, wenn auch seine Stimme vor unterdrückter Wut zitterte. Er wechselte ins Vietnamesische. »Du wagst es, uns Forderungen zu stellen? Du mieser kleiner Drecksack. Wer hat dich denn erst mit ins Boot geholt? Wir sind diejenigen, die dafür sorgen, dass es egal ist, ob du drei Orangen am Tag mehr verkaufst oder nicht, hậu môm*! Du arbeitest mal schön zu unseren Konditionen weiter. Geht das in dein kleines beschissenes Hirn?«

Sung zuckte mit den Achseln, vollkommen unbeeindruckt von Neos Worten, ließ ihn links liegen. Er wandte sich an Jo, der nichts verstanden hatte, aber sicher war, dass Neo den Mann beleidigt hatte. Verdammt!

* Vietnamesisch für »Arschloch«

»Es gibt keine Alternative. Herr Li – fragen Sie mich nicht, ob dies sein richtiger Name ist – vertritt weitreichende Interessen in unserem Land. Er ist ebenso ein gern gesehener Gast hier wie Sie. Doch Sie sollten sich vorsehen, ihm nicht in die Quere zu kommen. Sollten Sie jedoch nicht geneigt sein, auf meinen bescheidenen Vorschlag einzugehen, werde ich meine Dienste zukünftig Herrn Li anbieten. Sie sehen also, mein Herr, es liegt ganz an Ihnen, ob unsere Beziehung weiter bestehen wird oder nicht.«

Noch einmal legte Jo mahnend seine Hand auf Neos Arm, er hatte schon genug Schaden angerichtet. Bestimmt waren die Preise nun durch seinen Wutanfall noch höher gestiegen.

»Also gut«, er nickte, »einverstanden. Ich bin der Geldgeber, wir werden uns sicher einigen.«

Eine halbe Stunde später verließen Neo und Jo die Markthalle. Im Grunde war der Mehrverdienst von Sung marginal, ihr Gewinn würde weiterhin beträchtlich sein, und darüber hinaus würde man die entstandenen Mehrkosten sowieso auf die Kundschaft abwälzen.

»Du hast dich über den Tisch ziehen lassen.« Neo war, obwohl man eine Einigung erzielt hatte, stinksauer über das eigenmächtige Vorgehen Jos.

»Ach was, das werden wir verschmerzen. Ich habe dir die Rechnung doch aufgemacht. Wenn wir das Pangolinpulver nur um drei, vier Prozent teurer verkaufen, ist alles wieder im Lot. Mehr Sorge macht mir dieser Herr Li, der hier wohl richtig Fuß gefasst hat.«

Jo überkam ein plötzlicher Schauder.

»Meinst du, er hat mir die Feder als Warnung geschickt oder schicken lassen? Sind wir bereits so dick im Geschäft, dass er eine ernsthafte Konkurrenz in uns sieht? Oder ist dies alles ein Zufall? Neo, ich weiß nicht, ob wir der Warnung Sungs nicht etwas mehr Bedeutung schenken sollten.«

»Mein Gott, was bist du nur für ein Waschlappen geworden. Steck dir deine Feder sonst wohin. Nimm das doch nicht so ernst. Oder glaubst du, Herr Lis Arm reicht bis in deine Bude in Bremen? Jetzt bleib doch mal auf dem Teppich.«

Jo blieb einen Augenblick stehen, antwortete nicht, betrachtete das bunte Chaos um sie herum. Saigon pulsierte in dem gleißenden Sonnenlicht wie ein riesiger lebendiger Organismus. Geschrei, Gehupe, Motorenlärm der oft mit drei oder mehr Leuten bepackten Rollern, wogende Menschenmassen.

»Vielleicht hast du recht. Komm, lass uns ein ordentliches Frühstück einnehmen.« Er entspannte sich.

Darauf zu warten, dass Autos, Roller, Fahrräder oder Karren anhielten, um sie queren zu lassen, konnten sie vergessen. Hier in Saigon stürzte man sich einfach auf die Straße und versuchte, die Lücke im Verkehr zu erwischen. Stur weitergehen, bloß nicht anhalten oder gar umkehren. Nur so funktionierte das hier. Dann passierte meist auch nichts.

Zu spät bemerkte Jo die schwarze Limousine mit verdunkelten Scheiben, die von links ohne einen Bremsversuch auf ihn zugeschossen kam. Doch bevor sie ihn erwischte, riss Neo im letzten Moment seinen Freund an der Schulter so heftig zurück, dass Jo ins Straucheln kam und unsanft zu Boden ging. Noch ehe er einen klaren Gedanken fassen konnte, war der Wagen schon weit entfernt.

»Scheiße, da hast du aber Glück gehabt. Wenn ich dich nicht zurückgerissen hätte, wärst du jetzt platt wie eine Flunder.«

Nachdenklich schaute Neo in die Richtung, in die der Wagen verschwunden war. Natürlich hatte auch er sich Gedanken über die Feder und das Foto gemacht, er wusste, das bedeutete nichts Gutes. Doch er hatte sich nichts anmerken lassen, hatte so getan, als wäre das Schnick-Schnack, um Jo nicht weiter zu beunruhigen. Jetzt war wohl auch nicht der richtige Zeitpunkt, seinem Kompagnon zu erklären, jemand wolle Jo eine Lektion erteilen. Vermutlich schlimmer. Neo war sich nach dem Attentatsversuch von eben auf Jo ziemlich sicher, dass Jos Leben am seidenen Faden hing. Was bedeutete, auch sein eigenes Leben stand auf dem Spiel.

Am späten Nachmittag war der Rückflug geplant, Jo nutzte noch einmal die Gelegenheit, sich zuvor im Hotel zu duschen. Als er das Badezimmer betrat, lagen zwei gekreuzte Rabenfedern im Waschbecken.

# KAPITEL 9

Elin Demir war nahezu am Ende ihrer Kräfte. Fast die gesamte Familie war im April zu Kemals Beerdigung erschienen. Verwandte aus der Türkei, aus Deutschland, Freunde und Kollegen hatten den Journalisten auf seinem letzten Gang begleitet. Sie konnte es immer noch nicht glauben, dass ihr Mann tot war, ertrunken, einfach so von heute auf morgen nicht mehr für sie und die Kinder da war. Die Kinder hatte sie nach der Beerdigung für eine Woche zu ihren Eltern gegeben. Sie brauchte etwas Zeit für sich, musste sich sammeln und die Zukunft ganz neu überdenken. Die Verhältnisse waren nie ganz einfach gewesen. Kemal und seine Familie hatten von seinem Verdienst als freier Mitarbeiter der Zeitung mehr schlecht als recht leben können. Nach der Geburt der Kinder war auch Elins kleines Gehalt weggefallen. Als die Mädchen in den Kindergarten kamen, hatte sie wieder begonnen, stundenweise zu arbeiten, nach und nach die Wochenstunden aufgestockt. Jetzt, nach den schwierigen letzten Monaten, wollte sie, musste sie, in die Zukunft blicken, für ihre Kinder und für sich. Jetzt sollte es aufwärtsgehen.

Wenige Wochen vor Kemals Tod hatte sie sich gemeinsam mit ihrer Freundin Gitta, die Floristin war, mit einem kleinen Laden selbstständig gemacht – Hochzeitsartikel aller Art. Von der Deko über Einladungskarten, Blumenschmuck, Brautaccessoires bis hin zur Ausstattung der Blumenkinder, alles, was das Herz der Hochzeitspaare begehrte, war zu finden. Im Augenblick stand sie in Kontakt zu einem Konditor und zu einem kleinen Reisebüro, um noch mehr anbieten zu können und so ein Gesamthochzeitspaket zu schnüren. Ihr Traum war es, sich irgendwann als Hochzeitsplanerin einen Namen zu machen.

Heute würde sie endlich damit anfangen und Kemals kleines Bürozimmer ausräumen und umgestalten, auch wenn es ihr schwerfiel. Der Besuch von Malie und Falk hatte sie aus ihrer Lethargie gerissen, und mittlerweile glaubte Elin nicht mehr wirklich an die Selbstmordtheorie. Geschweige denn an einen Unfall.

Sie hockte auf dem Bürostuhl vor dem mit Papieren, Notizheften, gelben Klebezetteln, Kugelschreibern und einer kleinen Schachtel mit Visitenkarten beladenen Schreibtisch ihres Mannes. Der Schreibtisch stammte noch aus Kemals Studentenzeit, dementsprechend ramponiert war er auch, seit Jahren klemmte die unterste linke Schublade. Er hatte seine Frau immer damit geneckt, dass in dieser Schublade die Liebesbriefe seiner Verflossenen ruhten. Für immer und ewig. Natürlich wusste Elin, dass das nicht stimmte. Aber es hatte ihr einen unsäglichen Spaß gemacht, sich dann aufzuregen und aufzuplustern und die Eifersucht in Person zu spielen.

Bei der Erinnerung an die Neckerei füllten sich ihre

Augen mit Tränen. Tränen, von denen sie nicht wusste, wo sie noch herkamen, so leer fühlte sie sich.

Reiß dich zusammen, verdammt, schimpfte sie sich im Stillen und zwang sich zurück in die Gegenwart.

Ganz unten, in einem Metallkörbchen der Ablage, entdeckte sie Prospekte eines Autohauses, und eine weitere Erinnerung kam zurück. Der Wagen war schon immer Kemals Traum gewesen. Ein Traum, der mit ihm begraben worden war. Ebenso fielen ihr Unterlagen zum Abschluss einer Lebensversicherung in die Hände. Abgeschlossen hatte Kemal sie nie, obwohl ihr Schwiegervater immer darauf gedrungen hatte. Denk doch an Elin und die Kinder! Stell dir vor, es passiert etwas! Dann steht deine Familie mehr oder weniger vor dem Nichts!, waren seine Worte gewesen. Elin seufzte.

»Kemal, wie konnte das nur passieren. Wie konntest du so unvorsichtig sein«, flüsterte sie. Dann fing sie an zu fluchen, zu schreien, machte dem Druck in ihrer Brust Luft. Es wollte Elin nicht in den Kopf, dass ihr Mann, der nur hin und wieder ein Bier oder ein Glas Wein getrunken hatte, der schon aufgrund seines Berufes vorsichtig gewesen war und dem, seit die Kinder auf der Welt waren, nichts wichtiger gewesen war, als seine Familie zu ernähren und zu schützen, so sinnlos hatte sterben müssen. Im Wasser! Kemal war ein guter Schwimmer gewesen. Er hatte den Kindern schon sehr früh das Schwimmen beigebracht.

Sie dachte an den Abend, an dem es passiert war. Das Wetter war widerlich gewesen, neblig, regnerisch. Mit seinem altersschwachen Toyota war Kemal die knapp 35 Kilometer nach Konstanz gefahren, sie selbst musste zum Elternabend, die Kinder waren zu Hause, und ihre Mutter hatte dafür gesorgt, dass sie die Zähne putzten und ins Bett marschierten. Nur kurz hatten Elin und Kemal miteinander telefoniert, doch das Gespräch hatte sich nur um den nächsten Tag gedreht.

»Ich muss morgen länger im Laden sein, Gitta hat einen Arzttermin. Geht es, dass du dann zu Hause bist, wenn die Kinder aus der Schule kommen? Mittagessen habe ich vorgekocht.«

»Ja, geht klar. Hab dich lieb, Elin.«

Jedes Wort hatte sich in ihre Erinnerung eingebrannt. Der nächste Tag verlief vollkommen anders, nachdem Kemal abends nicht nach Hause gekommen war.

Es war merkwürdig. Niemand hatte sich bei ihr oder der Polizei gemeldet. Aber mit irgendjemandem musste er sich doch getroffen haben. Das wusste sie, nachdem sie den Eintrag im Terminkalender gesehen hatte. Seither drehten sich ihre Gedanken im Kreis. Vielleicht war aber auch die Verabredung kurzfristig abgesagt worden. Doch dann hätte sich die Person, die sich an diesem Abend mit Kemal treffen wollte, melden können. Elin konnte sich keinen Reim darauf machen.

Ihr Blick fiel auf einen Stapel Papier, der auf einem kleinen quadratischen Tischchen, das rechts neben dem alten Schreibtisch stand, lag. Kemal hatte sich wohl einiges ausgedruckt und die Artikel mit Büroklammern zusammengeheftet. Sie nahm sich den Stapel, begann zu blättern. Gruselig. Zuoberst ein Artikel, auf dessen zweiter Seite das Foto eines toten Elefanten zu sehen war. Dem armen Tier hatte man die Stoßzähne herausgerissen. Der nächste Bericht beschäftigte sich mit dem Schmuggel geschützter Schildkröten, darauf folgte einer, der die grausame Geschichte der Nashörner erzählte. Schlimm, was die Menschen den Tieren antaten.

Sie packte die Artikel beiseite, sie machten sie nur noch trauriger. Das Datum des Elefantenartikels ließ sie innehalten. Er war eine Woche vor Kemals Tod erschienen, offenbar hatte sich ihr Mann zuletzt mit dem Thema Tierschmuggel beschäftigt. Unschlüssig starrte sie auf Kemals zusammengeklappten Laptop. Vielleicht fand sie ja dort irgendwelche Hinweise auf diesen unseligen Abend. Sie musste erfahren, wer womöglich einer der letzten Menschen war, der ihren Mann lebend gesehen hatte. Das war wichtig für ihren Seelenfrieden.

Elin zog den Laptop heran und klappte ihn auf. Passwort. Sie hatte sich nie mit den Recherchen oder anderen Arbeiten ihres Mannes beschäftigt, geschweige denn jemals seinen Laptop benutzt. Sie wusste noch nicht einmal, dass der Zugang passwortgeschützt war. Auf gut Glück tippte sie ihren Namen ein. Nichts. Hmm, dann eben die Namen der Kinder? Fehlanzeige. Sie überlegte. Kemal war in solchen Dingen kein Heimlichtuer. Das Passwort war ganz sicher ein Wort oder eine Kombination ohne großen Sicherheitsstandard. Nächster Versuch: Kemal und sein Geburtsdatum. Kein Zugang. Mist. Ein Gedanke erhellte sie, und sie tippte ihren Namen und das Hochzeitsdatum ein. Volltreffer!

Gleich auf dem Desktop ein Ordner mit den Dingen, die Kemal zuletzt beschäftigt hatten, das Datum der verschiedenen Files ließ diesen Schluss zu. Kopierte und abgespeicherte Beiträge aus dem Internet, Themen rund um illegalen Tierschmuggel und die potenzielle Ausrottung bedrohter Arten. Ja, an diesen Bericht konnte sie sich auch erinnern. Dieser widerwärtige Zahnarzt aus den USA, der den schwarzmähnigen Löwen Cecil, der Star eines Nationalparks in Simbabwe, auf so grausame Weise getötet hatte. Das stolze Tier wurde aus dem Park gelockt, um von dem jagdverrückten Zahnarzt mit Pfeil und Bogen angeschossen zu werden. 40 Stunden hatte es angeblich gedauert, bis Jäger das waidwunde Tier wiederfanden und es erlösten. 55.000 Dollar hatte der Zahnarzt damals für die Jagd bezahlt.

Ein Klick auf Kemals Kalender. Blau hinterlegt die Familientermine. Geburtstag seiner Mutter in zwei Wochen, der erste seiner Art ohne den geliebten Sohn. Erneut kämpfte sie mit den Tränen. Rot hinterlegt die beruflichen Termine, und da war der Termin am Abend seines Todes, von dem sie auch schon aus dem handgeschriebenen Kalender wusste und Malie davon berichtet hatte.

Kemal hatte nur ein Kürzel eingetragen. M. L. Elin hatte keinen blassen Schimmer, wer dieser oder diese M. L. sein könnte. Sie hatte ein paar Bekannte und Freunde, die mit M anfingen, Martin Dreher, aber kein L, Maurizio Santo, hier ein S, oder war es vielleicht umgekehrt? Luisa Mann, so hieß die Inhaberin des Blumenladens um die Ecke. Unsinn, M gehörte zum Vornamen, L zum Nachnamen. Elin überprüfte die Eintragungen im Kalender. Sie fand einen Eintrag mit den Initialen drei Wochen zuvor.

Elin klickte sich in das E-Mail-Programm. Vielleicht hatte er auch darüber bereits Kontakt mit M. L. gehabt. Sie öffnete das Adressbuch. Kein M. L., aber einige Adressaten, deren Name mit L begann. Alphabetisch geordnet. Laar, Lauftreff, Lebert, Lenk, Liebenau, List, La, Le, Li, weiter mit Lo wie Lohnsteuerhilfe, Losens bis hin zu Luisa-Blumen. Es waren mehr als 70 Einträge. Und einer von ihnen musste einen Vornamen besitzen, der mit einem M begann.

Nach einer Stunde brannten Elin die Augen, nicht vergossene Tränen und das anstrengende Starren auf den kleinen Bildschirm forderten ihren Tribut. Einem Teil der Ls konnte sie überhaupt keinem weiteren Namen zuordnen, aber drei davon hatten nun auch einen Vornamen erhalten. Miriam Laar – der Name kam ihr irgendwie bekannt vor –, Max Losens und Meinrad von Lohrberg. Nun musste sie nur noch herausfinden, welcher der drei sich mit Kemal getroffen oder zumindest verabredet hatte. Bevor sie diese Leute kontaktierte, wollte sie erst ganz sicher sein, dass sie vielleicht zwei von ihnen schon gleich ausschließen konnte.

Miriam Laar entdeckte sie sofort im Telefonbuch. Eine Konstanzer Adresse. Doch was machte Miriam Laar? Elin klickte das online-Telefonbuch von Konstanz an, gab die Namen ein. Unter Laar fand sie nichts, dafür erinnerte sie sich jetzt wieder an den Namen. Miriam Laar war damals die Erste Vorsitzende des Elternvereins der Grundschule gewesen, als Leyla – Elins Älteste – eingeschult worden war. Großer Gott, das war nun auch schon mittlerweile drei Jahre her. Max Losens private Telefonnummer tauchte nicht auf. Meinrad von Lohrberg war Inhaber eines Antiquariats. Hatte Kemal von dort Bücher bezogen? Sie googelte den Namen. Nein, von Lohrberg war ganz sicher nicht Kemals Verabredung gewesen. Der Antiquar war vor einem Vierteljahr im

Alter von 85 in Konstanz verstorben. Also Miriam Laar oder Max Losens. Aber warum bitte schön, sollte sich Kemal mit der ehemaligen Vorsitzenden des Elternvereins getroffen haben? Es musste dieser Max Losens sein, der nicht im Telefonbuch zu finden war. Also, Google befragen.

»Mama«, schallte es durchs Haus. Leyla und Liv, die von der Schule kamen. Dann würde sie sich eben später um diesen Losens kümmern, die Kinder hatten Hunger. Das ging vor. Elin Demir klappte den Laptop zu.

Da Malie ihren Bruder weder telefonisch erreichen konnte, noch offenbar im Moment ein persönliches Treffen möglich war, beschloss sie, ihm eine E-Mail zu senden.

*Lieber Jo,*

*bisher hatte ich keine Gelegenheit, mit dir zu reden. Entweder war Patrizia bei dir oder dein Freund Neo. Zu diesem möchte ich dir mal sagen: Ich kann nicht verstehen, was du an ihm findest. Seit du ihn kennst, hast du dich nach und nach verändert. Und das nicht zum Positiven. Er hat einen schlechten Einfluss auf dich.*

*Per Zufall bin ich auf Dinge gestoßen, die mir den Schlaf rauben, denn ich glaube, dass du daran einen großen Anteil hast. Nein, ich glaube es nicht, ich weiß es. Du handelst mit geschützten Tieren! Wieso tust du das? Ums Geld kann es dir doch nicht gehen, verdammt noch mal! Vielleicht hast du noch Schlimmeres getan! Darüber möchte ich gar nicht nachdenken. Wenn das heraus-*

*kommt, reißt du uns alle mit deinen Machenschaften in den Abgrund. Und es wird herauskommen, darauf kannst du wetten. Ich habe ein Tier bei mir aufgenommen, von dem ich glaube, dass du und dein widerlicher Freund es ins Land geschafft habt. Illegal. Diese Tiere sind vom Aussterben bedroht! Du weißt, wovon ich rede, mehr brauche ich nicht zu schreiben.*

*Ich bitte dich inständig, mit diesem unsäglichen Treiben aufzuhören. Noch ist es vielleicht nicht zu spät, Markus wird sicher alles daransetzen, dir zu helfen. Es wird ihm viel daran liegen, dass auch die Firma das Ganze einigermaßen unbeschadet übersteht. Ich fahre Freitagnacht nach Leipzig zu Alicha. Melde dich bei mir, sobald du diese E-Mail liest.*

*Egal, was du getan hast, und gleich, was deine Beweggründe sind, ich möchte bitte wieder den Bruder zurück, den ich so liebe.*

*Malie*

Sie klickte auf »senden«, bevor sie es sich wieder anders überlegen konnte.

10.000 Kilometer entfernt lungerten Jo und Neo in der Lounge am Flughafen Tan-Son-Nhat International herum, warteten darauf, endlich in den Flieger steigen zu können. Neo hatte versucht, Jo zu beruhigen, nachdem dieser weitere Rabenfedern im Waschbecken gefunden hatte. Wirklich gelungen war es ihm nicht. Seit dem Federnfund litt Jo unter Durchfällen, war hypernervös.

»Ich geh noch mal kurz zur Toilette. Pass auf mein Zeug auf«, verkündete Jo. Er stand auf, ließ sein Handgepäck bei Neo stehen, der in aller Seelenruhe einen Kaffee trank.

Neo brummte nur, vertiefte sich in eine Zeitung.

Kaum war Jo gegangen, hörte Neo das Geräusch eines Glöckchens und sah auf.

Aha, Jos Handy. Neo musste sichergehen, dass Jo keine Dummheiten machte. In diesem Zustand wäre sein Partner zu allem fähig. Neo öffnete den Reißverschluss von Jos Umhängetasche und schnappte sich das Handy. Eine E-Mail war eingegangen. Seit ihrer innigen Geschäftsverbindung kannte er auch Jos vierstelligen Code, um das Handy zu entsperren. Tag und Monat seines Geburtstags. Wie einfach gestrickt dieser Kerl doch war. Schnell klickte Neo die E-Mail an. Absender: Malie Abendroth.

Wow, das war ja interessant. Er leitete die Nachricht auf sein eigenes Handy um, löschte sie anschließend in Jos E-Mail-Programm, steckte das Gerät zurück in die Tasche, nahm seine Zeitung und lehnte sich wieder zurück.

»Na, besser?«, erkundigte sich Neo, als Jo etwas käsig im Gesicht zurückkam.

»Geht so. Werde mich im Flieger langlegen und versuchen, zu schlafen. Ich bin echt durch.«

Malie hatte gerade den Hörer aufgelegt, nachdem sie mit Alicha gesprochen hatte, als ihr Handy klingelte. Sie hatte ihrer Zwillingsschwester mitgeteilt, sie käme am Wochenende zu Besuch. Mehr hatte sie Alicha nicht erzählen wollen. Alicha hatte gespürt, dass irgendetwas Malie auf der Seele brannte. Sie hatte aber nicht weiter nachgefragt, meinte nur, sie freue sich sehr, Malie wieder zu Gesicht zu bekommen. Allerdings müsse sie am frühen Samstagmorgen zum Zoo. Ein neuer Tiger, Nachzucht aus einem holländischen Zoo, werde erwartet. Dafür würde der Zoo auch für die Besucher bis nachmittags geschlossen werden*.

»Hallo, hier ist Wim Röhrig«, ein erstickter Laut drang an Malies Ohr, es klang wie ein unterdrücktes Schluchzen, als sie das Gespräch annahm.

»Hallo? Herr Röhrig? Alles in Ordnung mit Ihnen?«

Nur ein Schniefen war zu hören, dann endlich Wim Röhrigs Stimme, die verzweifelt klang, als er hervorpresste: »Lioba ist im Krankenhaus und liegt auf der Intensivstation.«

Dann herrschte Stille am anderen Ende, und Malie starrte ungläubig auf das Handy in ihrer Hand. Das konnte nicht wahr sein!

»Was ist passiert, Wim?«, fragte sie bemüht ruhig und ging unbewusst zum Du über.

»Eine Vergiftung, sagen die Ärzte. Ich hab mit Liobas Vater gesprochen.«

»Eine Vergiftung?«, echote sie. »Womit denn, um Himmels willen? Ein Unfall?«

»Rizin. Lioba hat Rizin geschluckt.«

»Das ist ja grauenvoll«, entfuhr es Malie entsetzt. Sie als Gärtnerin wusste genau, wie toxisch die Samen der

* Neue Tiere halten sich zunächst in den rückwärtigen Bereichen auf, um Pfleger und Anlage kennenzulernen, bevor sie dann die Außenanlagen erkunden dürfen.

Rizinuspflanze waren, und wie grauenhaft und qualvoll es sein musste, elendig daran zu sterben.

»Mein Gott, Wim, und jetzt?«

Ihre Gedanken überschlugen sich. Sie war sicher, Lioba hatte nicht freiwillig die Rizinussamen verschluckt. Garantiert auch nicht aus Versehen. Das war ein Giftanschlag gewesen. Jemand wollte Lioba töten. Wie Huang Cai. Wie Kemal Demir. Der Kreis schien sich zu schließen. Alle Toten hatten mit dem Tierschmuggel zu tun.

Wer ist als Nächster dran?, überlegte sie stumm. Die Erkenntnis traf sie wie ein Schlag. Ich! Ich selbst könnte das nächste Opfer sein! Nein, es wusste ja niemand von ihrem Hausgast Paul, geschweige denn ihren Nachforschungen. Außer Jo, sobald er ihre E-Mail las. Aber ihr Bruder würde ihr ja wohl nicht nach dem Leben trachten.

»Die Ärzte haben die Polizei eingeschaltet, dazu sind sie verpflichtet. Gott, ich kann es nicht glauben! Wenn sie es nicht schafft … Gott, sie hatte noch so viel vor, und sie war … ist so voller Ideen«, er schluchzte kurz, dann hatte er sich wieder unter Kontrolle.

»Wim, es tut mir so leid.«

Irgendwie klang das lahm, floskelhaft in ihren eigenen Ohren, aber es war die Wahrheit. Das Schicksal Lioba Hanfstängls ging ihr unglaublich nahe.

Die Maschine setzte sanft auf der Landebahn des Züricher Flughafens auf, rollte dann langsam zu ihrem Gate. Nahezu alle Passagiere zückten ihre Mobilfunkgeräte, schalteten sie ein, checkten ihren Nachrichteneingang oder informierten Angehörige oder Freunde, dass sie gut gelandet waren.

Neo und Jo öffneten die Gepäckfächer über ihren Köpfen, nahmen ihre Koffer heraus und verließen das Flugzeug. Jos Stirnrunzeln, als dieser auf sein Handy blickte, entging Neo nicht. Eine Schrecksekunde lang befürchtete er, er hätte Malies E-Mail doch nicht gelöscht, und Jo hätte bemerkt, dass die Nachricht schon als gelesen markiert war.

»Ich muss so schnell wie möglich nach Bremen«, informierte Jo seinen Freund auf ihrem Weg durch den Flughafen. »Da ist was passiert.«

Neo war erleichtert. Das hätte ihm gerade noch gefehlt, wenn Jo ihm auf die Schliche gekommen wäre.

»Willst du mir davon erzählen? Etwas mit der Firma?«, erkundigte er sich. Dass Jo nach Bremen musste, passte bestens zu seinen eigenen Plänen. Malie Abendroth musste gestoppt werden, bevor sie das Pangolin im Leipziger Zoo unterbringen konnte. Diese Frau wusste zu viel und wurde ihnen gefährlich.

»Pat wurde angefahren. Sie liegt im Krankenhaus. Ich muss zu ihr. Das bin ich ihr schuldig.«

»Du sagtest ›angefahren‹. War das ein Unfall oder denkst du …«

»Genau das denke ich. Aber ich weiß es nicht.«

Jo blieb stehen, sah auf die große Anzeigetafel. Der nächste Flug nach Bremen ging in drei Stunden. Hoffentlich gab es noch einen Platz in der Maschine.

Malie packte wahllos einige Sachen in ihre dunkelgrüne Reisetasche, während ihre Gedanken sich überschlugen. Nach Wim Röhrigs Anruf war sie beinahe in Panik geraten. Falk war nicht zu erreichen. Sie hatte ihm die Nachricht hinterlassen, sie würde noch heute Nacht nach Leipzig fahren und Paul mitnehmen. Mehr nicht.

Wims Mitteilung war nicht die einzige schlechte Botschaft geblieben. Kurz nachdem sie das Gespräch beendet hatte, hatte ihre Mutter angerufen, Patrizia läge im Krankenhaus.

»Mum, was ist denn passiert?«

»Ein Auto hat sie angefahren, der Fahrer ist einfach abgehauen. Hat sie liegen lassen. Was für ein mieses Schwein! Ein großer, dunkler Wagen soll es gewesen sein, sagen die, die den Unfall beobachtet haben. Das ist nicht gerade hilfreich. Große, dunkle Wagen gibt es wie Sand am Meer. Patrizia liegt mit schweren inneren Verletzungen und Knochenbrüchen auf der Intensivstation. Die Ärzte sagen, sie wäre schwanger gewesen. Hast du das gewusst?«, sprudelte Pranee hektisch hervor. »Jo habe ich eine Nachricht geschickt, er fliegt heute noch nach Bremen. Er kam wohl gerade aus Südostasien zurück. Ich habe ihm nichts davon gesagt, dass Patrizia das Baby verloren hat. Das ist sein Kind gewesen, oder? Ohh, Gott«, sie stockte bei diesen Worten und begann zu schluchzen. »Was für ein Drama …«

»Mum, jetzt atme erst mal tief durch«, stoppte Malie ihre Mutter, »ja, ich wusste von dem Baby. Wird Patrizia durchkommen?«

»Wir beten darum. Sie mussten ihr die Milz entfernen, und sie hat viel Blut verloren. Markus ist völlig fertig.

Dass das Kind höchstwahrscheinlich von deinem Bruder stammt, weiß er noch gar nicht. Oh, Malie, wie soll ich ihm das nun auch noch beibringen? Seine Frau ist schwer verletzt, er erfährt von einem Kind, das nicht seins ist …«

Ein paar bunte Flip-Flops folgten den T-Shirts, die sie gerade in die Tasche geworfen hatte.

»Bitte, beruhige dich. Jo muss mit Markus reden, es ist seine Aufgabe, ihm reinen Wein einzuschenken. Ich hoffe nur, dass Markus das alles irgendwie verkraftet. Du kennst ihn besser, er wird doch keinen Herzinfarkt bekommen?«

»Kind, er hat schon andere schlimme Dinge überstanden. Kannst du nach Bremen kommen?«, bat Pranee.

Malie zögerte eine Sekunde. Sie fühlte sich schlecht, weil sie ihrer Mutter nicht beistehen konnte, überlegte, ob sie ihren Besuch in Leipzig verschieben sollte. Doch dann hatte sie sich zu einer Entscheidung durchgerungen.

»Tut mir leid, ehrlich. Aber ich fahre heute noch nach Leipzig zu Alicha. Vielleicht kann ich ja kurzfristig noch ein paar Tage Urlaub dranhängen und im Anschluss von Leipzig nach Bremen fahren. Aber versprechen kann ich nichts. Ich muss mich erst mit der Mainau kurzschließen.«

Pranee seufzte nur, sie versuchte erst gar nicht, ihre Tochter umzustimmen.

»Pass auf dich auf. Ich halte dich auf dem Laufenden, okay?«

»Ja, bitte. Grüß Markus von mir.«

Malie zog den Reißverschluss ihrer Tasche zu und ging in die Küche. Ihre Kehle war ausgetrocknet, sie brauchte dringend einen Schluck Wasser. Für einen Augenblick stand sie regungslos vor dem geöffneten Kühlschrank.

Jo war also wieder da. Und er hatte noch nicht auf ihre E-Mail reagiert.

Dann eben nicht, dachte sie, ich werde auf jeden Fall dafür sorgen, dass Markus von deinen schmutzigen Geschäften erfährt. Ich hoffe inständig, dass du nicht auch noch ein Mörder bist.

Zornig warf sie die Kühlschranktür zu, stellte fest, dass sie sich nichts zu trinken herausgenommen hatte, riss die Tür wieder auf. Malie trank direkt aus der Mineralwasserflasche, machte sich nicht die Mühe, ein Glas aus dem Schrank zu nehmen. Das eiskalte Wasser brannte regelrecht in ihrem Hals. Immer wieder kreisten ihre Gedanken um die Frage, wie weit ihr Bruder gehen würde.

Nein, Jo, ich bin sicher, du hast niemanden umgebracht, aber diesem Neo traue ich einen Mord ohne Weiteres zu. Jeden einzelnen, der diesem widerlichen Geschäft auf die Spur gekommen war, hat bestimmt dieser Neo eiskalt abserviert.

Im Schlafzimmer klingelte ihr Handy. Schnell stellte Malie die halb leere Flasche auf die Küchentheke und rannte nach oben.

»Falk, hallo, gut, dass du dich meldest«, rief sie aufgeregt ins Telefon und schilderte ihrem Freund, was in Bremen passiert war.

»Das tut mir leid. Wie geht's dir damit?«

»Es geht einigermaßen. Eigentlich sollte ich jetzt bei meiner Mutter sein. Ich befürchte, sie verkraftet das Ganze nicht. Sie macht sich große Sorgen um Markus. Aber gleich, was Patrizia und mein Bruder der Familie angetan haben, so etwas hat niemand verdient. Keiner weiß, ob Patrizia durchkommen wird. Aber das ist noch nicht alles. Lioba Hanfstängl wurde vergiftet. Sie liegt auf der Intensiv, keine Ahnung, ob sie es schaffen wird. Ich glaube, es war derselbe Täter, der auch Kemal und Huang Cai auf dem Gewissen hat. Es hängt alles zusammen!«

Falk musste das Gehörte erst verdauen, bevor er fragte: »Willst du nicht endlich zur Polizei gehen?«

Sie gab keine Antwort.

»Malie! Wenn du mit deinen Vermutungen richtigliegst, dann bist auch du in Lebensgefahr! Bitte, geh zur Polizei!«

»Nein, noch nicht. Ich fahre heute Nacht nach Leipzig und bringe Paul zu Alicha. Wenn er erst mal dort ist, kommt der Stein so oder so ins Rollen. Alicha wird auf jeden Fall die Polizei informieren.«

»Ich komme mit. Muss nur ein paar Termine absagen«, sagte Falk bestimmt.

»Nein, nein, ich schaff das schon. Mir passiert schon nichts. Aber, könnten wir die Autos tauschen? Dann hätte ich ein bisschen mehr Platz für Paul und meine Reisetasche. Und du hättest einen schicken Wagen, um hübsche Blondinen zu beeindrucken.« Malie bemühte sich, vor Falk die Gefährlichkeit ihrer Aktion ein wenig herunterzuspielen.

»Wir können gerne tauschen«, ihm war nicht wirklich wohl dabei, sie alleine fahren zu lassen, aber er kannte sie gut genug, Malie würde sich nicht umstimmen lassen. »Aber die Blondinen finden mich auch ohne einen Karmann-Ghia gut, du freches Biest«, lachte er und ging auf ihre ungezwungene Art ein.

Falk versprach, bis spätestens in zwei Stunden bei ihr zu sein, damit sie die Autos tauschen konnten.

Neo Schwarz hatte sich im Lauf der letzten Jahre gut vernetzt. Er verfügte über Bekanntschaften, die sich nicht für eine geregelte Arbeit erwärmen konnten und ihre Brötchen lieber mit kleinen und größeren Gaunereien verdienten. Lukrativ war vor allem der Autodiebstahl. Was der Kunde wünschte, wurde umgehend geliefert. Die geklauten Fahrzeuge wurden dann so schnell wie möglich über die Grenze verschoben, weiterverkauft oder ausgeschlachtet, denn fast noch mehr Geld wurde durch den Verkauf von Einzelteilen herausgeholt. Marvin war einer dieser Bekannten, und Neos erster Weg führte ihn vom Flughafen Zürich nach Raperswilen, einer kleinen Gemeinde in der Nähe von Kreuzlingen. Marvin lebte dort bei seiner alten Mutter, half ihr, den kleinen Bauernhof zu bewirtschaften. Eine Tätigkeit, rein um den Schein zu wahren. Denn hauptberuflich organisierte er den grenzüberschreitenden Autotransfer, allerdings nur über Deutschland, weil es von dort sehr viel einfacher war, die Karossen nach Polen zu bringen. So hatte er nur eine Grenze zu passieren – Schengener Abkommen hin oder her.

»Ich brauche ein Auto. Ein schnelles Auto, unauffällige Farbe. BMW, Mercedes, Audi, egal. Heute noch. Am besten gleich«, verlangte Neo, als er den Schweizer auf dem Hof antraf. Marvin war dabei, einen Trecker zu reparieren. »Soll dein Schaden nicht sein«, fügte Schwarz hinzu.

Marvin sah ihn entgeistert an. Er arbeitete zügig und gewissenhaft, aber so schnell war er nun auch wieder nicht. Der Geruch nach Kuhstall umgab ihn wie eine Wolke, und Neo schluckte einen gehässigen Kommentar hinunter. Schließlich wollte er etwas von dem Schweizer.

»Sag mal, warst du zu lange in der Sonne? Wie stellst du dir das vor? Bin doch kein Autoverleiher, der die Dinger reihenweise auf dem Hof stehen hat«, maulte Marvin.

»Marvin, jetzt komm schon, ich weiß, dass das kein Problem für dich ist«, Neo zog ein Bündel mit Schweizer Franken aus seiner Hosentasche.

Marvin rieb sich mit dem Handrücken über die Stirn, hinterließ einen Ölfleck auf der Haut. Er überschlug die Summe, die Neo in der Hand hielt.

»Leg noch einen von den violetten Scheinen drauf, dann seh ich, was ich machen kann.«

Neo hätte den Schweizer am liebsten in der Güllegrube ertränkt. Weitere 1.000 Franken waren einfach unverschämt. Aber hatte er eine Wahl? Nein.

»Gut«, brummte er dann.

Marvin kramte ein Handy aus seiner verdreckten Hose hervor, tätigte einen kurzen Anruf. Dann nannte er Neo eine Adresse, wo er das Gewünschte erhalten würde, und kassierte seine Vermittlungsgebühr.

»Anton ist in Ordnung. Gib ihm die 1.000 Franken und nimm die Karre. Lass sie irgendwo stehen, wenn du sie nicht mehr brauchst.«

Zwei Stunden später war Neo im Besitz eines dunkelblauen Audis, mit dem er umgehend zu Malies Domizil fuhr. Er hatte den Wagen eine Straße weiter geparkt. Nun hieß es, warten, bis Jos Schwester mit ihrem Karmann-Ghia an ihm vorbeifuhr. Denn diese Straße musste sie entlang, eine andere Möglichkeit gab es nicht. Dann würde er sich an das Vögelchen dranhängen und die richtige Gelegenheit abwarten, um sich endgültig seiner zu entledigen. Neo war ein Jäger. Geduldig und fokussiert. Seine Beute würde ihm nicht entwischen.

Jo glaubte sich in einem Alptraum gefangen, als er unterwegs zurück nach Zürich war und darüber nachdachte, wie alles begonnen hatte. Neo Schwarz hatte er vor ein paar Jahren als Safariführer kennengelernt. Das war der Startschuss für die ganze Misere gewesen. Doch das Rad ließ sich nicht mehr zurückdrehen. Und jetzt noch das furchtbare Drama um Patrizia.

Plötzlich sackte das Flugzeug ab. Ein Luftloch. Der Cognac, den er in der Hand hielt, war Gott sei Dank im Becher geblieben und rann jetzt in einem großen Schluck Jos Kehle hinab. Wie würden sich die Dinge entwickeln, wenn das Flugzeug jetzt plötzlich abstürzen würde? Zumindest er wäre alle Sorgen auf einen Schlag los. Kein unangenehmer Gedanke. Patrizia würde an Markus' Seite zurückkehren, Malie könnte endlich mit ihren Nachforschungen aufhören und sich so jeder Gefahr entziehen. Und Neo? Würde er wieder den Safari–Tour-Guide geben oder ohne ihn mit dem Schmuggel weitermachen? Oder sich damit begnügen, was sich bis jetzt auf seinem Konto angesammelt hatte?

Noch 30 Minuten bis zur Landung in Zürich. Nachdem er von Patrizias Unfall erfahren hatte, war er Hals über Kopf mit der nächsten Maschine nach Bremen geflogen. Vor dem Start hatte er mit seiner Mutter telefoniert. Aber auch sie wusste nichts Genaues. Nur ein großer dunkler Wagen sollte es gewesen sein. Patrizia war beim

Überqueren eines Zebrastreifens angefahren worden. Der Fahrer des Wagens hatte sie einfach liegen lassen. Allerdings schien es Zeugen zu geben, doch Pranee wusste nicht, was diese zu Protokoll gegeben hatten. Von Markus hätte Jo sicher Näheres erfahren. Aber, er, Jo, war noch nicht so weit gewesen, sich diesem Gespräch zu stellen.

Aber wenn es kein Unfall gewesen, sondern Patrizia gezielt Opfer eines Anschlags geworden war? Jo hatte während des Flugs nach Bremen diese Möglichkeit einfach nicht aus seinem Hirn verbannen können. Dann musste diese Bande über jeden seiner Schritte und auch die Patrizias informiert sein. Spinnen die ihre Fäden wirklich so weit? Aber warum gerade Patrizia? Warum nicht Neo? Oder er selbst? Weil es für ihn eine letzte Warnung sein sollte? Weil er durch den Anschlag auf jemanden, den er liebte, besonders verletzbar wurde?

Innerhalb weniger Minuten tendierte er von »Der Anschlag sollte mich treffen und verwundbar machen« bis hin zu »Absolute Einbildung«. Neo hatte recht. Er, Jo, war paranoid. Wegen der lächerlichen Summen, die er und Neo bis jetzt erwirtschaftet hatten, würde doch niemand in Bremen Patrizia auflauern. Die paar Millionen. Andererseits, hatte man ihm mit den Federn nicht eine Warnung zukommen lassen? Aber er hatte sie ignoriert. Nur zu gern hatte er Neo, der dies alles als Nonsens abgetan hatte, Glauben schenken wollen. Denn in seinem tiefsten Innern wusste Jo es besser. Sie hatten ihn im Visier – noch immer hatte er keinen Schimmer, wer »sie« tatsächlich waren – und würden gnadenlos zuschlagen, wenn er sich nicht aus dem Geschäft mit der Schmuggelware zurückzog. Also, was denn nun? War es jetzt ein Attentat auf

Patrizia oder doch nur ein schrecklicher Unfall gewesen? Jo wusste nicht mehr, was er denken sollte.

Noch 15 Minuten bis zur Landung in Zürich. Seine Gedanken kreisten immer noch um den Besuch in Bremen.

Als er in Bremen angekommen war, hatte ihn eine SMS seiner Mutter erreicht.

»Ruf mich an, wenn du da bist.«

Hatte er auch getan.

»Sie liegt auf der Intensiv im Klinikum Bremen Mitte im künstlichen Koma. Sie ist außer Lebensgefahr, aber die Milz mussten sie entfernen. Welche Unfallfolgen zurückbleiben, ist noch nicht absehbar. Markus war bis vor einer halben Stunde dort«, teilte Pranee ihm knapp mit. Ihre Angst, Enttäuschung und Wut nahezu greifbar in ihrer Stimme.

»Wag es nicht, Markus anzurufen«, fuhr sie dann verbittert fort, »er hat sich vollkommen zurückgezogen und ist im Moment für niemanden zu sprechen. Wie konntest du Markus das nur antun? Er liebt Patrizia aufrichtig. Ehrlich gesagt, weiß ich nicht, ob ich dir diesen Verrat jemals verzeihen kann.« Dann hatte sie aufgelegt.

Im Krankenhaus erklärte man Jo, im Moment dürfe nur der Ehemann zu Patrizia. Wie hätte er ihnen klarmachen sollen, dass er ebenfalls Anspruch darauf hatte, sie zu sehen. Die Stationsschwester war unerbittlich.

»In einer Woche sehen wir weiter. Bis dahin können wir keine Auskunft geben. Bitte respektieren Sie die ärztliche Anweisung.«

Jo versuchte erst gar nicht, die Schwester zu überreden, eine Ausnahme zu machen. Er kam sich unendlich feige vor. Aber vielleicht sollte er diese eine Woche als eine Art Gnadenfrist betrachten, die ihm die Möglichkeit bot, noch einmal die gesamte Situation zu überdenken.

Offenbar machte er einen geradezu jämmerlichen Eindruck auf die Krankenschwester. Denn auch wenn sie ihm den Zutritt zu Patrizia nicht gestatten durfte, fühlte sie sich bemüßigt, ihm mitzuteilen, dass Patrizia immerhin außer Lebensgefahr war. Was er zwar schon von seiner Mutter wusste, aber es war trotzdem sehr nett.

»Sie hat noch einmal Glück gehabt«, raunte sie ihm zu.

»Was heißt ›sie‹. Was ist mit dem Kind?«

Die Schwester schüttelte den Kopf, was alles bedeuten konnte. Sie durfte nicht mehr sagen, das Kind war tot, das Kind lebte.

»Bitte«, flehte Jo sie an.

Doch die Schwester legte ihm nur wortlos die Hand auf den Arm. Jo war klar, was diese Geste zu bedeuten hatte. Markus wusste Bescheid. Seine Mutter mit Sicherheit auch. Das änderte für alle die Situation entscheidend. Jo ballte die Hände zu Fäusten, bis sie schmerzten. Was war er nur für ein dreckiger Schuft, ein mieses Schwein.

Fluchtartig hatte er das Krankenhaus verlassen, war vor der gläsernen Eingangstür stehen geblieben. Wo sollte er jetzt nur hin? Auf keinen Fall zu Markus. Seiner Mutter konnte er auch nicht ins Gesicht schauen. In seine Wohnung? Jo hatte Angst vor dem, was er dort vielleicht vorfinden würde. Am besten, er flog postwendend wieder zurück, zurück zu seiner einzigen Zufluchtsstätte, der »Secret«. Leinen los und wegsegeln nach Nirgendwo. Zuerst aber würde er in der Firmenwohnung aufräumen müssen. Alles, was nur im Mindesten den Verdacht auf ihn werfen könnte, musste entsorgt werden. Sein Entschluss stand nun fest. Er würde seine Geschäftsbeziehung zu Neo endgültig beenden. Sein ganzes Leben würde er ändern. Neu anfangen, irgendwo, wo ihn niemand kannte. Geld hatte er genug.

Die Maschine setzte zur Landung auf dem Züricher Flughafen an.

Malie wollte um 2 Uhr früh mit Falks BMW losfahren. Paul hatte sie bereits in einer Kiste hinter dem Beifahrersitz verstaut. Sicherheitshalber hatte sie die Kiste verschlossen und Luftlöcher hineingebohrt, obwohl sie eigentlich nicht glaubte, dass sich das Schuppentier überhaupt rühren würde. Paul hatte sich sofort zu einer Kugel zusammengerollt, als sie ihn aus seinem Versteck geholt hatte, und vermutlich verharrte er immer noch in dieser Position.

Für die etwa 650 Kilometer brauchte sie normalerweise sechseinhalb Stunden, doch sie ging davon aus, dass sie die Strecke schneller bewältigen würde, da nachts deutlich weniger auf den Autobahnen los war.

Ein letzter Rundgang durchs Haus, ob alles verriegelt war, dann konnte sie starten. Sie hatte die Hand schon auf der Türklinke, als sich ihr Handy rührte.

Wer ruft mich denn um diese Zeit an? Gott, hoffentlich geht es Patrizia nicht schlechter. Oder noch Schlimmeres …

»Ja?«

»Hier ist Wim«, dann brach die Stimme, und Malie befürchtete, dass Lisas Bruder die denkbar schlechteste Nachricht für sie hatte.

Lioba ist tot!, fuhr es ihr durch den Kopf.

Doch was Wim ihr dann berichtete, zog ihr den Boden unter den Füßen weg, langsam rutschte sie an der Tür nach unten, saß auf dem Boden.

»Lisa. Meine kleine Schwester. Gestorben. Nachbarn haben den Hund heulen gehört«, sie konnte die Qual in Wims Stimme hören, »meine Eltern sind im Urlaub. Kommen morgen zurück. Die Polizei war da, hat die Tür aufgebrochen. Da lag sie. War schon tot.«

»Wim, das ist ja furchtbar! Wie kann das sein?«

»Ich weiß es nicht, aber die Polizei hat eine rechtsmedizinische Untersuchung angeordnet. Mehr weiß ich nicht. Ich weiß auch nicht, warum ich gerade dich anrufe. Stehe völlig neben mir. Aber du hast doch mit Lioba zu tun gehabt. Die liegt halb tot im Krankenhaus. Und jetzt Lisa, Malie, was ist hier los?«

Vor Malies innerem Auge zogen Bilder vorbei. Der Unbekannte, der die Arzthelferin bedroht hatte, war zurückgekommen, um Lisa zu töten. Nur, weil sie sich ein Herz gefasst hatte und so mutig gewesen war, Malie über Huang Cais Machenschaften zu berichten.

»Ich weiß gar nicht, was ich sagen soll. Es tut mir so leid. Ich hatte sie gern. Bitte ruf mich an, wenn du Näheres erfährst. Egal, zu welcher Uhrzeit.«

»Versprochen.« Mit tränenerstickter Stimme hatte Wim aufgelegt.

Wie betäubt saß Malie minutenlang auf dem Fußboden, das Handy in ihrer schlaffen Hand. Sie konnte nicht weinen, obwohl es sicher gutgetan hätte. Schließlich stemmte sie sich hoch, ging in die Garage und fuhr los.

Das Autoradio drehte sie laut auf, versuchte, durch die

Musik und die Beiträge auf andere Gedanken zu kommen, was ihr aber nicht wirklich gelang. Zu erschütternd waren die Nachrichten über Lioba und Lisa gewesen. Zwei Frauen, die sich ihr anvertraut hatten, die eine rang um ihr Leben, die andere war tot.

Neo hätte seine Beute fast verschlafen, doch das Licht der Scheinwerfer ließ ihn aufschrecken und hochsehen. Als der Wagen an ihm vorbeifuhr, erkannte er das feine Profil Malies. Wieso fuhr sie denn nicht diesen Oldtimer? Er wartete, bis der BMW um die Ecke bog, dann startete er seinen Wagen und folgte ihr. Er musste aufpassen, dass sie ihn nicht bemerkte, schließlich war nichts los auf der L220, die dann auf die B33 führte und von dort auf die Autobahn Richtung Stuttgart.

Nur zwei, drei Autos kamen ihr auf dem Weg zur A81 entgegen, hinter ihr fuhr schon geraume Zeit ein anderer Wagen, sonst war nichts los. Um diese unchristliche Uhrzeit musste sie weder mit Stau noch mit Wildwechsel rechnen, was ihr sehr entgegenkam, denn ihre Gedanken kreisten nach wie vor um Lioba und Lisa. In weniger als 20 Minuten erreichte sie die Autobahn und gab Gas. Der Wagen hinter ihr fiel zurück, und sie lauschte den Nachrichten.

Auf Wangerooge waren vor einigen Tagen zwei tote Pottwale angeschwemmt worden, nun lagen die tonnenschweren Meeressäuger am Strand, und Experten kümmerten sich darum. Zuerst wurden den Kadavern aus Angst vor Plünderern die Unterkiefer abgetrennt, denn die Zähne der Tiere bestehen aus reinem Elfenbein.

»Zum Kotzen, diese elenden Diebe«, sagte Malie laut vor sich hin und lauschte weiter dem Bericht.

Die Spekulationen, warum die Wale verendet waren, reichten von »sie haben sich verschwommen« bis zu »sie sind verhungert«. Ein Walpräparator meinte, ihn würde es nicht wundern, wenn im Magen der Wale Nylonnetze gefunden würden, die das Verdauungssystem gestört hätten.

Ich möchte gar nicht wissen, wie viele Tiere durch diese ganzen Netze und den anderen Plastikmüll, den wir in die Meere schmeißen, elendig verrecken, dachte Malie traurig. Lioba wäre außer sich, könnte sie den Bericht hören.

Kämpfe, Lioba, bitte stirb nicht!

Lioba Hanfstängl war, ohne dass sich Malie darüber bewusst gewesen wäre, zu einer wirklichen Freundin für sie geworden.

Es lief wie geschmiert, und Malie erreichte das Stuttgarter Kreuz in Rekordzeit. Weiter durch den Engelbergtunnel und Richtung Heilbronn, dann weiter auf der A6 nach Nürnberg. Langsam nahm auch der Verkehr etwas zu, es war zwanzig vor fünf, und die Frühaufsteher waren unterwegs. Ihre Blase meldete sich schon geraume Zeit, und sie war erleichtert, als ein Schild verkündete, in fünf Kilometern käme der Parkplatz Auergründel mit WC. Bei ihrer momentanen Geschwindigkeit sollte sie ihn in weniger als zwei Minuten erreichen. Ah, da war auch schon die Abfahrt. Malie ging vom Gas, fuhr auf den riesigen Parkplatz und hielt direkt vor dem Toilettengebäude. Sie war froh, dass alles so gut ausgeleuchtet war, es fühlte sich sicherer an. Doch wovor sollte sie Angst haben, hier war keine Menschenseele, kein anderes Auto, kein LKW, nichts.

Sie schnallte sich ab, stieg aus, warf die Tür zu, betätigte den Funkschlüssel. Schnell lief sie in das Gebäude, gruselte sich, obwohl sie wusste, dass sich niemand sonst hier aufhielt. Als sie sich die Hände wusch, hörte sie ein ersterbendes Motorengeräusch und das sanfte Zuschlagen einer Wagentür. Schritte. Dann nichts mehr. Eine Gänsehaut kroch über ihren Rücken. Hier stimmte was nicht! Das spürte sie. Instinktiv spannten sich sämtliche Muskeln ihres Körpers an, bereit, sich zu verteidigen und zu fliehen.

Als sie aus dem Toilettengebäude trat, kam der Frontalangriff daher auch nicht überraschend. Mit beiden Händen griff der maskierte Mann an Malies Hals, versuchte sie zu würgen. Doch ihre über Jahre trainierten Muskeln übernahmen reflexartig die Kontrolle, ließen sie die Arme vor ihrem Körper ganz nach oben reißen und ein Bein nach vorne treten. Ihre nach außen gedrehten Ellbogen drückten die ausgestreckten Arme des Angreifers nach unten, lösten den Würgegriff im selben Moment. Im nächsten Augenblick fasste ihre Linke dem Täter von unten ans Kinn, presste seinen Kopf nach hinten, und einen Wimpernschlag später krachte ihre flache rechte Hand an den nun frei vor ihr liegenden Hals und gegen den Kehlkopf. Obwohl der Mann um einiges größer als sie war, hatte er ihrer blitzschnellen Verteidigung nichts entgegenzusetzen und ging hustend und röchelnd in die

Knie. Ein letzter gezielter Tritt in die Genitalien, dann saß Malie im Auto, startete den Motor und brauste quer über den leeren Parkplatz zurück auf die Autobahn. Mit rasendem Herzen steigerte sie das Tempo auf über 200 Stundenkilometer.

Neo kam mit schmerzverzerrtem Gesicht langsam auf die Beine und schaute den schnell verschwindenden Rücklichtern des BMW hasserfüllt nach. Das würde sie ihm büßen! Unfassbar, dass dieses kleine, dürre Miststück ihn überrumpelt hatte. Von der quälenden Pein in seinem Schritt mal abgesehen. Dabei hatte er gedacht, wie praktisch, dass sie sich diesen großen, menschenleeren Parkplatz und keine Raststätte ausgesucht hatte, denn hier hätte er leichtes Spiel. Von wegen! Jos Schwesterchen hatte in Sekundenschnelle den Spieß umgedreht, und nun konnte er kaum gehen. Schlucken würde die nächste Zeit sicher auch nicht angenehm sein, wie das Pochen in seinem Hals vermeldete. Wie er diese elende kleine Kröte hasste! Nur gut, dass er wusste, wo sie hin wollte. Doch er würde sie kriegen und ihr zeigen, wer hier der Stärkere war, und wenn es das Letzte war, was er tun würde. Mit aufheulendem Motor setzte er Malie hinterher.

In der Nähe von Bayreuth hatte sie die Autobahn verlassen, um an einer Raststätte einen Espresso zu trinken und sich ein Käsebrötchen einzuverleiben. Immer wieder hatte sie seit dem Überfall auf dem Parkplatz nach verdächtigen Wagen Ausschau gehalten. Doch nichts deutete darauf hin, dass der Maskierte ihr gefolgt war. Vermutlich hatte er ganz schöne Schmerzen, was ihm nur recht geschah. Blödes Arschloch. Sie sollte den Angriff der Polizei melden, bestimmt war das eine Masche von diesem Typ. An menschenleeren Orten einsamen Frauen auflauern und dann über sie herfallen. Dazu noch maskiert. Feige Ratte. Na ja, wahrscheinlich leckte er nun seine Wunden und überlegte sich hoffentlich, in Zukunft keine Frauen mehr anzugreifen, dieses armselige Würstchen.

Als sie gestärkt wieder hinter dem Steuer saß, zogen vor ihrem inneren Auge Bilder des Überfalls vorbei. Der Typ war alles andere als ein Würstchen gewesen. Alles war rasend schnell gegangen. Jetzt erst begann ihr Gehirn, einzelne kleine Puzzleteilchen zu liefern, fügten ein Mosaik aus unterbewusst wahrgenommenen Kleinigkeiten zusammen. Die Augen. Eisig und hellblau. Das Tattoo eines Löwenkopfs am Arm. Beides hatte sie schon einmal gesehen. Als ihr bewusst wurde, wer ihr Angreifer gewesen war, hätte sie beinahe einen Unfall gebaut, als sie beim Ausscheren von der rechten auf die linke Fahrspur nicht aufgepasst hatte. Wildes Lichthupen war die Folge. Der ausgebremste Hintermann zog an ihr vorbei und zeigte ihr den Mittelfinger, nachdem sie wieder rechts eingeschert war.

Neo. Neo Schwarz. Jos Kompagnon hatte sie angegriffen. Bestimmt war auch er es gewesen, der die arme Lisa belästigt hatte. Hatte er auch sie vergiftet, wie Lioba? Hatte er Huang Cai ermordet und Kemal von der Brücke gestoßen? Was hatte denn noch in der Zeitung über den

Mord an dem chinesischen Heiler gestanden? Erwürgt! Genau, das Opfer wurde erwürgt! Das passte. Auch sie wäre von Neo fast erwürgt worden. Drei unterschiedliche Methoden, jemanden zu ermorden. Erwürgen, ertrinken lassen und Gift. Gift? Nein. Jemanden zu vergiften, war eine feige Aktion. Doch sie hielt diesen Typen nicht für einen Feigling. Allerdings traute sie ihm durchaus zu, den Journalisten umgebracht zu haben. Hatte Kemal irgendetwas über Neo herausgefunden? Schließlich war in seinen Notizen ja irgendwie von Tierschmuggel die Rede. Korrekt übersetzt war das Gekritzel von Kemal immer noch nicht. Die Verbindung zwischen Huang und Schwarz war da schon offensichtlicher. Huang hatte seine dubiosen Heilmittel bestimmt über Neo bezogen, und damit auch über ihren Bruder Jo. Erneut konnte Malie es nicht fassen, wofür Jo sich hergegeben hatte.

Wie konntest du nur, Jo? Bestimmt ist es um Geld gegangen, und dein Kumpel hat dem Chinesen den Hals umgedreht. Bist du dir eigentlich darüber im Klaren, dass du einen Mörder deinen Freund nennst?

Fast hätte sie die Überleitung auf die A38 nach Leipzig verpasst. Malie zog im letzten Moment rüber, was ihr ein erneutes Hupkonzert einbrachte. Der Audi, der ebenso kurzfristig hinter ihr auf die A38 wechselte, fiel ihr im mittlerweile starken Verkehr nicht auf.

Ihr Handy spielte den »Frühling« von Vivaldi.

»Ja?«, nahm sie das Gespräch an und hoffte, dass nicht jetzt gerade die Autobahnpolizei an ihr vorbeifuhr, während sie telefonierte.

»Hier ist Wim. Es gibt Neuigkeiten. Lioba geht es besser, sie ist aber noch nicht ansprechbar.«

»Gott sei Dank«, antwortete Malie inbrünstig. »Wim, weißt du schon Genaueres über den Tod von Lisa?«

»Lisa wurde vergiftet. Rizin.« Wim schluckte.

»Himmel!«, entfuhr es Malie. »Das darf doch nicht wahr sein!«

»Ich denke, lange kann es für die Polizei nicht dauern, herauszufinden, welche Drecksau das getan hat. Ich wollte es dich nur wissen lassen. Wo bist du überhaupt, ich höre ein Rauschen im Hintergrund.« Die Stimme des jungen Mannes klang nun fest.

»Ich bin im Auto und auf dem Weg nach Leipzig, ich muss auch gleich aufhören. Danke für die Infos. Und drück Lioba von mir, wenn sie aufwacht.«

Auch der Audi verließ die Autobahn bei Leipzig Süd und folgte ihr auf der B2 Richtung Markkleeberg. Der Fahrer war bemüht, immer mehrere Autos zwischen sich und dem vorausfahrenden BMW zu lassen.

# KAPITEL 10

Elin Demir saß bereits seit den frühen Morgenstunden am Laptop ihres verstorbenen Mannes. Sie wusste nun, wer dieser Max Losens war. Der Referatsleiter des Amts für Bau, Natur– und Umweltschutz. Diesen Mann hatte Kemal am Abend seines Todes getroffen. Oder treffen wollen. Wer wusste das schon? Vielleicht war das Treffen ja gar nicht mehr zustande gekommen, weil Kemal schon im Rhein gelegen hatte.

Sie drückte sich die Handballen in die Augen, um die aufsteigenden Tränen zu unterdrücken. Sie hatte so viel geweint. Immer wieder. Sie und die Kinder.

»Reiß dich zusammen, Frau Demir«, schimpfte sie sich selbst leise, »jetzt hast du einen weiteren Anhaltspunkt, um herauszufinden, was wirklich in dieser Nacht passiert ist.«

Beim Durchforsten der Unterlagen Kemals hatte sie auch mehrere Dateien auf seinem Laptop gefunden, die sich mit den Themen Ausrottung, illegale Jagd und Tierschmuggel beschäftigten. Wahrscheinlich hatte Kemal den Beamten deswegen kontaktiert. Lag ja nahe. Schließlich war dieser Losens zuständig für den Naturschutz. Schade, dass Wochenende war, sonst wäre sie direkt zu dessen Behörde gefahren und hätte den Mann aufgesucht, um zu erfahren, ob er Kemal an diesem Abend noch getroffen hatte. Nun musste sie wohl bis Montag warten.

Frustriert verließ Elin das Arbeitszimmer. Mit einer Tasse Kakao machte sie es sich auf der Couch gemütlich und nahm sich die Zeit, die Tageszeitung genauer zu studieren. Ihr Blick fiel auf einen grün gerahmten Veranstaltungshinweis. Heute fand in Konstanz ein großes Symposium statt:

*Zukunft der Bodenseestadt – Diskutieren Sie mit!*

Das konnte doch kein Zufall sein! Eher Schicksal. Einer der Redner war Max Losens. Der Mann, auf dessen Namen sie gestoßen war, der Mann, der vielleicht Kemal an seinem letzten Abend noch gesehen hatte.

Die Kinder waren bei den Nachbarn zum Kindergeburtstag eingeladen, es sollte schon früh losgehen. Freibad, McDonalds, was immer. Also konnte sie getrost den Tag für sich gestalten und die Veranstaltung besuchen.

Sie kam gerade rechtzeitig, als der Vortrag über ein neu geplantes Wohngebiet begann. Ökologisch sollten die Bungalows sein, gebaut mit heimischen Hölzern, Mineralwolle und biologischen Gipsfaserplatten, ausgerüstet mit der neuesten Technologie zur Erzeugung von Strom und Wärme. Dazu noch erschwinglich.

Elin Demir blickte gespannt auf, als der Redner vorgestellt wurde. Auf dem Podium neben dem Moderator des Symposiums stand ein Mann, etwa Mitte 40, mit schütterem Haar und einem kugeligen Bierbauch über zwei dünnen Beinen. Er trug einen dunklen Anzug, darunter ein fliederfarbenes Hemd und eine passende Krawatte.

»Herzlich willkommen, Max Losens, Referatsleiter des Bau-, Natur- und Umweltamtes Konstanz.«

Das also war Max Losens. Vielleicht ergab sich ja die Gelegenheit, ihn nach seinem Vortrag kurz anzusprechen.

Das Konzept, das der Referatsleiter vorstellte, war ansprechend und interessant, doch insgeheim bezweifelte Elin, dass die Kosten für die Bungalows im Rahmen bleiben würden. Das waren Häuser für betuchte Leute. Was Konstanz brauchte, war bezahlbarer Wohnraum.

Nachdem der Vortrag samt Diskussion zu Ende war, behielt Elin Max Losens im Auge, folgte ihm unauffällig durch die dicht gedrängte Menschenmenge, beobachtete, wie er Hände schüttelte, mit interessierten Bürgern plauderte, und wartete auf eine günstige Gelegenheit, um ihn anzusprechen. Gefühlte Stunden später machte sich Losens auf den Weg zum Parkplatz. Aber er stieg nicht in einen teuren Wagen, nein, der Referatsleiter war mit dem Fahrrad gekommen. Wie es sich für einen Natur- und Umweltbeauftragten gehörte. Elin war beeindruckt.

Als Losens sich bückte, um sein Fahrrad loszuketten, fasste sich Elin ein Herz.

»Entschuldigen Sie, bitte, Herr Losens, dass ich Sie so einfach überfalle, aber hätten Sie einen Augenblick Zeit für mich?«

Losens richtete sich auf und blickte sie erstaunt an. »Jaaa«, dehnte er das Wort in die Länge.

Elin streckte ihre Hand aus. »Ich bin Elin Demir, und ich habe ein dringendes Anliegen.«

Losens' Blick flackerte für einen Sekundenbruchteil, als sie ihren Namen nannte. »Was kann ich für Sie tun?«, fragte er dann freundlich.

»Ich weiß gar nicht, wie ich es sagen soll. Also, mein Mann war Journalist und ist vor einigen Monaten ums Leben gekommen.«

»Das tut mir sehr leid für Sie«, entgegnete Losens betreten und sah sie abwartend an.

»Aus den Eintragungen in seinem Terminkalender geht hervor, dass er sich mit Ihnen am Abend, als er starb, traf oder zumindest treffen wollte. Ich wüsste so gerne, ob Sie sich an ihn erinnern und um was es ging. Sie müssen wissen, dass die Umstände seines Todes – wie soll ich es ausdrücken? – nicht ganz eindeutig sind. Es würde mir sehr helfen, wenn Sie mir vielleicht etwas sagen könnten.«

In ihrem Blick lag ein Flehen. Ein Flehen, er möge ihr Gewissheit verschaffen.

»Sie sagten, Ihr Name ist Demir? Ja, ich erinnere mich an Ihren Mann. Sie sagen, die Todesumstände sind nicht eindeutig? Ich befürchte, ich verstehe nicht ganz.«

Elin lehnte sich an das Gitter des Zauns, der den Parkplatz umgab, fühlte schon wieder Tränen aufsteigen, die sie gewaltsam unterdrückte.

»Seine Leiche wurde im Rhein gefunden. Die Polizei sagte, es wäre Selbstmord gewesen. Aber ich kann das nicht glauben. Das hätte er nicht getan. Schon allein unserer Kinder wegen nicht.«

Losens legte mitfühlend eine Hand auf ihren Arm. »Das muss schrecklich für Sie gewesen sein. Und für Ihre Kinder.«

Er sah auf seine Uhr.

»Wissen Sie was? Wenn Sie mögen, kommen Sie doch auf einen Tee oder Kaffee mit zu mir, dann reden wir über Ihren Mann. Kemal war sein Vorname, nicht wahr? Er war mir sehr sympathisch, und wir haben uns einige Male unterhalten.«

Wie nett und mitfühlend, dachte Elin und nahm die Einladung spontan an.

»Sagen wir, in etwa einer Stunde? Dann kann ich mich eben zu Hause noch etwas frisch machen. Mein Anzug ist ganz durchgeschwitzt«, schlug er vor und nannte ihr seine Adresse.

Malie machte sich nicht die Mühe, zuerst bei ihrer Schwester vorbeizufahren. Sie steuerte direkt den Leipziger Zoo an, um Paul so schnell wie möglich in eine für ihn angenehme Umgebung zu bringen. Wahrscheinlich war Alicha so oder so schon dort, um den neuen Tiger in Empfang zu nehmen. Sie fuhr in das riesige Parkhaus auf der gegenüberliegenden Straßenseite des Zoos, stellte den Wagen in dem noch fast leeren Gebäude ab. Nur vereinzelt waren Parkplätze belegt.

»Paul, du musst noch etwas ausharren, aber dann bekommst du ein neues schönes Zuhause, versprochen«, sagte sie, als sie ausstieg. Zuerst wollte sie ihre Schwester finden, bevor sie das nicht gerade leichte Schuppentier durch die Gegend schleppte.

»Hallo, Schwesterherz, ich bin schon am Zoo«, flötete sie ins Handy, als Alicha abnahm.

»Echt? Wahnsinn! Hattest du eine gute Fahrt?«

Wenn du wüsstest.

»Ja, ja, bin gut durchgekommen. Ich bin auf dem Weg zum Seiteneingang, lässt du mich rein?«

»Willst du nicht lieber zuerst zu uns nach Hause? Duschen, ausruhen? Jens müsste vom Großmarkt wieder da sein, und Emma freut sich auch auf ihre Tante. Du weißt ja, ich hab zu tun.«

»Nein. Zuerst will ich dich sehen. Außerdem hab ich dir eine Überraschung mitgebracht.«

»Oh, wie schön! Was ist es?«

Malie lachte. »Dann ist es keine Überraschung mehr. Holst du mich jetzt ab?«

»Klar, bin schon auf dem Weg. Huhu, ich kann dich schon sehen!«

Malie drehte sich um und sah ihre Zwillingsschwester auf sich zukommen. Alicha trug eine bequeme sandfarbene Cargohose, dazu ein helles T-Shirt mit dem Logo des Leipziger Zoos. Aus dem ersten »O« des Wortes »Zoo« blickte ein stilisierter Löwenkopf. Das beigefarbene Logo erinnerte an ein Ortsschild, die schwarze Schrift auf gelbem Grund war von einem grün gezackten Rahmen umgeben. Am Rande des Logos lugten Farnwedel hervor, darunter ein Reim: Der Natur auf der Spur.

Alicha öffnete ihr das Tor, fiel Malie um den Hals.

»Wie schön, dich zu sehen!«

Echte Freude beherrschte ihre feinen Gesichtszüge, und Malie ging es durch den Kopf, dass sie im Moment das gleiche fröhliche Grinsen im Gesicht hatte. Es war wie ein Blick in den Spiegel.

»Heute Abend machen wir eine gute Flasche Rotwein

auf, Jens hat uns schon was Leckeres dazu vorbereitet. Wozu bin ich schließlich mit einem Koch verheiratet?«

Alicha hakte ihre Schwester unter, lehnte ihren Kopf für einen Moment an Malies Schulter.

»Wir sehen uns viel zu wenig. Dabei gibt es so vieles, was wir besprechen müssen. Ich sag nur: Jo.« Alichas Miene verdüsterte sich.

Jo und Alicha waren noch nie gut miteinander ausgekommen. Im Gegensatz zu Malie, die ihren Bruder gegenüber ihrer Schwester immer wieder in Schutz genommen hatte, wenn Alicha sich übermäßig über ihren kleinen Bruder geärgert hatte.

»Dann weißt du Bescheid?«, fragte Malie.

»Sicher. Mum hat mich angerufen. Ich bin fast vom Hocker gefallen. Die arme Patrizia. Wieso fängt sie ausgerechnet mit Jo eine Affäre an? Oder, überhaupt eine Affäre? Ich hab noch nie kapiert, warum Markus und sie geheiratet haben. Die Firmen hätte man auch anders zusammenlegen können. Ach, egal, wir lassen uns das Wochenende deswegen nicht verderben!« Jetzt strahlte sie wieder.

Dass du dich da mal nicht täuschst. Wie bringe ich dir bloß bei, was Jo noch alles getan hat, oder besser, immer noch tut? »So, und wo ist jetzt der Tiger?«

Normalerweise öffnete der Tierpark seine Pforten um 9 Uhr. Als Neo ankam, war es kurz nach sieben. Ein Schild am Eingang verkündete, dass heute erst ab 14 Uhr geöffnet würde. Wegen der Ankunft eines neuen Tigers. Man bat die Besucher um Verständnis. Malie war durch einen Seiteneingang verschwunden. Er überlegte einen Augenblick, wie er wohl am besten hineingelangen konnte. Über den Zaun klettern war sicherlich keine Option. Ganz abgesehen davon, war es auch nicht möglich. Einfach klingeln und ohne Grund Einlass zu begehren, würde wohl auch nicht funktionieren. Doch Neo Schwarz war ein Freund der unkonventionellen Methoden. Er musste nur auf sein Glück vertrauen.

Und da kam es schon vorbei in der Gestalt eines großen schlanken Mannes in khakifarbenen Hosen und passendem T-Shirt, eine Baseballkappe in derselben Farbe auf dem Kopf, die das Logo des Zoos trug. Das Glück warf ihm ein fröhliches »Guten Morgen« zu. Schwarz ergriff die Gelegenheit beim Schopf. Wenn er den Mann ungesehen überrumpeln konnte, dann …

Neo setzte sich in Bewegung, folgte dem Mann, der gerade links um die Ecke bog, wo sich der Seiteneingang für die Mitarbeiter befand. Sonst war niemand zu sehen, und für Schwarz war es ein Kinderspiel, den Zoomitarbeiter zu überwältigen. Minuten später marschierte er mit tief ins Gesicht gezogener Baseballkappe in den Tierpark. Der Tierpfleger würde erst mal nicht wieder aufwachen, er lag gut versteckt hinter den großen Müllcontainern, die praktischerweise in der Nähe der Eingangstür standen. Neo vertraute weiter auf sein Glück, dass der bewusstlose Mann nicht so schnell entdeckt werden würde.

Der prächtige Amurtiger verließ den käfigartigen Gang und betrat sein neues Reich. Das fünfjährige, knapp 250 Kilogramm schwere Männchen verharrte einen Moment, sah sich aufmerksam um. Ein majestätischer Anblick für die Menschen, die ihn beobachteten. Neben Malie und Alicha standen die Tierpfleger, die sich künftig um Rajah – benannt nach dem Tiger des Disneyfilms »Aladdin« – kümmern sollten, der Zoodirektor und der Kurator des Zoos und einige weitere Mitarbeiter. Langsam sah sich die Raubkatze um, bewegte die weiß getupfte Schwanzspitze sanft hin und her. Dann verschwand sie plötzlich mit wenigen großen Sprüngen im Dickicht des Geheges, das der sibirischen Taiga nachempfunden war.

»Wow, das war echt beeindruckend«, hauchte Malie ihrer Schwester leise ins Ohr, als würde sie befürchten, dass der Klang ihrer Stimme den gerade erlebten Augenblick zerstören könnte.

»Toll, oder? Jetzt hoffen wir mal, dass ihm seine zukünftige Braut auch gefällt und es Nachwuchs gibt.«

Die kleine Menschenansammlung zerstreute sich, und Alicha warf einen Blick auf ihre Armbanduhr.

»Ich muss noch einiges erledigen, bevor ich hier weg kann. Wenn du willst, kannst du dich umsehen oder mit in mein Büro kommen und dort einen Kaffee trinken«, schlug sie vor.

Malie schüttelte den Kopf. »Nein, ich geh mal zurück zum Auto und hole deine Überraschung. Soll ich dich anrufen, wenn ich wieder am Tor stehe, oder lässt jemand anderes mich rein?«

»Nee, ruf mich an. Wenn du raus willst, beim Haupteingang sitzt schon jemand, um den Besuchern zu erklären, warum heute Vormittag geschlossen bleibt. Du glaubst nicht, wie hartnäckig die Leute sind. Also bis gleich. Bin schon sehr gespannt, was du mir Schönes mitgebracht hast.«

Nachdem sich die Schwestern getrennt hatten, blieb Malie noch eine Weile beim Tigergehege stehen, vielleicht hatte sie Glück, und Rajah zeigte sich wieder. Dann hätte sie eine exklusive Einzelvorstellung des wunderschönen Tieres. Doch Rajah ließ sich nicht blicken.

Wenn sie den Weg an den Nashörnern vorbei nahm, weiter zu den Lippenbären ging, kam sie auf dem kürzesten Weg zum Ausgang, glaubte sie sich zu erinnern. Andererseits könnte sie noch ein bisschen länger verweilen und eine größere Runde drehen. Wann hatte man mal den Zoo quasi für sich alleine? Aber der arme Paul fand es sicher nicht lustig in seinem Karton, schließlich saß er dort schon seit Stunden drin, hatte bestimmt Hunger und Durst. Später konnte sie immer noch durch den Zoo streichen, wenn sie wollte.

Kurz vor der Nashornsavanne kam ihr ein Tierpfleger entgegen, groß, schlank, die Baseballkappe tief ins Gesicht gezogen. Irgendetwas an seinem Gang ließ Malie stutzig werden. Noch etwas erregte ihre Aufmerksamkeit. Obwohl der Mann noch ein gutes Stück von ihr entfernt war, konnte sie auf seinem nackten Unterarm ein Tattoo erkennen. Malies Sinne bündelten sich zu einem einzigen Impuls – Flucht –, ließen sie auf dem Absatz kehrtmachen und losrennen. Sie brauchte keinen Blick über die Schulter zu werfen, um zu wissen, dass der Mann sie verfolgte.

Neo! Verflucht, wie bist du hier reingekommen?

Was für eine dämliche Frage? Er trug Zooklamotten. Offenbar hatte er einen Pfleger bestohlen, wenn nicht noch Schlimmeres ... Noch einmal würde er sie nicht davonkommen lassen, so viel war sicher.

Malie stürzte am Anoagehege vorbei, die kleinen Rinder stoben erschrocken auseinander, dann bog sie scharf rechts ab in die Richtung, aus der sie ursprünglich gekommen war. Fieberhaft versuchte sie sich zu erinnern, wo sich der nächste Erste-Hilfe-Stützpunkt befand, dort war bestimmt schon jemand. Hoffentlich. Richtig! Am Elefantentempel! Der war nicht allzu weit entfernt von den Tigern. Malie rannte mit aller Kraft, doch sie hörte und spürte, wie ihr Verfolger näher kam.

Verdammt! Wieso war hier kein Mensch weit und breit? Musste nicht irgendjemand die Tiere füttern, ausmisten oder was auch immer? Rajahs neue Heimat kam in Sicht.

Schneller, renn schneller, sonst schaffst du das nicht!, feuerte sie sich stumm an.

Nun warf sie doch einen schnellen Blick zurück, nur noch wenige Meter trennten sie. Neo war klar im Vorteil mit seinen langen Beinen. Malie konnte den Hass sehen, den seine eisblauen Augen versprühten, und ihr wurde bewusst, dass ihr Leben keinen Pfifferling mehr wert war, wenn Neo sie zu packen bekam. Ihm ging es um nichts anderes mehr – wenn er selbst mit heiler Haut davonkommen wollte, war, sie zu töten, sein einziges Ziel.

Jetzt war sie am Tigergelände. Hinter der zum Gehege hin überhängenden Mauer jede Menge Pflanzen, ein breiter Bachlauf, dann das eigentliche Revier. Malie konnte Neos heißen Atem beinahe in ihrem Nacken spüren, so dicht war er schon an ihr dran. Bis zum Elefantentempel würde sie es nicht schaffen. Eine Hand griff nach ihrem T-Shirt, verfehlte es knapp. Mit einem waghalsigen Sprung setzte Malie über die Mauer, landete mehr als zwei Meter tiefer, rollte sich nach vorne ab, um den Aufprall abzufangen. Blitzschnell kam sie wieder auf die Beine, sprang in den Bachlauf und auf die andere Seite.

Bin ich verrückt geworden?, fragte sie sich im selben Moment, als ihr bewusst wurde, wo sie sich befand.

Ein dumpfes Geräusch ließ sie herumfahren. Neo war ihr nachgesprungen, doch offenbar nicht so glücklich gelandet, wie sie an seinem unterdrückten Aufschrei erleichtert feststellte. Hoffentlich hatte er sich das Bein gebrochen. Auf jeden Fall hatte er sich mindestens den Knöchel verstaucht, was ihr einen kleinen Vorteil verschaffte. Malie sah sich gehetzt um. Wohin sollte sie sich wenden? Schließlich rannte hier auch noch ein zwei Meter großer Tiger herum. Sie konnte nur hoffen, dass Rajah gut gefrühstückt hatte.

Malie zwang sich, keine hastigen Bewegungen zu machen, und näherte sich vorsichtig den Bäumen, die auf dem Gelände wuchsen. Tiger waren keine allzu guten Kletterer, oder doch? Egal. Von den Bäumen aus konnte sie auf die hohen Felsen gelangen, wo sie wenigstens sicher war. Ein schneller Blick auf ihren Verfolger. Gut, der saß immer noch am Boden, rieb sich das Bein. Bestimmt hatte Neo keine Ahnung, in wessen Revier er sich befand. Ein weiterer kleiner Vorteil.

Nun stand sie bei den Bäumen, sah nach oben, suchte einen Ast an den sie gelangen konnte. Da. Sie holte Schwung, bekam den Ast aber nicht zu fassen, hörte ein lautes Platschen. Neo war in den Bach gesprungen und auf dem Weg zu ihr, humpelnd zwar, aber nicht weniger hasserfüllt. Scheiße. Erneut sprang Malie in die Luft. Wieder daneben.

»Du entkommst mir nicht«, fauchte Neo nur noch fünf Meter von ihr entfernt, als sie den dritten Anlauf nahm.

Dann passierte alles gleichzeitig.

Malie bekam den Ast zu fassen, schwang sich hoch, umschlang den Stamm mit einem Bein, griff nach einem weiteren Ast, um sich festzuhalten. Mit einem Wutschrei stürzte Neo nach vorne, schnappte das andere Bein, das noch in der Luft baumelte, versuchte sie herunterzuzerren. Begleitet wurde seine Aktion durch ein tiefes, Angst einflößendes Knurren, das die Luft zerriss. Zwischen den Felsen schoss wie ein riesiger orangeschwarz gestreifter Schatten der Tiger hervor, riss Neo mit seinen gewaltigen Pranken hinfort, der in diesem Moment einen unmenschlichen Schrei ausstieß. Rajah drückte seine Beute zu Boden, grub seine Fänge in Neos Genick. Abrupt erstarb das Gebrüll. Malie saß schlotternd und schluchzend auf dem Baum, konnte nicht glauben, welchem alptraumhaften Schauspiel sie eben beigewohnt hatte. Die Großkatze fasste ihre Beute am Nacken, schüttelte sie kurz und trug sie hocherhobenen Hauptes davon.

Als das Flugzeug sicher auf dem Züricher Flughafen gelandet war, entlud sich ein Gewitter über der Stadt, das die Neue Züricher Zeitung am nächsten Tag mit »Weltuntergangsstimmung« titulieren würde. Genauso fühlte sich Jo.

Er hatte die Nacht zuvor im Atlantic Hotel am Flughafen Bremen übernachtet und sich eine Flasche Whisky samt Eiswürfel bestellt, die er fast gänzlich geleert hatte. Mit infernalischen Kopfschmerzen war er ins Flugzeug gestiegen, hatte zwei weitere Schmerztabletten – zwei hatte er schon zum Kaffee im Hotel eingeworfen – genommen und sich einen Cognac bestellt. Der Blick der Flugbegleiterin war eindeutig gewesen, und wahrscheinlich hatte sie seine Whiskyfahne gerochen.

Der Ferrari stand immer noch im Parkhaus des Züricher Flughafens, seit er mit Neo nach Vietnam geflogen war. Besser er ließ ihn noch stehen, denn mit seinem Blutalkoholwert empfahl es sich nicht, selbst zu fahren. Eine Alkoholkontrolle durch die Polizei war das Letzte, was er jetzt gebrauchen konnte. Im Schneckentempo kroch das Taxi durch das Gewitter, das mit jeder Sekunde an Stärke zunahm, in Richtung Innenstadt. Der Regen prasselte so stark auf die Scheiben, dass die wie besessen arbeitenden Scheibenwischer es kaum schafften, für eine klare Sicht zu sorgen. Plötzlich blendete ein Auto hinter ihnen auf, kam dem Taxi gefährlich nahe. Der Taxifahrer fluchte, gab etwas Gas und wechselte die Spur. Mit überhöhtem Tempo schoss der Wagen, der eben noch an der Stoßstange geklebt hatte, an ihnen vorbei. Der Fahrer warf in diesem Moment einen kurzen Blick auf die Insassen des Taxis. Scharf sog Jo die Luft ein. Er hätte schwören können, dass am Steuer ein Asiate saß und ihm einen bedrohlichen Blick zuwarf.

»Haben Sie das gesehen. War doch ein Chinese, oder?«, hörte er sich mit heiserer Stimme den Taxifahrer fragen.

»Keine Ahnung, zumindest war es ein Kamikazefahrer. Die kommen doch aus Asien, die Kamikaze, oder?«

Damit verfiel der Fahrer wieder in Schweigen, konzentrierte sich auf den Verkehr. Nach einer guten halben Stunde hatte er Jo vor der Firmenwohnung abgesetzt.

Die wenigen Meter zu Fuß vom Taxi bis zur Eingangstür reichten aus, um ihn bis auf die Haut nass werden zu lassen. Er schloss die Tür auf, schaltete das Flurlicht an und spähte in die Wohnung. Er schnupperte. Irgendwie roch es anders. Jo blieb stocksteif stehen, lauschte konzentriert. Kein Geräusch drang an seine Ohren, außer dem der Autos, die über den nassen Asphalt pflügten. Noch mal riechen. Ein feiner, würziger Duft drang an seine Nase. Ein weiblicher Duft, den er sehr gut kannte. Exotic Dream. Malie. Malie war in der Wohnung gewesen.

Jo ließ sein Gepäck fallen, stürzte in das Büro. Mit einem Blick erfasste er, dass die Ordner, die er hatte entsorgen wollen, nicht mehr an Ort und Stelle waren. Sie waren weg. Malie. Was sollte er jetzt nur machen? Sie anrufen, sie eindringlich auffordern, ihm das brisante Material zurückzugeben?

Freudlos lachte er auf. Er kannte Malie. Sie war wie ein Terrier und hatte sich regelrecht darin verbissen, die Wahrheit zu ergründen. Neo hatte recht behalten. Sie würde ihm das Genick brechen. Nicht im wörtlichen Sinne. Aber Malies Gerechtigkeitssinn würde auch vor ihm, ihrem Bruder, nicht haltmachen. Jo hätte laut schreien mögen, doch jetzt musste er einfach einen kühlen Kopf bewahren. Was war als Nächstes zu tun? Untertauchen, so schnell wie möglich von hier verschwinden. Sein Geld war gut angelegt, er konnte jederzeit darauf zurückgreifen. Weder Neo noch seine Familie noch Patrizia oder sonst jemand durfte wissen, wo er sich in Zukunft aufhalten würde. Er wusste es im Moment selbst nicht einmal.

Draußen blitzte und donnerte es ohne Unterbrechung. Was, wenn das Flugzeug tatsächlich abgestürzt wäre? Wieder stellte er sich diese Frage. Dann wäre es für alle einfacher. Er wäre tot. Die sauberste Lösung. Patrizia hatte ihn wahrscheinlich jetzt schon aus ihrem Leben gestrichen. Noch immer klangen Pranees Worte in seinen Ohren.

*Ehrlich gesagt, weiß ich nicht, ob ich dir diesen Verrat jemals verzeihen kann.*

Seinem Vater konnte er sowieso nicht mehr unter die Augen treten. Ja, sein Tod wäre die geschickteste Lösung. Malie würde endlich mit ihren Schnüffeleien aufhören, Schnüffeleien, die sie in Lebensgefahr brachten. Ja, es war vielleicht die beste Entscheidung, die er treffen konnte. Aber gehörte nicht ein Abschiedsbrief dazu? Eine Erklärung, warum er sich zu diesem Schritt entschlossen hatte?

Der Morgen graute bereits, als Jo den Umschlag verschloss. Adressiert an den Notar der Familie. Für diese würde wohl keine Frage mehr offen bleiben. Jo fühlte sich erleichtert. Seine Augen brannten, und seine rechte Hand fühlte sich vom ungewohnt vielen Schreiben taub an. Das Gewitter hatte sich längst verzogen, und der heutige Tag versprach wieder sonnig zu werden.

Jo verließ die Wohnung, nur den Umschlag an den Notar nahm er mit. Was er noch brauchte, war auf der

»Secret«. Unten wartete bereits das Taxi, das er vor ein paar Minuten geordert hatte. Nach etwa eineinhalb Stunden erreichten sie den Wallhauser Yachthafen, wo die »Secret« vertäut lag. Jo entlohnte den Taxifahrer, überreichte ihm den Umschlag und ein fürstliches Trinkgeld mit der Bitte, das Kuvert nicht vor morgen früh in Zürich einzuwerfen.

»Ich kann mich auf Sie verlassen?«

»Ja, sicher, aber warum haben Sie ihn nicht gleich selbst eingeworfen? Macht doch keinen großen Unterschied, ob heute oder morgen.«

Jo zuckte mit den Schultern, blieb die Antwort schuldig. Der Taxifahrer bestätigte noch einmal, er würde den Umschlag einwerfen, wartete, bis Jo ausgestiegen war, und fuhr langsam davon.

Als Jo an Bord war, löste er die Leinen, startete den Motor. Langsam glitt die »Secret« aus dem Hafenbereich hinaus auf den See. Er sah nach oben in den klaren blauen Himmel, dann schweifte sein Blick über den Bodensee. Noch war wenig los. Ein wunderbarer Tag. Jo fühlte sich leicht. Frei.

Über eine Entfernung von zehn Kilometern war die Detonation zu hören. Von Weitem konnte man die »Secret«, die sich in einen riesigen Feuerball verwandelt hatte, über dem Wasser schweben sehen.

Die Schreie hatten die Zoomitarbeiter alarmiert, binnen weniger Minuten wimmelte es plötzlich von Menschen am Tigergelände.

Wo kommen die denn jetzt plötzlich alle her?, fragte sich Malie verwundert. Vorhin hätte ich gut jemanden gebrauchen können, der mich vor diesem Wahnsinnigen rettet. Auf jeden Fall werde ich deine Patenschaft übernehmen, Rajah. Du hast mir echt einen großen Gefallen getan.

Eine Stunde später saß sie in Alichas Büro. Den Tiger hatte ihre Schwester mittels eines Blasrohres betäubt. Er hatte sich blicken lassen, nachdem die Pfleger ihn mit Fleisch hervorgelockt hatten. Anschließend war Rajah in einen sicheren Käfig gezogen worden. Dann erst konnte Malie aus ihrer misslichen Lage befreit werden. Die Polizei war mittlerweile dabei, Neos Leiche zu bergen.

Malie würde der Polizei heute noch viele Fragen beantworten müssen, allein die tausend Fragen, die sie in den Augen ihrer Zwillingsschwester sehen konnte, die ihr gegenübersaß. Noch als sie darauf wartete, endlich von diesem Baum runterkommen zu können, hatte sie eine SMS von Wim bekommen.

*Lioba geht es besser. Sie glaubt, das Gift wäre in ihrem Tee gewesen. Die Polizei ist bereits informiert.*

»Ich bin ganz Ohr, Malie. Kannst du mir das alles bitte erklären?«, forderte Alicha.

»Ich erzähle dir alles, von Anfang an. Aber erst müssen wir Paul aus meinem Auto holen.«

»Paul?«

»Paul ist der Anfang«, war alles, was Malie entgegnete.

Elin Demir fuhr langsam die Straße entlang, suchte nach der Hausnummer 62. Sie war gespannt auf das, was Max Losens ihr erzählen würde. Wie überaus nett von ihm, sie so spontan zu sich nach Hause einzuladen. 58, 60. Das musste es sein. Ein schönes Haus mit einem gepflegten Vorgarten. In einer Ecke entdeckte sie eine Christuspalme, wie der Volksmund die große Pflanze mit den dunkelrotbraunen, gefächerten Blättern nannte. Oder auch Wunderbaum. Hübsch anzusehen. Auch Elin gefiel das Gewächs, dessen rote, stachelige Früchte sie an Lychees oder Kastanien erinnerten. Kemal hatte auch mal daran gedacht, Rizinus im Garten zu pflanzen, doch Elin hatte der Kinder wegen ihr Veto eingelegt.

»Weißt du, wie giftig das Zeug ist?«

Kemal hatte sie erstaunt angesehen, und nachdem sie ihn aufgeklärt hatte, war das Thema vom Tisch gewesen.

Über der Klingel ein großes, kitschiges Keramikschild mit Sonnenblumenbemalung, das nicht zu übersehen war: »Hier wohnen, streiten und versöhnen sich Max, Jarmilla, Maximiliane und Nadine Losens«.

»Kommen Sie rein, Frau Demir«, begrüßte Max Losens sie, als sie geklingelt hatte. »Meine Frau ist mit unseren Töchtern beim Shoppen, wie man heute sagt, also können wir uns in Ruhe unterhalten.«

»Danke, das ist wirklich sehr nett von Ihnen.«

Losens geleitete sie in das großzügige Wohnzimmer, bat sie, Platz zu nehmen.

»Ich habe uns gerade Tee aufgebrüht. Ich hoffe, Sie mögen Earl Grey. Zu meinen Studienzeiten war ich für einige Monate in England, und seither bin ich ein überzeugter Teetrinker.«

»Gerne, danke.«

Eigentlich war sie kein Fan von Tee, wollte aber nicht unhöflich erscheinen und das Angebot ablehnen.

»Bestens. Ich bin gleich wieder da.«

Elin zückte ihr Handy und schickte Malie eine Nachricht.

*Stell dir vor, ich sitze bei dem Mann, der wahrscheinlich zuletzt mit Kemal zusammen war. Max Losens heißt er, ein sehr netter Mensch, der meinen geliebten Kemal mehrfach getroffen hat. Bin so gespannt. Er macht uns gerade einen Tee. Melde mich später noch mal.*

*Warum schreibe ich das alles nieder? Es soll ganz sicher keine Rechtfertigung sein. Wie auch. In euren Augen ist mein Tun verbrecherisch, niemals zu rechtfertigen. Wie wahr. Ich bin mit dem sprichwörtlichen Goldenen Löffel im Mund geboren, werden die meisten sagen. Wie kann man nur auf diese hirnverbrannte Idee kommen, sein Leben so zu ruinieren. Es hat mir ja auch nie wirklich am Geld gemangelt. Es war ganz einfach die reinste Abenteuerlust. Das Finanzielle spielte also, letztendlich betrachtet, eine Nebenrolle. Für mich. Nicht für Neo.*

*Als ich Markus so weit hatte, Neo im Unternehmen einzustellen, hatte er sich irgendwie verändert. Ich weiß noch, wie angetan du von diesem Sprachgenie warst, Markus. Um wie viel einfacher war die ganze Schmuggelei, mit einem Firmenmitarbeiter an meiner Seite. Doch Neo ist ein Mensch, der den Hals einfach nicht voll genug bekommt. Malie, was denkst du jetzt?*

*Das sagt gerade der Richtige, stimmt's? Bei Neo war es mehr als das Abenteuer. Bei ihm kam die reine Gier dazu, und als ich endlich die Augen öffnete, war es fast zu spät. Anfangs hatte ich noch geglaubt, in Neo einen echten Kumpel gefunden zu haben. Aber der Typ hätte mich glatt über die Klinge springen lassen, wenn es darauf angekommen wäre.*

*Der Hauptfehler, der uns unterlaufen ist, war ganz einfach die Tatsache, das organisierte Verbrechen in Vietnam zu unterschätzen. Ob Neo sich dieser Gefahr von Anfang an bewusst war? Keine Ahnung. Die Schmuggler in Vietnam lassen sich von zwei Idioten, wie wir es sind, doch nicht die Butter vom Brot nehmen. Meine Erkenntnis kam spät, aber sie kam.*

*Ein erster Verdacht, wir, oder nur ich, waren in ihr Visier geraten, kam mir, als ich für ein paar Tage in Bremen war. Außer Mutter weiß niemand, mit wem ich seit geraumer Zeit* wirklich *das Bett geteilt habe. Schockierend für euch, oder? Mit meiner eigenen Stiefmutter! Ich habe meinen Vater betrogen, aber du, Mutter, und Markus, ihr habt mich mein ganzes Leben lang betrogen.*

*Erst vor Kurzem habe ich begriffen, warum gerade ich in der Firma eine härtere Schule durchlaufen musste als jeder Lehrling. Markus wollte mich so formen, wie er selbst sich sah, und das nur aus einem Grund. Weil ich sein Sohn bin. Nicht Daniels! Ich weiß es erst seit ein paar Tagen. Ich erinnere mich an einen Streit, den ihr wegen meiner Safaritouren gehabt hattet. Du, Mutter, hast mit Recht Einspruch erhoben. Markus hielte mich einerseits zu kurz, andererseits, sobald es um die*

*Jagd ginge, blühe er auf und finanziere mir auch noch das eine oder andere Vergnügen. Ich kam gerade hinzu, das heißt, ich stand noch vor der Tür, als du mit einem Seufzer der Resignation sagtest: Er kommt eben ganz nach seinem Vater.*

*Die Tragweite dieses Satzes war mir damals noch nicht bewusst. Ich habe mich nur etwas gewundert, denn du, Mutter, hast nie davon geredet, dass Daniel auch ein Jäger gewesen ist.*

*Zurück zu meinem sogenannten Geständnis. Das verschwundene Familienfoto brachte mir eine erschütternde Erkenntnis. Ich bekam es wenig später zerschnitten und zusammen mit einer Rabenfeder wieder zurück. Mir wurde klar, dass es sich um eine Drohung handelte. Eine Warnung, man würde euch etwas antun, sollte ich mich nicht aus dem Schmuggelgeschäft in Vietnam zurückziehen. Wahrscheinlich können wir von Glück sagen, dass wir noch ganz kleine Nummern in dem Geschäft waren, sonst hätten sie wohl gleich kurzen Prozess mit uns gemacht. Als ich Neo informierte, hat er nur gelacht und mich einen Schlappschwanz genannt. Er hätte es ja schon immer gewusst. Wer uns denn auf die Schliche gekommen sein sollte. Ihn interessierte es nicht die Bohne, dass ich besorgt war. Ich habe ihn nicht für naiv gehalten, aber in diesem Fall war er das tatsächlich.*

*Einer unserer, ich nenne ihn mal Geschäftspartner in Saigon, hat die Hand aufgehalten. Ich bin mir zu 100 Prozent sicher, dass er auch von anderen Geld einkassiert. Die stecken doch alle unter einer Decke, diese Asiaten. Da brauchen wir uns nichts vormachen. Durch die Unvorsichtigkeit, diesem Vietnamesen zu vertrauen, habe ich euch alle in Gefahr gebracht. Das ist ehrlich der Grund für all diese Blätter Papier. Ich werde versuchen, mich irgendwie aus der Affäre zu ziehen.*

*Vor allem du, Malie, schwebst in Lebensgefahr, wenn ich nicht aussteige. Spätestens seit du angefangen hast, Fragen zu stellen, ist mir klar, dass ich handeln muss. Du bist hartnäckig und gibst keine Ruhe. Wie ich dich einschätze, wirst du, ohne mit der Wimper zu zucken, mich der Polizei ausliefern, wenn ich es nicht selbst tue. Also verschwinde ich lieber. Was Neo angeht? Der wird wissen, wie er klarkommt.*

*Namen habe ich nur zwei. Der Vietnamese Sung und ein Chinese namens Li. Li könnt ihr vergessen, so heißen Millionen Chinesen, das bringt niemanden weiter. Genauso ist es mit Sung. Ich weiß tatsächlich nicht, wer die wirklichen Drahtzieher in China und Vietnam sind. Aber dass sie existieren und sie mit uns kurzen Prozess machen, davon bin ich felsenfest überzeugt. Allerdings kann ich mit ein paar Namen hier in Deutschland aufwarten. Ein regelmäßiger Abnehmer unserer Waren war dein chinesischer Heilpraktiker, Malie, Huang Cai. Ich glaube, dass Neo ihn auf dem Gewissen hat. Auch der Zoohändler Rufus Trenkwitz hat mitgemischt und verdient. Am ausdauerndsten die Hand offen haltend und in seinen Forderungen immer unverschämter werdend war aber einer unserer Staatsdiener, Max Losens, Referatsleiter im Amt für Bau, Natur- und Umweltschutz. Er hat die Blankopapiere geliefert, mit denen ein legaler Weitertransport der Tiere gewährleistet war. Das hat er sich natürlich etwas kosten lassen.*

*Macht nun mit diesen Angaben, was ihr wollt.*

*Mehr habe ich zu allem nicht zu sagen. Ich habe mein Leben, und nicht nur das, komplett an die Wand gefahren. Verzeiht mir.*

*Jo*

Die Tierärztin Alicha Kurz zeigte sich noch immer erschüttert über all die Dinge, die in den letzten Stunden passiert waren. Sie hatte ihren Augen nicht getraut, als Malie die Kiste geöffnet hatte.

»Darf ich vorstellen? Paul. Paul, das ist Alicha. Bei ihr wirst du es gut haben.«

»Bist du noch bei Trost? Wie kommst du an ein Pangolin? Die sind geschützt! Ich fass es nicht! Großer Gott, Malie, wie, was …«, dann fehlten ihr die Worte.

»Ich hab dir versprochen, ich erzähle dir alles haarklein. Von Anfang an.«

Paul war zu seinen Artgenossen gebracht worden, allerdings hatte man ihn zunächst von ihnen getrennt. Sie sollten sich erst langsam kennenlernen, und Paul brauchte Ruhe.

Nun saßen sie wieder in Alichas Büro, warteten auf die Polizeibeamten, die gleich die Befragung beginnen würden. Malie berichtete ihrer Schwester gerade, welche verdächtigen Unterlagen sie und Falk aus der Geschäftswohnung in Zürich mitgenommen hatten, als Elins SMS eintraf.

»Oh Gott!«, entfuhr es Malie mit einem Aufschrei. »Elin!«

Elin Demir blies über den heißen Tee, setzte die Tasse gerade an die Lippen, als ihr Handy klingelte. Malie.

»Entschuldigen Sie, bitte«, bat sie Max Losens und stellte die Tasse zurück auf den Unterteller.

»Sag jetzt nichts. Hör einfach zu!«, drang Malies Stimme an ihr Ohr.

Elin runzelte die Stirn. Malie klang angsterfüllt. Was war passiert?

»Trink nichts! Verlass dieses Haus auf der Stelle! Dieser Mann, bei dem du gerade bist, ist ein Mörder! Er hat zwei Frauen vergiftet. Eine ist tot!«

»Ich verstehe.« Sie legte auf.

»Sie sehen auf einmal so blass aus, Frau Demir. Ist Ihnen übel? Trinken Sie doch einen Schluck, das wird Ihnen sicher guttun.«

»Nein …, danke«, sie schob die Teetasse weit von sich. »Es … ist so, ich muss leider dringend los. Eine Freundin hatte … einen Unfall«, stammelte sie. »Können wir, darf ich …, darf ich Sie anrufen?«

Sie stand auf. Jetzt nicht weiter auffallen.

Max Losens spürte intuitiv, dass der Anruf etwas mit ihm zu tun haben musste. Diese Unfallgeschichte war definitiv erfunden. Jemand hatte die Frau vor ihm gewarnt. Wie sie die Tasse von sich geschoben hatte! Als ob ihr Inhalt sie ums Leben bringen würde. Stimmte ja auch. Wer wusste von dem Rizin? Egal, darüber konnte er später nachdenken. Diese Frau durfte das Haus nicht verlassen. Jedenfalls nicht lebend.

Max Losens erhob sich, tat so, als wollte er sie zur Tür begleiten.

Elin war schlecht, ihre Beine zittrig, sie konnte ihren eigenen Angstschweiß riechen.

Reiß dich zusammen, gleich bist du hier raus, und alles ist gut.

Plötzlich versperrte ihr Losens den Weg, und er drängte sie zurück in Richtung Couch.

»Was haben Sie denn plötzlich? Wer hat Sie angerufen?«

Noch klang seine Stimme besorgt. Doch Elin entging nicht, dass sich Losens' Fäuste zusammenballten.

»Lassen Sie mich vorbei. Was fällt Ihnen ein?«, rief Elin entsetzt.

»Her mit dem Handy!«, herrschte Losens sie nun mit ungebremster Wut an.

Elin versuchte, sich an ihm vorbeizudrängen, doch Losens stieß sie unsanft zurück, entriss ihr die Handtasche, fischte das Handy heraus. Er tippte die Anrufliste an, letzter angenommener Anruf von Malie Abendroth. Wer war das denn? Himmel, jetzt fiel es ihm wieder ein. Neo hatte den Namen erwähnt! Das war doch die Frau, die mit der Planschkuh paktierte!

»Lassen Sie mich gehen, bitte.«

Max Losens packte Elin am Arm, drehte ihr ihn auf den Rücken.

»Erst sagen Sie mir die Wahrheit. Was hat Ihnen diese Person gerade erzählt?«

»Sie tun mir weh!«, der Schmerz trieb ihr die Tränen in die Augen.

Losens schob sie vor sich her zur Treppe, die in den Keller führte. Todesangst erfüllte sie. Dieser Mann war zu allem entschlossen.

Falk Andresen trat das Gaspedal des Karmann-Ghia durch, raste durch Konstanz' Straßen zu der Adresse, die Wim ihm per SMS geschickt hatte. Malie hatte eins und eins zusammengezählt und Wim angerufen. Er solle sofort die Polizei benachrichtigen, Max Losens sei wahrscheinlich derjenige, der Liobas Tee vergiftet hatte. Dann hatte sie Wim gebeten, Falk die Adresse von Losens, die er doch sicher kannte, zu senden. Anschließend hatte sie Wim Röhrig Falks Nummer gegeben. Gleich danach hatte sie Falk informiert, Elin befinde sich in Lebensgefahr, er solle sofort zu einer Konstanzer Adresse fahren, die er per SMS bekommen würde. Falk hatte nicht weiter nachgefragt und sich ins Auto gesetzt.

Und da war er nun. Hausnummer 62, davor parkte Elins kleiner Wagen. Falk sprang aus dem Auto, rannte zur Haustür, klingelte Sturm, polterte gegen die Tür. Niemand öffnete. Er hämmerte weiter gegen die Tür, mit der anderen Hand betätigte er den Klingelknopf. Nichts.

Falk hielt inne, drückte sein rechtes Ohr gegen die Haustür, horchte angestrengt. Ein plötzliches Poltern, ein Schmerzensschrei.

»Elin!«, brüllte Falk aus voller Kraft, »Losens, machen Sie auf!«

Doch Losens dachte offenbar nicht daran, seiner Aufforderung Folge zu leisten. Weiteres Poltern. Was zum Teufel passierte dort drin?

Falk rannte um das Haus, suchte nach einer Möglichkeit, vielleicht vom Garten aus hineinzugelangen. Auch wenn er mit einem Stein eine Scheibe einwerfen musste. Die Terrassentür bot sich ihm geradezu an, suchend sah er sich um. Ein kleines Beet am Rande der Terrasse war mit Feldsteinen eingerahmt. Er nahm einen der größeren und warf ihn mit voller Wucht gegen die Terrassentür. Ein lautes Klirren erscholl, und ein großes Loch klaffte in der Tür. Vorsichtig schob Falk seine Hand durch das Loch und versuchte, an die Klinke zu kommen.

»Autsch, verdammt«, fluchte er, als er sich trotz aller Vorsicht an den gezackten Glasrändern verletzte.

Dann hatte er es geschafft und betrat das Haus.

»Elin!«, rief er laut.

»Hier!«

Falk folgte der Richtung, aus der die Stimme kam, durchquerte in wenigen Sprüngen das Wohnzimmer, gelangte in den Flur. Dann sah er sie.

Elin saß auf dem Boden, den Rücken an die Wand gelehnt. In ihrem Gesicht Tränenspuren, schwarz gefärbt durch die Wimperntusche. Falk riss sie in seine Arme, hielt sie fest.

»Wo ist er?«, flüsterte er in ihr Haar.

»Er liegt am Ende der Kellertreppe. Ich glaube, er ist tot«, krächzte sie. Ihre Kehle fühlte sich so trocken an, als hätte sie zwei Tage in der Wüste ohne Wasser verbracht.

Ein Stöhnen drang vom Fuß der Treppe zu ihnen herauf.

»Nein, ist er nicht.«

»Er wollte mich in den Keller bringen, als du gekommen bist. Nach den ersten Stufen hat er die Balance verloren, weil ich mich natürlich mit allen Kräften gewehrt habe. Ich glaube, das Schwein hat mir den Arm ausgerenkt. Zumindest fühlt sich meine Schulter so an.«

Es klingelte an der Tür, dann ein Poltern.

»Herr Losens, machen Sie auf. Hier ist die Polizei«, hörten sie eine kräftige Stimme rufen.

Falk löste sich behutsam von Elin, öffnete die Tür, ließ die beiden Polizeibeamten ein.

»Sind Sie Herr Losens?«

»Nein, der liegt unten im Keller, wo er hingehört«, antwortete Falk trocken.

Der dicke Umschlag war vor kaum 24 Stunden in seiner Kanzlei angekommen. Der Brief, der dem Umschlag beigelegt war, sollte zuerst geöffnet werden. Rechtsanwalt Dirk Sundermann nahm den eleganten Brieföffner in Form eines lang gestreckten Delfins aus einer Teakholzschale und öffnete behutsam den weißen, gefütterten Umschlag. Auf den ersten Blick schätzungsweise 25 bis 30 Blätter, zusammengefasst mit einer roten Büroklammer. Offensichtlich war der Urheber der Seiten in keiner guten Verfassung gewesen, wie die sich ständig verändernde Handschrift vermuten ließ. Sundermann wandte sich dem letzten Blatt zu. Ort, Datum, Unterschrift seines Mandanten. Er verglich die Unterschrift mit der des Briefes und mit jener, die bereits vor Jahren bei ihm hinterlegt worden war. Es gab keinen Zweifel, die Authentizität war eindeutig.

Dirk Sundermann sah in die Gesichter der Menschen, die vor ihm saßen. Markus Rosenfeld, Pranee Rosenfeld, Alicha Kurz und ihre Schwester Malie Abendroth. Dann begann er laut aus Jonas Rosenfelds Brief vorzulesen:

*»Ich befürchte, ihr werdet mir nie wirklich verzeihen …«*

Wochen nach den schrecklichen Ereignissen und den Enthüllungen über das, was Jo Rosenfeld zu verantworten hatte, gab Malie ihr erstes Abendessen. Die Agentur »Dinner in private« hatte sich gemeldet, es gebe fünf Interessenten, die an einem asiatischen Menü bei ihr zu Hause interessiert wären. Zuerst hatte Malie kurz gezögert, doch dann hatte sie zugesagt. Eine gute Gelegenheit, um nicht immer wieder über den Tod ihres Bruders, nein, Halbbruders, nachdenken zu müssen.

Um diese Jahreszeit wimmelte es am Bodensee von Urlaubern, und sie war gespannt, woher ihre Gäste wohl kamen. Zu den vier Fremden hatte sie noch Elin, Falk, Lioba und Wim eingeladen. Lioba, die wieder völlig genesen war, nur ein paar Kilos leichter – was sich aber sicher bei ihrer Lebensweise wieder ändern würde, wie sie selbst meinte –, hatte sich erboten, ihr beim Gemüseschneiden zu helfen. Auf dem Menü standen vegetarische Gerichte sowie Fisch und Fleisch. Schon seit dem frühen Morgen standen die beiden Frauen in Malies Küche, arbeiteten mal stumm vor sich hin, mal plapperten sie ununterbrochen. Die Vorfälle hatten sie zusammengeschweißt, und inzwischen war eine tiefe Freundschaft entstanden.

»Bin gespannt, wann der Prozess gegen Max beginnt«, sagte Lioba«, »ich freu mich jetzt schon auf meine Zeugenaussage. Das Gift in meinem Tee, die unterschriebene Blankogenehmigung und Lisas Tod, auch wenn er diesen nicht geplant hatte. Mäxchen wird für lange Jahre hinter

Gitter wandern. Es gibt doch noch so etwas wie Gerechtigkeit auf dieser Welt.«

»Und trotzdem wird der Handel mit artgeschützten Tieren nie aufhören. Aber wenigstens haben wir ein paar von diesen Schweinehunden aus dem Verkehr gezogen. Der gute Rufus wird auch nicht ungeschoren davonkommen, hoffentlich verhängen die Richter die Höchststrafe. Fünf Jahre Knast, wobei das für meinen Geschmack immer noch viel zu billig ist.« Malie war gerade dabei, rote Currypaste herzustellen, als das Telefon klingelte.

»Schwesterherz! Was gibt's?«, freute sie sich nach dem Abnehmen. Als sie hörte, welche Neuigkeiten ihre Zwillingschwester zu berichten hatte, stellte sie das Telefon auf laut.

»Sag das noch mal!«

»Paulas Baby ist da!«

Es hatte sich herausgestellt, dass das Pangolin ein weibliches Tier war und tragend obendrein. Es grenzte fast an ein Wunder, dass beide die Strapazen überlebt hatten.

Malie und Lioba freuten sich lautstark, sandten ihre Glückwünsche an Paula.

Pünktlich abends um halb sieben erschienen die Gäste, zwei Paare und ein einzelner Mann, groß, dunkelhaarig, etwa Malies Alter – wie sie schätzte – und auf den ersten Blick sympathisch. Außerdem ziemlich gut aussehend, wie sie sich eingestand. Nachdem alle Platz genommen hatten, bat Malie ihre Gäste, sich kurz vorzustellen, Namen, Beruf und Wohnort zu nennen. Wenn es okay wäre, würden sich heute Abend alle duzen. Als die Reihe an den gut aussehenden Dunkelhaarigen kam, verkündete er: »Ich bin Heiner, Heiner Hölzle, Kriminalhauptkommissar aus Bremen.«

ENDE

# NACHWORT

Der illegale Handel mit artgeschützten Tieren und Pflanzen oder deren Teilen nimmt weltweit zu. Sieht man sich auf der Artenschutzdatenbank des Bundesamts für Naturschutz um, finden sich derzeit knapp 31.000 geschützte Tier- und Pflanzenarten. Der Gesamtwert des blutigen Handels wurde allein im Jahr 2014 mit circa 200 Milliarden US-Dollar beziffert. 2016 wurden auf der Weltartenschutzkonferenz in Johannesburg alle acht Schuppentierarten unter den höchsten Schutz gestellt.

Dass Tiere und Pflanzen aussterben, ist nicht nur der Zerstörung ihrer Lebensräume geschuldet, sondern auch der Gedanken- und Gewissenlosigkeit vieler Menschen.

Jedes Jahr bringen Tausende von Touristen Souvenirs aus ihrem Urlaub mit nach Hause, »Andenken«, für die geschützte Arten gewildert und getötet werden. Vielen ist dies überhaupt nicht klar, anderen ist es vielleicht sogar egal. Aber auch auf Urlaubserlebnisse, wie das Reiten auf einem Elefanten oder ein Foto mit einem

Tiger, sollte den Tieren zuliebe besser verzichtet werden. Die Tiere werden oft illegal gefangen und leiden sehr unter den Haltungsbedingungen.

Jeden Tag sterben zig Arten aus, genaue Zahlen gibt es nicht. Doch es gibt auch gute Nachrichten, wie beispielsweise die Ausweisung neuer Nationalparks und Meeresschutzgebiete oder die Zertifizierung des Waldes im Kongo, um dem Raubbau bei der Waldnutzung entgegenzuwirken. Auch viele Zoos tragen durch ihre Zuchterfolge zum Artenschutz bei.

Und nicht nur die Zoos, auch ihre Bewohner helfen mit, Artenschmuggel aufzudecken. Ohne den Einsatz der Schuppentiere des Leipziger Zoos wüssten die Spürhunde des Zolls noch heute nicht, wie Schuppentiere riechen.

Auszug aus der Erklärung des UN-Generalsekretärs Ban Ki-moon zum Welt-Umwelttag 5. Juni 2016:

Der diesjährige Welt-Umwelttag beleuchtet den illegalen Handel mit Wildtieren, und das ist dringend nötig. Es gibt einen alarmierenden Grund. Elefanten werden für Elfenbein geschlachtet,

Rhinozerosse für ihre Zähne und Schuppentiere für ihre Panzer. Von Meeresschildkröten über Tiger bis zu Palisanderholz sind tausende Arten von Wildtieren und Pflanzen immer stärker vom Aussterben bedroht. Involvierte Unternehmen und Einzelpersonen werden von kurzzeitigem schnellen Geld motiviert, auf Kosten des Langzeitnutzens für die Gemeinschaften und Lebensräume.

In vielen Fällen agieren sie in Absprache mit Netzwerken und Gruppen des grenzüberschreitenden organisierten Verbrechens, die aktiv an der Destabilisierung von Staaten involviert sind.

An diesem Welt-Umwelttag bitte ich dringend alle Menschen und Regierungen, die Gleichgültigkeit zu überwinden, die Gier zu bekämpfen und so zu handeln, dass unser Naturerbe zu Gunsten unserer und künftiger Generationen bewahrt wird.

# DANKSAGUNG

Ein ganz großes DANKESCHÖN an den Kurator des Leipziger Zoos, Ruben Holland, der sich Zeit für uns genommen hat und uns einen tollen Zoobesuch bescherte. Die Schuppentiere liegen ihm besonders am Herzen. Viele Menschen kennen diese Tiere gar nicht oder wissen nur wenig über sie. Auch herzlichen Dank an Melanie Ginzel, Pressesprecherin des Leipziger Zoos, für die gute Zusammenarbeit.

Unser Dank gilt auch wie immer unseren kritischen Probelesern Arlena, Georg und Ralf sowie Britta, die dieses Mal auch zur Probeleserin auserkoren wurde.

Ebenso bedanken wir uns bei den Mitarbeitern des Gmeiner Verlags und unserer Lektorin Claudia Senghaas.

Zuletzt bedanken wir uns noch bei den beiden Schuppentieren, Tou-Feng und Quesan, die wir persönlich kennenlernen durften.

*Weitere Krimis finden Sie auf den folgenden Seiten und im Internet:*

**WWW.GMEINER-SPANNUNG.DE**

**LILIANE SKALECKI/BIGGI RIST**
Mordsgrimm

978-3-8392-1615-6 (Paperback)
978-3-8392-4517-0 (pdf)
978-3-8392-4516-3 (epub)

**ABGESCHRIEBEN** Während einer Märchenforschertagung in Bremen wird ein Wissenschaftler erschlagen aufgefunden. Wenige Tage später gibt es dort ein weiteres Opfer. Als kurz darauf der Manager einer Castingshow tot in seinem Hotelzimmer entdeckt wird und ein Mord in Bremerhaven geschieht, deutet alles auf einen Serienmörder hin, denn bei drei Leichen wurden »märchenhafte« Zeichen hinterlassen: Esel, Hund und Katze. Doch der Hahn der Bremer Stadtmusikanten fehlt. Kommissar Heiner Hölzle jagt mehr als einen Mörder …

**LILIANE SKALECKI/BIGGI RIST**
Rotglut

978-3-8392-1442-8 (Paperback)
978-3-8392-4197-4 (pdf)
978-3-8392-4196-7 (epub)

**TOTGEGLAUBT** Während des WM-Spiels Deutschland – England 2010 wird ein Mann schwer verletzt im Bürgerpark aufgefunden. Bevor er stirbt, haucht er einen Namen. Kommissar Heiner Hölzles Ermittlungen ergeben, dass der Mann bereits seit mehr als 35 Jahren als tot gilt. Hölzle und sein Team tauchen tief ein in die Geschehnisse der 70er-Jahre, der Zeit der RAF, und finden Verbindungen zu einem Entführungsfall sowie zum Bombenattentat auf dem Bremer Hbf. Und plötzlich muss sich Hölzle auch noch mit dem Verfassungsschutz auseinandersetzen, der ein reges Interesse an dem Fall zu haben scheint …

GMEINER SPANNUNG